Jay McInerney

HOW IT' ENDED

New and Collected Stories

他们是怎样玩完的

杰伊·麦金纳尼短篇小说精选集

【美】杰伊·麦金纳尼 著

梁永安 译

作家出版社

（京权）图字：01-2017-6597

图书在版编目（CIP）数据

他们是怎样玩完的：杰伊·麦金纳尼短篇小说精选集／（美）杰伊·麦金纳尼著；梁永安译. -- 北京：作家出版社，2019. 2

ISBN 978-7-5212-0069-0

原文书名：How it ended: new and collected stories

Ⅰ. ①他⋯ Ⅱ. ①杰⋯ ②梁⋯ Ⅲ. ①短篇小说 - 小说集 - 美国 - 现代 Ⅳ. ①I712.45

中国版本图书馆CIP数据核字（2018）第128484号

HOW IT ENDED:New and Collected Stories by Jay McInerney
Copyright ⓒ 2009 by Bright Lights,Big City,Inc.
This edition arranged with ICM Partners
Through Bardon-Chinese Media Agency
Chinese(Simplified Characters) copyright ⓒ 2019 by THE WRITERS
PUBLISHING HOUSE
All rights reserved.

他们是怎样玩完的：杰伊·麦金纳尼短篇小说精选集

作　　者：〔美〕杰伊·麦金纳尼
译　　者：梁永安
责任编辑：赵　超
装帧设计：吴元瑛
出版发行：作家出版社
社　　址：北京农展馆南里10号　　**邮　　编：**100125
电话传真：86-10-65067186（发行中心及邮购部）
　　　　　　86-10-65004079（总编室）
E-mail:zuojia@zuojia.net.cn
http://www.haozuojia.com（作家在线）
印　　刷：河北画中画印刷科技有限公司
成品尺寸：142×210
字　　数：304千
印　　张：11.375
版　　次：2019年2月第1版
印　　次：2019年2月第1次印刷
ISBN　978-7-5212-0069-0
定　　价：58.00元

献给巴雷特和麦茜

目 录

自　序

　　就像大部分小说家，我写短篇小说是为了练笔。写短篇也成了我一种戒不掉的习惯。我相当幸运能够师从两位精通小说形式的大师：卡佛（Raymond Carver）和沃尔夫（Tobias Wolff）。当我一九八一年被《纽约客》（*The New Yorker*）杂志炒鱿鱼时，他们都在雪城大学（Syracuse University）任教。我会被炒是因为完全不胜任"事实查证员"之职。就像"脸部特写"合唱团那样，我相信事实全来自观点角度。①不管我是不是可以说虚构是我的专长，我都绝对无法信任事实。

　　我起初是专为追随卡佛学习而到雪城大学进修，他的小说《能不能请你安静点？》（*Will You Please Be Quiet, Please?*）在一九七六年出版没多久我便拜读过，一读之下惊为天人。相当幸运的是，我在进修期间另外还有机会上到沃尔夫的课——他的《北美殉道者花园》（*In the Garden of the North American Martyrs*）那时刚出版。卡佛教学时全凭直觉：他自视为学生的哺育者而非批评者。他作为老师的最大天分是促进我们每个人的编辑自觉，让我们懂得质疑自己的选词用字、去掉废话、删除有问题的形容词和在页边上画上一堆问号。除了当写作班导师，他还开了一门课，课名"短篇小说的形式和理论"，

---

① "事实全来自观点角度"是"脸部特写"合唱团一句歌词。——译注（后文若无特殊说明，均为译者注。）

让我们阅读他最喜爱的短篇小说实践者：契诃夫、巴别尔（Babel）、海明威、韦尔蒂（Welty）、弗兰克·奥康纳（Frank O'Connor）和弗兰纳里·奥康纳（Flannery O'Connor）。每堂课一开始，他会先点一根烟，然后问我们："你们怎样看？"[1]他总是希望，这是他在一堂课所需要说的唯一一句话。有一次，一个英文系的学生斗胆挑战他的方法论，问他这门课明明没谈多少形式和理论，课名却有这两者。听到这样一问，卡佛有点紧张地吸入一口烟，然后缩着脖子坐在椅子里，过了好一会儿才说："这个嘛，我猜原因在于……这门课是要我们读一些短篇小说，然后形成我们自己的理论。[2]"

沃尔夫老师的方法要分析性和批判性得多。他会像个解剖病理学家那样，在我们眼前把一个短篇小说分解，给不同部分各一个名称，然后解释它们为什么能产生效果或为什么不能产生效果——我们的写作课作业大部分属于后一类。和他的杰出同事不同，他对蠢材或他们写的故事没什么耐性。

我把一篇作业《边城》试投给《巴黎评论》（The Paris Review），没想到几星期后接到该刊物长年主编普林普顿（George Plimpton）的电话。他用清脆和权威的声音告诉我，他颇为喜欢我的故事，想要刊登，但又好奇我是不是还有更好的。我重读了几篇旧作，觉得乏善可陈和拾人牙慧，但在过程中翻出一段我在经历一个悲惨夜晚之后草写成的文字。我觉得内容还算蛮有原创性的，便花了一个通宵把它扩充为一篇短篇小说。普林普顿在一九八二年把它刊登出来，题目是《现在清晨六点，你知道你在哪吗？》，是为我第一篇获得发表的小说。过一段时间之后，我意识到我对故事中那个以独特人称表现的主角还有更多可说的，遂以原故事为基础，衍生出我的第一部长篇《如此灿

---

① 他是问学生读了指定的短篇小说后有什么看法。
② 这句话里的"形成"和"形式"在原文是同一个字：form。卡佛是有点开玩笑地硬把他的课说成跟"形式"和"理论"有关。

烂，这个城市》(*Bright Lights，Big City*)。《边城》后来也找到了落脚处：我让它成为我第二部长篇《肉票》(*Ransom*)里一个背景故事。由于《边城》算得上是我第一篇过得去的故事，所以我把它收入本集子里。

我的第三部长篇《我的人生故事》(*Story of My Life*)基本上是从我的同名短篇小说中有机地生发出来，后者于一九八七年发表在《时尚先生》(*Esquire*)。类似的，一九八五年发表在《纽约客》的《菲洛梅娜》后来也发展成为长篇小说《模特儿行为》(*Model Behavior*)。不过，另一篇一九九三年发表在《时尚先生》的故事《野蛮人和儿子》(*Savage and Son*)虽然也是长篇小说《最后的野蛮人》(*The Last of the Savages*)之所本，但我没有把它收入本书，因为我觉得它更像中篇小说而非短篇小说（除了是就长短而言还是就接触面而言）。

明显的是，我更感兴趣于创作长篇小说，而我的很多短篇也常常变成只是热身运动。用短篇小说来为长篇小说发端同时有着心理价值和实用价值。一部长篇动辄三四百页，写成时间也许费时经年，一想到就会让人畏缩。写长篇小说是发展一段长期的关系，反观写短篇却让你可以假装自己是在搞一夜情，是要先感受一下某个题材是什么滋味，所以会较为放胆下笔。

不过，虽有自打嘴巴之虞，我还是必须指出：在创作短篇小说之时，我的心情往往不是只有一点点胆战心惊。较长篇的小说（更遑论亨利·詹姆斯所说的"松垮垮大怪物"）即便出现许多错误的转折、让人乏味的角色和走调的句子，一样可以存活，反观短篇小说却不容许些许失误。一篇好的短篇要求绝对精确的音准和对形式有恰到好处的掌握。只有硬如宝石的猛火能把它烧起来。

《抽烟》创作于一九八五年，当时《如此灿烂，这个城市》刚出版不多久。那是我第一次为罗素和考琳夫妻塑像——他们日后将会再次出现在《光明塌陷》(*Brightness Falls*)和《美好人生》(*The Good*

Life）两部长篇。在每写两部长篇小说之间，我继续创作短篇小说，其中七篇（《抽烟》《生意》《他们是怎样玩完的》《和朗尼联络》《团圆》《皇后与我》和《假医生》）连同篇幅较短的《模特儿行为》在一九九九年结集为精本本出版。有鉴于它们从没有以平装本的面目出现，所以这一次我把它们收纳进来。

现在回顾起来，这些故事中的某一些还颇为有时代感。例如，《我的公职生涯》是写成于一九九二年（我不知怎地忘了把它收入《模特儿行为》），比莫妮卡·莱温斯基（Monica Lewinsky）①成为一个家喻户晓的名字还要早几年。《皇后与我》写成于差不多同一时期，当时"肉品包装区"仍然是它赖以得名的那种产业的中心：它白天和晚上都是卖肉，只不过晚上卖的是另一种肉，买卖双方是跨性别性工作者和他们开着轿车巡航的恩客。对于那些只知道"肉品包装区"是曼哈顿最流光溢彩白金卡夜生活辐辏点的人，会很难认得《皇后与我》中描写的那一区。它改变太大了。谈到改变，我有时会对原篇章作出一些修改。只要我认为某些改动可以改善原故事的品质，就会毫不犹豫为之。对于有好几篇我现在看来像死狗的故事，我更是不能自已地对它们进行大规模改造，希望可以起死回生。

另外十二篇故事（包括《与猪同眠》《看不见的篱笆》《我爱你，甜心》《简易判决》《火鸡节日圣母》《服务生》《满盘皆落索》《名门淑女归乡记》和《把黛西放下》在内）都是写成于较近期，即二〇〇七年十二月至翌年晚春之间。《池塘畔的潘妮洛碧》也是写成于这个时期，其中的艾莉森·普尔也是我在一九八八年出版的长篇小说《我的人生故事》的女主人公。（作为一个虚构人物，艾莉森获得了自己的生命：布雷特·艾利斯［Bret Easton Ellis］把她写入小说《美国杀人魔》［*American Psycho*］，让她差点被帕特里克·贝特曼杀死，后

---

① 美国总统克林顿主政时期的白宫实习生，她为克林顿口交的丑闻在美国政坛引发轩然大波。

来又在小说《格拉莫拉玛》[*Glamorama*] 里给了她一个显眼位置。另外，启发这个角色的本尊最近也臭名远播起来，但因为这是"事实"方面的事情，我就不深论了。)《游行示威》是我在创作《美好人生》期间写成的，它们的女主角都是我以前便写过的考琳。《最后的独身汉》搁笔于二〇〇八年五月，算是最近期之作，不过最初几段是一九九〇年代初期便写出来，从此被束之高阁很长时间。

　　虽然这二十六个故事的主题形形色色，而且是在漫长的二十六年之间陆续写成，但它们也许仍反映着我的某些持续关注和执念。不过这些也属于"事实"方面的事情，所以我就不多谈了。我乐在创作这些故事之中，也但愿各位乐在阅读它们之中。

杰伊·麦金纳尼
二〇〇八年八月

现在清晨六点，你知道你在哪吗？

你不是大清早会待在这种地方的人。但你偏偏人在这里，而且不能说你对此处毫不熟悉（你至少对它的细节还有点模糊的概念）。你人就在一家夜店里，面前坐着一个光头妞。这家店既不是"心碎"，也不是"蜥蜴廊"。只要你遁入洗手间，再吸一点点"玻利维亚行军散"①，头脑说不定就会灵光起来。不过这一招也许不会管用。你脑子里有一个小小的声音坚称，你之所以老是不灵光，正是一直灵光过了头的缘故。夜已经在不知不觉中，溜过了凌晨两点与清晨六点之间的支点。你知道那一刻已经来过又走掉，却还不愿意承认你整个人已经完全溃散，而你舒张开的神经末梢也已经麻痹。你本来可以在更早之前选择止损，但你却骑着一线白色粉末构成的流星尾巴驰过了那一刻，以致现在只能设法抓到最后一根稻草。此刻，你的脑子是由一旅的玻利维亚小士兵所构成，他们因为一夜行军而疲惫不堪，满身泥泞。他们的靴子破了洞，肚子咕咕叫。他们需要进食。他们需要"玻利维亚行军散"。

四周的风光有点原始部落的况味：摇摇摆摆的首饰、浓妆艳抹的脸、夸张的头饰和发型。你还感受到这里穿插着拉丁美洲主题：你的血管里不只有水虎鱼游来游去，而马林巴琴的余音也在你脑子里缭绕着。

你挨在一根柱子上。你不知道这柱子是不是建筑结构的一部分，

---

① 玻利维亚古柯碱的昵称。

但它却断然是维持你直坐姿势所不可少的。那光头姐正在说：这里在那批王八蛋发现以前原是个好地方。你不想跟这个光头姐说话，甚至不想听她说话，但你却不想去测试语言的力量或移动的力量。

你是怎么会来到这里的？是泰德·阿拉格什带你来的，到了之后他便不见人影。泰德是大清早会待在这种地方的人。他要么是你的好自我的反映，要么是你的坏自我的反映，但你不确定是何者。刚入夜的时候，他看来俨然是你的好自我的反映。你俩先是在上东区逛夜店、喝香槟、在无限的机会中寻寻觅觅，并在过程中严守阿拉格什的行动原则：不停地换地方，每一站只喝两杯。泰德的人生使命是要过得比纽约市任何人都更快活，而这表示你们得要不停地移动，因为下一站总是有可能比上一站更能让人快活。他坚决否定人生有比寻欢作乐更高的目标，而这让你又敬又畏。你想向他看齐，但你同时认为他这个人肤浅而危险。他的朋友全都有钱且娇生惯养，他堂哥就是一个例子。这个堂哥昨晚稍早和你俩一起喝酒，但稍后却不肯陪你俩往第十四街以西的方向移动，理由是（他说）他没有低等生活的签证。他女朋友有一副足以刺碎你心脏的颧骨，而你知道她是个货真价实的王八蛋，因为她从头到尾都把你当成空气，拒绝承认你的存在。所以，她的各种秘密（拥有几座岛、几匹马和法语发音标不标准）都是你永远不可能知道的。

光头姐的头皮上有一道疤痕状的刺青，看起来就像缝合过的长长刀疤。你告诉她这刺青很写实。她把这话当成恭维，向你道谢。但你只是把"写实"当成浪漫的反义词使用。

"我的心脏也合该文一道这样的东西。"你说。

"我可以给你刺青师傅的电话，收费便宜到会吓你一跳。"

你没告诉她，如今已经没有任何事可以吓你一跳。她的声音就是一个例子：这声音活像是用电动刮胡刀演奏的新泽西州州歌。

光头姐是你一个烦恼的缩影。这烦恼就是：出于某种理由，你总是以为你会在这种地方的这个钟点碰到一个不会在这种地方这个钟点出现的女孩。真给你碰上的话，你将会告诉她，你真正向往的是住在一栋有花园的乡间房子里，因为你对纽约的一切（包括它的夜店风光和它的光头妞）已厌倦得无以复加。你会出现在这里，只是为了测试自己的忍耐极限，以提醒自己你不是那种人。在你的认定，你是那种喜欢星期天一大早便起床的人，起床后会外出买一份《纽约时报》和几个牛角面包。一面吃早餐一面看报的时候，你会扫描"艺术与休闲版"，看看有哪个展览值得参观（例如在大都会博物馆举行的哈布斯堡王朝服装展，或在亚洲学会举行的室町时代漆器展）。然后，你会打电话给你在星期五晚上出版界餐会认识的一位女孩，问她想不想一起去看展览，不过你会等到十一点才打电话，因为她也许不像你是个早起的人。另外，她前一晚也可能上过夜总会，很晚才睡。你俩也许可以在参观展览以前先打两局网球。你不知道她打不打网球，但她当然会打。

真给你碰上那个不会在这种地方这个钟点出现的女孩的话，你将会告诉她，你正在逛贫民窟，正在出于好玩而造访你自己那个清晨六点钟的下东区灵魂，并动作敏捷地在一堆堆垃圾之间应和着脑子里欢快的马林巴琴旋律踏步。好吧，"欢快"不是精确的形容，但她自会了解你的真正意思。

另一方面，几乎任何女孩（特别是头发齐全的）都可以帮助你挡开这种悄悄入侵的死亡感。你记起了你身上还有"玻利维亚行军散"，意识到你还没有输得一败涂地。不会有这种事的，荷西，门儿都没有！但你得先把光头妞给打发掉才行。

洗手间里的单间都没有门，让人行事起来很难安心。但明显的是，你不是这里面唯一需要补充燃料的人。窗户都是封死的，店家这种贴心举动让你满怀感激。

齐步走，一，二，三，四。那些玻利维亚士兵又全都站了起来，跑步组成了队形。他们有些人在跳舞，而你无法不跟着他们起舞。

一出洗手间你便瞄到一个合你意的：她个子高，深色皮肤，单独一人，半张脸被舞池边缘的一根柱子遮住。你径直向她走去。当你碰碰她肩膀时，她弹了起来。

"想跳舞吗？"

她看你的样子就像你邀她接受强暴。当你再问一次的时候，她说："我不会英语。"

"Franais①？"

她摇摇头。为什么她看你的眼神就像你两个眼窝里各住着一只狼蛛？

"您不会刚好是玻利维亚人吧？还是秘鲁人？"

她左右张望，想找人搭救。这让你回忆起，前不久你在"丹斯提利亚"（还是"红鹦鹉"？）向一个女小开搭讪时，她保镖的夸张反应吓得你赶紧退后一步，举起双手。

那些玻利维亚士兵仍然站着，但不再大唱军歌，也停止了跳舞。你意识到自己来到了一个士气存亡的关口。你需要泰德·阿拉格什给你来一通精神训话，但他却无处可寻。你设法想象他会说些什么：骑回马背上去，现在才真正需要找些乐子，诸如此类。你忽然明白，他一定是已经跟某个有钱的骚货搭上了，回到她第五大道的家。两人从一些明朝的深花瓶里挖出上好的古柯，再撒在彼此的裸体上吸服。你恨泰德·阿拉格什。

回家吧，止损吧。

留下，勇往直前。

§

今晚你是个声音的共和国。不幸的是，这共和国是意大利。所有声音都挥舞着双臂，向彼此尖叫。有一个声音是来自梵蒂冈：忏悔吧，

---

① 法语，意为"法国人"。

你的身体是上帝的圣殿，而你正在亵渎它。毕竟，今天是星期天早上，而只要你脑子里还残存着脑细胞，便一定会有嘹亮的男低音歌声从你童年的大理石拱顶传来，提醒你今日是主日。你需要的是买另一杯贵死人的酒把这歌声淹没。但经过一番搜索后，你从各个口袋里只找到一张一美元钞票和一些零钱。先前，为了来这里，你付了二十美元的计程车车资。你开始恐慌了起来。

你看见舞池边坐着另一个女孩，而从长相来研判，她是可以让你得到尘世救赎的最后一个机会。你知道，因为你好死不死忘了戴太阳眼镜（但你当初又怎么知道自己会鬼混到天亮！），所以假如你是一个人离开夜店，外头刺目和纯洁得像天使的阳光将会把你化成一堆骨血。死亡将会透过你的视网膜把你刺穿。但那个穿锥形裤的女孩却可以救你一把。她留着一根向一侧绕的复古马尾辫，是那种你乐于在游戏到这么晚的阶段找到的候选人，相当于性方面的一客速食。

当你邀她跳舞时，她耸了耸肩，点了点头。你喜欢她的肢体动作，喜欢她那椭圆形、油油的屁股和肩膀。跳完第二首歌之后，她说她累了。你问她需不需要来一点"提神剂"，她听了像是被雷击中。

"你有古柯？"她问。

"史蒂夫·汪德[①]是瞎子吗？"

她拉住你的手臂，把你带到女厕。吸过两调羹之后，她似乎觉得你还算顺眼，而你也觉得自己非常讨人喜欢。她又再吸了两调羹。这个女的有个吸力像吸尘器的鼻子。

"我喜欢禁药。"她在你们走向吧台的时候说。

"这是我们的共通之处。"你说。

"你有没有注意到，所有可爱的单字都是以字母 D 开头？要不就是以 L 开头。"

你设法思考这话，不太确定她的用意何在。玻利维亚士兵正在唱着军歌，但你想不出来有哪些可爱单字是以 D 开头的。

---

① 美国盲人歌手。

"比方说 drugs（禁药）、delight（开心）和 decadence（颓废）。"她说。

"Debauchery（放荡）。"你说，开始跟得上她的步调。

"Dexedrine（德克西得林）[①]。"

"Delectable（令人愉快的），deranged（疯狂的），debilitated（疲惫不堪）。"

"Delirium（精神亢奋）。"

"换 L 字头的，"她说，"lush（奢华的），luscious（甘美的）。"

"Languorous（无精打采的）。"

"Librium（利眠宁）[②]。"

"Libidinous。"

"那是什么意思？"她说。

"性急难耐（horny）。"

"呃。"她说，越过你肩膀投出一个弧形的长长凝视。她的凝视让你联想到一扇正在关上的淋浴间磨砂玻璃门。你知道游戏已经结束，只差不知道你是犯了哪条游戏规则。也许是她讨厌 H 字母开头的单字。好个清教徒。她扫视舞池，想找到一个识字量与她旗鼓相当的男人。这时你想到了更多以 D 开头的单字，例如 detumescence（消肿），还有 drowning（遇溺）和 depressed（忧郁）。再来还有以 L 开头的：lost（失落）和 lonesome（寂寞）。你不准备怀念这个把 decadence 和 Dexedrine 视为詹姆斯王和李尔王的英语的最高境界的女孩，但她的皮肤触感却让你留恋，而她的声音也至少像个正常人……你知道，外面的破晓阳光里有一座炼狱在等着你，会在你亟须睡眠的头盖骨上滴下油脂火。

那女的挥了挥手，然后消失在人群里。没有另一个女孩（那个不会出现在这种地方的女孩）的踪影，也没有泰德·阿拉格什的踪影。那些玻利维亚士兵开始不耐烦。你无法阻止他们发出哗变的声音。

[①] 中枢神经刺激剂。

[②] 一种安眠药。

走入早晨日光下的感觉比你原先预期的还要糟。刺目的阳光就像是妈妈的责备。行人道的反光耀目得残忍。你整个人都暴露在外，无所遁形。在斜照的日光下，下城区的仓库显得静谧、安详。一辆开往上城区方向的计程车经过，你向它挥手，但随即想起自己一文不名。车子停了下来。

你慢跑过去，向车窗探身。"我看我还是走路算了。"

"浑球。"司机骂了一句之后开走。

你开始向北行，举起一只手遮在额上。一辆辆货车在哈德逊街隆隆开过，把各种补给品带进还在沉睡的城市。你转而向东，去到第七大道时看到一个满头发卷的老女人在遛一条德国牧羊犬。那狗本来正在用鼻子拱人行道上的裂缝，但当你走近的时候，它突然静止不动，摆出高度警戒的姿势。老女人看你的眼神，仿佛你是刚从海上的油污里爬出来。牧羊犬从喉头发出微微怒吼。"乖，普基，别动。"那狗想要有所行动，但被女主人拉住。你对他们敬而远之。

在布利克街，你闻到了那家意大利烘焙坊的香味。你站在布利克街和科妮莉亚街的十字路口，张望一栋出租公寓四楼的窗户。窗户后面是你和阿曼达初来纽约时住过的公寓。公寓小而暗，但你喜欢它那个做工不完美的压锡天花板、厨房里那个有四只兽爪的浴缸、和那些与窗框不太贴合的窗子。你那时刚有了工作，可以缴得起房租，而附近也有你最喜欢的餐馆：餐馆的女侍应叫得出你俩的名字，而且容许你俩带自己的葡萄酒来用餐。每天早上，楼下烘焙坊出炉的面包香气都会把你叫醒。起床后，你会下楼买份报纸和两个牛角面包，而阿曼达会把咖啡煮好。那是两年前的事，当时你俩还没结婚。

§

走过"西区公路"的时候，你看到一个穿高跟鞋和裙子的妓女，她那孤零零一个人苦苦来回踱步的样子，就像知道今天不会有打新泽西而来的通勤者穿过隧道。然而待你走近，才发现那是个穿女装的男人。

你穿过老旧高架公路的生锈支柱下方，去到突堤。从东方而来的日光在哈德逊河的宽阔河面飘动着。你小心翼翼，往霉烂突堤的末端走去。你的脚步不是很稳定，而突堤面蚀穿了一些破洞，看得见底下发恶臭的黑色河水。

你在一个垛上坐下，眺望哈德逊河。下游处，自由女神像闪耀在薄雾之中。河对岸伫立着一个巨大的"高露洁"广告招牌，欢迎你进入花园之州新泽西。

你目送一艘垃圾驳船肃穆前进，在一群尖叫海鸥的簇拥下向大海驶去。

你再一次来到这里，再一次搞砸一切又无处可去。

抽　烟

那年夏天的纽约，人人都打黄色领带。股票市场行将进入长期的牛市，艺术家喜欢一面吃煎得焦黑的鲑鱼，一面和餐厅老板交换对道琼斯指数还会再涨多少的意见。人行道上，黑皮肤和长相高贵的塞内加尔人摆卖手表、首饰和山寨版古奇包包。没有人知道这些非洲人是怎样和为什么会来到纽约的，警察当然更是一头雾水。他们用英语向这些非洲人说明街头摊贩管理规定，见不管用，只好派出一支说法语的小队负责此事，但得到的反应同样是茫然的微笑。这件事始终是个谜。卡拉汉夫妻也是在那一年夏天戒烟的。

罗素·卡拉汉不是那种会打领带的人。他到出版社上班头一天是打了领带，却看得出来一票同事对他投以奇怪眼神，就像怀疑他打领带是一种有志往上爬的表示，或是他约了一个已经高升的人吃午餐。资深同事有礼貌的波希米亚人眼神正合罗素的意，让他更相信自己真的是投入了文学事业。不过，搞清楚情况之后，他明白了自己只是在一家三流机构的无窗户加盖办公室工作的低薪爬格子劳工。两次升职之后，他负责主编一套旅游书，其内容的抄袭和瞎掰成分各占一半。他目前正在编的《美国的豪华饭店》系列是一个典型例子：他和几个助理都是从现成的出版品（包括从饭店要来的介绍小册子）东抄西抄，写出一些看似多姿多彩和内容翔实的介绍，就像是撰文者的亲眼所见。某些形容词——例如舒适、优雅和宽敞——几乎是每篇报道少不了的。

每次在办公室之外看见这些字眼，他都会觉得油腻和不干净。开始编这套书的两个月后，换言之是他上班的两年后，出版社把一个来实习的女大学生特蕾西·惠勒交给他带。既然要当别人导师，他摆出一副沙场老将的神气，而特蕾西的认真积极也有助于他收起对工作的玩世不恭态度。

他太太考琳是一家证券公司的分析师。如果是男人，她在上班头一年一定会比较好过。她好几次打算辞职不干。不过，一等她进入状况，就发现四周的男同事开始对他们的烟酒文化微微感到难为情，就像她和其他女同事带来了一本新的行为守则。同时拥有数学天赋和锐利直觉，考琳发现自己正好具备洞察股市变化的必需装备。她感到自己就身处这些变化的中心位置附近。世界上所有的生产性能量——不管是劳工的血汗、钢铁活塞的起落还是化学药物或细胞的试管配对——都被编成二元电子脉冲，透过曼哈顿一栋栋摩天大楼传输到她的办公室，使她在电脑屏幕上随手可得。她开始欣赏一种在她工作头一年感到怕怕的公司文化的一些方面：她恢复打壁球，开始喜欢装潢得阳刚气十足的俱乐部。她有时会和上司在这些地方吃午餐，感觉镀金相框里的去世富豪对她的凝视越来越温和。

考琳和罗素是在大学认识的。他们在毕业之后那个夏天结婚，从此，他们在纽约东区的公寓成为了老同学之间的超级俱乐部。作为已婚夫妻，他们是同学中间进入成年状态的先锋，但他们也是一双溺爱客人的男女主人。他们请客时会把水晶器皿拿出来用，不会因为有某件器皿在快凌晨时被砸烂大惊失色。那些在大学时不敢靠近考琳的男生——她是校园里的性感图腾——现在可以放心对她放电，至于女生则常常会把罗素拉到卧室倾吐心事。他在大学里被称为诗人，诗歌风格接近拜伦。那些在大学里几乎不认识他的人若想从毕业纪念册找到记忆，会发现别人提到他时最常用的形容是多愁善感和艺术气质。

阵亡将士纪念日那个晚上，当派对进入到大家都用空酒杯来当烟灰缸的阶段，南丝·坦纳拉着罗素的手，要把他带到卧室。走在她后面，看着她厚厚的金发发尾在肩膀后方一晃一晃时，罗素再次想起一件他早前想起过的事：他们在大学的时候睡过一晚。

"我猜你已经注意到，我今晚的样子和平常不太一样。"

她在床边坐下，抬头看着罗素。但罗素不觉得她和平常有不一样，因为她还是老样子，喜欢在男生眼皮底下招摇乳沟，笑声也照样是大到可以从起居室任何角落听见。

"我继父刚刚因为癌症送医院。这消息让我心情低落。"

"真糟糕。"罗素不知道自己还能说什么，而且南丝看来承受得起。

"他以前常常带我到自然史博物馆参观。我总是想要看看爱斯基摩人，觉得住在小小间的冰屋里感觉好棒。我那时候是个丑小鸭，但他都喊我'大美女'。"眼泪在南丝的眼眶里打转，让罗素开始相信她是真的忧愁，并为自己刚才的怀疑感到内疚。

"我没有告诉其他人。"她说，伸手去抓他的手。罗素顺着她。"我只想让你一个人知道。"

"我不能相信你曾经是丑小鸭。"罗素说，然后终于有几分相信自己的判断。但又提醒自己，论漂亮，她远远不及考琳。这种对妻子的忠诚不二态度让他对自己刮目相看。

南丝站起来，用另一只手擦去眼泪。"谢谢你，罗素。"她说，接着探身向前，亲他嘴巴。就这一吻的热度和持续时间来说，它都有一点点超过表达感激的所需程度。

她把身体抽开之后问道："你有香烟吗？"

走廊上，布鲁斯·戴维多夫正在拍打厕所的门。看见罗素，他投诉说："他们进去二十分钟了。"考琳正在起居室和里奇·科恩聊天，双手在胸前捧成杯状，去接嘴中香烟掉下的烟灰。罗素喜欢看太太在派对上的样子，喜欢偷听她和其他男人的谈话。这些时候，她像他当初求婚的那个女人多于那个和他一起看晚间十一点新闻报道的女人。

"象征符号在股票市场的作用和在文学一样。"考琳正在说。

里奇眉头深皱，回答说："我不太明白你的意思。"

考琳想了一下，深深吸入一口烟。"现实经济运行的底下存在一个象征符号系统。会影响市场的不是只有统计数字，而是还有某种捉摸不定的东西。它们是消费者和生产者从内心深处升到表面的冲动和欲望。市场分析就像梦的解析。一件事情是代表着另一件事情。一种新发型的出现代表着黄金升值和债券贬值。"

里奇用点头掩饰自己的不解。罗素到厨房去看还剩多少葡萄酒。在他看来，除了考琳以外，现在出版人的话题一律是股票，金融人话题一律是书本和电影。到了一晚快要结束，大家谈的将会是房地产：商用办公室的价格、集合式住宅的价格、汉普顿斯夏天度假屋的租金，当然还有西七十九街那些冰屋的租金。[①]宽敞，舒适，优雅。

把最后一个客人推入电梯之后，考琳和罗素回到起居室，坐在沙发上，各点上一根烟。这时，考琳忽然说："老天爷。我不能再这样下去。"

"什么不能再这样下去？"

"一切。"她说，捻熄手中香烟，看着烟灰缸，神情畏缩，"我们必须戒烟。我觉得自己快死了。"

罗素低头看着夹在手指之间的香烟，就像它突然变得不怀好意。他了解她的意思。抽烟是一种坏习惯。他们以前就考虑过要戒，罗素也一直相信他们总有一天会把烟戒掉。

"你说得对，我们戒吧。"

为强调他们结束抽烟年代的决心，考琳坚持要把家中所有香烟找出来，一根一根折断。罗素自己觉得等早上再来做这事不迟，但还是站起来，加入她的仪式，但把一包烟藏在衣橱里一件运动夹克口袋，以防万一。

把碗碟放入洗碗机时，考琳说："菲尔·克兰今晚勾我。"

"什么叫他'勾'你？"

"他把话说得很白。他说如果我有兴趣，他也会有兴趣。"她的声

---

① 大概是指这条街的房屋面积小得可怜。

音透着伤感，就像是直到今晚以前，她都不知道世界上有婚姻不忠这回事。

"王八蛋。他的原话是怎样的？"

"不重要了。"她说，又表示自己本来不应该提的。她要罗素答应不向菲尔兴师问罪。

稍后，在床上，她问他："你有对我不忠过吗？"

"当然没有。"他信心十足地回答，然后才想起先前和南丝的接吻。

罗素第一次看见考琳是在学生联谊会会所。当时，她站在通往二楼的楼梯顶端，手指里夹着香烟，身体靠着扶手栏杆，俯视下方的派对。在这一刻之前，罗素都觉得这派对是他最近摆脱家里和父母之后的最高潮。他见酒就喝，和自己各个新室友拥抱，又拿那些他前不久才鼓得起勇气上前搭讪的女生大开玩笑，变得极端风趣。然后他看见了站在楼梯顶端的考琳。虽然他以前从没有见过她，这时却感觉自己本来就认识她，了解她个性中的每一项本质特征。他有冲动要告诉几个室友他在她身上所看到的，但又因为担心他们没有同感，把冲动按捺下来。罗素相信自己是心灵世界的贵族，有着不平凡的灵魂和品位——但他没有把这种想法告诉任何人，而到了更后来，他也几乎不再这样相信。日后他也会明白到，几乎每个人都相信自己有能力从别人的相貌读出性格。不过，在那个考琳站在楼梯顶端的晚上，他却从她的眼睛看出睿智，从她的鼻子看出教养，从她的朱唇看出感性，从她慵懒的姿态看出自信。接着，一个男的出现在考琳背后（罗素认得他是校园风云人物），尾随着另一对男女。考琳转过身，而虽然罗素没看见她的表情，也虽然她和那个男生没有互相碰触，但两人之间有着亲密无间关系这一点却是明确无疑。然后，两对男女消失，进入了二楼的房间，进入了真正的派对。看着这一幕，罗素霎时顿悟，正在楼下举行的派对只是二流货色。

考琳不知道，罗素在第一学期的杰出社交和学业表现都是为了让她刮目相看。他不需要千方百计打听她的消息，因为她属于那群人人都会谈论的男女的一分子，这让她显得更遥不可及和更让他心向往之——她和迪诺·西尼奥雷利的关系也有着同样效果。西尼奥雷利是美式足球明星和嗑药鬼（一种让人望而生畏的组合），高大威猛，被认为长得好看。但罗素对于这种评价有异议。他等待机会——他有四年。

第二个学期，考琳和他上同一门英文课。虽然两人从未交谈，总算已经不是陌生人。下一个秋天他要进行政大楼注册时，她刚好从里面走出来。看见他，她像看见朋友一样打招呼。那是一个炎热的十月天。罗素赞叹她那双晒成褐色的美腿，感觉自己感受得到她那头又长又卷的黑发所辐射出的热力。每次英文课结束，他都会拖着不走，找机会和她说再见。她一打开话匣子就会没完没了。

后来，他们开始一起在饭堂吃午饭，香烟一根一根抽，啤酒一杯一杯喝。他们无所不谈，但他就是无法不去注意她叼着香烟的嘴巴。她吐出的烟雾在他看来就是她内在火焰的可见痕迹。有一天，他们一起散步，不知不觉中去到罗素的宿舍房间，然后两人突然相拥在一起，嘴巴、舌头和手脚都热烈缠绕在一起——但仅止于此，没有发生更进一步的事。她继续和迪诺·西尼奥雷利约会，这段时间，罗素也开始和叫马姬的女孩交往。

罗素和考琳的感情沉寂了两年，然后一天晚上，考琳突然打来电话，问可不可以到他的宿舍房间去。她说她已经和迪诺断了，但因为说得不够清楚，迪诺继续常常打电话骚扰她。考琳躲到罗素的宿舍房间不多久之后，喝醉酒的迪诺便跑到宿舍来，在庭院的另一边大声叫骂。虽然罗素担心迪诺不知会干出什么事来，却觉得被围的感觉别有一番滋味，让他和考琳的关系多了一种紧急、危险和不合法的氛围。罗素用一通电话甩了马姬。马姬哭哭啼啼，诉诸时间论证：他们已经交往两年。罗素虽然心有不忍，但因为考琳就在旁边，态度坚定不移。

宿舍外头是新英格兰早冷的秋天，红色和黄色的叶子纷纷从树上掉下，随风飞舞。有三天时间，他们除觅食以外足不出户，大部分时候都是躺在床上，只管喝酒、抽烟和聊天。罗素本来都是参加派对才抽烟，但考琳却是大烟枪。近墨者黑，罗素的烟瘾逐渐赶上。他们上床前会抽烟、做爱后会抽烟，第二天起床前又会先抽烟。这时候，考琳会把前晚做梦看见的细节一五一十告诉罗素。她的想象力死板得出奇。她记得梦中看到的一切，包括人们穿什么衣服，会指出梦境各种前后不一和不合逻辑之处，就像她认为梦不应该像梦。另一方面，她对日常世界的态度又有一点梦幻。有一些日期和姓名会让她觉得别有深意，而且她比诗人气质的罗素更相信文字的力量。当一星期后罗素向她求婚的时候，她要求他肃穆承诺，永远不许提离婚两个字——就算是开玩笑也不可以。

他觉得她会接受求婚是一时冲动，是想要和迪诺断得干干净净，但他不在乎，因为他已经暗恋她三年。校园对这件事情的看法分裂为两种。有些人站在新情侣一边，有些人同情马姬和迪诺。迪诺在新球季的表现明显受到影响。他也成为了危险和吵闹的酒吧常客。有一晚，当罗素和考琳去看电影（电影中的法国夫妇不断抽烟和出轨），迪诺到罗素的房间捣乱了一番。罗素和考琳在毕业两星期后结婚，时为七月。迪诺因为撞车，住院了三星期。毕业两年后，他们听说他到了南达科他州，在一家饲料和谷物经销商处当业务员。

阵亡将士纪念日那个派对的翌日早上，考琳提醒罗素，他们必须保持坚定的戒烟决心。这是他们认识以来第一次喝咖啡的时候不抽烟。罗素没有把杯中的咖啡喝完。

考琳盯着自己的蓝色马克杯看，一副心事重重的样子。罗素努力回忆是谁把这一组四个的马克杯作为结婚礼物送给他们。考琳忽然问他："你记得金宝浓汤的广告是怎样说的吗？'汤离不开三明治，爱情离不开婚姻，马车离不开马。'"

罗素点点头说："他们忘了提咖啡因离不开尼古丁。"

"我听说头几天多喝水会有帮助。可以清理肠胃。"

罗素出门前喝了半杯水。在电梯里，考琳摸一摸罗素磨损的衣领。"该买一些新衬衫了。"

"我有一堆衬衫。"

"我们有能力再多买几件。"

我们中间有一个人有这种能力，罗素心想。

十一点过一点点，考琳从办公室打电话给他。

"你撑得住吗？"

"我满脑子只想着香烟。"

"我也是。"

把它拿出来谈会让人好过一点。但也可能是让人难过一点。他们不确定是何者，但说好每逢感到软弱，就打电话给对方。实习生特蕾西这时带着一沓校对过的样张走进来，嘴里叼着一根香烟。她必然是看出了罗素的渴望眼神。

"想要来一根吗？"

"不用，"他回答说，"我戒了，至少是努力中。"他对自己所说的话感到难过。这些话标志着他人生其中一章的结束，也让他感觉自己比特蕾西老得多——这是一种他不喜欢有的感觉。他看起来可怜兮兮，和他一向在她面前摆出的气定神闲不协调。

考琳挂上电话后，杜安·琼斯走进她的办公室，坐了下来。他和她是同期受训的分析师，两人养成了在早上小休时聚聚的习惯。会发展出这种仪式，部分是因为他们是训练课程中唯一抽烟的人。杜安是《时尚先生》订户，穿四角内裤和下体护具，爱好的运动是长曲棍球和滑雪。[1] 他抽烟的事实让他在考琳眼中显得没有那么一板一眼。现在他们经常一起吃午饭，要好得让罗素有一点吃醋。提到杜安的时候，他喜欢称之为"道琼斯指数"[2]。杜安则喊他"大诗人"。这天早上，他坐在她对面的椅子里，弯腰调整袜子。

---

① 从下文观之，他的这些穿着和爱好都是罗素想象出来的。

② 英语中"道琼斯"的"琼"（Jones）和杜安的姓是同一个字。

"今天早上有什么第六感吗？有没有做什么可以预知股市的梦？"他问，然后掏出一包"莫里斯"香烟，往手腕上抖了一抖。

"大卖烟草股吧。我们戒烟了。"

"我没听错吧？你们？"

"我和罗素都戒了。"她说，心里不确定这种说法是不是要把部分责任推给丈夫。

杜安站起来，理一理黄色领带。"我不会引诱你的。"他说，走到门边的时候又转过身，使了个眼色。"不过如果你改变主意，随时可以……"

当天晚上，考琳刻意做了些清淡饭菜。这是他们多个星期以来第一次在家里吃晚饭。她在哪里读到过，红肉和辣的食物会增加抽烟的欲望。

"我认为我们这一阵子最好尽量不要外出吃饭。"考琳说。这时他们正在一面吃饭一面看电视，电视上正在播卷土重来的《外科医生》。

"你有没有注意到，电视里几乎不会有人吸烟？"罗素说。

考琳点头。"不像法国电影。"

"可不是。"

"我们少喝一点酒也死不了。"

罗素原则上同意，哪怕他手上的伏特加已经是今晚的第三杯。经过十小时没抽烟后，他有一种被人揍了一顿的感觉，一回到家马上给自己斟了杯伏特加。

"又是'三明治离不开浓汤'的原理。"

"我们必须要知道，你不能说'我再抽一根就好'。只要破一次戒，破第二次就会更容易。"

"好吧。"罗素设法专心看《外科医生》。考琳是个完全不知道看电视礼节为何物的人。她在影集的头二十五分钟不停说话，然后又问罗素，剧情怎么会是现在这种发展。就连罗素心情最好的时候，她的东问西问都会让他觉得有一点火大。今晚，他更是恨不得把她扔出窗外。唯一可以让他不这样做的方法是把藏在运动夹克口袋里的香烟拿出来抽。

"罗素?"

"唔?"

"请你再专心听我说话一分钟。事情很重要。"

他望着她。她一脸"小女孩想知道天为什么是蓝色"的认真表情。他通常觉得这表情魅力十足,无法抗拒。

"你有曾经……我是说,你小时候有没有曾经假装,如果你做某些事或者不做某些事,祸事就会发生。比方说如果你不待在泳池水深一边的水底下,某个人就会死掉?"

"这个世界不停会有人死掉。"

"我是认真的。现在,让我们来想象,如果我们破戒,就会有祸事临头。"

"好吧。"罗素说,回头继续看电视。

第二天,考琳看到罗素留在浴室洗手盆里的脏袜子,发出惊声尖叫。他则在发现厨房食物柜空空如也时一肚子火:如果不能一直有烤面包或麦片让他的嘴巴忙个不停,你又要叫他怎样戒烟?她却回说采买不是她的分内事,而且,她也交足了自己的一份家用。考琳出门时怒冲冲,没有说一声再见,也忘了带公事包。在办公室,罗素向特蕾西要了一根香烟,要用这方法来报复考琳。但他最终把香烟折成两半,丢到废纸篓。

当晚考琳回到家之后,两人都没有提早上的争吵,反而非常的互相体谅,就像是要帮助彼此撑过一种热带疾病。他们打开冷气,十点就上床睡觉。罗素第二天早上七点带着强烈内疚心理醒来。考琳不在床上,他听见浴室传来淋浴声。然后他慢慢回忆起昨晚做的一个梦:他梦见在一个派对上,南丝在一间冰屋的门口向他招手,动机不明。罗素向打开的门走去,没想到这段路奇长无比,而他每踏出一步都告诉自己应该转身逃跑。当他最后走到南丝面前,她递给他一支香烟,脸上带着淫秽笑容。

从浴室走出来的时候，考琳头上包裹着一条毛巾，腋下夹着另一条。

"水压老是不足，应该想想办法。"她说，走到梳妆台前面坐下。躺在床上的罗素可以从镜子看得见她正在给自己的脸上妆。她从镜子看见他的眼神，莞尔问道："怎么了？"

"没事。"

"我做了一个最怪的梦。"她说。

"有什么新内容吗？"罗素说，心里高兴她没有问他做了什么梦。

"我梦见香烟。我梦见自己偷偷抽了一根烟，就像小时候那样。"

她一边用一把像小牙刷的工具梳理眉毛，一边说："你梦见香烟了吗？"说完盯着他的眼睛看了片刻。"没有。"他回答。

"我猜我这个人比较反常。"

第二晚，考琳梦见自己站在人行道上，等着某个人。平时车水马龙的帕克大道空空荡荡。人行道上没有其他人，马路上没有半辆车。然后，几条街之外出现一辆黑色豪华轿车，向着她慢慢开过来，最后就停在她前面。车窗缓缓下降，一只男人的手伸了出来，递给她一包烟。她左右看看，上了轿车。她看不清和她一起坐在后座的男人是谁，但当轿车开动时，她看见罗素从高楼一扇窗户看着她。

第二天早上，她没有提昨晚的梦。提了也是白提：最近很难让罗素专心听她说话。

那星期带来了这年夏天的第一回真正大热天：湿度高得逼近下雨边缘，但仅止于逼近。走路前往地铁途中，考琳感觉身上的女罩衫湿巴巴，粘在了她的肩膀上。在地铁车站内，一个个打黄色领带的男人和一个个穿着订造套装的女人一律警惕兮兮，就像他们意识到这样的天气有可能会让潜藏在城市地下的暴力沸腾起来，升到地面。因为忘记买报纸，她只能在月台上百无聊赖东张西望，然后，她和一个衣衫褴褛的男人四目相接，看见对方以强烈恶毒的眼神瞪着她看。她吓了一跳，连忙转过身，脑海里闪过大开杀戒血案的各种相关画面：声音低沉的火光、鲜红色的血液、掐住她脖子的脏手和字体斗大的报纸头条标题。列车进站时，她忍不住再望那男人一眼，但这一次发现他的表情、眼神和一头乱蓬蓬的头发全都平淡无奇。

十点过一点点的时候，杜安把头探进她办公室的门。"仍然是个乖宝宝吗？"

考琳示意他进来，又低声说："把门关上。"

杜安双眉一挑，关上了门。

"给我抽两口。"

"这么神神秘秘就是为了抽两口？"

"给我点烟就好。可以吗？"

他从香烟包抖出一根，递给考琳。

"不，你来点。"

杜安觉得好玩。他用打火机把烟点着，拿在手里。"你的想法是，如果烟是由我来点，你就不算是破戒？"

"尽量取笑吧。"她拿过香烟，深深吸了一口，让烟雾停留在肺里，"有意思，味道和我想的不一样。"

"你变得容光焕发了。"

她抽了另一口，用的是一种实验的心态。这一次，烟味比较像她预期的那样，即比较像是和一个旧情人旧情复炽。但她不想更进一步。她只是想用这个方法提醒自己，没有了旧日的激情一样可以活下去。考琳把香烟递还给杜安，戒烟的决心得到再次加强。"拿着。"

"我自己多的是。"

"拿走。"

"好吧好吧。"他注意到，滤嘴上留下了考琳淡淡的桃红色口红印。

他把烟拿起来抽了一口。

考琳正在分类桌上的文件，变得忽然间忙碌起来。"如果不加快动作，我恐怕就要在这里待到半夜才能走。"

杜安走出门时说了一句："你知道哪里找得到我。"

股市越来越热络，现在考琳每天都得工作十到十二个钟头。罗素有了特蕾西当助手，工作分量固然减轻不少，但因为考琳在忙，他们没有太多机会一起外出消遣。起初，他很高兴可以利用这种时间找找朋友喝两杯，或是一个人不受打扰地在家里看电视或看书，然而，随着夏天的推移，他开始痛恨她那么重视工作。有一个炎热的晚上，当她过了十二点才回到家里之后，罗素开始发难，提到杜安·琼斯。

每天上班，他都是把《纽约时报》从头到尾看一遍才工作，有时也会写些瞎掰的旅游指南内容自娱。有一天早上，当气温升到九十度①，冷气越来越无法让人感到安生时，特蕾西拿着一沓新写好的稿件进来。

"我弄完密歇根州了，"她说，"你现在在弄哪一州？"

他把手上正在写的东西念出来："育空的喜来登饭店：迷人，有土著工匠用当地物料建筑的农舍式小屋，内装舒适豪华，圆拱形天花板，用鲸脂生火的壁炉。一年四季都适合从事冬季运动。"

她挤出一个浅笑，然后变得表情凝重。"介意我问你一件事情吗？你会不会认为我们正在做的事……不道德？"

"把自己想成写小说就好。"

"我只觉得这种事滑稽。"

"不然你以为这里大多数资深编辑为什么都是酒鬼？"他说。最近，他对特蕾西说话时都是以这种看似陈述事实的方式自况。他试过要说得更白，却做不到。

一种内心挣扎正在摧毁特蕾西平常的快活神情。罗素忍不住觉得她那件无袖上衣好看。"我只是觉得，可惜了你的才华。"她说，叹了

① 华氏度。

一口气,然后眼睛望着地板,就像刚说出了一个可怕的告白。"和你相比,我只是个小娃儿。"说完转过身走出了房间。罗素盯着门口看了好一阵子,然后决定提早去吃午餐。

稍后,他感觉有一团厚厚的薄雾在自己四周形成,让他无法碰触到生命和把它抓住。他感到垂头丧气和头脑混沌,但不知道这是天气作怪还是戒烟引起。

远离尼古丁看来让他头脑变钝而感官变锐利。夏天街道的各种酸臭味看来从没有像如今那么强烈。从街道神秘洞孔冒出的水蒸气对他是个残忍的提醒。这些烟雾是打哪来的呢,他想。他现在每天要吃四五次东西。就连他的听觉也变得尖利:噪声会让他难受,就像宿醉未醒。人行道上穿着夏天衣裙的女人也会激起他的性幻想,画面的清晰细致程度是他自从少年以来便没有经验过的。

有一次,从咖啡厅走回出版社途中,他尾随一个穿黄色吊带衫的红发女人走了两条街。他曾考虑过上前搭讪,但她随即快步走进一栋办公大楼的旋转门,离开了他的生命。

"你是哪根筋搭得不对?"他大声问自己,人就站在人行道的中央。几个路人打量他,看来准备好回答他的问题。

他绝对有必要抽一根烟。

走到报亭之后,他犹豫了一阵,提醒自己今日已经背叛过考琳一次(哪怕只发生在他的想象里)。于是他继续往前走,又没烟可抽又自责不已。

等红绿灯的时候,他打量一档路边摊贩,看见有个用蟒皮造的烟盒贩售。他想起特蕾西很快便会结束实习,回到学校,于是掏出十美元,买下烟盒。回到出版社之后,他看见特蕾西正在自己座位吃着一碗茅屋乳酪。

"这烟盒好漂亮,"她说,"你真体贴。"

"这礼物是有附带要求的。"

她警觉地抬起头。

"看在老天的分上，给我一根烟吧，不然我会死掉。"他在她的小隔间里抽烟，聊起她准备在秋天修的课程。罗素表示自己希望回到大学进修，希望展开一些没有设限的冒险——一面这样说着，一面品尝自己"人生最后一根香烟"（这是他对自己说的）。

八月尾的一个早上，考琳五点便醒过来，满心恐惧。她做了一个可怕的梦，梦见家里发生火灾。她呼吸急速，全身颤抖。她想留在家里，不要上班，但罗素告诉她，大楼如果真的发生火灾，他们更应该去上班。

她吃过午饭后打电话给罗素，看他有没有怎么样。罗素在下班时提醒她他们当晚要参加鸡尾酒会。酒会的主题是"夏天之死"。出于不明原因，那一年的派对全都有个主题，就像饮酒作乐本身已不足以构成举行派对的理由。

"我去不了了，"她说，"你自己去吧。"

"你约了人？"罗素意有所指地说。

"别傻了好不好？到目前为止已经够我累的了。"

"我应该穿什么？"

"打领带。这样他们就不会认得你。"

"提醒我你长什么样子，好让今晚你回到家，我会认得出来你是你。"

"我到时会是个有一双熊猫眼的女孩。"

停了片刻，罗素问她："我们的老朋友'道琼斯指数'可好？"

"升了四点。"

"我是说穿四角内裤的那位。"

"杜安很忙。我们这里每个人都很忙。"

"你没否认他是穿四角内裤。"

"你想要我查证一下吗？"

"不用，谢了。"

"回家见。记得不要抽烟。"

罗素本来打算在派对上露露脸便闪人，但派对在进行两小时之后才抵达最优的巡航高度。请柬上说起讫时间是六点到八点，但食物和酒都绰绰有余，所以每个人都取消了原来的晚餐订位。里奇·科恩正要抽烟，看见他便也给了他一根。到了十点，罗素已经抽了三根烟。他一开始感到内疚。第二根烟是他和里奇一起上厕所的时候抽的，所以不能算。抽到第三根的时候，他只庆幸考琳没有一起来。

南丝出现时穿着一件露肩装。她的浓妆有着服务业女从业员一贯的过分雕琢，让他联想起空中小姐。用电影来比喻的话，如果南丝是一出《超人Ⅱ》，那么考琳就是一出《广岛之恋》。

南丝看到罗素之后给他使了一个眼色，稍后又到吧台找他。"有乖乖的吗？"

"一直在努力。"

"好久没有看见你了，上次是在……"

他有片刻以为她说的上次是梦中碰见的那次。"你的继父好吗？"

"我的继父？"她有片刻看来一头雾水。"啊，他好多了。考琳怎么没有来？"语气更多是像终于可以摆脱一个跟屁虫妹妹而松一口气。罗素感觉如果自己纵容她这种语气，就等于是共犯。

"她在加班。"他说。

"唉，整天只知道工作……"她皱着眉说，然后在罗素来得及表示生气前便逃之夭夭。她真的有一点点太过分了，他想。他又喝了一杯之后就回到了人群中。

看见罗素，里奇说："我们刚刚谈到，不知道迪诺·西尼奥雷利现在怎样了。""我最后一次听说他是在南达科他州卖种子。"

"你是说他在那里播种吧[①]？"汤姆·戴尔顿说。

"这家伙骗过后卫的能力无人能及。"

"用手肘撞人的功夫也不是盖的。"罗素说。

接着史涅普·布莱克曼的女朋友（她从没有像今晚这样漂亮过）

① 这里的"播种"是指搞女人。

大谈自己的工作有多么无聊乏味，这时，南丝碰了碰罗素的肩膀。

"有烟吗？"

罗素本来想说自己已经戒烟，但本能反应让他发出了一个表示否定的单音节。

"我们来找找。"她说，眼睛闪烁着光芒，让她的这个主意似乎变得风趣和大胆。

他被她的手牵着走，感到步履轻快和有目的感，在舞池里拥挤的身体之间穿梭自如，像个轻松滑过危险滑雪弯道的老练滑雪家。

"我记得我的外套里有一包。"她说，把他带进一个卧室，再把门关上。罗素把她拉到自己前面，把她的脸凑到自己脸上。这时，他感觉自己拿捏精准和控制自如的滑雪本领瓦解了，正从一条滑雪斜坡道飞出悬崖，成为自由落体。

他在快十二点回到家。他晕头转向，两条腿摇摇晃晃。但这明明白白是一种防卫策略，是身体为罪疚心灵掩饰而撒的一个谎。这一招并不管用。他的头脑清醒得要命，像个音效完美的圆形剧场，自责声此起彼落。他安慰自己，情况本来可以更糟：因为可堪告慰的是，他和南丝至少没有推进到最后一步。但他们本来可能会那样的。他们会突然刹车只是因为有人走进卧室要拿外套。

他在门外脱下鞋子，轻轻把钥匙插入锁孔。公寓里一片漆黑。他蹑手蹑脚走入卧室，但里面空无一人。他如释重负，觉得这是老天爷给他的自新机会。他今晚不可能和考琳正面相对，因为她一眼就可以把他看穿。

在床上，他听见钥匙和锁闩不着痕迹的转动声。他半张开一只眼，看着卧室的门。走廊始终一片漆黑。最终，他听见她踮着脚尖走进卧室。因为眼睛习惯了黑暗，他看得见她把一双鞋提在手上。

他在她脱衣服和爬上床的整个过程都假装熟睡，但巴不得把她一把抱住。

考琳在他旁边非常静地躺着。他等着她的急促呼吸转为睡眠节奏。

她是那种一上床就可以睡着的人。但这一次她却一反常态，没有马上睡着，呼吸反而越来越急促，越来越不规则，然后他意识到，她正在哭。这么说，她是知道了。多年以来，他们已经培养出一种亲密无间的默识心通，所以即便在静寂的黑暗中，她一样可以嗅出来他干了坏事。罗素骂自己不应该，但继而又断定认为她知道了的想法是荒谬的。他又开始纳闷她一整晚去了哪里。

只听见她说："罗素，对不起。"

他用手肘支起身体，设法在黑暗中看清楚她的脸。

"你说什么？你有什么对不起我的？"

她开始啜泣，身体上下起伏。她想要说些什么，但声音被枕头蒙住。

"怎么回事？"他问。

当她最终可以把话说清楚了，用的是一种他从未听过的声音。"今晚……今晚……我抽了两根烟。"

她又说了一些其他话，但随着罗素把头枕回到枕头上，她的声音越来越远。他感觉强烈的冷气迎面而来，心里想象自己正在一片冰封的土地上流浪，又设法为自己寻找一幅与这种想象吻合的悲凉画面。然后过了好一会儿，一幅画面出其不意跳进他的脑海：迪诺·西尼奥雷利孤零零一个人站在一个无树的大草原上，头上没戴帽子，顶着寒风瑟瑟发抖。

看不见的篱笆

一天凌晨，在酒吧喝过一些啤酒和抽过一些烟之后，我回到家里，进门后只听见有怪声从起居室传来。一共是两种怪声。一种是低沉的咕噜声，另一种是尖锐的唧唧声。后一种声音乍听之下像是某种热带鸟类的哀鸣，但我认得出来，那是我太太苏珊的叫床声。

"甜心，是你吗？"我大声问。

我走入起居室，看见苏珊一丝不挂躺在地板上，和一个也是一丝不挂的陌生人卷缠在一起。

"天哪，苏珊。"

那男人从苏珊两条大腿之间抬起头，用略为惊讶的神情看着我。

"你就不能等到我回来？"我说。

"对不起，"她气若游丝地说，"但我想我快不行了。"

这时候，那个男人——我记得他说他的名字是马文——一只手扶住苏珊的后脑勺，引导她回到原来的任务。

为了压抑我的愤怒，我在他们旁边跪下来。

"你有'新港牌'淡烟吗？"那男人问我，继续把自己的胯部戳向苏珊的脸。

有时候我会觉得，我们想要的东西和我们害怕的东西只有一线之隔。

人类的适应能力真是神奇无比，最怪异、荒谬和倒错的事情一样可以例行公事。我好像在哪里读到过，被酷刑折磨的人有时会和折磨他们的人建立起感情纽带。

　　事情是逐渐发生的。也许某一天，你们和另外一对夫妻聊得兴高采烈，然后下一刻，你发现那个男的正在和你太太热吻，让你有点傻眼。你和他太太又谈了一阵，然后当你抬头望去，看见那个家伙正在爱抚你太太的胸部。这时你当然气炸，要他马上住手。但后来，你会发现自己老是想着那家伙抚摸你太太胸部那一幕，挥之不去。你有可能想象类似的情景吗？我只是提出一个假设，一种不能排除的可能性。

　　事实上，我自认为自己相当正常。我在日落商场经营一家书店。我父母还是夫妻。我太太苏珊是律师，在城里上班。我们有两个小孩，一个叫卡拉，一个叫布基，两个都是在第一圣公会受洗，而虽然我们不是每星期都做礼拜，但每逢大节都会上教堂。我们住在一个每个人第一次见面都会问你上哪家教堂的城市，市中的教堂比美容院还多。这国家大部分圣经都是在这里出版，大部分乡村民歌也是在这里制作。但我们也有着多得能超过你想象的无上装酒吧、按摩院和成人书店，所有都是藏在下城区某个角落，离州际公路的交流道没多远。本地人会告诉你，光顾这些店的全是外地人，但我不肯相信。你也许甚至可以主张，本地的色情业数量和教堂数量有直接对应关系，但我不会公开说出这种想法，因为这城市的枪支也是多得要命。我自己就在床垫下面放着一把点三八左轮手枪，枪柜里也放着一把十二英寸口径霰弹枪——这种事相当平常，几乎家家户户都是这样。我从没用过我的左轮手枪，但有它在身边让我感到安全——哪怕统计数字显示情形刚好相反。我都是用霰弹枪打鸭子：每个冬天我都会和大学时代的死党到里尔富特湖打猎。我们会待在一起四天，其间喝酒打猎，消遣自己的老婆和工作，谈我们钓到的鱼或想钓而钓不到的鱼。我们偶尔也会谈我们把到的妞儿，但更多时候是谈把我们甩掉的妞儿。

有时，在酸臭沼泽的打鸭掩体里窝了一个冷死人的早上之后，我们的谈话会变得相当开诚布公。不过，就我的经验，在谈论自己的性生活这件事情上，男人要比女人扭捏。有一次，苏珊为好朋友珍内瓦搞了个准妈妈派对，开派对时把我塞进储物室去。我只能说，他们的谈话内容让我震撼，从那话儿多长多宽到一晚几次无所不谈。我一样无法幸免于难：听到苏珊为自己的丈夫吹牛时，坐在吸尘器旁边的我有一种被迎头撞击的感觉。这些女人……该怎么说呢……就像是在进行临床解剖，反观我们男人谈到的都是一些泛泛和假设性的事情，例如：你们知道吗，我巴不得×崔斯酒吧那个女服务生或是克罗斯那个女的有够辣的，给我上的话我会让她死去活来。至于我自己，则是从未会醉到把性爱隐私分享给一帮兄弟的程度。我不是没有性幻想（事实上，我向苏珊分享的性幻想细节比分享给一帮兄弟的还多），但性幻想和现实毕竟不同。即便你把它们之间的前沿往前推（又特别是在把它们的前沿往前推的时候），仍然必须知道两者的起讫处何在。我也许有怪癖，但不是白痴。不过，我倒是很好奇，他们家起居室的地板在深夜时分有没有发生过什么事。

每星期五晚，我们都会把小孩送去给苏珊的妈妈带，然后再到城里找乐子。我们会去几个不同地方，常常一个晚上续摊三四回。每一次，苏珊都会盛装打扮，穿上她最好的性感内衣。她的性感内衣都是我负责买，不然就是从"维多利亚的秘密"的目录一起挑选。她会站在镜子前面问我："你喜欢粉红色的还是黑白两色的？"她有一具惹火的娇小胴体。娇小但丰满——我可不是指胖。这么说吧，她虽然只有一六二公分，却有着"迪通拿"①的曲线。哪怕到了今日，我每次看着她胸部时仍然不能不感到喉头窒息。有时候，如果是突然看见，我更是会有要昏厥的感觉。有些卖胸罩的女售货员会问她是不是做过植入手术。她们会有此一问倒不是这双乳房有多大（不算大，只介乎B罩杯和C罩杯之间），而是因为它们美得有一点点不像是真的。有时候我

————————
① 佛罗里达州的"迪通拿国际赛车场"，该赛车场的赛道有一部分像一对乳房。

会不敢相信它们是我的（这当然是一种比喻说法）。你会想，我何德何能得享这样的福分？每当我看见其他男人盯着它们看，都会不胜自豪。这种心情也许就是整件事情的源头。有些男人会大喇喇盯着它们看，但更多时候是偷偷摸摸和饱受煎熬，就像是想要偷翻垃圾桶的狗。我听得见他们在心里这样说：老天爷，如果我能亲眼看看它们，摸摸它们，把乳蒂含在嘴里，我有什么不愿意付出的！所以我鼓励苏珊穿一些能秀出自己长处的衣着，专帮她买些紧身和低胸的上衣。

所以，每星期五晚，我下班后都会尽快回家。我通常都是六点回到家，但在那个特别的晚上，我晚了几分钟。保姆达琳已经在大门外踱来踱去，迫不及待要抽一根烟和开车到男朋友家。我的朋友霍尔总是说她很辣，乐于找个机会开车送她回家。我不知道为什么，但她就是不是我的菜。她有一头黄得不自然的头发，一个凹得很深的肚脐——不分冬夏，她都是把肚脐突出在短 T 恤和吊带衫的下面。有时我会不敢相信自己竟然把小孩托付给这样一个小妓女带，但至少，他们到目前为止还没有断过半根骨头或吃到过有毒的东西。但是，卡拉为什么会躺在地板上哭呢？

"班戈看见另一头狗，便跑去追。"达琳说，"我试过要拉住它，但被它跑掉。"

卡拉证实了这一点。"班戈跑了。"

"它会回来的。"我说。

每隔一阵子，班戈就会被街上的狗惹恼，忘记有一圈看不见的篱笆包围着我们的房子。如果在跑过那界线时被拉住，它会变得疯上加疯。该死的班戈。

"达琳说它会被车撞死的。"

"你弟弟在哪里？"

"达琳说狗死了之后不能上天堂。"

"小可爱，达琳不是天堂的专家。"

苏珊还没有下班，所以我就给两个小孩煮了一包卡夫芝士，然后把他们要带到外婆家的东西打包：布基要带的是"游戏主机""宝可梦"卡片和人偶、海绵宝宝睡衣裤、两条牛仔裤、两件T恤（一件上面写着"范德比"，一件写着"纽大"，分别是我和苏珊的母校）。卡拉自行把东西收拾到她的凯蒂猫背包：芭比睡袍、芭比娃娃、克丽丝娃娃和诸如此类。

"走吧，走吧。"我说。

"我不想到外婆家。"布基说。

"你当然想去，"我说，"你每次在外婆家都玩得很开心。"

"她家有一种怪气味。"

"班戈怎么办？"卡拉哭丧着说。

我都忘了这回事了。"好，我们找班戈去。"

我们走到房子外头，打量街道两边。我并不预期那条疯狗还会在这一带，因为它上一次走失，我们接到从另一个城镇打来的电话，说它跑到了那里面去。班戈性好流浪，也性好咬人，这也是为什么我们每个星期五晚带人回来，都会先确定它是不是跑到了后院。

"我保证班戈很快会回家。"我说，但卡拉在我开车到苏珊妈妈家的途中继续泪涟涟。

在把两个孩子搞定在电视前面之后，苏珊妈妈问我："你们两个小伙子今晚计划到哪里去玩？"

"只是吃一顿和随便逛逛。"

"我觉得这种单独相处的时间很重要。有些夫妻一有了小孩就任由爱情的火花熄灭。"我害怕她的话题会转入她的丈夫。我这位老丈人是出了名的好色之徒，但几年前因肺癌归西之后却被他老婆封圣。

"我们一直努力保持感情新鲜。"我说。

"爱情是要下功夫的，不能视为理所当然。我们有我们的问题，我是说我和布克。但每个星期六晚他都会带我去夜总会吃晚餐。"

这夜总会还是不提的好，因为谁都知道，我老丈人和那夜总会一个女服务生有一腿。"老布克是个好样的。"

"但我不会说他完美无缺。"

她的眼睛湿了。这种时候必须马上转换话题，否则你就会听到一篇全长的哀悼文。"他至少够聪明，知道应该娶你。"我说。

"我不是没有瑕疵的。相信我，我知道自己有哪些瑕疵。"

"在我的眼里没有。"我给了她一个大大的拥抱，但小心翼翼，以防会压断她那些钙质大量流失的骨头。"你对我们真好。"

"能帮得上你们的忙让我感到高兴。"

"你知道我们有多感激你。"我说，"孩子也喜欢待在这里。"

就像是为了否证这个断言似的，布基在前台阶拦住我，抱住我一条腿不放，花了我十分钟才再次把他搞定。

回到家里，我看见苏珊站在梳妆台前搔首弄姿。

"转过身。"

她把双手放下，盯着镜子里的自己看。

"苏珊，让我看看。"

她穿一件低胸白色露背装，搭配一条低腰牛仔裤，性感而不妖艳。她的妆看来淡了些。我觉得她的眼影可以画得再深一些。最后，她站起来走向入墙衣柜。

"怎么回事？"

她站在入墙衣柜前面。"没什么，只是工作了一整天，有点累了。"

"不用担心这个。"我说，给她看了我在午餐时间切好的一小瓶子粉末。

"过一下大概就会好。"她说，继续站在原地，望入入墙衣柜里面，就像那里有什么深远景观。

我走到她后面，双手放在她的肩膀，为她按摩脖子和三角肌。入墙衣柜里面除了两排挂起的衣服，没有什么好看的。"你肯定不需要来一点点提神剂？"

"来就来，死不了人。"她说，然后转过身，面上挂着一个浅笑。我把一些粉末抖在她拇指和食指之间。她把粉末吸进了鼻孔，伸出另一只手。"你看到班戈了吗？"

"它跑了。"我说，一面轻轻把更多粉末抖在她的掌心。"记得提醒我把篱笆门打开，这样万一它自己回来的话可以进来。"

我们去了离州际公路以西约十英里的"卡雷尔"舞厅。到达之后，苏珊看来已经甩掉了疲惫。我们点了两杯"白金玛格丽特"，然后审视人群。我们没来这地方已经四五个月了。最后一次来，苏珊挑了一个电话公司的接线生，但他却因为喝得太醉，在停车场吐了一地。我们只好任他穿着蛇皮靴趴在他的小货车的引擎盖上流口水。先前他对苏珊提过，他的蛇皮靴是当天下午刚在加勒廷的畅货中心买来的。

"四点钟方向有一个寂寞的护林员。"我在《我里面的牛仔》的乐曲声中扯着喉咙说，示意她望向一个穿着闪亮橙色皮夹克的家伙。他刚刚进舞厅，进来后一直盯着苏珊看。

"我们跳舞吧。"她说。

"行。"我把杯中的酒喝完，牵着她的手走到舞池。我们在《赶在他偷吃以前》的歌声中扭动身体——更精确地说是苏珊扭动身体，而我只是把身体摆来摆去。我环顾四周看看是不是有苏珊的粉丝——当然有，"皮夹克先生"就站在舞池边缘看着我们跳舞。一曲结束时，我探身向苏珊耳语："继续跳。"然后转过身，往男厕方向走去，哪怕我并没有这种生理需要。在厕所里，我对着镜子理了理头发，然后回到酒吧，点了另一杯"白金玛格丽特"，又强迫自己在付过钱和喝下一大口酒之前不得望向舞池。这时候，"皮夹克先生"当然是已经和苏珊在《简爱》的乐曲声中翩翩起舞。我感到飘飘然，就像是吸古柯①时会感受到的第一波快感。

我要怎么解释为什么我会因为看见苏珊让另一个男人兴奋而兴奋呢？但这种事真有那么难理解吗？

我挑了一张可以从跳舞人群之间偶尔看得见他们动静的桌子。苏

---

① 指古柯碱。

珊终于朝我望来，又引导她的舞伴去到一个我能够更清楚看见他们的位置，接着开始吻他。我是指吮吸他的脸。那小子不敢相信自己会这么走运。够奇怪的是，我也是一样的感觉。

不过，接下来，就像是为了折磨我，苏珊把舞伴拉回跳舞的人堆之间，让我再看不到他们任何一个。这把我搞疯了。我等了几分钟，然后围着舞池绕了一圈，但还是看不见他们。搞什么鬼！我到处张望。她是把他带到停车场去了吗？一个突发念头让我直奔男厕。有时，苏珊会半开玩笑地说，她打算带一个男人到男厕办事，因为她知道这在理论上并无不可，但在现实生活中却是一种禁忌，是我们都同意过的不可逾越的界线。这很重要，因为当你越过了一般的边界玩游戏，就必须有严格的规则和界线作为规范。这一点我们是从教训中学来的。

去到男厕门外之后，我停下脚步，深呼吸一口气，想要恢复从容，并思考如果发现他们在里面要怎样反应。我推开门，看见两个戴牛仔帽的老男孩对着小便斗尿尿。马桶单间里没有人，让我松了一口气。

最后，我在吧台找到她。她一个人在啜饮"白金玛格丽特"。

"怎么了？"

她摇摇头。"我们走吧。"

在车里，她告诉我："他说他想让我见见他妈妈。"

"他一定用这种台词把过很多妹。"

"我认为他是认真的。"

"现在要去哪里？"

"'蒂尼的店'。"她说。

"你是认真的？"我还没有太醉，还懂得对"蒂尼的店"心存顾忌。上一次我们去那里的时候，店里有个人被人捅了一刀。不过我们并没有目睹打斗经过。

"如果我们想找刺激，就应该去够刺激的地方。"她说。她早前的缺乏自信看来蒸发了。当"闪电一百"电台传来《闪亮眼睛先生》的歌声时，她说："开大声一点。"

我们到'蒂尼的店'时，时间还嫌太早，不过周五夜的驻店乐队已经开始演奏。我们挑了一张桌子坐下，点了两杯酒。目前，客人大部分是我们脸熟的酒鬼和乐队成员的朋友。每两段歌词之间，一个穿金色紧身胸衣肥妈妈会大声喊道："尽情玩吧！"不难想象，这些输家每晚都是演奏同一批歌曲，在相同的二十间夜店之间巡回演出。不过，他们偶尔也会换换歌。例如，我一度听见了阳光男孩的《为响尾蛇养肥青蛙》。

然后我看到那小子向我们走过来。他穿得像个拉皮条的：一件大大的白色T恤，一条金链子在胸前一晃一晃。他在我们前面提起一把椅子，把它前后转过来，像骑马一样坐在上面。他顶多不超过二十岁，皮肤黑得像墨汁。

"俺以前见过你们两个。"他说。

"有可能。"我说。

"俺真的见过。"

"我是苏珊，他是迪恩。"

他没有乱讲，我记得他。我们参加过他一个朋友搞的派对。

"俺口干。"他说。

"你想喝什么？"我问。

"干邑加可乐。"

"我会帮你叫。"

"俺要轩尼诗。"他说，越来越没分寸。

我望向苏珊，看看她觉得行不行。这种事是要沟通的。但从她脸上的淫荡表情看来，她很满意——比满意还满意。天晓得她在"卡雷尔"喝了多少杯！

就在我在吧台等着，听着《红色的小公鸡》乐曲的时候，响起了三声不太响的声音。就像出现在十一点新闻报道的目击者会说的，这些声音更像是鞭炮声或有人在门外抽鞭子声，所以我起初根本没有想到它们是枪声。然后，一个红头发非洲人跑了进来，叽里呱啦嚷嚷了些什么。他的话我半句都听不懂，但看见四周的人纷纷走人。突然间，苏珊和那个小子出现在我旁边。

"有人在停车场开枪，"苏珊说，"德里克需要我们载他一程。"她没有对我使眼色，但脸上有一丝憨笑。

在停车场，我从围观者的腿之间瞥见地上一条腿。所有这些脚上都穿着闪闪亮亮的白色"耐克"运动鞋。

我把车开出的时候，那小子说："俺不需要那种狗屎①。你们知道我的意思吗？"

"收到。"

"你可以在百老汇放我下车。"

"哪里都可以。"我说。

"要不要到我们家去，"苏珊说，"我们可以来个派对。"

"我有一瓶拿破仑干邑。"我说。

"是 XO 吗？"

"我不知道，也许是 VSOP。"

"你们有大麻烟吗？"

"我们有些很正的大麻烟，还有些顶呱呱的粉。"

他似乎在权衡利弊得失，考虑要不要接受邀请，我想在后视镜找到他的脸，但车子里面太黑。

"你们的狗窝在哪里？"

"在再过去的绿色山丘。"

他嗤之以鼻。"我喜欢白色山丘多一些。"

"莱恩·西蒙斯和我们住同一条街。"苏珊说。我转头向她翻白眼，但她没有看我。老天，她说谎不用打草稿。但那小子看来因为我们与一个海斯曼杯得主②为邻对我们另眼相看。

他从门厅的制高点打量整栋房子的室内，说了句："不赖嘛。"

---

① 这里的"狗屎"似乎是指枪。
② "海斯曼杯"是每年一度颁发给美国大学美式足球最佳球员的奖项。

"要喝些什么？干邑加可乐？"

"先这样。"

"苏珊会带你参观一下。"我说，递给他一袋大麻和几张纸。

我端着酒回到起居室的时候，他们肩贴肩坐在沙发上。德里克正在用舌头把大麻烟粘起来。

"这狗窝花了你大把钞票吧？"

"〇一年买的，那时候房价还没有大涨。"

他点燃大麻烟，抽了一口之后递给苏珊。"俺有一天一定要给自己买一栋这样的房子。"

"那会是很棒的投资。"

我在茶几切碎古柯块时，苏珊深深吸入一口大麻烟。

德里克向我仰仰头。"我们应该把莱恩·西蒙斯找来。"

"他女儿和我们的儿子同一所学校。"

"他老婆看来很会跳舞。"

"她很辣。"我说，递给他一根吸管。

"你们白人都是吸粉末，"他说，"但在俺家乡，咱们都是用抽的。你们有抽过'洛克'①吗？"他弯腰吸了两行粉末，然后把吸管递给苏珊。

她把头发拨到后面，开始弯腰。"你可以帮我把头发抓住吗？"她问。

"行。"他在她向茶几弯腰时帮她抓住头发。我总觉得这种时候的苏珊分外性感。她吸完之后拍拍他手臂，又去亲他的脸。我感觉得到，他这时才意识到可能会发生什么事。

"你们打算搞哪种派对？"

"聊聊天跳跳舞之类。"我说。

"我不搞相公的。"

"你是为女人而设的男人。"苏珊说。

我摇摇头说："我也不搞相公。"

---

① 一种强效古柯碱。

"我也不要踩三轮车。①"

"收到。"

德里克若有所思地摸摸下巴。"咱们需要一些音乐助兴。"

"马上来。"

我估摸《黑色专辑》会是个相当安全的选择。苏珊正在向茶几弯腰，德里克一只手抓住她的头发，另一只手放在她胸部下面。苏珊仰直身体之后开始吻他。我屏息静气站在音响旁边。这个时候没有必要让我的存在引起注意。我渴望可以解释为什么这种事会让我兴奋，可以解释为什么我喜欢看见自己太太把舌头伸进一个陌生人嘴巴（对方有着法国烤咖啡肤色时我尤其兴奋）。在我的旁观下，他们热吻了三四分钟。然后我看见苏珊伸手去解他的皮带。这时候，我已经向前移动了几英寸。不过，她帮他脱下裤子时却是背对着我，挡住我大部分视线。到了这时候，我已经必须提醒自己保持呼吸才会记得呼吸。为了换一个更好的观看角度，我鬼鬼祟祟绕过茶几。

我是听见班戈吠叫声的前一秒才看见它。它向着那个在沙发上和苏珊卷在一起的男人狂吠，接着扑过去。接下来一片混乱：苏珊尖叫，德里克骂声连连，咬过人的班戈继续咆哮和吠叫。它接着向我跑来，停在我脚边呜咽。见它想要转过身再次攻击德里克，我一把把它抓住。

"这狗娘养的咬俺。妈啊，俺在流血。这只死狗咬了俺屁股。"

苏珊正在察看他的大腿，那看来才是他实际被咬的地方。

"俺真他妈的倒了大霉，"他说，"这只种族歧视的死狗是打哪来的？"

"我看我们有必要把他送到急诊室。"苏珊说。被我抓住领圈的班戈继续吠个不停，作势欲扑。

"你们这种人真是够他妈的神经不正常。"

就我所能见，我对这个问题没有太多可说的。

在车里，我听见从苏珊坐着的位置传来抽鼻子的声音，然后我看

---

① 指两男一女的杂交。

到她正在哭。

"天杀的白人，吃饱饭没事干。"

"这话倒是没说错。"她说。

我想要指出，在他还没有被班戈咬屁股之前，一直是自愿配合演出，但却忍住不说。我的意思是，没有人拿枪指着他的头，对不对？

德里克无法止住怒气。"你们这些人是哪根筋不对？你们都是专挑曼丁哥人①，还是黑白不拘？"

"不只是——两种都可以。"苏珊抽着鼻子说。

她盯着我的脸看，像是要读出什么。

"我不敢肯定，但我觉得迪恩比较喜欢黑人。"

"我？你在说些什么？别赖到我头上。是你开的头。"

"如果是我开的头，那是因为我觉得你想要我这样做。"

"我从来没有那样说过。"

"但你也没有不高兴。"

"我是想让你随心所欲，"我说，"因为那明显是你想要的。"

"鬼扯，老哥。"

"等一等，"我说，"我们从来没有勉强任何人。"

他从后座向前探身，一巴掌搁在我后脑勺。"闭上你的狗嘴。俺想听听她怎样说。"他说，然后问苏珊，"你喜欢这种鸟事？"

她看着我，而我并不喜欢她的眼神。

"我不知道。我猜我已经习惯了。"

"习惯？"我不敢相信我的耳朵。她这是在窜改历史。

"开始的时候不习惯，但过了一阵子之后便变成只是……例行公事。"

"你他妈的饶了我好不好。"我说，"是你自己喜欢被陌生男人上。你也真的很喜欢被陌生的黑种人搞。"

德里克又搁了我的后脑勺一掌，这一次更用力。"闭嘴，只管看好

_____

① 这里指黑人。

路。你他妈的就不能对这位女士放尊重点？"

我们正在接近医院。

"你们搞这种狗屎事多久了？"

苏珊瘫软在副驾驶座，就像全身一下子没有了骨头。我注意到一个金发洋娃娃在她脚边。我已经受够了盘问。我的意思是，我们这种事搞了多久跟他何干？

"我可以告诉你精确时间。"苏珊说，"那是在迪恩发现……"她的声音哽住，然后一声呜咽从她紧闭的嘴唇逸出。"是在他发现了我做的某件事之后。"

"你做了某件事之后？还是说是你上了某个人之后？"德里克说。

"对，是在我和某个人上床之后。"

"你在说什么鬼话？"我说，"那件事情和任何别的事情有什么关系？"

"少来了。别假装你不记得。"

"我不知道你在说什么！"

"我在说我和克里夫·汤普森的事。"

"那是他妈的两码子事！我搞不懂你为什么要旧事重提。"

"少来，迪恩。那就是整件事情的缘起。请问在你发现克里夫的事和你在'最后出口'叫我钓一个男人，是相隔多久的事。"

"相隔……事隔很久之后。是你自己起的意。"

"拜托你。"

"就算那是我出的主意，我也没有听到你大声抗议。何况那并不是我的主意。"

她转过身，狠狠瞪我一眼，这一瞪比迄今为止的任何事情更让我难受。"好，不是你的主意。"她说，"那么让我们彼此坦白，各自说出我们的动机是什么。"

在急诊室里，我们没有说太多话。我掏出信用卡支付医药费，因为德里克没有买任何保险，而且他会落得被咬，我们看来要负一大部分责任。我好奇那个在"蒂尼的店"中枪的家伙是不是也被送到这里。我们对面是一个穿着血渍斑斑 T 恤的乡村少年，脖子上裹着沾满血的毛巾。他妈妈身体肥胖，穿一件大码运动服。"你就是不听我说的。"她对儿子说，接下来十分钟把这句话重复了好多遍。

德里克被送去缝伤口之后，我转身对苏珊说："你不会真的相信自己刚才所说的话吧？你说……我们进行的小小冒险是为了惩罚你。"

"老天，你醒醒吧，迪恩。"

四十分钟后，德里克在第六街一间酒吧门前下车。

"你何不跟俺一道来。"他问苏珊。

出乎我意料，她认真思考了一下这个建议。"我本来应该答应的。"

"那可以让你的笨蛋老公有机会反省。"

"我欣赏你的建议，但下次吧。"

"你知道哪里找得到俺。"他说，下了车，砰一声把门关上。

他走了之后，我想不出要说些什么。苏珊显然也是一样。我们在默默无语中驶过一间又一间连锁店的霓虹灯招牌。已经是深夜一点多一点点。一轮收割月挂在州际公路上方天空，把橙色光芒渗到四周的天空，漂亮极了。

我望向苏珊。一滴清泪落在她的脸颊上。"怎么了？"我问。

"我只是想到我们的第一次。"

我几乎要问她是我们什么事的第一次，但忍住没问，因为那会像找架吵。相反的，我把车子停在"澳美客牛排馆"门前。

"你还记得吗？"

"当然记得。"

"我们开车到你叔叔住的湖边小屋。你的那辆破车有够破。"

我完全记得。那是一个星期五晚上，毕业前那个星期。我们开着我那辆老爷"斯巴鲁"到中央湖。汽车排气管穿了个洞，在车里也闻得到废气味。小屋里双层床的床垫有霉味，但我的新睡袋的清新合成纤维味终于把霉味盖过，也把我们混合在一起的体液的腥臭味盖过。

那是我人生中第一次接触到性爱的气味。我清楚记得我们做爱时生锈铁床的激烈吱嘎声和湖水拍打岸边的声音，也清楚记得完事后苏珊蒙在睡袋里的啜泣声。除了是因为我不太济事，我想不出她有什么理由哭。我最后开口问她："为什么哭？"她回答说："我没事。我很好。"然后，把沾着泪水的脸靠在我的肩膀上。

"你当时以为我不开心。"她问我，就像看得透我的心思。

"不然我应该怎样以为？"

"我会哭是因为那太完美，是因为以后永远不会再有这第一次。"

我摇摇头，耸耸肩。

"我会哭因为我不想失去你，但又知道如果我们继续在一起，迟早会伤害彼此。"

"你没有失去我。"我怀着希望地说，伸手去抓住她的手。

"唔。"她说，抹去脸上的泪。"事实上，我认为我已经失去你。"

"我们可以回到原来的。"

苏珊摇摇头，直直看着风挡玻璃外面。

我尝试记起收割月何以称为收割月，好奇它是正在盈还是正在亏。我当然也记起了当我发现她和克里夫·汤普森有染之后的反应。我一度以为自己会发疯，以为自己的心会因为愤怒和悲伤而爆炸。我有好多天夜不能寐，脑子里满是他们以各种可能体位做爱的画面，眼前尽是每一个淫秽的细节，一个不漏。我发狂地砸烂她收集的全套"史丹福特夏"家具，哭着要求她给我一个解释。她把两个孩子送到妈妈家，我有三天没有去工作。我食不下咽，每次勉强吃下就会吐出来。我问她是不是还爱着我，又不相信她说的。因为如果她还爱着我，又怎么可能和那个家伙上床？我无法排解这两个事实之间的冲突。我以为自己会心碎而死。我以前总是相信我是她的唯一。

所以我逼她告诉我一切细节。我饱受自己想象出来的各种淫秽细节折磨。我猜想现实中的情况会更不堪入目。我要求她说出越来越多的细节。我需要得到更多更赤裸裸的画面。我逼她说得愈来愈细，让一切纤毫毕现，好让我可以像看情色短片那样看到整个过程，好让我可以幻想整件事情都是我为了自娱而设计出来……但最后我们都终于明白，实际发生过的情况永远不可能完全符合我头脑中的画面。

我需要更多画面。

2007

火鸡节日圣母

我们这家人看来发展出了一个自成一格的感恩节传统，因为每一次，我们其中总有一个人的行为特别粗暴。这个角色就像火炬或季节性细菌那样，在每年的感恩从一个人传递给另一个人。这时候，会出现吹胡子瞪眼睛的场面，还会有玻璃杯被砸碎，或是有谁的鼻尖被按到马铃薯泥或粗毛地毯上去。有时候，发难者甚至会是我们的客人——我们的朋友、女朋友或妻子。这种病看来是可以人传人的。我们一共是三个人（三个没有了娘的孩子），连老爸算在内是四个人，连布莱恩最好的朋友福斯特算在内是五个人。福斯特和我们差不多在同一时间失去母亲，此后总是和我们一起过感恩节。老妈走了之后，便再也没有人告诫我们喝酒不要喝超过六杯，嚼食物时不要张开嘴巴，晚餐桌上不要脏话连连。

我们总是设法找别的女人来填补老妈的空缺，但她们从来不能让和平保持太久。有时她们反而是催化剂，甚至是发难者——这大概是她们用来融入我们家的一种方式。虽然很多女人毛遂自荐，但老爸不会邀别的女人过节，而我们的小姐女朋友总是不忘说，以老爸这样英俊的男人，自甘当个鳏夫真是一大浪费。"既然已经拥有过世界上最完美的女人，我怎么可能迁就？"这是他在给自己斟另一杯酒时会说的话。四邻的寡妇和离婚女人只有流口水的份。

有时候（只是"有时候"），战火会在圣诞节当着一只火鸡的尸体再次点燃。这一次扮演发难者的换成是几兄弟或客人中的另一人。不过，通常感恩节的火爆场面已经足以让我们有所警惕，在接下来的十一个月和平相处。就社经地位来说，我想我们全都有不少值得感恩之处，但出于一些不明原因，我们喜欢找些悲愤来沉溺其中。*为什么是你而不是我有份参与艾丹的高中的戏剧公演？为什么你明知我爱着海伦还要搞她？*

我们会在星期四晚从预科学校或大学回到家，或是在星期三晚从纽约或佛蒙特回到家（那时我们一个在纽约一家银行上班，一个在那里创作写剧本，另一个在佛蒙特和高中室友一起盖小木屋，盖好后会在下第一场雪时到维托以打工换取免费滑雪）。接下来几天，老爸会休店几天（当然是指他退休前），而这个时候正是最危险之时。那时，让素净的新英格兰山丘短暂浓妆艳抹起来的喧闹树叶早已落光，只剩下单调一色的冬天风景：早年开拓者的灰色石头房屋、枫树的银色树干和桦树的白色柱子。

我们会在厨房门口互相来一个男人式拥抱，给对方送上一杯鸡尾酒，把女朋友和室友介绍给家人认识。如果遇到下大雪，门口就一定会放着一台擦靴机。老爸对这机器特别情有独钟，总是会指给客人看，原因倒不是他讨厌别人把烂泥巴和雪带进屋子里，而是因为他认为擦靴机可以代表老英格兰被认为拥有的所有魅力和美好传统（至于不美好的传统则包括早年的不宽容精神和把年轻女孩绑在柱上活活烧死）。虽然他的擦靴机只是在本地五金店买来，但老爸不知怎的相信它是马萨诸塞州最早的开拓者放在这里的。他喜欢自视为老扬基人，哪怕他祖父当初移民到波士顿来的时候，到处的商店橱窗都贴着"爱尔兰人概不雇用"的告示（所以也不太可能有人邀请他在自家门前的擦靴机擦靴）。事隔一个半世纪的现在，我们住的是一栋带绿色百叶窗的白色大房子。老爸都喊它作"殖民时代"房子，不过其实它是一九二〇年代建造，只是假装成百年老宅的样子。

我们带回家过节的女孩一律与老妈有几分相似，所以也一律是金发。不过，布莱恩有两次故意唱反调，带回来的是黑发妞。我们都看得出来我们兄弟的女朋友长相与老妈依稀相似，也知道我们自己的女朋友有着老妈的一些最好品质。至于这些女孩本身，则想必多少会有点沮丧，因为在我们家，她们会发现她们自认为独一无二的五官并非独一无二。我们几兄弟虽然长相各不相同，但又有着一眼看出的相似性，包括蓬头乱发、浓眉、眯眯眼和其他种种天生或后天养成的不显眼的相似之处。我们大哥布莱恩每年都带不同女孩回家过节，所以被我们称为"家族中的肯尼迪"。我们另外几个则是向老爸看齐——他老是说老妈是他唯一的真爱。迈克是在念大一的时候认识珍妮佛的，而艾丹认识未来老婆阿兰娜时甚至还没有满二十岁。不过，布莱恩后来连续两年都是带贾妮斯回家，最后也娶了她当老婆，相当跌破我们和他自己的眼镜。第二次到我们家过节时，贾妮斯把整只未切的火鸡扔向布莱恩的头——这情节后来被他写入自己第二个剧本。另一年，当他和福斯特在晚餐时发现他们前不久睡过同一个女孩时，几乎大打出手。我们另外两个人使出吃奶之力才把布莱恩拉住。[①]

布莱恩的人生一团混乱，可以用"狂飙突进"四个字形容，俨然就是戏剧的实验室。他当然会把我们写入剧本。迈克当时形容，"呼之欲出的影射"几个字犹不足以形容布莱恩对待角色原型的方式。他第一个剧本以一个死于癌症的妈妈为主题。那一季有好些类似的戏剧上演，但以他的一出最成功。首映之夜我们全去了"纽约戏剧工作坊"观赏。执导的是福斯特，他自从丧母之后就是布莱恩最好的朋友，两人都是耶鲁戏剧系的毕业生。戏剧落幕后，掌声雷动，但我们几个继续目瞪口呆，我们不知该作何感想。剧中，布莱恩看来特别突出自己与老妈的关系：把自己写得特别受老妈宠爱，也因为老妈的死特别痛不欲生。

另一件让我们困惑的事情是他对我们的描写。我们一方面想说：等一等，那不是我，另一方面又想说：等一等，那是我。他让我们落

---

① 从这句话，可知叙事者就是迈克或艾丹其中一人。

入一个站不住脚的立场。布莱恩是诡辩大师：如果你指责这出《长日入夜之旅》透露了太多私事，他就会否定它有自传成分或指出"你"念的是迪尔菲尔德高中，但剧中人念的却是霍奇科斯高中。但如果你抱怨内容失实（例如否认你和家里的狗有过不伦情事），他就会拿出诗人执照①来当挡箭牌，或指出这种失实恰恰证明了你先前的指责不成立，证明这出戏全是虚构。

起初，我们难以知道老爸是什么感觉。他当时强作镇定，到一条街外的酒吧参加布莱恩和演员举行的庆功宴。但稍后在坐计程车回饭店的路上和到饭店的酒吧之后，他却用各种不同方式反复问同一个问题："我真是那么差劲的父亲吗？"事实上，剧本并没有把他写得太差劲，但我们就是无法不把这出戏视为一部问题多多的家庭回忆录。老爸又一直追问福斯特同一个问题（福斯特形同我们的四弟，多年来都被老爸视为他设法了解布莱恩的中间人）。

福斯特这样回答："每个艺术家都是透过自恋之眼看世界的。他没有认为你是差劲的父亲。他在开始写剧本那一刻忘记了你这个人。所有剧中人，包括那个长得像你和说话像你的角色，都是布莱恩自己的化身。"我不认为老爸知道自己听了这番话是应该感到安心还是更烦恼。他当然早知道布莱恩超级自恋，说话常常夸大其词甚至信口开河。不过他看来对福斯特的断语——布莱恩是个艺术家——感到满意，所以后来才会在我们面前多次提起。他看来是认为，福斯特的话至少解释得了布莱恩的性情气质和些许偏差行为：嗑药、推过诿责和幼稚的写诗兴趣。对老爸而言，福斯特的断语分量相当于《纽约时报》和其他报纸后来对《长日入夜之旅》的赞美。

同一年，布莱恩把《长日入夜之旅》的女主角凯丝带回家过感恩节。她在剧中的角色是以布莱恩前任女朋友丽塔为原型的（他自己当然否认），而我们全都好奇，丽塔对于由这样的大美女扮演她，会是感觉受宠若惊还是受辱。那一年感恩节，凯丝在我们邻居中间引起一点

① "诗人执照"是指诗人在创作时有破格的自由。

轰动，就连住在三条街外的男人都来找老爸，问他是不是秋天时借了他们家的拔草机。听到她要来的时候，我们都心想："哇，太正了！"我们都忍不住喜欢她，又希望她在游泳衣季节再来一趟。

布莱恩那出戏为我们接下来几年的感恩节晚餐提供了火药。第一次是戏剧公演之后那个十一月一日，当时伤口还新簇簇。老二迈克率先在鸡尾酒时间之后发难——那年的鸡尾酒时间因为烤火鸡的火候抓不准而有所延长。当天，迈克的未婚妻珍妮佛自告奋勇掌厨，而虽然她后来成为我们的主要和最喜爱的厨子，但那一次却是她第一次料理火鸡。而且，她不理会老妈留下的《芳妮农家菜食谱》，坚持要按照茱莉亚·柴尔德的《驾驭法国料理的艺术》的方法。老爸试着切火鸡时发现鸡腿还没有熟，所以便把火鸡送回烤箱，这让我们多了一个半小时可以愉快地消耗酒柜里的酒。我们本来可以不太责怪珍妮佛，可她偏偏嘴硬，坚持说法国人喜欢吃有点生的火鸡肉，又暗示吃全熟火鸡的人粗野不文。所以，我们坐下吃饭的时候，布莱恩便在谢饭祷告时修理她："*Notre père, qui aime la volaille crue, que ton nom soit sanctifié*……〔我们爱生鸡肉的父，愿人都尊你的名成为圣……〕①"

迈克打断他的话，问他是不是想被一根全熟火鸡腿插屁眼。老爸要求他们停火，所以和平维持了十几分钟。通常，我们几兄弟都会联手改变话题，让他走出思妻的沼泽，但这一次，迈克却要把事情摊开来辩论。

"她吃了很多苦。"老爸说。

"显然，这里最苦的人是布莱恩。至少这是我从他的戏剧得到的印象。老妈当然是死于癌症，但以前我从来不知道布莱恩是那么痛苦。也许我是个大俗人，但在我看来，这一幕要表现的是最痛苦的人是布莱恩，不是老妈。"

"好吧好吧，"布莱恩说，"我不应该用法语谢饭祷告，我道歉。"

---

① 这祷文是基督新教的《主祷文》，天主教称为《天主经》，原作："我们在天上的父，愿人都尊你的名成为圣……"

"重点不在这里。"迈克说。

"但我认为这正是重点。"

"我不会怪你想要改变话题，因为你毕竟是个超级自我中心的王八蛋。我们全是在这个家里长大，而我们全都看了那出戏。"

"各位小朋友，够了。"老爸说。

迈克拿着一把叉子指着老爸说："在所有人之中，你最知道我正在说什么。让我们摊开来吧。你被那出戏吓傻了。"

老爸不想跟着起哄。"我只是有一些……担忧。"

"为什么我们全都要那么在乎布莱恩的感觉？他自己不可能因为担心我们的感觉而失眠。"

"事实上，"凯丝说，"我凑巧知道他非常担心你们的感觉。我想福斯特一定会同意。"

"他没有表现出来。"迈克说。

福斯特说："能够有女性赞美我们拥有崇高理想和优美感情，真的是很美妙。但我必须要说，如果布莱恩要花时间担心你们的感受，就不可能写得出一出他妈的好的戏剧。"

这番妙语没能化解严峻的局势，因为迈克就像一艘装满悲愤的巨型货船，已经无法变更航道。他继续攻击布莱恩，而布莱恩则用一些滑头话和扯些有的没的闪避攻击。最后，迈克怒冲冲走出饭厅，走的时候把整瓶红酒打翻，洒洒满整张爱尔兰亚麻布桌布——但我们都因为洒在桌上的是酒不是血感到庆幸。迈克是家中性子最烈的一个，而且比他老哥高三英寸、重三十磅。

这一次的交锋很有代表性。布莱恩一辈子都油嘴滑舌和爱耍小手段，反观迈克却是老实到了顽固的程度，而且为人极有担当。这种个性某种程度上反映出他相信布莱恩在他出生和有机会为自己选择以前，已经占据了人生双层床的上铺。如果布莱恩要攻打一座城堡，他会设法勾女佣，让他可以从后门溜进城堡，但如果换作迈克，却会用头去撞城门，直到城门破掉或自己头破血流为止。迈克年少时的轻狂作为并没有比布莱恩更多或更惊人，但他总是会被逮到和受罚，这部分是因为他认为隐瞒恶行是不老实。布莱恩则从不会让事实妨碍他的目标，而且几乎每次都可以脱身。例如，当他被逮到藏有大麻，他就会编出一个花巧（但也老套）的谎言，说那是一个朋友要求他代为保管的。但当迈克决定要种大麻，却公然为之，把大麻种在菜圃的玉米和马铃薯之间。最后，有人告诉老妈这件事，她去巡视菜圃，才发现当中果然长着一种不知名的植物。在那时候，没有人预测得到迈克以后会念商学院和在"通用电力"工作，而且有足够的外交手腕在凶险的企业文化里存活。他的改变开始于大一，主要是珍妮佛的功劳。我们花了很长时间才学会爱她（老爸曾因为她用大二艺术课学来那一套批评我们的教区教堂而火大），但她对迈克的潜移默化之功却是无可否认。

在迈克差点杀死布莱恩的上一个感恩节，发难者是艾丹。他在家人眼中是个小小孩，而他也常常抱怨我们这样看待他，对他没有足够的尊重。那年感恩节龃龉的催化剂已不可考，但当时刚上高中的艾丹喝醉了（是那种喝酒新手的醉法），这只让他更加成为被取笑的对象。因为感觉到这一点，他更加火大。

"不能只是因为我年纪比较小……你们这些家伙就有权利把我当成小孩子。老妈要事还在四[1]，绝不容许你们这样。"

"她要是还在世。"布莱恩说。

"我就是这个意思。不要他牛的[2]把我当成乳臭未干的小孩。"

他还不敢在老爸面前说脏话，所以用了委婉语。我们都觉得他的这种说话方式可爱。但布莱恩和迈克又拿这个取笑他，让他更受刺激。他一拳捶在自己的盘子上，盘子应声裂开，他的手也被牛排刀割伤（老爸早上才把牛排刀磨利）。我们一致同意，珍妮佛是在场唯一没有喝太醉、有资格开车送艾丹到急诊室的人。

---

[1] 这里艾丹是犯了一个中文无法表达的文法错误。
[2] 指"他妈的"。

有时，晚饭前打打触身式橄榄球可以舒泄掉一些本来会在晚餐桌上倾巢而出的暴戾气氛，但有时也会适得其反：例如，有一次因为布莱恩指责迈克当天下午打球的动作太粗野，两人闹得不可开交。如果是圣诞节，我们会打曲棍球，因为我们假定池塘的冰结得足够厚实。老妈是这两种运动的发起人，她相信运动和新鲜空气是美好人生的基本元素。

布莱恩执笔的那出电影推出的那一天，我们真的应该取消感恩节晚餐的。谁都可以预测得到那将会是灾难一场。先前，布莱恩花了三年时间写他的第三个剧本，先是独自执笔，然后和导演合写。（他的第二出剧作是关于纽约翠贝卡一个玩世不恭的预科生的，上演后毁誉参半，演了八星期后画上休止符。）在改编为电影的过程中，为增加故事的复杂性，加入了一段戏：戏中的母亲临死前向儿子透露自己和丈夫最好的朋友有染。

正如后来布莱恩迅速指出的，老爸的最好朋友住在旧金山，所以剧中那个"好朋友"显然是虚构人物。但这样并没有让我们释疑。老妈在老爸的朋友圈子里一向活跃，而其中一个叫汤姆·弗莱什曼的有妇之夫特别喜欢缠着她。现在，我们开始纳闷，弗莱什曼老是绕着老妈打转只是想搞笑，还是说布莱恩真的是得到了一些老妈的死前自白。镇上每个人都有同样疑问，包括弗莱什曼本人。他在九月看过电影之后怒冲冲打电话给老爸，要求知道老爸知道些什么。这件事未几便成为乡村俱乐部的谈资。电影就在帕斯马克超级市场旁边的"帝宫"影城上映。当年我们就是在"帝宫"前身的老电影院看了《大白鲨》和《往事如烟》。部分是因为戏中的人妻人母是由莫琳·弗斯扮演，卖座情况比有些人预期的更好。它在"帝宫"上映了七周，每个我们认识的人都想要看一看。

布莱恩某种程度上已经事先警告过我们。他一方面向我们保证，改编剧本没降低原剧本的艺术眼界，另一方面又表示，电影把原剧本的一些细致成分扁平化，把一些潜台词给说破，还加入了一个婚姻不忠的暗示。

除了福斯特，我们没有人获邀到洛杉矶参加首映，而且全都接到布莱恩的电话，他在电话中匆匆提到这出戏里有些"出于商业需要加入了垃圾"，又说"我甚至不确定自己会不会出席"。

后来，在看了电影之后，我们全都不知道要说些什么。布莱恩写信给老爸，信誓旦旦表示那完全是一种好莱坞桥段，与现实毫无关系。老爸打电话给福斯特，得到一样的保证。但迈克打电话给布莱恩，表示要让他吃不完兜着走，谈话没能清除疑虑，布莱恩发誓那段情节只是煽情的小说化处理。到感恩节快到的时候，我们想要说的话都已经说过，只能不抱希望地希望，事情会自己烟消云散。我们甚至破天荒地决定要给老爸的伏特加掺水，以防他太过忧伤。

史上第一次，那年的感恩节晚餐看似可以在还算平静的气氛中度过，直到上南瓜派还没有谁升高分贝。不过，老爸的伏特加虽然掺了水，他的眼神仍然明显显示他沉湎在回忆中，心情郁闷。

在有关"爱国者队"本球季的表现的谈话告一段落之后，老爸忽然说了一句："我一定是哪里让她失望了。"

我们所有人都很机警，假装没有听见，但艾丹的未婚妻（她是第一次来过节）却搞不清楚情况。

"先生，你让谁失望了？"

"嘉露莲。我一定是让她失望了。她一定是有些我不能满足她的需要。"

"但为什么你会这样认为？"珍妮佛问。

"唉，老天爷！"迈克说，说着把餐巾用力甩在桌上，"看看你干了什么好事，布莱恩。他现在真的相信了。"

"爸，"布莱恩说，"我说过了，不是真的，全是虚构。"

"那是天大的诋毁。"迈克说，"我到现在还搞不懂你他妈的为什么要把我们妈妈的名字拖到臭水沟里去。"

"她不是我们妈妈。名字不是我们妈妈的名字。那是电影里的一个角色。"

"一个以我们妈妈为蓝本的角色。"

"我一定是让她觉得受委屈了。"老爸说，对四周正在进行的谈话浑然不觉。

"老爸，听我说。那样的事从未发生过。对不起，是我不好。我不应该写出那样的东西。那是导演的主意，是一种哗众取宠的廉价桥段，不是真的。"

"我一向以为他们没什么，"老爸继续说，"他们以前喜欢在派对上聊天，而我也知道他们有很多共同兴趣。你们妈妈兴趣很广泛，包括艺术和电影，这些都是我无法和她聊的。我知道她常常和汤姆聊天，但以为仅止于此。"

"真的是仅止于此，"布莱恩说，"至少就我所知是这样。"

"我知道她对你说了一些什么——一些她不能对我说的事情。"

"没有，老爸。她从来没有对我说那样的事情。"

"你知道，我自从动过手术之后就对⋯⋯需要发挥身体机能的事情感到害怕。"

"老爸，别说了。"

"你开心了吗？"迈克看见老爸流下两行眼泪之后对布莱恩说。

"对了，谁想要到外面抽根烟？"福斯特说完，从椅子上站了起来。虽然老爸抽了一辈子的烟，但老妈在人生近尾声坚持要抽烟的人必须到屋外抽。她走了之后，老爸继续遵守这条规定，又要别人一样遵守。

在老爸上床睡觉半小时后，迈克一把扭住布莱恩，锁住他的喉咙，把他的脸按在雪地上。"天杀的，告诉我真相。她对你说了些什么？事情是真的吗？"

"我说过了，不是真的。她没有对我说过任何秘密。"

但从此再没有任何事情可以完全驱散我们的怀疑。老爸本来只要少点出门就可以避免看到别人的奇怪眼神，但他决定不示弱，继续参加地方上的社交活动。圣诞节前一星期，他在参加完三个鸡尾酒会回家途中，在离家一点五英里处撞上一棵榆树。

当时在斯克内克塔迪工作的迈克第一个赶到医院。老爸被送进加护病房。艾丹从阿姆赫斯特开车赶过来，快午夜时抵达。布莱恩和福斯特在太阳刚升起和医生宣布老爸情况稳定后从纽约到达。我们白天全待在医院，晚上轮流在候诊室守夜。终于获准看他的时候，我们发现他的样子糟透了，脸上青一块紫一块，一条腿打了石膏。看到我们，他说："别告诉你们妈妈，我不想让她担心。"

医生（他也是老妈最后日子照顾她的医生）说："是'配西汀'①作怪。"

"我们全都需要一些。"福斯特说。

接下来十天，我们不断往返于家里和医院，又用为圣诞节准备让自己有事情忙碌。我们在湖边森林找到了一株形状完美的蓝叶云杉，又从阁楼的老旧盒子找出当年从英格兰百货公司买来的各种装饰品。老妈写在盒子上的粗肥笔迹还隐约可见：圣诞灯饰、圣诞天使、圣诞灯泡。我们避谈老爸为什么会发生车祸的问题，把心思完全放在实际的事情上。

那一年的湖水早早结冰。平安夜那天吃过午餐后，我们带齐装备，又把隔壁家里奇和泰德叫来，长途跋涉去打每年一度的曲棍球。福斯特、泰德和艾丹一队，布莱恩、里奇和迈克一队。布莱恩队迅速攻得两分。艾丹（他是我们之中求胜心最炽烈的一个）开始出贱招，先是用球棍绊倒布莱恩，然后又用身体撞他，把他撞到堤道的岩石上。布莱恩还以颜色，用冰球②把艾丹打倒在蓝草丛中。站起来之后，艾丹一甩身体，用球棍钩住布莱恩面罩，把他拉倒在地，再跪在他身上，扯开他面罩，揍他的脸。到我们拉开艾丹的时候，布莱恩已经满脸是

---

① 吗啡类麻醉止痛药。
② 曲棍球赛中使用的球，为一小橡皮圆盘。

血，还有一颗牙齿从嘴唇里凸了出来。

"你这个王八蛋，"艾丹啜泣着说，"自私的王八蛋。"

布莱恩转过身，一拐一拐走上了山坡，在雪地上留下了一道血迹。

到我们回到家的时候，他已经走了。

老爸在元旦出院返家。艾丹在冬季的学期休学，留在家里陪他。迈克每个周末都会从斯克内克塔迪回来。布莱恩常常从纽约打来电话，了解情况。我们从此再也没有提起那一场雪地上的打斗和他的突然离开。不时，老爸手上拿着酒杯的时候，都会问布莱恩老妈是不是真的对他说过那些话，而他每次总是指天誓日，婚外情和死前自白的戏码纯属虚构。老爸一度在乡村俱乐部质问弗莱什曼，弗莱什曼也否认。但老爸此后从未能把这个疑团从心中抹去，一如他再也不能不靠拐杖走路。

迈克和珍妮佛后来生了三个男孩，他也成为了"通用电力"有史以来最年轻的副总裁。艾丹在美国滑雪队待了一年，然后娶了阿兰娜和回母校霍奇科斯高中教书。福斯特成为了纽约的著名导演，最近又娶了凯丝——不错，凯丝就是那个当初曾到我们家过节的女明星，她那时是布莱恩的约会对象。我们不时都会到纽约看福斯特执导的电影。

布莱恩在被艾丹打伤嘴唇的几星期后搬到了洛杉矶。在那里，他以他的第二个剧本为底本，写了一个试播影集的剧本，后来又成了该影集系列的制作人。看见他不再以家里的事为题材，我们如释重负。老爸每星期都会收看他的影集。布莱恩收入极丰，约会对象都是漂亮得杀死人的女明星。但他现在的转变也让我们有被骗的感觉，让我们失望到了他妈的最高点。多年以来，我们都要因为相信布莱恩是个天才而要忍耐他，认定他日后的成就一定可以证明老妈对他偏心得有道理。但福斯特认为，布莱恩目前所做的事等于是忏悔，假以时日一定会恢复创作，写出真正的艺术杰作。

自老爸出车祸之后，感恩节晚餐就没有一次是全员到齐。今年，随着树叶变红变黄和青草因为晨霜而变白，我们再一次感到怅然若失。情形就像我们原是为了膜拜一个女神而每年聚会一次，但现在我们的信仰已经动摇。这并不是说老妈有任何事情是我们不能原谅的，只是我们无机心的坚信已然松动。虽然我们一直是天主教徒，但我们早已不相信圣父、圣子和圣灵，只相信圣母。布莱恩信仰艺术，但后来看来也失去信仰。我们难以相信任何眼睛看不见或不能用科学课堂上学来的不变法则解释的事情。老妈，我们总是信仰你多于一切，但我们从前从未想过你有可能是凡人。

2009

第三方

一天所抽的第八或第九支烟混杂着臭氧味、金色烟丝味和初暮的恶心感，其滋味让人很难精确形容。但他每次都能说出那是一种什么滋味：失恋的滋味。

每逢失去一个女人，亚历克斯就会恢复抽烟。当他再次陷入热恋，就会戒掉。当一段情死去，他会重新点烟。这部分是一种对压力的生理反应，但也有部分是象征性：用一种瘾头取代另一种瘾头。这种出自反射动作的举动还有一个不小的部分有着神话性质，因为那让他可以营造出一种浪漫化的自我形象：手指里夹着香烟，形单影只站在外国城市一座桥梁上沉思往事，背后是残阳。

站在"艺术桥"上，他想象路过行人都对他心里有着什么哀愁感到好奇，因为这哀愁看来神秘而不可接近。透过陌生人的眼睛看自己，他的悲苦变得更加真实。这些路人全都带着法国棍子面包、米其林指南和雨伞，在三月的雨雾中缩着肩膀。

当他和莉迪娅的关系完全结束后，他决定到巴黎来——不只是为了找一个吸烟的好地方，还为要找一个合适的背景。在巴黎，他的哀伤要更加切肤和诗情画意。被莉迪娅甩掉已经够糟的了，更糟的是此乃他咎由自取，让他不得不同时承受被害人的痛和加害人的内疚。不过，他的食欲并未受损。每逢时间到，他的胃就会像催促主人带它去散步的小猎犬那样，发出抱怨声，浑然不知主人正在守丧。巴黎固然是品尝失恋之苦的好地方，但只有傻瓜才会让自己在这里饿肚子。

站在桥中央，他有片刻决定不了要朝哪个方向走。前一晚，他在一家符合他此行目的的不起眼小餐馆吃饭，但里面却坐满美国人和德国人，穿着的衣服像是准备前往健身房或热带。所以，他今晚决定改为到"海岸饭店"，因为那里的美国客人至少会穿着灰色或黑色服装。

酒吧里当然满满都是人，没有空桌子可以提供给他。老板娘是个带有西伦敦口音的漂亮亚洲尤物，看见他的时候态度狐疑。她不是那种眼睛长在额头上的典型巴黎高档餐厅老板，而是以一个国际部落的守护者自居。这部落的成员包括摇滚歌星、时装模特、时装设计师、演员和导演——还有那些为他们拍照、报道他们和睡他们的记者。身为精品广告公司的美术指导，亚历克斯只算是这个部落的边缘人。在纽约，他认识很多侍者领班，但在巴黎这里，他只能一切靠自己。听到他自称是部落的一员，老板娘最初感到困惑，但眯起的眼睛逐渐被一个笑脸取代，就像准备好把疑点利益归于被告①。"抱歉，我不记得您了。您最近好吗？"她说。亚历克斯只有在几年前光顾过这里两次，所以难以指望自己会被记得。不过，他给小费给得很大方，而且长相不差，而他自忖这会有帮助。

最后，老板娘把他带到一张四人小桌子。桌子虽小，却是位于一个非常显眼之处。先前，他告诉老板娘，自己约了人，希望这样可以增加自己拿到位子的机会。"我马上派服务生过来。还有什么其他事是要我效劳的吗？"老板娘说，笑容是那么热切，让亚历克斯决定想出一些小要求来满足她。

因为仍然有点饱，他只向服务生点了一瓶香槟，然后打量四周。虽然认得其中两个顾客（一个是美国小说家，一个是摇滚乐团主唱），但他没看见真正熟的人。因为感到孤单和无事可做，他开始研究菜单，又纳闷自己怎么从没有把莉迪娅带到巴黎来。他现在后悔了，既为她

---

① "把疑点利益归于被告"原是法律用语，这里是指她既然不能断定亚历克斯不是部落一员，就应该采取相信他是说实话的态度。

也为自己感到可惜：旅行的乐趣会因为没有见证人而减少。但当初他并没有认定他们一定会长相厮守，而这正是两人问题所在的一部分。为什么他老是这个样子？

再次抬起头的时候，他看见一男一女站在餐厅入口东张西望。那女的非常抢眼，又高又漂亮，但难以断定属于什么人种。他们看来茫然失措，就像应邀参加的盛大派对改到了别处举行。然后，那女的和亚历克斯目光相接，随即嫣然一笑。亚历克斯以微笑回礼。她扯了扯男伴的衣袖，示意他望向亚历克斯的桌子。

然后他们走了过来。

"你介意我们在这桌坐一下子吗？"那女人说，"我们找不到我们的朋友。"没有等亚历克斯回答，她直接就在他旁边的椅子坐下，过程中露出一截没穿丝袜的灰褐色大腿。

"我是腓德烈克。"那男的说，伸出一只手，看样子比他的女伴谨慎，"她是塔莎。"

"请坐。"亚历克斯说。某种发自本能的戒心让他没有自报姓名。

"你来巴黎是要干吗？"塔莎问道。

"只是透透气。"

服务生端来香槟，亚历克斯向他多要两个杯子。

"我想我们应该有彼此都认识的朋友。"塔莎说，"比方说伊桑和奥利佛。"

亚历克斯点点头，不置可否。

"我爱纽约。"腓德烈克说。

塔莎反驳说："纽约已经不是以前的纽约。"

"我知道你的意思。"亚历克斯说，等着看这个话题的后续发展。

"就算是那样，纽约还是比巴黎好。"腓德烈克说。

"这个嘛，"亚历克斯说，"有对有错。"

"巴塞罗那是欧洲唯一够酷的城市。"腓德烈克说。

"还有柏林。"塔莎说。

"柏林不行了。"

"你对巴黎熟悉吗？"塔莎问亚历克斯。

"不算太熟。"

"我们可以带你走走。"

"巴黎是狗屎。"腓德烈克说。

"有些新的地方可以去看看，"她说，"一些不算太无聊的地方。"

"你是哪里人？"亚历克斯问，对她的异国情调长相感到好奇。

"我住在巴黎。"

"她不住纽约的时候住巴黎。"

他们喝掉整瓶香槟之后再叫了一瓶。亚历克斯对于有伴感到高兴。另外，他还乐于被他们误认成另一个人：不管他们是把他误认成什么人都让他有莫大的被解放感。他还被塔莎迷住，而这女人很明显是对他频送秋波。她不只一次为了强调自己所说的话而抓他膝盖，又好几次搔自己左胸。那是心不在焉的举动还是蓄意挑逗？他设法判断她和腓德烈克是不是一对，但得到的线索同时指向正反两个方向。法国人腓德烈克密切注意女伴的一举一动，但看来不介意她卖弄风骚。然后，她不经意似的说了一句："我和腓德烈克以前会约会。"亚历克斯看她看得越久，就越被迷住。她是人种特征的完美混合，既符合西方的美人标准，不会让人觉得突兀，又有够多的异国情调，足以让人啧啧称奇。

"你们美国人好清教徒调调，"她说，"你们的总统不过是找人吹了一下喇叭，全国上下就大惊小怪成那个样子。[1]"

"事情和性无关——"亚历克斯回答说，感觉得到自己的脸颊泛起红晕。"那是一次右翼的政变。[2]"虽然他想让自己的声音显得超然，却还是流露出抗辩的味道。

"没有事情是和性无关。"她说，直通通看着他的眼睛。

被这么一挑逗，香槟酒顿时像同位素那样在他的血管里作用。他

---

① 指美国总统克林顿找白宫实习生莱温斯基为他口交的性丑闻。

② 指共和党人故意扩大克林顿的性丑闻，以此作为弹劾总统的借口。

用手顺着她大腿底下滑了一段，到碰到紧身短衬裙的边缘才停住。塔莎没有回避他的凝视，又张开嘴巴，伸出舌头舔舔嘴唇。

"狗屎！"腓德烈克说。

虽然亚历克斯确定这个男人看不见他的手的动静，但腓德烈克说的这两个字还是让他微微心慌。

"你认为所有事情都是狗屎。"

"因为一切就是狗屎。"

"你是狗屎的专家。"

"现在已经不再有艺术可言，只剩狗屎。"

"狗屎话题到此为止。"塔莎说。

他们对于到哪里吃晚餐比较好发生争执：腓德烈克主张去佛陀酒吧，塔莎想要留下来。两人最后达成妥协，点了鱼子酱和另一瓶香槟。账单送来时，亚历克斯在最后一刻想起，他不应该用信用卡付账。他决定，作为表明他的新身份的神秘性的第一步，他要改为当个以现金付账的人。他数钞票的时候，腓德烈克毫无动静在旁边看着，神气就像个习惯白吃白喝的人。亚历克斯有一种上当的感觉。这种事大概是他们的家常便饭：靠假装认识一个陌生人吃好喝好。不过他来不及多想，因为塔莎已经挽起他的手臂，把他带到了外面。被她手臂挤压的感觉，还有她皮肤传来的香气，都让亚历克斯神清气爽。他决定静看事态的发展。事实上，他也没有别的事情好做。

腓德烈克的车停在几条街之外。这车子不像是能够上路：前通风栅板凹陷，一盏车头灯歪掉。"别担心，"塔莎说，"腓德烈克是顶呱呱的驾驶。他只有在想要的时候才会撞车。"

"你今晚想要什么？"亚历克斯问他。

"想要跳舞。"腓德烈克回答说，然后哼起大卫·鲍伊的《我们跳舞吧》，双手按着节拍打打方向盘。

"浴室"的座位有一半是空的。他们唯一认识的人是亨利·李维。

这是因为他们要不是来早了两年，就是来晚了两年。谈话的语言慢慢变成全法语，亚历克斯不是每句都听得懂。塔莎整个人靠在他身上，有时摸摸他手臂，有时摸摸自己曲线完美的左胸。他有一点点担心腓德烈克的反应。腓德烈克一度和塔莎吵了两句（亚历克斯听不懂意思），然后站了起来，拂袖而去。

"听着，"亚历克斯说，"我不想引起麻烦。"

"不会有任何麻烦。"塔莎说。

"他是你男朋友吗？"

"我们以前会约会，现在纯粹是朋友。"

她把他拉近自己，开始吻他，用舌头慢慢探索他的嘴巴里面。但她突然侧过身体，去瞧一个在邻桌旁边跳舞的穿白色皮夹克的女人。

"我认为大奶子很漂亮。"她重新吻他之前说。

"我认为你的奶子很漂亮。"

"它们是很漂亮，但并不大。"

腓德烈克回来的时候，心情看来好了不少。他把几张钞票扔在桌子上，说道："我们走吧。"

亚历克斯没泡夜总会已经好些年。自从他和莉迪娅同居之后，夜总会便失去了吸引力。现在，他重新感受到它的魅惑力，预感这个夜晚将会把什么秘密揭示在他眼前。塔莎正在谈一个她认为亚历克斯应该也认识的纽约朋友。"上次我见到他，他只管不断用头撞墙。我对他说：'迈克，你真的不要再嗑药了。'那是十五年前的事了。"

他们下一站是蒙马特的一间舞厅。一支乐队在台上演唱《闻起来像青春》，歌声不可思议地逼近原唱者。他们在吧台等位子的时候，腓德烈克激烈地比出弹吉他的动作，大声唱出副歌："我们来了 / 招待我们吧。"饮下他们点的"柯梦波丹"之后，三个人跑到舞池去。音乐声吵闹得刚好可以取消谈话的需要。

乐队的下一首歌是《酷儿们见鬼去》。塔莎轮流和两个男伴跳舞。

在跟亚历克斯跳的时候，她用自己骨盆磨蹭他的骨盆。他闭上眼睛，用双手把塔莎抱住，完全失去了空间坐标感。他抓在手里的是她的乳房还是屁股？当她用舌头舔他耳朵时，他脑海里出现了一幅眼镜蛇从篮子里昂起头来的画面。

他张开眼睛之后，看见腓德烈克一面在舞池边和一个人谈话，一面看着他。

亚历克斯离开去上厕所和喝了另一杯啤酒。回到舞池后，他看见塔莎和腓德烈克正在跳法国慢舞和热吻。见状，他决定止损和离场。不管他们是在和他玩什么游戏，他都突然觉得太累，玩不下去。就在这时，塔莎从远处向他招手，又像滑雪选手那样左穿右插穿过跳舞的人群，向他走来。腓德烈克跟在后面。

"我们走吧。"她扯着喉咙说。

在人行道上，腓德烈克转过身对亚历克斯说："老哥，你一定是觉得巴黎真的完完全全是一坨狗屎。"

"我玩得很愉快，"亚历克斯回答说，"别为巴黎介意。"

"我不是为巴黎介意，事情攸关名誉。"

"我很好。"

"巴黎至少找得到草①。"塔莎说。

"巴黎的草都是狗屎。"

"我不需要草。"亚历克斯说。

腓德烈克唱道："我不想飘飘欲仙，又不想不飘飘欲仙。②"

他们开始为下一站去哪里发生争吵。塔莎主张去一个叫"快一点，小野猫！"的地方，但腓德烈克坚持说那里还没有开门，所以应该去"地狱"。这争执持续到车子里面。最后，他们开过了塞纳河，在蒙帕纳斯大楼③下方停了下来。

---

① 指毒品。
② 这是一首歌的歌词。
③ 巴黎的唯一摩天大楼。

两个守门人热情地欢迎他们。走下楼梯之后，他们去到一个闪烁着紫色光的空间——亚历克斯找不到这光的来源。一阵急劲鼓声和贝斯声在跳舞的男女中间引起阵阵涟漪。塔莎抓住亚历克斯腰带前端，把他带到一个高于舞池的区域——明显是一个贵宾区。

　　现在要交谈变得几乎不可能，不过这也让亚历克斯松一口气。他向几个认识的人点头，他们也点头回礼。一个日本女人向着他耳朵大声说话，不多久带回来一本油画目录，里面的油画全都差劲得可怕。他一面翻阅一面点头，因为这目录显然是一件礼物。但更让他受用的是有人递给他的一瓶日本清酒。他在杯子里斟了一些，啜了一口后感觉酒的滋味像月光。

　　塔莎把他拉到舞池，双手环抱着他，把他的舌头吸入自己嘴巴。就在他感觉舌头快要被扯断的时候，塔莎在上面用力咬了一下。片刻之后他就感觉到血的味道。她大概就是想要尝到血的味道，因为她继续吻他，一面用骨盆顶在他的骨盆，一面继续紧紧吸住他的舌头。他想象自己整个人被她吸到嘴巴里的画面，又喜欢这画面。然而，虽然他的心思没有一刻不是放在塔莎身上，但他此时想到的却是莉迪娅。为什么他对一个女人的欲望总是会唤起他对他人生中所有其他女人的欲望？

　　"我们走吧。"他扯着喉咙说，欲望焚身。她点点头，以一点点独舞的方式向旁边移动出几英尺。亚历克斯看着她，想要模仿她的舞步，但最终放弃，直接抓住她的手臂。他把舌头顶入她的两排牙齿之间，但突然意识到新伤口的痛。幸好这一次她没有再咬他。事实上，她已经把身体抽开。突然间，她往贵宾区的方向走去，在跳舞的人堆中绕来绕去。坐在贵宾区的腓德烈克看来正在和酒保争执什么，看见塔莎之后又从吧台抓起一瓶酒，扔向舞池。酒瓶在塔莎的脚下附近落地，应声破裂。然后，他大声咆哮些什么，接着一个箭步往入口的楼梯冲去。塔莎从后追赶。

　　"别走。"亚历克斯拉住她手臂，扯着喉咙说。

"对不起。"她扯着喉咙回答，从他的手抽回手臂，又轻轻亲吻他的嘴唇。

"先说再见。"

"再见。"

"说出我的名字。"

她一脸疑惑地看着他，然后，就像突然明白了这是一个笑话，指着他的鼻子发出没有笑意的笑声，就像是说：我几乎被你耍了。他看着她从楼梯消失，一双长腿看似越往上走便越长。

亚历克斯喝了另一杯清酒，但开始感觉这地方俗丽和扁平。现在是三点多一点点。他要离开时，那个日本女人把几张夜总会招待券塞到他手中。

去到外面的人行道之后，他停下来寻找方向感，然后往圣日耳曼区的方向走去。他的心情因为想到纽约现在还只是晚上九点而好起来。他打算打电话给莉迪娅。他突然相信自己知道应该说什么。在他走着走着的时候，他注意到有一束车头灯光慢慢在他旁边的墙壁上移动。他转过头，看见是腓德烈克的破"雷诺"在马路上缓慢尾随在他后面。

"上车。"塔莎说。

他耸耸肩。不管上车之后会发生什么，坐车总比走路好。

"腓德烈克想要在这个打烊后的地方兜兜风，看一看。"

"你们把我载到我住的饭店就好。"

"别当扫兴鬼。"

她的眼神重新唤起他在舞池感觉到的火热欲望。他固然是被人当猴子耍，但他的欲望淹没了他的自尊。在被耍了一整晚之后，他觉得自己有资格得到奖赏，也意识到自己为了这奖赏会几乎愿意做任何事。他爬进后座。腓德烈克把油门一踩到底。塔莎转身望向亚历克斯，嘴唇嘟成亲吻的嘴型，然后又望向腓德烈克。接着，她从嘴巴伸出舌头，慢慢伸入腓德烈克的耳朵。当车子停下来等红灯的时候，她又整个人靠向驾驶座，和腓德烈克接吻。亚历克斯这时意识到，自己是这两个人某种游戏的一部分。然后他突然想到莉迪娅，想到自己曾经告诉她，他的出轨和她好不好无关。试问，他要怎样向她解释，当他骑在另一个女人身上的时候，整个心里想着的只有她莉迪娅一个？

然后，塔莎爬到后座，开始和他接吻。舌头还在他的嘴巴里忙的时候，她一只手伸向他的胯部。"哈，找到了。但要怎样让它出来？"她一面把他的耳垂咬在两排牙齿之间，一面去解他的拉链。

当她的手伸到他的内裤时，他开始呻吟。他望向腓德烈克，看见对方正从后视镜看着他的动静，不时会调整一下后视镜的角度。车子也开得更快了。塔莎靠着他的胸膛向下滑，用舌头舔他的肚子上的毛——在阵阵涌来的鲜明快感中，他本来就模糊的危险意识渐渐更加微弱。她把他的阳具握在手里，再放入嘴巴。他只感到全身无力，无法干涉。他不在乎会发生什么事情——只要她不停下来，发生什么事都无妨。起初，他只隐隐感受到她双唇的碰触感，得到的快感更多是来自预期心理。最后，她用两排牙齿轻轻耙他的阳具。在亚历克斯躺在后座呻吟和蠕动的同时，车速越发加快。来自塔莎双唇的压力也更加专横了。

"我是谁？"他气若游丝地说，一分钟之后又说，"告诉我你认为我是谁？"

她的回答虽然不清不楚，却让亚历克斯发出一声来自快感的呻吟。他瞄了后视镜一眼，看见腓德烈克仍在全神贯注注视他的动静——车速也更快了。当他陡地转挡为四挡时，亚历克斯往前一撞，牙齿咬在自己舌头上，正好是咬到舌头上的新伤口。

出于一种突然的冲动，他把身体从塔莎的嘴巴抽开，但就在这时候，腓德烈克猛踩刹车，让车上每个人都被抛了起来。

他不知道自己花了多少时间才爬出车外。这次撞车几乎可以说是发生得好整以暇：车子一直像一片落叶那样翻转，直到撞上一根护栏前都给人一种毫无重量的错觉。在他还是像个柔体杂技演员那样折叠在汽车后座时，他曾经努力回想事情是怎样发生的，又去检查自己有没有断了哪条手腿。他的脸颊酸痛和淤血，因为那是他在撞车时撞击椅背最猛烈的身体部位。就在他怀疑自己是不是失去听觉时，他听见了塔莎的呻吟声。当他看见腓德烈克的头在仪表板上移动时，生还的喜悦被愤怒取代，意识到自己这次活下来是九死一生。

他一拐一拐绕到车子的另一边，使尽吃奶之力拉开车门，把腓德烈克拉出来，拖到人行道上。腓德烈克躺在人行道上，不住眨眼，额头上有个又大又深的伤口。

"你们到底是在搞什么鬼？"

法国人眨眨眼，神情畏缩，又把一根手指伸入嘴巴，检查少了几颗牙齿。

亚历克斯在一阵盛怒中踢他的肋骨。"你他妈的以为我是谁！"

腓德烈克抬起头望着他，面带笑容。"你只是阿猫阿狗，什么都不是。"

边 城

"这么美好的一天，怎么没看见你的漂亮太太？"普什图男人问他这个问题时，特里人在对方的市集店铺里。被提到的女人并不是他太太，而且就他的角度来看，这一天也不怎样美好：没有风，太阳比昨天同一时间更高挂和更热，而且鲁迪仍然毫无音讯。普什图男人的话音有一点讽刺味道，就像他其实知道这一切。不过，他本来就习惯用这种调调对特里说话。特里回答说，米雪待在小楼里，因为待在那里比走在好色的普什图人中间安全多了。他这样说本来只是开玩笑，但因为在一个他不想再待的地方等待了两星期，焦虑心情让他的话多了一道棱角。

普什图男人的微笑不见了。

有什么东西碰撞特里的大腿。他低头一看，是一只绵羊把鼻子凑在他的牛仔裤上。然后绵羊转过身，大摇大摆走进了市集，在每个摊子探头探脑，就像是要买东西。

特里晓得自己得罪了普什图男人，这可以说是愚不可及。普什图人的荣誉感极端敏感，报复心理极端强烈，会为了维护荣誉而杀人。在这个巴基斯坦和阿富汗之间的山区，只有部落荣誉感、血缘关系和世仇会让人有执法的动机。到市集来逛的普什图部落民都是肩上挂着长枪，腰缠弹药囊，高视阔步。正在和特里谈话的这个男人髋部也配着一把左轮手枪。

"有你朋友的消息吗？"普什图男人过了一分钟之后问他。

特里摇摇头，对于对方没有追究他的失言松一口气。

"他不是澳洲人？"

"苏格兰人。"

"那就好，"普什图男人点点头，"有一本澳洲护照正在兜售。"

特里花了一分钟才想通这番话的含义和包含其中的警告。他猜得到那本护照原来的主人是谁。几天前，他在市集碰到一个在澳洲内陆开采蛋白石两年的澳洲人。对方的皮肤干巴巴，红得像砖，跟一双碧眼和挂在胸前的闪亮亮蛋白石垂饰极不协调。他一面吃着烤羊肉串一面主动告诉特里，他来兰迪科塔尔这里是要买印度大麻油。他打算在离开卡拉奇前把油装入保险套，再吞到肚里，带回悉尼卖掉，发一笔小财。这是他的计划。说完这番话之后，他双眼闪闪发光，就像他是第一个参透供需关系秘密的人。特里觉得自己有义务告诉他，他玩的是一种老把戏，而且做这种事的人有时会在讨价还价时被杀。如果印度大麻油里的残余酒精没有完全被蒸发掉，就会把保险套烧穿，再在人体内部烧出一个大窟窿。但澳洲人听后只是笑一笑和搓了搓胸前的蛋白石。"这是我的幸运符。"他说，用舌头舔去嘴唇上的辣椒酱。昨天，特里经过市集时看见蛋白石垂饰在一个摊子贩售。他感觉糟透了，后悔当初没有更努力劝劝那个澳洲人。

这是一个活生生的教训。普什图男人是在提醒他，有可能会发生什么事。

"刚才真抱歉，"特里说，"我说了个烂笑话。"

对方点点头。"你太太还在生病吗？"

特里点点头。这是他们的买卖的一种不成文台词：米雪生了病，而他买那种垃圾只是用来止痛的权宜之计。事实上，这也是米雪看待自己的坏习惯的方式。

在完成他们例行的买卖之后，普什图男人问特里："还有什么是我可以帮得上忙的吗？"

"你有大概五分之一瓶威士忌吗？"

"抱歉。你知道我是教徒。"

特里再次点头。

"希望你太太很快病好，"普什图男人说，"她是一个价值不菲的好女人。"

特里是在来到兰迪科塔尔的第二天认识这个普什图人的。鲁迪要在当天下午离开，前往喀布尔。他们三人在市集逛了一早上。米雪是第一次来这里，所以什么都想看看。市集每家摊商的货品都堆得密密麻麻，卖得东西形形色色，不一而足，包括苏格兰呢绒、瑞士手表、印度象牙、李维斯牛仔裤、日本照相机和收音机、铜铸和泥塑的佛像、英国骑兵用的古剑和美国陆军的点四五手枪。在其中一家摊贩，一条绣有"密歇根州格兰大饭店"字样的毛巾摊开在一摞西藏祷告毯的旁边。走私是这地区的主要产业。很多都是正牌货，但比较保险的做法是一开始先假定那些西方长相的货品是亚洲山寨货，假定那些貌似手工制品和古董的货品是由机器生产出来的。

在一家摊商，鲁迪和特里检视一些苍白和皱巴巴的印度大麻。鲁迪摇摇头，告诉特里它们是用水压方式弄出来的，原是一季剩下的大麻渣渣。这让他更加确信自己的决定正确：越过边界，到喀布尔外围的山村购买新长出来的大麻。

一个腰带上挂着大刀刀鞘的小孩向他们挥手。"我有石头，新鲜出炉的。"他大声说，然后伸手到口袋掏出一卷录音带，塞到特里手里。录音带上用粗体字写着："滚石乐队主唱"。小孩卖力扭腰摆臀了一下子，然后拉住特里的手，把他们连哄带骗带到他的摇滚乐发售中心。那里有更多的录音带和好些牌子的日本手提音响，店后头的枪架上放着一把芬达牌电吉他。

米雪想要买一台手提音响，但鲁迪告诉她，当他们回印度时，手提音响就算没有被海关没收，一样会被课以重税。特里也提醒她，他们手头不宽裕。

米雪把她正在看的一卷录音带用力丢下。"你和鲁迪总是联合起来欺负我。"说完转过身往其他摊子走去。

鲁迪追赶米雪的时候，特里留下来为手提音响讨价还价。米雪已经"干净"了三星期，他希望她可以保持快乐。当他赶上他们两个的时候，看见他们四周聚集了一群人。米雪的红色小羚羊皮衬衫已经落在地上，现在她正在把T恤往头上脱。鲁迪设法阻止她，越来越多的戴头巾男人和男孩围拢在他们四周。

早上稍早，他们才提醒过米雪，天气不管变得多热，她都要保持衣衫蔽体。她不喜欢别人说教，也不喜欢穿衣服。在印度果阿邦的时候，他们一丝不挂在海滩玩了三天。但果阿邦毕竟不是穆斯林聚居区。

特里推开人群。鲁迪已经抓住米雪两条手臂。她用嘴巴咬住一个衣袖，想用牙齿把布料扯烂。当特里抓住她一个肩膀时，她一脚踢在他的胫骨上。

"王八蛋，来揍我呀。"

特里和鲁迪各抓住她一条手臂，把她推过人群。

米雪忽然笑了起来。"叫这些脏鬼去四，难道他们以前都没有看过勒子？[①]"

特里只希望四周的人听不懂她的法国腔英语。人群尾随着他们，眼中开始流露敌意。米雪竭力挣脱时，特里原来夹在腋下的手提音响掉在了地上。他们背后的人群窃窃私语。特里往回看，只见有个男人从路边捡起一块石头。其他男人都带着来福枪。一个小男孩一个箭步抓住米雪的衣领，特里转过身在他膝盖上狠狠踢了一脚，激起很多人的不平。

"别回头看。"鲁迪说。

米雪不再反抗，脸色一片惨白。

在他们前面，一个男人从其中一家摊商走了出来。特里举起拳头。

---

① "去四"和"勒子"分别是"去死"和"奶子"的意思，是米雪的法国口音英语。

"跟我来。"对方说，"走这边。"他引导他们穿过一条介于两家摊商之间的窄巷。"到了。"他说，说着掀起一个帐篷的篷角。"他们不会找到这里来。"他说。放下所有篷角后，他点燃一盏油灯，示意他们坐下。

他最先让特里注意到的身体特征是一双碧眼和位置有一点点太高的鹰钩鼻。他裹着浅蓝色头巾，留一把长而细的胡须，右手的无名指少了第一节。

他看到特里的视线，便说："意外造成的。"他说出自己的名字，但特里没能记住。他说他是普什图人阿弗里迪部落的一员，而根据他的部落传统，他有义务为陌生人提供住宿和保护。

特里正在揉米雪的手。

"她是你的女人？"那男人问。

特里耸耸肩。

"我不是谁的女人。"米雪说，"没有人在乎我。"她脸色苍白，双手还在发抖。

"她好漂亮。"普什图男人说。

特里本来一只手伸到米雪背后，为她按摩颈背肌肉，但在看到普什图人看她的目光时停下动作。那是一种他在市集那些脸上看见过的神情。

鲁迪碰碰他的手臂。"该走了，兄弟。"

他们谢过普什图男人。对方表示随时愿意为他们效劳。他是一个商人，一个期货经纪，不管他们留在兰迪科塔尔期间需要些什么都可以找他——任何东西他都有办法弄到手。

他又忠告特里，除非想要拿出来卖，否则不要把任何珠宝首饰拿到市集示人。然后他再一次望向米雪。

他们几小时后目送鲁迪出发。市集边缘的计程车站停着一排一九五〇年代的"雪佛兰"，每一辆只要凑齐人数，就会磕磕碰碰开向开伯尔山口。他们抵达的时候，一辆计程车已准备出发。车厢里坐了七个乘客，司机打算在行李箱再塞四个。其中四个乘客是高加索人。一个一头蓬乱金发的女人探头朝向车窗外面，坐她旁边的男人拉住她脖子后面的头发。当鲁迪和司机讨价还价的时候，金发女人开始呕吐。她旁边的男人说："人生就是这样，人生就是这样。"另外有个乘客在讲一件传闻：当边界警卫发现一个来自俄亥俄的小伙子用胶带把一小包印度大麻贴在阴囊下面之后，把他的两颗睾丸割了下来。一个肩膀上挂着自动步枪的普什图人把一个帆布袋推到堆着一堆行李的车顶上。"搞定了。"鲁迪付过车资之后说，"我的座位在瞭望甲板。"说着指一指行李箱，又向着米雪伸开双臂。"可以给出征的士兵一吻吧？"

她让他把她抱住，在他脸上亲了一下。

然后鲁迪拥抱特里，交代他："照顾好这位淑女，这是你唯一的任务。"

特里点点头，想要挤出一个微笑。他忽然间变得非常紧张。他感觉他们有什么思虑不周之处。他们计划这件事情已经几星期，但事到临头他又不喜欢彼此分开来的主意。金发女人又探头到车窗外呕吐，特里只觉得自己的胃也皱缩起来。"你只要几天就能回来？"他问。

"几天。顶多一星期。总之会尽快。"

鲁迪不是第一次干这种事。他喜欢向阿富汗的部落民直接买货，因为价钱比较便宜，品质也比在兰迪科塔尔找到的好。他把三分之一的钱藏在靴后跟，其余的由特里保管。鲁迪会从边界坐巴士到喀布尔，再雇一个向导带他入山，帮他安排买货事宜。回程时他不会把东西带在身上，因为阿富汗人视边界如无物，会翻山越岭把东西送到他手上。这是他们的计划。

计程车司机表示可以出发，鲁迪便爬入行李箱，里面已经坐着三个戴粉红色头巾的老头子。司机发动引擎时，车尾冒出一大团白烟。当他踩下汽油门，车子激烈震动了一阵之后便熄火。

司机花了一个多小时还没有能够把车子搞定。特里和米雪陪着鲁迪等待，看着太阳在无云的天空上逐渐向西方的岩巉山脉落下。特里用拍打的方式保持胸膛和手臂温暖，但脸上仍然感觉得到高海拔阳光的干燥刺冽。米雪直喊她快冷死了。鲁迪叫他们用不着陪着他耗。

"我一直在想，"特里说，"你何不再多待一日，等明天再出发。"他觉得兆头不好——方才市集里的小暴动、那个生病的金发女人，还有计程车的抛锚都不是好兆头。他也不乐见他的朋友孤身犯险。

司机这时已经坐到驾驶座，鲁迪走去问他情况。当引擎重新点着和稳定下来之后，鲁迪跳进行李箱，在汽车慢慢开出时向两个朋友挥手道别。特里一手揽着米雪，用另一只手挥手，看着计程车消失在灰尘中。

他们住的碉堡型小楼就在大马路过去的山坡边缘。这一类房屋在这一带非常常见，是专为防御土匪设计的。这地方是鲁迪找到的，他说房东一家去了麦加朝圣。一楼的厚重木门正对一个有臭味的幽暗院子，里面养着绵羊。一道陡峭的楼梯通往二楼，窗户小而垂直，能透进来的阳光不多。他们无所逃于楼下牲畜散发的酸腐气味。第一次来到这地方四处打量时，米雪捏着鼻子说："*Le château des pourceaux*〔猪城堡〕。"

自从市集发生的那一幕之后，这地方给他们的感觉全变了。米雪已看过所有她在兰迪科塔尔想看的东西，现在只想要到下一个地方去。她开始回忆加德满都——那是她和特里认识的地方，当时他刚到亚洲。特里却不愿回想加德满都。他们在那里共度了三星期，然后一个晚上，米雪跟着一个意大利人走了，特里在六个月后才在别处再见着她。但现在她却充满怀念地谈到加德满都那些粉蜡笔颜色的寺庙和那些又高又歪的门楣上画着魔眼的民宅。

"还有猴子，"特里心不在焉地说，"那里的猴子让人忘不了。"他们一同躺在二楼房间单一块栈板上，只有幽暗的油灯照明。鲁迪已经走了三天。

"我讨厌猴子，"米雪说，"它们又脏又丑，我恨死它们了。"

"对不起。"特里说，你永远说不准有什么小事情会让她不快。他侧起身体望向她。她板着脸。他轻抚她的肩膀，她把他的手拨开。

"这地方闻起来像猪窝。"

"是绵羊。这里养的是绵羊。"

"我说是猪，猪—猪—猪。大买卖。他们做大买卖却窝在猪窝里。猪买卖。猪头。"

"米雪。"

"猪!"

他探身吻她。"一等事成之后我们就会有钱，很多的钱。到时我们去什么地方都可以。"

"我现在就想走。"

"我们必须等鲁迪回来。"

"你开口闭口都是鲁迪。鲁迪鲁迪鲁迪——"

特里用手掌掩住她嘴巴。她咬他手掌，继续念咒似的念鲁迪的名字，声音不断提高，然后同时用双手双脚推他。当他设法用毛毯把她嘴巴蒙住，她用膝盖顶他。他抓住她一把头发，把她拉下了栈板。她停止挣扎，开始哭泣。

过一阵之后，她说："你爱我吗?"

特里说："爱。"

"你爱我有多过爱鲁迪吗?"

"我会和鲁迪上床吗?"

她想了一分钟。"难说。"

有鉴于特里对鲁迪处处关怀，她会这样想诚属自然。在果阿邦重遇米雪之前，他和鲁迪已经一起旅行了六个月，当时他们在一片海滩租了一间小屋，准备住一个冬天。在米雪的认定里，当初是特里抛弃她，所以，当她搬去和他们同住的时候，要求特里答应永远都不可以再突然消失。之后，他们过了几星期如诗如画的生活。鲁迪喜欢米雪，她也喜欢他。但她后来变得疑神疑鬼和醋劲大发，要求特里在她和鲁迪之间作一选择。

"红头发的人不是我的菜。"他现在说，"睡觉去吧。"

第二天，米雪待在床上，抱怨腹部绞痛，特里便一个人跑去白沙瓦，查看巴士班次表。他回家时发现她神情亢奋。这一点他可以从她跟他打招呼的方式看出来：轻佻而慵懒，声调微微降低。他看得出这些迹象，是因为她在果阿邦三个月都沉溺在同一种坏习惯里。

"东西是哪里弄来的？"

"过来抱住我，特里。"

"你从哪里弄来的？"虽然他这样问，却不知道这事情有什么重要的。她故态复萌才是真正让人忧虑的。但那是他当时唯一能够想到的问题。

"我只用了一点点，"她说，"是为了赶走身体不舒服的感觉。"

她日落前便睡着了。他陪在她身边直到第二天早上。到了中午，她猛出大汗和颤抖。他一直忍耐到三点，直到不忍心看见她继续这个样子为止。她告诉他，东西是从那个帮助他们解围的普什图男人处买来的。特里前去找他，半小时后带回来她需要的分量。他心想，等事情办好再来矫正她不晚。

他在她开始给自己手臂绑上带子时走出房子片刻。东西固然是他买回来的，但他不打算看着她把针扎入手臂。他望向不毛的灰色山峰。下午太阳照得刺眼。举目看不见任何植被。在西面，公路蜿蜒于山口的下巴。三辆汽车甲虫般向着五彩马赛克似的小镇爬行。鲁迪有可能就坐在其中一辆上面，但特里又感觉这片荒凉地貌并不鼓励人们对个人的命运抱持乐观态度。

他每天都会去找普什图男人一趟，买米雪需要的分量和打听边界的消息。每天下午，当她睡着，特里就会到市集去，流连在其中一间茶馆。天气一天比一天温暖。

他于第十三个等待日在市集看见那个澳洲人的垂饰。那看来是一个凶兆。他马上回到住处，等待米雪身上的药力退去，然后告诉她，他想要她一个人先走。如果出了什么状况，他希望她不会被卷入其中。他这个主意也是为了让自己减少牵挂。对米雪的担心逐渐把他掏空。他感觉自己很快就要有所行动，但有她在身边会严重限制他的行动范围。

"听着，事情很重要。你在加德满都还有没有朋友？"

她耸耸肩，微笑着说："我在哪里都有朋友。我在加德满都有朋友，在果阿邦有朋友，在巴黎有朋友。一大堆朋友。"

他抓住她两个肩膀。"现在不是开玩笑的时候。事情有可能会变得很糟糕。我们还有钱够买一张机票。你去加德满都，找你的朋友。我会尽快去找你。"

她皱起眉头。"要走就一起走。"

"我必须等鲁迪回来。"

"你想把我甩掉？"

他摇摇头。

"原来是真的，你并不爱我。"

"我爱你，但不想看见有什么事情发生在你身上。鲁迪一回来，我就马上去找你。"

"我要留下来和你在一起。"

他知道她不会改变主意。他还知道自己的想法不切实际。她现在的样子完全无法一个人行动。只不过，她留在这里看起来会更危险。最近，他老是梦到那天在市集碰到的状况。

但米雪用双手捂住耳朵，每逢他一说话就开始唱歌。

在第十七日早上，普什图男人的说话方式比平常还要兜圈子。谈过天气的话题和问候过米雪的状况之后，他开始谈到目前生意难做：

政府扩大了边界巡逻的范围，而且敌对部落为争夺走私路线而发生火拼。特里猜想他说这番话只是为了抬价。

"现在的局面对业余人士特别危险。"普什图男人边说边慢慢摇头和皱眉。

特里意识到他话中有话。他开始感觉到自己的心跳，就像这心脏是从一秒钟前才开始跳动。"你是不是得到了什么消息？"

普什图男人双眉一挑，像是惊讶于特里的敏感或直接。他认真地理了一理衣袖上的皱褶。"有一个谣言在流传。"

特里等着他说下去。

"在边界另一边和你的朋友接触的那批人不是老实人。他们要求一笔赎金。"

"他们为什么不直接找我？"特里问道，但普什图男人仿佛听而不闻，只是看着外面的市集，就像是对目前的谈话已经失去兴趣。

"多少钱？"特里再问。他猜想，不管是谁抓了鲁迪，对方一定都会知道自己身上有多少尾款，开价时会开高一点点。有片刻时间，他几乎如释重负，因为他终于知道了目前是什么情况和需要做些什么。另一方面，他又感觉自己还是一无所知。

"如果你希望，"普什图男人说，"这事情可以交给我料理。"

特里觉得这是多此一问，但又不敢不按照这个中间人的游戏规则玩。现在，对对方表示信任至关重要，哪怕他不知道对方是不是可以信得过。

回到小楼之后，他念书给米雪听，但没有提起他和普什图男人的谈话。

当天下午，特里被告知，绑架者要求不少于两千美元的赎金。他钱袋里的钱只有一千八百美元多一点。

"我没那么多。"

"那你的朋友就死定了。"

"告诉他们我有一千五百美元。"这数目是鲁迪答应付给阿富汗人的尾款。

"我不认为他们会改变主意。"

"剩下的我汇款怎么样?"

普什图男人哈哈大笑。"你以为这地方是哪里?"接着,他凝视特里,等待回答,不再像原来那样显得是个事不关己的局外人。

"我需要一些证明。"特里说。他想不出法子可以弄到另外两百美元,但又感觉不能让这个谈判过程终止。

"他们要我让你看这东西。"普什图男人伸手到枪套腰带上一个皮夹小囊,掏出一枚金戒指。是鲁迪的。

"这什么都证明不了。为什么他不给我写一张字条?"

普什图男人耸耸肩。"绑架他的人不识字。"

"但我怎么知道他是不是还活着?"直到这一刻之前,特里完全没有想过,鲁迪有可能已经死了。就算他凑得出钱,他除了对方的话以外仍然毫无其他保证。

"我相信他还活着。"普什图男人说。

"我要先想一想。"

"你有这笔钱吗?"

特里摇摇头。"不够。"

"那说不定我可以帮你凑够。"

然后特里明白到,这就是对方一直等着要说的话。

"条件是什么?"他问,定睛看着普什图男人的脸,等着他说出来。

米雪睡在栈板上,嘴巴张开。特里跪在她旁边,拨开遮住她眼睛的头发。他计算她的呼吸次数:一分钟十二次。这个数字比有毒瘾的人还低。他看着一只在他们上方土墙上爬行的昆虫,不知道自己的决定是对是错。

"特里?"

"是我。"

"什么时间了？"

"下午。"

"我也感觉时间到了。"

"我有一件事必须和你谈谈。"

"不要，不要现在谈。"

"不行。非现在谈不可。"

她转过身面向他，整张脸松垮垮。他努力回忆她在加德满都时候的样子。她的美的轮廓还在，但从前这种美看似是从一个精力无穷的中心放射出来，让她给人一种活力无穷的感觉，也让她的双眸充满神秘感。他在果阿邦重遇她的时候，她看来明显衰损了，眼神也不像他记忆中的锐利清澈。

"你在哭。"米雪说，伸手抹去他脸上一滴眼泪。

"米雪。"

"别忧愁了，"她说，"也许你可以学我的样子，也打一针。"

他摇头。

"给我打一针，特里。我想要你帮我打。"

"鲁迪有麻烦了。"

她叹了一口气。"别担心。"

"我需要你的帮助。"

"你的决定都是最好的。"

"听我说。"

"求求你别说，等我打一针之后再说。"她伸手摸摸他的胯部，"然后我们再做爱。"他们自从米雪恢复坏习惯之后就没有做过爱。毒品吞噬了她所有性欲，而特里发现自己不想在她现在这个样子和她亲热。

他把她的手推开。"我有话对你说。"

"求求你，特里。"

他知道米雪的坏习惯和自己的纵容脱不了干系，但他一直以来还是坚守某些底线，拒绝为她注射毒品。但现在看起来，这种分别毫无意义。米雪已经失去行动能力。既然他曾经纵容她自己注射，现在就有责任代替她执行。

"好吧，我来。"

她从栈板上坐起来，卷起衬衫袖子。她的手臂瘦削且苍白，肘窝附近针孔斑斑。特里解下自己脖子上的大手帕，绑在她手臂上。她探身向前，给了他一吻。他在她手臂上抹上酒精，再用酒精抹拭针头。

他把汤匙放在油灯上加热的时候，她说："这一次多一点点，好吗？"

多一点点就多一点点。他希望她接下来几小时失去知觉。他不希望她知道他非做不可的事。他希望她可以飘飘欲仙，飞出四周仄狭的墙壁，飞到灰色的山脉之外，去到一个没有抉择和背叛的无形无状的所在。他几乎希望自己可以在那个地方和她会合。他把更多粉末从小纸包里抖到汤匙，然后闭上眼睛。

粉末融化后，他把汤匙放在栈板上，再把液体吸入针筒，等着泡泡出现。他的手因为抖得厉害，第一次扎针时没能对准血管。好不容易把针头抽出之后，他看见针头上沾着一小片肉。他把她的手肘压得更紧。针尖在第二次顺利插入血管。他竖起拇指，向活塞压下去。

把针尖抽出来的时候，一个小小的红色泡沫在针尖形成，接着爆裂。米雪的脸松弛了开来，叹息一声之后瘫软在栈板上。

他摇摇晃晃走下楼梯，一到屋外就双手双膝跪到地上，开始呕吐。

他去到市集。

"你决定了。"普什图男人问。

特里点点头。他没有话可说。

"你有别的地方可去吗？"

"这个用不着你来操心。"

普什图男人肃穆地点点头，伸手到衬衫底下掏出一个脏兮兮的白信封。"这里是两百美元，是我的诚信的一个象征。等我回来，你就可以得到我们说好的其余部分。"

特里没有动静。普什图男人没有催他，静静等待。

最后，特里接过信封，塞入口袋。"两个小时。"他说。

再点点头之后，普什图男人转过身，走入了市集。特里看着他渐行渐远的蓝色包头巾。

太阳刚刚落入了西面的山脉后面。市集正在收摊。特里坐在一间茶店门外的桌子边。招呼他的老头子走出来看看他，然后又慢慢退回店里。

有谁正在对他说话，但特里起初没有听见对方说什么。说话的人一头浓密头发，向后扎成一条马尾，右鼻孔穿着一枚金戒指。他在特里面前不断挥手。

"喂，老哥，看见我了吗？有人在家吗？"他卸下背包，在特里对面的位子坐下，把食指伸入自己耳朵，说了声"砰！"然后他拍拍衬衫胸口口袋。"要抽烟吗？"

特里摇摇头。

"你会说话吗？不，不用回答。沉默是金，不是吗？我有个朋友入修道院后也发过守沉默的誓。真的很酷。"他把十指交错在一起，压迫指关节发出咔嗒声。"老哥，跟我说说话吧，我快发疯了。我在边界待了五小时。他们把我的包包整个翻过来，又脱去我所有衣服全身检查，不管是屁眼、脚指甲缝还是耳朵后面都不放过。但我是干净的，否则我现在就会是个死人。我在坐巴士到边界的路上吞下了最后半公克。当第一波快感传来时，我感觉开伯尔山口将会把我活活吞噬。那不是个人去的地方，是地狱。所以告诉我，现在到底是什么情况？所有人都带着枪。是有一场仗正要开打吗？"

就在这时，特里看见普什图男人气冲冲向他走过来，到了茶店几码之外站定。然后他从腰上枪套拔出手枪，瞄准特里。特里的同伴停止了说话，顺着特里的视线望去，接着马上趴到地上，再滚到桌子下面。

普什图男人看来全身发抖。"我们说好的。"他说，声音非常古怪。

"发生了什么事？"特里问。

"大概你是想跟我开玩笑吧？"

特里张开嘴巴要说话，却发现自己无法呼吸，普什图男人手上的枪随着他的头的任何动静移动。

普什图男人说："我提供的回馈不可谓不优厚。"

"米雪在哪里？"特里问。

"在哪里？不必担心这个问题。她还在你留下她的地方。"他向前踏出几步，端详特里的脸。"这么说你是不知情？"他摇摇头，在地上啐了一口口水，然后走到特里面前，用空出来的手摸索特里每一个口袋。找到信封之后，他把它放入衬衫袖子，然后就离开了。

留马尾巴的男人站起来，双手抓住特里肩膀。

特里看着他鼻子上的金环，好奇让这东西穿过鼻翼时会不会痛。

"真他妈够危险的，"那人说，"把枪靠得那么近。有可能会死人的。"

天几乎全黑下来了。特里记起鲁迪说过的话：天黑后待在兰迪科塔尔的市集非常危险。特里举头望向硕大无朋的灰色天空，看见了第一批模模糊糊的星星。他感觉得到地球的转动，感受得到地心引力把他的双手双脚向下拉扯，听得见黑暗的咆哮声像拳头一样向他直扑而来。

1982

我的公职生涯

"权力是春药"是不是语出基辛格？独裁者和他们的情妇、电影公司老板和旗下的小明星，还有辣手无情的黑社会老大和他们的小甜心，全都是这句话的写照。它当然不足以成为写诗的灵感来源或让人类物种自豪的理由，但对权力的追求有时也可能是一种对爱的追求。这道理是我在帮忙整垮参议员先生多年之后的如今才明白的。

就像许多他之前的参议员一样，他少不了女人。那是一种强迫症状，就像酒精之于某些男人。他滴酒不沾，却无法忍受孤枕独眠。如果他在两个行程之间有十五分钟空当，就会希望这段时间是花在和一个温热胴体缱绻。我的职责之一就是找来这些胴体，赶在他老婆坐早机到达之前把她们从后楼梯、后门或货梯偷运上楼。她们有可能是坐在演讲会场第二排的金发女郎、有可能是名叫塔米的空中小姐，也有可能是那个就健保问题提出有意思意见的女大学生。我会对她们说，她们的发问或她们对健保问题的意见或她们对波音 747 客机安全设施的详细讲解让参议员留下深刻印象，所以他乐于在自己的饭店套房和她们见见面。起初这任务让我觉得尴尬。我小时是个小胖子，长大后虽然脂肪全融化掉，但自我形象里仍是个胖嘟嘟的人，所以几乎没有胆量走近任何女性。但当上参议员的使者之后，因为责任的驱使，我变得非常伶牙俐齿，总是能编出最恰如其分的邀请理由。但我也必须用暗示的方式让她们明白，参议员真正感兴趣的不是她们对健保问题的意见，也没有时间浪费在这些话题上。被相中的人当然完全有权拒绝接受邀请，遗憾的是，拒绝的人不多。

她们都是同一个类型：苗条、屁股小小、大奶和金色长发。这不是说参议员必要时不会有所妥协，降低标准。他毕竟是政治家，而政治是一门妥协的艺术。

现在，我虽然有各种理由鄙视他，但我仍然会说我曾经爱他。那些女人不是被硬拖来或被强迫。投他票的选民也不是。在民主制度，诱奸取代了强奸。他是我碰到过最有磁性的人。我是在共和党权势滔天的黑暗时期进入国会山庄的，当时几乎所有年轻的民主党人都想要为查斯尔顿参议员工作。他以主张全民健保和税制改革知名。媒体喜欢他是因为他年轻和上相——后来不喜欢他也是出于同一理由。

他出生于高地平原①，但确切细节隐没在大草原的红土灰尘和自己杜撰的说法里。他的竞选文宣称他父亲在二次大战战死沙场。这是他陷入麻烦的开始，因为有个不屈不挠的记者挖出他的出生证明，上面写着"父不详"。这个爆料的杀伤力不如预期，因为同情他自幼失怙的选民看来不少于指责他造假的选民。第二天的相关报道变得谨慎，附有一些有同情心的受访者的意见。还有少数报纸社论就此发出义愤，用狮子吼的声音大谈媒体的责任。后续的爆料（包括他妈妈几乎没有维生之资和曾因为酒精中毒住院）态度低调，几乎有点道歉的味道。在许多人看来，参议员是一个双重受害者，同时受到不幸童年和麻木不仁新闻界的加害。他以前的竞选行政助理特里·戴维斯喜欢开玩笑说，这个插曲让查斯尔顿参议员得到额外一卡车金发美女的青睐。

参议员本人对自己的出身背景守口如瓶，所以到最后，我不确定他自己是不是分得清他说的哪些是事实，哪些是他自己杜撰的。不过，在第一次争取总统候选人提名期间，他有一天向我谈到他妈妈。那天，我们人在佐治亚州，他刚给一家私立大学的学生演讲完毕。演讲中途，附近一间基督教学院的人前来闹场，谴责他的政见（包括反对学校必

---

① 主要是指美国西部。

须设有祷告时间的规定和赞成堕胎合法化）。他勇敢地站在抗议者前面，称他们为"心胸狭窄的盲信者"。部分听众大声念诵主祷文，把讲台上的声音淹没。事后，开车回亚特兰大途中，参议员气愤难平，开头几英里沉默不语，然后突然开口，告诉我他妈妈生前和一群被称为"上帝大会"的信徒搞在一起，把从亲戚讨来或国家补助的一点点钱拿去十一奉献。他妈妈有一次还开车载他到密苏里州一个小镇，要他向路人乞讨——那之前两天，她才把一张社会福利支票交给一个向她保证上帝必定供应无虞的牧师。后来，当他妈妈向牧师抱怨上帝没有伸出援手，对方告诉她是撒旦附在了她钱包上，让她在不知不觉中乱花钱。为此，她在厨房里进行驱魔仪式，一面捶打自己钱包，一面念着"撒旦滚出去"。我倾向于相信真有其事，因为他对我说这个时一脸怒容，另外也是因为，我后来没再听他提起过。

他妈妈只要不是陷入宗教狂热就是在酗酒，所以参议员长大后对酒鬼毫无耐性，也让他成为参议院中的一个异数。不管怎样，他妈妈在他十五岁那年便死了。他住到姑丈阿姨家，凭着奖学金进入州立大学，后来考上哈佛法学院，毕业后加入了肯尼迪政府。

这些都是竞选文宣中的事实部分。唉，请想想他的人生有多不易！这人生比从州首府跪着碎玻璃跪行到麻省剑桥[①]再跪行到华府还难得多。这样一个人要不是铁了心要取得成功，就是永远不可能取得成功。每天晚上当他累趴在书桌上或把姑丈家里地下室的灯关掉准备睡觉时，惶恐和孤单想必像龙卷风那样，从大平原直扑而至，摇撼窗户。在他一整天忙碌用功和累极而睡着之间的这些间歇有多难熬，让人难以想象。到了第二天破晓，磨难会再一次重新开始。

有一天早上（我们当时应该是在新罕布什尔州），轮到我负责叫他起床。那天他要到"麋鹿"或"驼鹿"（总之是个有鹿角的兄弟会[②]）发表早餐演讲。就在刚刚到假日饭店他房间门前时，我听到一个女人

① 哈佛大学所在地。
② 指徽章上有鹿角。

的声音，回想起她就是前一晚我们在楼下鸡尾酒酒吧遇见的女服务生。当她开始大哭时，我用后备钥匙把门打开。他们两人都在床上。她侧起身体，面朝外，被还在熟睡的参议员抱得紧紧。她已经把被子抖掉，但无法摆脱环抱着她的手臂。她一个乳房被参议员戴着结婚戒指的右手抓住，在五指的紧握下微微发红。我好不容易才把参议员叫醒，让女服务生脱身。这种事后来一再发生，就连那些在早上成功摆脱他的女生也一样指出，只要他一睡着，就会死命抱着她们，不肯松开。

他以班上第五名从哈佛法学院毕业，毕业后加入了"全美志工服务团"（相当于国内版的"国际和平团"）。肯尼迪是他的偶像，两人后来也成了熟人。我常常好奇，他当时知不知道肯尼迪患有性欲亢进症，还是说他后来才知道，并因此性情大变。根据早早便认识他的人所说，他原来不是这个样子，反而是个最老实的人（我也喜欢这样自视），对桃乐西和两个小孩尽心尽责，努力建立一个他小时候不可得的温暖家庭。

达拉斯事件[①]周年纪念日那天，我们前往爱荷华参加政党高层决策会议，事前在一间咖啡店坐了一下。他回忆说，听到达拉斯发生的事情之后，他不能自已地靠在秘书身上啜泣。他说这个时眼睛里滚动着泪珠，无一丝做作痕迹。"那之后，我决定要完成他的未竟之志。"他说。

为实现这个志愿，他回家乡竞选众议员，当选和连任两届之后再竞选参议员。他处处以自己的州的福祉为念，但拒绝接受州人那些最保守的信念。他早早就站出来反对越战，而当他这样做的时候，所有人都认为他已经把竞选参议员的事搞砸了。他的胜选被各大报认为是越战辩论的指标性事件。所以，从一开始，他就是个全国性人物。他是我心目中的英雄——虽然英雄崇拜在一九六〇年代被认为非常落伍过时，但奉他为英雄的有一堆人。这些人之中大部分都愿意为他工作而不收分文。到最后，也确实有些人收不到分文。

---

① 指美国总统肯尼迪在达拉斯遇刺身亡一事。

我出生在他代表的那个保守而肥沃的农业州，但不是在琥珀色麦浪中长大，而是在一个到处都是铝墙板房屋和四周有一圈大卖场的郊区城镇长大。我父亲卖保险。高中时的我是"四健会"①一个小队长，喜欢集邮，穿白袜上学，是老师眼中的乖学生。作为一个有志担任公职的书呆子，我有一次代表我的州参加在华府举行的全国高中生会议。会议为期三天，节目包括参观模拟的立法议程和聆听国会议员发表激励人心的演讲。对我们小组演讲的是查斯尔顿，演讲后又邀我到他的办公室坐坐。他有一张看来无法说谎的脸，一目了然得就像一本打开的书。我们谈了十分钟。他有关勤劳工作是美德和公职之乐那一套虽然可能是抄自公民教科书，但我相信他说的一字一句。我碰到过的大部分国会议员说话像背书，手势像表演舞台剧，反观他看起来却是绝对真诚。他就像一个真正的活人，会用男人对男人的方式跟你说话。虽然我希望马上就为他工作，但还是不得不再等五年。他为我给哈佛大学写了推荐信，而虽然我被录取，但考虑到我父亲收入不丰，我改为入读州立大学。毕业一星期后，我在德克森大楼成为他的参议员办公室的实习生。

　　回顾起来，在国会山庄为他工作的那几年，是我人生中最美好的时光。第一年，我在林肯公园附近和六个没有薪水或薪水偏低的报社助理和实习生合租了一栋公寓。我们走路上班，大多数靠晚间茶会和国会山庄的宴会果腹。稍后，在成为立法助理之后，我搬入亚当斯·摩根区一栋两房公寓，室友同样是为查斯尔顿参议员工作的特里·戴维斯。他是我第一个认识的纽约人，比我资深一年。他在第五大道长大，念过的都是名校，在威廉姆斯学院念书时是伯恩斯②的门生。起初，他的英俊、自大和玩世不恭调调都让我敬而远之。身为我的直属上司，头几星期他给了我一点下马威，又在我背后称我为"狐猴"——看来

---

① 一个非营利性青年组织，目标是通过大量实践学习项目来发展年轻人的品德、领导能力等生存技能。
② 著名历史学家。

是取笑我的眼睛老是瞪得太大，一脸天真无邪的样子。他自己的眼睛（位于两道蝙蝠翼形状的浓眉之下）则是一副见多识广和冷酷无情的神气。

在第一个星期结束时，他上上下下打量了我一番之后说："你构成一个美学上的威胁。你这身聚酯纤维的行头必须去掉。"他把我带到"布鲁克斯兄弟"服饰店，给我挑了一条灰色法兰绒家常裤、一条斜纹棉布裤、三件牛津布衬衫和一件蓝色运动外套，钱由他的账户拨出。当我表示抗议时，他说我可以分期付款还他。不知怎的，我们后来成为了朋友。这也许是因为他需要一个"门生"、一个欣赏他的听众，而我则像个被舞会皇后引为知己的村姑那样，受宠若惊。特里有时会坐穿梭巴士到纽约度周末，回来时带回来一些夜总会和派对的趣闻逸事。他也设法向我解释纽约下城区和上城区的分别。但我以待在华盛顿为满足，它对我来说已经世故有余。偶尔，我也会到住处附近的酒吧喝杯啤酒，想要引起有事业心的女人的注意（这些女人一律喜欢穿"猎犬牌"套装）。我有所不知的是，当时正值避孕丸的全盛时期，时间点介于"性革命"爆发之后和艾滋病出现之前。我有过几个约会对象，后来又跟在肯尼迪参议员[①]办公室实习的佐治亚城女大学生有过短暂和笨拙的罗曼史，靠着她，我终于在二十三岁这一年解除处男身。但我不善于把妹，而这大概是因为女人觉得我对感情太过严肃认真——我说的"女人"包括那些到国会山庄来为国家服务的严肃年轻的小姐。

当参议员向工作团队宣布他准备进军白宫时，我们欣喜若狂。这是因为，如果他当选，我们将会鸡犬升天。更重要的是，我们相信他将会有一番作为，哪怕到了当时，我们已经明白任何英雄亦难免有不少瑕疵的道理。我们全知道，他和一个女助理有一腿，后来他把她安插在资深参议员办公室。有一晚，当我很晚回到办公室想要拿一些文件时，看见参议员和一个头发蓬乱的女记者从最里面的房间走出来。女记者的脸红通通，而且因为蒙着一层汗水而反光。两人都在咯咯笑，

---

① 这位参议员是已故的肯尼迪总统的弟弟。

直到看见我才匆匆穿上外套。参议员在跟我说了一声晚安之后离开。

在他宣布投入竞选那一天，他非常家庭主妇型的太太桃乐西也来到办公室。她拥抱我们，样子看来像是候选人的老处女姐姐多于像是他的太太。我不禁好奇，这次选战对她的实际意义何在。对一个参议员的太太来说，这种事应该是够糟的。但查斯尔顿自己也许同样是个受害者：他结婚太早，见识抱负上很快就超过老婆。同一个桃乐西在一个念州立大学的孤儿和一个明日之星参议员眼中想必相当不同。桃乐西离开后，我们听见乔·克利里在参议员房间里向查斯尔顿说教："他妈的，你必须把那话儿藏在裤裆里，否则就会把整件事情他妈的搞砸。"他咆哮着说。我听不见参议员的回答。克利里是一个强势的波士顿政治老鸟，曾经为肯尼迪工作，自查斯尔顿当众议员的日子便在他身边。涨红着脸走出参议员房间之后，他问我知不知道何谓"三大忌"。"三大什么？"我说，望着他狮子大鼻上的陨石坑和血丝。我一向怕他嘴巴呼出的威士忌酒气，觉得其中夹杂着腐烂和腐败气息。在我看来，他是我们致力创造的政治新秩序的对立面。"娘儿们、受贿和男色。"他说，用衣袖擦擦鼻子。"或迟或早，他总会……"他又说，摇了摇头，没把话说完便走掉。我乐于看到他拂袖而去。虽然我同意他担心得有理，但他的担心和这个特殊日子——一个新纪元的黎明——看来格格不入。我对于他用有歧视性的字眼称呼女性充满自由派的义愤——你绝对不会听到参议员这样说话。

"酗酒算不算也是大忌？"特里从我的隔壁桌说，引起哄堂大笑。

我自愿加入选举团队，几天后就和参议员一起坐上飞往爱荷华的飞机。最初几个月我们是怀抱浪漫情怀的弱势者，专挑有筒式粮仓和冷却塔的地方去，只募到微薄的捐款。但参议员魅力十足：如果我们一场政见发表会吸引到五百人听讲，就会有四百人在离开会场时成为他的信徒。不过，更多时候我们只能吸引到四十人听讲。有一次，参议员在一家公共图书馆发表政见，听众只有四个，其中一个还是当地周报的记者。但他对待他们的态度犹如对待党代表大会的代表，把椅子前后倒过来坐在他们中间，高谈阔论，散会后又留下来和蓝头发的女图书馆馆长聊天。她受宠若惊，涨红了脸和不断拨弄头发，就像十年来第一次意识到自己散发着女性魅力。我肯定我们这一回又拿到了五张铁票。当天深夜，在胃里消化着千层面和听着特里在饭店房间另一张床上扯鼻鼾的时候，我像个负责任的小会计那样，在头脑里把这五票加到我们已经累积到的票数中。当天最后一张铁票来自饭店的柜台女职员，她在十一点下班后进入了参议员的房间。

他在新罕布什尔州的得票数以些微之差屈居第二，但普遍认为他等于是赢了，因为他的得票数远远超过民调预测。捐款突然之间大量涌进。大量涌入的还有改投我们阵营的人：民调专家、志工、募款者、政党领袖、攀龙附凤的富翁富婆、记者——当然还有女人。事情就是从这时候开始失控。

我们从新罕布什尔直飞纽约市，那里有大量的金钱和注意力准备撒向查斯尔顿。卡尔·弗斯特就是在那里签约，答应为参议员的竞选操刀。他是各个民主党候选人最致力争取的选战策士，是个红脸的左翼刺客。他先前是帮助募得最多捐款的候选人打选战，但听说他们合不来，而在新罕布什尔州选举结果揭晓后，不是傻瓜的他决定改投我们阵营。这件事让我们忧喜参半。一方面，这对我们的团队是一大利多，就像是签下了一支强棒。但我们中间有些人讨厌这个不可共患难的佣兵，特里尤其如此，因为在这之前，选战策略实际上是由他主控。因为弗斯特一加入就会是老大，我们每个人等于降了一级。事实上，参议员很快就越来越疏远我们这些从一开始便和他一起打拼的人，老是跟弗斯特和他旗下的政治化妆师窝在一块。

和弗斯特会面的前一晚，我们去了帕克大道参加一个派对。派对主人是个开连锁商店的肥男人，他的瘦老婆曾经是肯尼迪的一个情妇。各位一定纳闷我怎么会知道这个。理由很简单：是他们告诉我的。这就是纽约给我的第一印象（我一直认为，应该把纽约从美利坚合众国拆出来，送给法国或者土耳其）。不管怎样，我是先头部队的一员（另外三个成员是特里和两名特勤局人员）。因为得到一个新冒起参议员的光环加持，我们受到的接待分外殷勤。男女主人都是直接喊特里的名字，又提醒他，他们儿子和他是中学校友（不过特里对这一点的反应看来非常冷淡）。带我们参观他们的豪宅时，他们会把每幅重要油画指给我们看（这些画都镶在镀金画框里，有个小小的名牌画家的名字）。我们的东道主表示他多年来都是民主党的重要支持者，又补充说："埃薇还在瓦萨学院念书时是肯尼迪的情人。"一面说一面向着在不远处调整水晶大花瓶里百合花的太太仰仰头，得意之情溢于言表，就像他是在赞美太太厨艺高超或有生意头脑。我本来以为他在老婆听得见的距离说这个已经够离奇，没想到他后来勾着老婆的手迎接参议员时，把同样的话重说了一遍。如果埃薇再年轻一点或漂亮一点，我肯定参议员会对这个透露非常雀跃。

派对是争取电影圈选票阶段的开始。在场有一票电影明星，他们有些人显然是住在纽约（虽然我想不透他们干吗要住纽约）。作家诺曼·梅勒带着漂亮的红头发的新太太出席。就像派对上的大部分女人一样，她比自己男伴的身高高许多。梅勒穿得像银行家，听查斯尔顿说话时老是微微向后摇晃身体，自己说话时会不时用手指戳戳参议员胸膛。整个过程中，他太太都是保持顽童似的微笑。参议员使出浑身解数：他就像两人是多年好友一样跟梅勒开玩笑，又和梅勒太太眉来眼去。你很难说出来他对他们夫妻中的哪一个更感兴趣，这也是我第一次看见他被明星震慑。桃乐西也来了派对，但她就像大部分政治人物的妻子，懂得退居幕后。摆姿势拍过几张合照之后，她便去赶穿梭巴士，回家陪小孩。

我站在一个角落观察在场的有钱人。你会知道他们有钱，不只是因为他们衣履光鲜，还在于他们能够花几千美元来和参议员握握手，说几句话。但因为他有一种让短暂碰面变得看似饶富意义的本领，我相信没有人在离开时会觉得物非所值。在离开派对以前，他竭尽所能确保派对上每个人都爱他。不过这一次，我第一次从他的声音里听出政治人物对群众说话时那种置身事外的味道。他说的话并不新鲜，我以前已经听过几百次，但以前每次都觉得是发自肺腑的。也不管他对多少人说话，每个人都会觉得他是对着他们个人说。这是他的天赋之一。不过，这一次，他却突然间变得言不由衷，就像近期的胜利让他以为，只要照着一些胜选公式跑便尽足够。"美国人民想要的是……"这句话在他口中说出的次数有一点点超过我的品位可以接受的程度。

到达纽约市的第一个晚上，他便开始泡阿蔓达·格里尔——这件事情是所有人都在多年后读到的。他不理会竞选团队每一个人的劝告，执意带阿蔓达上夜总会。我和特里坐在我们的"林肯"轿车里，尾随在这位女明星的豪华轿车后面。特里一肚子气。他指出，参议员要去的这一类夜总会都有摄影记者守在外面（有时甚至守在里面），而且很多客人公然吸毒。在正常的情况下，这些都没有什么大不了的，但如果有哪个记者拍摄到参议员把舌头伸入阿蔓达的耳朵的照片，那我们就会和竞选提名的事情说拜拜。

在等一个红灯的时候，他跳下车子，跑到豪华轿车旁边，敲敲磨砂玻璃。车窗摇下之后，他和车内人热烈交谈了几句，最后达成一个折衷方案。他回到车上之后对我说："听着，你带她从夜总会正门进去，我带我们的英雄从后门溜进去。我认识店老板。我们在贵宾房会合。"参议员这时从豪华轿车上下来，向我们的方向小跑步，在和我错身而过时腼腆地咧嘴一笑。我走到豪华轿车旁，爬了进去。

阿蔓达蜷曲在后座角落，双腿屈在屁股下面。她用疑惑的眼神看我，继而看来准备放声大笑。她虽然娇小，却有着巨大磁吸力。我可以感觉到。她比我看过的任何人更真实，一头红发比自然界任何事物更红，一双碧眼比自然界任何事物更碧。虽然她的眼角竟然有些皱纹（又有可能正是因为这样），我想不出来有谁比她更加漂亮。那些因为看她的电影而崇拜她的人有可能会被那些皱纹吓到，但我却可以从它们里看出一些更深刻的东西。她正在抽烟，而当她说话时，她的声音沙哑而低沉。

"我们是在跟你玩罗宾逊太太的游戏吗?"她说,然后伸直双腿,探身向前,给杯子重新斟满香槟。我唯一想做的事是保护她,不让她被自己伤害,不让她被任何想从她身上得到些什么的人伤害。当轿车在纽约坑坑洼洼的马路上奔驰时,她用一种像是对老朋友说话的态度,问我是哪里人。让我吓一跳的是,她原来是我的同乡,自小居住的农场离我家不到五十英里。她谈了自己的家人,谈到她是十七岁那年离开家乡,到纽约学习演戏。在夜总会前面下车时,她挽起我的手,接着镁光灯就闪个不停。大约有一百人等在夜总会外面,但他们腾出一条路让我们通过。我听到人们像念咒语一样不断喊她的名字。有个人问:"她旁边的家伙是谁?"在这一刻,我感受得到这群陌生人的醋意,而且几乎相信他们嫉妒得有道理。不管目前是什么环境,我都已成为了她的世界的一部分。

所以,当我在贵宾房门口被一个留马尾的保镖阻挡在外时,自然会有一种凄苦的感觉。看见她消失到房间里面,我有一种莫名其妙的愤恨,就像陪在她身旁是我的应有权利。我坚持说我是和她一道来的,但白费心机。

我不知道贵宾房长什么样子,但在厕所和舞池看见的景象让我做了几晚噩梦。到处看过一遍之后,我郁郁不乐地守在贵宾房门外,然后查斯尔顿突然出现,往人群望去。看见我,他招手要我进去。那个可恶的保镖就站在一旁,我狠狠瞪了他一眼。参议员一只手扭住我肩膀,交代说:"帮我把阿蔓达带到她的饭店套房,在那里等我。不要让她离开你的视线,一直等到我来为止。"我打量小小间和烟蒙蒙的贵宾房一眼,看见阿蔓达摇摇晃晃向我们走来,一只手里夹着香烟,一只手上拿着一杯香槟。人群的目光登时集中在她身上,就像被电线的电流吸住。即使喝多了几杯,她仍然不失优雅雍容,看着我说:"这个不就是我的老朋友本杰明·布莱德洛克,不就是我忠心耿耿的宝贝男孩吗?"

"卡尔会带你回家。"参议员说。

"帽之所在便是家[①]，"她说，"可我并不戴帽。我也不戴心，除了是戴在手上。家是你不能再回去之处，它已经被查封拍卖。"她亲了亲参议员的脸，然后又假装后悔地用手掩住嘴巴，再看看四周是不是有人注意到她的这个动作。她挽着我手臂走出房间、下楼梯和穿过舞池。如果说她先前看来有点喝醉，这时候她的步伐却是快速和有目的性，是一种不到跑步程度的跑步。这种步态是知名人物所独有，是要从一个点移动到另一个点又不想和旁观者发生接触时使用的。参议员偶尔（例如赶飞机的时候）也会是这种步伐，不过他一般对握手、寒暄和合照都有极大胃口。

她先我一步绕过群众，跑到车门。她的司机看见她，连忙下车为她打开车门。此时镁光灯此起彼落。然后，她突然一只手揽着我，头靠在我肩膀上，然后又吻我的脖子。两个摄影记者把这一幕拍了下来，还有个人大声说："他叫什么名字？"我的目光被镁光灯闪得昏花，然后我们上了车，扬长而去。

在车上，她哈哈笑着说："真好玩，等明天早上我还在睡的时候，那些照片编辑和八卦专栏记者一定仍然鸡飞狗跳，忙着查出你的身份。这样他们的照片才派得上用场。好笑的是，他们永远查不出来。"

明白了这番话的意思之后，我的得意洋洋心情顿时烟消云散。她的意思是：我并不是她的世界的一部分。她一定是看出我的感觉，所以马上握着我的手说："我不是那个意思，你不要太当真。有时我会想要脱掉裙子，让那群蠢王八蛋傻眼。不过你真是超可爱的。"她凑过来吻我，用舌头爱抚我的嘴唇。我从来没有被人这样吻过。然后她把身体抽开，伸手去拿酒杯。对于她吻我这件事，我不知道要怎样向参议员报告。她给自己斟了另一杯酒。我想要把阿蔓达从酒精、豪华轿车、夜总会和虚假奉承构成的生活中拯救出来。我想把这个堕落天使带回家乡，买一个农庄和生一群儿女。我将会竞选众议员，她会为我

---

① 这是从谚语"心之所在便是家"变化出来。原谚语是指心系之处便是家。

助选。我当时没有看出来这种愿景有何矛盾之处。

"盛名这东西会让你以为每个人都爱你，以为这是一种亲近每个人的方法。"她说完喝了一口酒。当我以为她已经忘记自己的思绪，她继续说："然后，当你真正成了名，你会发现名气是一块插在你和世界上其他人之间的楔子，是一道玻璃墙。"她用指关节敲了敲车窗。"我不认为你的参议员已经有这种觉悟。"我想告诉她我明白这个道理，但这时她按下头顶上方一个按钮，后车厢随即被高分贝音乐淹没。她斜躺在座位上，和着音乐的节奏轻轻点头。我快乐地注意到，她的口红因为吻我而糊掉。

她带着酒杯下车，饭店的门房毕恭毕敬地向她打招呼。她没有再对我说过一句话。在电梯里，我问她计划在这饭店住多久，她用茫然的眼神看着我，就像困惑不解。然后才说："我生活在这里。"

她的套房极尽豪华，铺着浅桃红色花地毯，家具古色古香。我从没看见过这样的饭店房间。她走到吧台，给自己倒了另一杯酒（其中一半溅到了波斯地毯上），然后拿起电话拨号。我在沙发边缘坐下。她和一个叫格罗丽亚的人通电话。我设法想象今晚该何去何从，想象我的人生该何去何从。我应该走向她，挂上她的电话，把她抱在怀里吗？

然后响起了敲门声。她用手掩住话筒，向门口指了指。参议员就在走廊上，旁边是一个特勤局人员。我没有料到他们那么快到。我设法说些什么，心里想到的是发生在豪华轿车里面的事情，但他只是向我点点头，说了句"谢谢"便走入房间，把保镖留在走廊。阿蔓达向他招手，电话还抱在手臂上。参议员神情紧张地踱来踱去，又从茶几上拿起一个瓷花瓶，翻过来看生产地。当他看见我还站在门边，神情显得恼怒。"没你的事了，卡尔。"他说。

受到我认为是爱情的东西壮胆，我害怕但坚定地说："参议员，我认为你应该回自己的饭店去。"

他瞪着我看，就像我刚刚向他开了一枪。

"这位女士已经不清醒了，"我说，"而且我不认为你想要在这个节骨眼闹出丑闻。"

"你这个小王八蛋，你哪来的胆子。"

这时我真的害怕了，但仍然不能自已地说："我想要提醒你，先生，你是已婚人士。"

在这一刻，阿蔓达挂上电话，走过来抱住参议员。他仍然瞪着我，而要不是因为被阿蔓达抱住，他想必会像一头公牛那样向我冲过来。她从参议员肩膀上方看着我，面露微笑，但眼神里没有认得我的迹象。那是一种不真诚和喝醉的微笑，也许也是她用来应付影迷的微笑。接着她松开手，把参议员的脸凑到自己脸上，把他固定在我不久前享受过的那种拥抱里。我想守候到他们吻完为止，守候到他们因为需要呼吸而分开为止，但最终转过身走出房间，不想他们在最终分开时看见我站在一旁。我从卡莱尔饭店一路走回城中区的希尔顿饭店，希望会遇到什么无赖恶棍，回到房间后在床上一直躺到天明，因为吃味和思念而无法入眠。

两天后，一份小报同时登出参议员和阿蔓达分别进入夜总会的照片，但没有把这两件事连在一起。当天早上，我买遍纽约每一份报纸，愚蠢地希望可以找到一幅有我和阿蔓达在一起的照片，让我们曾经共处的事实得到一些实质。不管怎样，那个晚上都标志着参议员先生的肆无忌惮已升高到另一个层次。它也改变了我。

我突然感觉自己的人生苍白稀薄。和阿蔓达相处的一小时让我渴盼某种我本来不知道要渴盼的东西。我想要的不是美女或金钱或权力，虽然这些东西也许全都可以交换到我想的那事物。我无以名之，只能称之为璀璨，就像万丈光芒。曾经有片刻时间，我感觉自己人生中的一切都变得更鲜明，感觉自己与参议员和他追求的荣耀是血肉相连的。我明白了他为什么愿意为了享受我在豪华轿车里享受过的片刻，甘冒失去一切的危险。我自己也为此冒了相当大的风险。如果可能，我会乐于和他聊聊这个，只可惜我们后来再也没有机会单独相处。那一晚之后，我追随参议员的生涯算是结束了。他没有开除我，只是把我调到在芝加哥新成立的办公室。

当他在伊利诺伊州开票结束和宣布退选之后，我得自己买机票回华盛顿。离开的这段时间，我在国会山庄的职位（被称为"幕僚长"）被人取代，而他告诉我暂时没有别的空缺。对此，我并没有太惊讶。我继续和特里住在亚当斯·摩根区（我对他透露了自己大部分的丢脸细节）。虽然他在参议员雇用弗斯特之后感到幻灭，但还是回到了议员办公室工作。有些夜晚，我会听见从他房间传来哪个大使或内阁官员的千金的号叫声或呻吟声。后来，我生平第一次在一家酒吧钓到一个马子，当晚稍后，在床上的时候，她求我要温柔一些——此前，在我那部内容稀疏的性爱史中，从没有一个女的指控我太如狼似虎。

三个月后，特里回家时满腔怒火。原来，竞选委员会在付给弗斯特和他的人马两百多万美元之后，已经不剩分文，只能宣布破产。包括特里在内，大部分工作人员都被欠了四个月薪水。"真是个王八蛋！"他说。

那个晚上，我们去了一间埃塞俄比亚人开的餐厅吃饭。特里告诉我，过去一个月，参议员两次飞去纽约和阿蔓达幽会。到了这时候，我已经进了一间公关公司工作。这是一件我在五个月前不可能预期自己会做的工作，当然更不会引以为傲（公司的顾客之一是一个因为人权记录糟透而被查斯尔顿挞伐过的南美洲国家独裁者）。不过，我现在在女人中间很吃得开。经历过和阿蔓达在一起的光荣时刻之后，我变得对凡间女子有一点点鄙夷，但这反而让我在她们眼中更有吸引力。过去半年来，我都是和一个叫戴尔德丽的国会助理约会。她是德州人，为人不拘小节，甜美可人，头脑比我灵光。她想要嫁给我。换作一年前，这样的提议八成会让我很雀跃。所以我故意对她不忠，又故意让她发现。几个月之后，她搬回休斯敦。

特里和查斯尔顿越来越相处不来，最后改为为莫伊尼汉参议员工作。选战结束三年后，查斯尔顿宣布准备再次争取总统候选人提名，这一次他是最被看好的候选人。特里告诉我，一脸肥肉的卡尔·弗斯特是在查斯尔顿答应不到处搞女人之后才同意主管竞选事务的。他在新罕布什尔州胜选的一星期后，一份小报登出他和阿蔓达有染的报道。报社缺乏坚实证据，只登出一幅他和阿蔓达在一个募款餐会窃窃私语的照片。报道引用匿名消息来源指出，参议员频繁和不定时造访纽约，而他太太已经发出最后通牒。查斯尔顿性好渔色的事情在报界私底下传了多年，这次终于爆了出来。在佛罗里达州一次记者会上，婚姻和不忠的问题成为发问的焦点。他愤怒地否认传闻是事实，但承认和阿蔓达是"老朋友"。他指着站在身旁的桃乐西信誓旦旦表示："我从来是个忠实的丈夫和尽责的父亲。"他指控新闻界是在搞猎巫行动，又暗示整件事情是竞选对手和共和党在背后作怪。这新闻沸腾了一星期，然后因为没有新证据出现而趋于沉寂。

　　参议员在"超级星期四"中胜出，被民主党提名为总统候选人。几天之后，特里召集了上一次竞选团队的一些旧部，来一次梭哈联谊。我们在佐治亚城一家酒吧聚会，因为特里在酒吧后头有一个专属包厢。他要求每个人带至少两百美元。我、特里、杰恩·萨缪尔斯、戴夫·克鲁斯哈克和汤姆·惠特尔一面喝啤酒，一面回忆不美好的往事。上一个竞选委员会宣布破产时，我们五个都被扫到，但没有一个在新的竞选委员会入列。如果美国大众有听到我们谈话，一定会对查斯尔顿印象大坏。我们回顾了参议员偏好的"类型"：金发、大奶、屁股小小。最后，戴夫说："我今天觉得手气会很好。谁带了扑克？"

　　"我带了一张牌。"特里说。他从运动外套掏出一张五英寸乘七英寸的图片，图片中是个迷人的金发女孩。上面还印有她的名字（塔玛拉）、三围数字和洛杉矶一家模特公司的名字和电话号码。我们把照片互相传递，发出赞叹之声。我们这时候都有一点点醉。"眼熟吧？"特里说，看见我们没有人认得她，才又说："这不是某人爱搞的典型吗？"

一点都不错。她看起来是参议员搞过的所有空中小姐、柜台接待员和女大学生的集大成者。

特里探身向前，从两道蝙蝠翼眉毛下面放射出狠毒目光："各位，这次的梭哈是一张牌定生死，没有平手，每注两百美元。"

我对这个游戏的性质隐隐感到不安，但认为他一定只是开玩笑。各人鸦雀无声，特里一副洋洋得意的样子。

"我是在纽约认识的塔玛拉，那时候她才刚入行。塔玛拉不只是个女模，还是个……猜猜看……女演员。但要在演艺圈出头不容易，有太多竞争者，太多漂亮脸蛋。女模界也是一样。塔玛拉必须交房租，也喜欢享受人生，所以就把工作和娱乐结合在一起。所以她不在乎看上她的人请她吃晚饭，或者帮她买一克古柯，甚至帮她交房租。各取所需嘛！在这方面，她是半职业性的。"

"我是个快乐的住家男人。"杰恩紧张兮兮地说，误解了特里的开场白。

"无知是福，杰恩。一如往常，你总是后知后觉。现在假定你是个像塔玛拉一样有志成为女演员的年轻女孩。这时候，你会不巴望有机会应邀到一个影业巨头家中做客吗？更有甚者，你会不巴望认识一个年轻英俊的参议员吗？"

"如果我没有想错，你的意思是……"戴夫没有把话说完。

特里告诉我们，查斯尔顿下星期会到洛杉矶一个电影公司总裁的家，出席募款餐会。特里一个死党应邀出席，而这死党欠他一个人情。他建议让塔玛拉以他朋友约会对象的身份一起前往，然后让事情自行演变。在我们的追问下，他承认塔玛拉将会使出浑身解数吸引参议员的注意力。事成后，我们付她一千美元。特里的另一个大学死党是《洛杉矶时报》记者，会负责守在塔玛拉公寓外面，看看是不是有值得报道的事情发生。我们全都提出一些和实际可行性有关的反对意见，但就是没有人站在道德的立场立论。就像查斯尔顿一样，特里是一个有磁力的人物，我们对他一向都是又嫉妒又敬畏。其实，只要我们当中有人发出道德义愤，其他人肯定会起而效尤，但就是没有人愿意当出头鸟。另外我也全都觉得被查斯尔顿出卖，有点想报复。我相信，我最后会把两百美元放在桌上，是因为我告诉自己，这个计划不太可能成功，从而心安理得。

基本上，事情的结局就是按着计划的剧本跑。那已经是多年以前的事了，但我从来不能忘记。塔玛拉因为这件一分半钟的丑闻，在一出从来没有播出的电视试播影集中扮演过一个角色。特里娶了他上过的其中一个大家闺秀，丈人是个自由派的大善人。阿蔓达的大银幕事业一度走下坡路，但转往小银幕发展之后重新走红，以她为主角的一套电视影集还没下档。两年前我在丽兹－卡尔顿的马会俱乐部碰见她，当时我正和一个客户用餐。先前我便从《纽约邮报》得知，她来了本市拍外景。她走进来的时候瞥见我，而从她的表情判断，我猜她隐约记得我。用晚餐的过程中，她好几次眯眼看我，想要记起我是谁。当她借故离开座位时，我尾随在后，然后看见她站定在电话亭旁边等我。

"我认识你吗？"她问。

"我曾经为查斯尔顿参议员工作。"我说，低下头，不敢迎接她的凝视。她仍然漂亮，如果有什么不同的话就是看起来更年轻。

"啊，对，我想起来了。你是本杰明·布莱德洛克。"

我点点头。

"你知道事情有多荒谬吗？"她说，"他几乎没有碰我。他只是想抱着我睡觉。他睡着之后还抱着我，抱得好紧，就像是生死攸关。"

她看起来非常忧伤。但因为我已经长大更多，所以不能不怀疑她是真诚还是演戏。

"我为他感到非常难过。"她端详我的脸片刻，神情就像恳求我安慰。我想说些什么，却突然间不信任自己的声音。她点点头，叹了口气，转过身走进了女化妆室。当她回到座位之后，再也没有望向我这边。

查斯尔顿卸任参议员后活跃于咨商业务，等到他的丑闻在公众记忆中变模糊之后，又常常被找去就世界大事和国家事务发表评论。他正在写回忆录。桃乐西始终挺他，而从各种迹象看来，他们的婚姻都是美满婚姻。我今年三十三岁，已经失去或说背叛了自己原来的所有理念。在直接促成他的政治事业被毁一事上，我责难自己（我肯定他也责难自己），但同样对涉入其中的每个人相当不齿。

下一次选举正在接近，特里打算以曼哈顿为基地，竞选众议员，资金出自他的岳父大人。听说他已经变乖，对太太老老实实。相信他会轻易胜出，我也深信他有此能耐。

1992

服务生

"美国的问题在于没有脉络可循,"她说,"任何人都可以告诉你任何事。"

"可不是。"

"你不会知道他们说的是真是假。"

"但你还是知道了。"

"我是知道了,但那是在一阵子之后。"

我是在她们谈一件趣事谈到一半的时候抵达。看来我就像我的国家一样,没有脉络可循。

"这位是塞思。"卡拉为我介绍。另一个女人显然是个外国人,有可能是意大利人,一头风飘型头发和无拘无束的神态让人觉得有吸引力。她不如卡拉漂亮(卡拉把我迷死了),但比我愿意看到的好看——这样说是因为她看了我一眼之后就不把我当一回事,而且十足神气的样子看起来也超过她的外貌所能支撑。虽然她穿着牛仔裤和男生牛津衬衫,但她的手表和首饰八成比我明年的学费还贵,多出来的钱够缴膳宿费有余。她让我觉得自己是个南瓜,而我本来就因为看见卡拉而笨手笨脚。在这两个女人之间似乎形成一道美与世故构成的防线,是牢不可破的,所以我就把注意力集中在陌生女人脸上的两颗痣:一颗长在下巴,一颗长在嘴唇上方。既然她摆明我身上的什么让她看不顺眼,我当然要还以颜色,在她身上找出让我看不顺眼的地方。卡拉本人的背景（念寄宿学校、出入乡村俱乐部和每年到欧洲度假）就够我自惭形秽了。那年夏天，我满脑子都是她，几乎无法想别的事情。

"马雷娜正在谈一件趣事。"

"其实也不是那么有趣。"

"我喜欢听有趣的故事。"

"当然，"马雷娜说，"每个人都喜欢听有趣的故事。"

"塞思是作家。"卡拉说。

马雷娜猛吸一口香烟，没有把烟吐出来。"太棒了。"她说，眼睛望向大海，"他都写些什么？"

"事实上我还是学生，"我说，"正在学习怎样写作。"

她无法压抑自己的不屑。"只有美国人会认为这种事是可以教的——我是说创作文学。你认为普鲁斯特上过文学创作课？或是卡夫卡或卡尔维诺上过？我们欧洲人不相信一个教授可以让学生拥有作家的灵魂。就连英国人也不这样想。"

我看得见和闻得见和咖啡店隔着一条马路的大海。我突然有一种冲动，想要跑到沙滩，纵身跳入海浪，游到远远的海中。不过，这是一种诗化的说法，是一种让自己显得是作家的笔法，因为我真正有的冲动是把马雷娜的头按到海水里，让她为了可以呼吸拼命挣扎。不过，既然卡拉在座，那女人说话再难听十倍八倍我还是会忍着。而且有一件趣事可听，我又何妨听听。

"我们是在那家新开的餐厅碰到他的。那餐厅叫什么来着？不管了，总之，他在我去了化妆间之后找朱莉娅搭讪。你知道朱莉娅这个人的，哪怕只是一个衣帽架对她说'哈啰'，她照样会和对方聊起来。我真的很喜欢朱莉娅，但你知道她这个人有时有多憨。"

我当然不知道朱莉娅有多憨，甚至不知道她是谁，但这正是重点。马雷娜的话是说给卡拉听，不是说给我听的，把我几乎当成隐形。如果我坚持要听下去，她当然莫可奈何，但她断然不会改变原来的态度，把我算成听众之一。

"我刚刚告诉你朋友，今晚会有一场流星雨，非常值得熬夜一看。"这是马雷娜回到座位时那个男人所说的话。

"你有什么看流星雨的好地方？"马雷娜没好气地问。（说她"没好气"是我的想象，我在这里的记述部分是实录，部分是投射。）

"这个嘛，"那男人说，"我还没有完全决定好在哪里看流星雨。"

"所以你都是让选项保持开放，等着最好的出现时才下决定？"她说。

"我认为看待人生的最好方式，"那男人说，"是视之为一系列环环相扣的即兴决定。"

"莫里斯租了康顿夫妻的客房，要住一个月。"朱莉娅说。

"我不认为我认识康顿夫妻。"马雷娜说。

"你当然认识。记得吗，我们参加过他们在海滩举行的阵亡战士纪念日派对。"

马雷娜大概没有理这句话，要不就是喃喃自语，说她们这个夏天参加过太多派对，不可能每一个都记得起来。到了这个时候，她对那位坐在隔壁桌的绅士的态度已经软化一点点，否则她根本不会再搭理他。事实上，她已经告诉我们，那个男人长得英俊，从肤色看来有着拉丁血统。她形容他"长相杰出"，太阳穴处的头发带点斑白。他说话有口音，但因为她自己也是外国人，所以说不出来那是什么口音。她当然可以直接问对方，但出于天生的矜持而没有这样做（这是我的猜想）。在我看来这种矜持蛮可笑的，因为本来只要问几个巧妙的问题就可以把悬疑消除，把故事结束。换成是美国人（至少是我自小生长的那地方的美国人），就会直接问你是哪里人，靠什么维生。但我猜想，马雷娜是不想让自己显得对对方太感兴趣，又或是直接问别人背景在她自己的国家会被认为是无礼的。不管怎样，卡拉看来对这个故事津津有味，而只要是她感兴趣的事情，我就会感兴趣。

"他说他刚刚从迪拜回来。"马雷娜说，"迪拜当然就是俄罗斯帮派分子为情妇买卡地亚手表的地方，也是沙特那些亲王胡搞瞎搞的地方，但他断然不是俄罗斯人或沙特人。我觉得他是个为了做生意而到处去的人，因为他告诉我们，世界有三成起重机（crane）集中在迪拜。听到这个，朱莉娅问他是不是观鸟者。我莫名其妙，心想她是不是又神经病发作。但那个男的回答说，他说的 crane[①] 不是会飞的那一种，是用来建筑的那一种。不过信不信由你，原来他果真个观鸟者，每逢假日都会去观鸟。至少他自己是这样说的。"

"塞思也是观鸟者。"卡拉说。

虽然我因为她提我的名字而高兴，但却要想了一想才明白她怎么会有此一说。她只去过我和几个死党合租的房子一次，而那一次，她拿起房东留下来的《美国鸟类大全》翻了翻，又问我是不是观鸟者。我回答是，基于的理由是我父母架设了一个饲鸟器，也是因为那前不久在一个派对上碰到一位作家（我的大偶像），而他告诉我，他爱死了观鸟。所以，我心想，假装有观鸟这种良性的怪癖也许会让卡拉更加刮目相看。

但马雷娜对我有什么嗜好的兴趣是零，只一心把她的故事讲完。"就在我们打算点一瓶葡萄酒的时候，他问我们介不介意他来出主意。他把服务生叫过来，用的是一种看似漫不经心但又权威十足的手势。你知道有些男人很懂得把布服务生……"

"摆布。"卡拉说，"但这样说很难听。"

"对，就是这个次儿。他懂得怎样摆布服务生。"

"什么是'次儿'？"我问。

"你应该知道。你是作家。"

"塞思，她是指'词儿'。"

"抱歉，我的脑筋一时间没转过来。"

"他交代服务生送一种特别牌子的葡萄酒过来，但没有多说什么。你知道的，有些美国男人喜欢炫耀自己懂很多，谈起葡萄酒的时候没完没了。但我们那位朋友只是告诉我们，他点的葡萄酒是他一个住在

---

① 英文的 crane 字有两解，一是起重机，一是鹤。

翁布里亚的朋友所酿，和我们要吃的食物很搭——他先前听见我们点了什么。然后朱莉娅说：'原来你是意大利人。'他回答他妈妈是意大利人。朱莉娅又问是意大利的哪里。他沉吟了好一阵才说出一个离卢卡不远的小城的名字。我凑巧知道那个小城，因为我有朋友就住那里，所以便说：'那你一定认识坦博雷利夫妻。'他说不熟，因为他很小便搬到法国。朱莉娅问他住在法国哪里，而当我问他是不是认识德阿尔班维尔夫妻，他又是说一样的话：认识是认识，但不熟，因为他在法国也是没有住多久。"

接下来一小时，朱莉娅老是与那男的眉来眼去，而马雷娜则是着魔似的想摸清他的底细。他有些什么成分让她起疑。虽然没有明说，但她想必是把他看成某种骗子了。"他让我的疑心拉响警报。"她说，说的时候瞧了我一眼，明白暗示我并没有完全通过她的第六感检查。

她把自己的疑神疑鬼说成只是为好朋友朱莉娅提防，因为朱莉娅在主菜还没上之前便接受了对方的邀请，答应参加第二晚的一个鸡尾酒派对。到了这时候，那男的已经过来和她们坐在同一桌。接着主菜送到——正是这道主菜泄露了他的身份（至少马雷娜自己这样认为）。

"朱莉娅点的是鱼，没想到来一整条鱼，连着整副鱼骨的。她瞪着鱼看，不知道要从哪里入手。这时，我们的朋友表示：'让我来为你服务。'他把盘子拿了过去，拿起刀叉，三两下工夫就把全部鱼骨去掉，又把鱼剖为两半，样子就像一本翻开的书。朱莉娅大声赞好，我也是肃然起敬。但我就是这时候知道了他的底细。"她停下来，露出一个得意的丑陋笑容。

"你知道了什么？"卡拉问。

"亲爱的，你看不出来吗？想想他的举手投足、那瓶葡萄酒和那条鱼。我的意思是，他能够三两下就分解一条鱼，真的是很了不起。但那是一种什么样的技能？然后我就像有个电灯泡在头上亮了起来——你们都是怎样说的？对，恍然大悟。我恍然大悟，知道了他是什么人。"

我当然一头雾水。卡拉耸耸肩，问她："他是什么人？"

"亲爱的，他是个服务生。"

我们要过了片刻才意会这话的深意。我是说，我知道她是怎样推论出那个人人生中曾经有一段时间当过服务生，但那又如何？事实上，我在等着卡拉说："塞思也是服务生。"因为那正是我在这个小小的夏日天堂的身份：在镇上最好一间餐厅端盘子，为卡拉父母一类的客人点菜和领取他们给的小费。我并不是真正的服务生，因为我已经被城里的研究所录取，正处于变成一个作家的过程中（但愿如此），哪怕我老爸（造纸厂保养小组的工头）继续希望我醒一醒，改为念法学院。我目前仍然没有排除念法学院的可能。在我人生的当时，几乎什么可能都有可能。不过，我至少知道自己不会当一辈子服务生，也没有想过当服务生是丢人的事——至少直到看见卡拉涨红了脸之前没有。我开始感到尴尬，但不知道我是为自己还是为她尴尬。我的意思是，她本来可以不当一回事，笑着说："塞思也是服务生。"用这种方式证明自己比那个蠢婆子格调高一筹。但因为她没有那样说，反而让我觉得我在她眼中就是个服务生，觉得她是某种程度上接受了马雷娜的价值观。这真是荒谬。这里是美国，不是吗？我们不是欧洲人。我知道我自己任何方面都不输任何人，知道我老爸任何方面都不输她老爸。我在理论上相信这个。但当我看见她涨红的脸和感觉自己因此涨红了脸，我明白了自己没打心底里相信这个道理。我又意识到一件我迄今只是隐约意识到的事情：美国也有阶级之分，只是它一些身处底层的公民不肯承认。

不知怎的，那一刻再也没有离我们而去。我们的关系改变了。那天，她在午餐之后要上网球课，我也得在四点上班。后来我每次打电话给她，她总是说有事情在忙。我知道这不是个好兆头。她也没有再光顾我工作的餐厅。有一次，我在蛤蜊店看到她和一个油头粉面的浑球儿在一起，但她至少知道自己理亏，转过头之前先向我不着痕迹地微微点头。事后，我郁郁不乐在海滩抽烟，感觉自己是个被社会嫌弃的诗人。

随着九月逼近，白昼变得越来越短，晚上变得越来越冷。每星期一晚，餐厅打烊后，我们都会在沙滩上烤蛤蜊，手指满是牛油和香烟的味道。八月的最后一个星期一，我和老板娘一起回家。她是个快活的女人，在大学主修护理，一整个夏天都对我频送秋波。我在破晓带着宿醉醒来，趁她还在睡的时候溜下床，皮鞋拎在手里赤脚走过又湿又冷的草坪。

然后，在劳工节的周末，我在一个派对再次看到了卡拉。她穿着无袖的翠绿色女罩衫，手里拿着蛤钳，看起来就像来自一个更富于魅力的时代。我没理她，喝下另一杯酒，在她走过来打招呼时只是冷冷点头。

"我好怕在你回学校之前没有机会再看见你。"她说。

"你知道我在哪里上班。"我本来想让声音尖酸刻薄一点。

"别这样，"她说，"跟我来。"

她牵着我的手，把我带到屋后的船屋，开始亲我。我知道她醉了，但不介意。我闻得到她的呼吸带有香甜酒气，还有被困在闷热船屋里的空气的酸臭味（就像老船长行李箱的内部）。外头，聒噪的海洋不停拍打着沙滩。当她的手在我的短裤前面抚弄时，我把舌头塞入她嘴巴。

"像个服务生那样×我。"

我照办了。

2007

皇后与我

随着疲倦的灯光被排出到河对岸的西面郊区，甘斯沃尔特街街底的腐烂码头开始有了生命的迹象。从一间锡皮屋顶的货仓，一些人类摇摇晃晃走入茫茫暮色中，就像是蝙蝠离开洞穴。在阴暗的货仓里面，隐约看得见一座白色平顶山，其山坡以不规则方式向四面八方延伸，上面随处是睡袋、床垫、毯子、硬纸板和扎成筏状的夹板。一个匪夷所思的谣言在这里的居民之间流传：白色平顶山是一座盐山，而在市政府还有经费的年代，这里的盐被用来撒在冬天结冰的马路上。但如今，这座生锈的货仓只是一间大宿舍和老鼠窝。黄昏时，它的住客会起床工作，爬到最后的日光中换上外出衣服和化妆。在码头底的高速公路边缘，停着一辆辆皮条客和嫖客开的闪亮轿车，还有各种宗教组织的老旧厢型车，双方摩拳擦掌，准备好争夺码头区居民的肉体和灵魂。

我看见三个皇后分享一面镜子和一支口红，就着斜曳的落日余晖眨眼睛。他们其中一个往前走出几英尺，创造出一个象征性的隐私空间，然后拉起裙子，撒了一大泡尿；另一个点燃一根香烟，再套上一双网眼丝袜；第三个是我朋友、有"西十二街皇后"之称的玛莉莲。今晚是我第一天上班。

我是两天前在圣文森特医院的急诊室遇到他的。我是因为牙龈炎而求诊：我的牙龈因为营养不良和嗑药而流血和向上收缩。这是流浪

110

汉常见的症状，也是我向着真我滑坡的资历证明。玛莉莲跑急诊室则是因为鼻梁和三根肋骨被打断。看来施暴者觉得这还不够过瘾，所以又在他身上弄出杂七杂八的瘀伤。

"你不是应该有个保镖的吗，玛莉莲？"我说，目光落在一个受了枪伤的伤者身上，他躺在担架床上，血不断冒出来。

"我的保镖被哥伦比亚人干掉了。"他说，"但无所谓，那王八蛋从来不会保护我，反而会揍我。"玛莉莲从鼻子发出笑声，接着脸因为疼痛而皱起来。当他能够恢复说话之后，他说："上一次我的鼻梁被打断，是我爸爸干的。他因为看见我穿上妈妈的新娘礼服，把我打得屁滚尿流。他推开房门时我正在涂口红，他抢过口红，在我脸上乱涂一气，又大吼大叫，说我是个肮脏的相公，说不想要一个相公当他儿子。昨天晚上那个新泽西肌肉男也是这样。我帮他做了以后，他开始揍我，喊我贱人。他们很多人都是这个样子，找我们这种人办事却又不喜欢我们。"然后玛莉莲饶有兴趣地打量我。"我说啊老哥，你干吗不当我的保镖？我每接一桩生意给你五美元。"

从我没有前景的前景衡量，这种待遇不可谓不优厚。事实上，我已经被另一个哥伦比亚谋杀犯解雇，每晚只能睡在阿宾顿广场公园。在我这个老板被抓前，我在第十三街一间酒吧外面帮他卖古柯碱。更之前我是跟着一支乐团卖艺，但后来鼓手嗑药过量挂了，贝斯手又去了洛杉矶，乐团只得解散。

认识玛莉莲的时候，我住在"肉品包装区"的一个地窖。就在他通宵达旦工作那段时间，我会靠着古柯或快克提神，设法写些东西。对，我是个写歌人，甚至可以说是诗人。有些又美丽又丑陋的音乐会在我心灵深处的演奏空间响起。在街上走路或泡酒吧时，我会听见一鳞半爪这类音符从远处传来，知道它们就是发自都市心跳声的阈下低音旋律线之上。我最能感应这些乐韵是在离形去体之时——也就是我的胃里装满廉价葡萄酒或快克的时刻。有时我百分百确定，只要再喝一杯或再抽一口，我就可以抓住这些音符的精髓，把它们从另一头抓到我身边来。身为一个嗜"丑"的美学家，我目前就像哈尔王子[1]那样生活在臭水沟里，静静等待，等着有一天绽放为光芒万丈的太阳。

自小生长在西面郊区，我以前常常逃学，坐巴士进城瞎逛。我在圣马可广场和包厘街流连，模仿小阿飞的外貌和心态，在书店里发现了布考斯基[2]和"垮掉的一代"。每次回到泽西都会让我觉得尴尬。那里的土壤太稀薄，无法供艺术生长。没有诗可能靠化肥堆的葡萄柚果皮长出来。因为对自己不高不低的身世背景感到汗颜，我向往烟雾茫茫的酒吧和咖啡店，向往热气腾腾的贫民窟。我相信下贱和肮脏可以把我带到意识的高峰，相信与"丑"同床乃是孕育"美"所必需。我已经在那张床睡了好几年。迄今为止，没有人被搞大肚子。

就像鲍勃·狄伦的歌所说的："有朝一日，当我画出我的杰作，一切就会截然不同。"我也相信自己有一天会变得富有和出名，身边总是伴着名模（她们都突然觉得我有吸引力得不得了）。不过我一定不会以此为满足，而是会大啖昂贵的高档毒品，行为乱七八糟，最后毁了自己的光明前程，重新被打回现在的臭水沟。到时，我会把我的曲折人生写成一套组曲。它们将是极端感人肺腑，甚至会让人痛哭流涕。

玛莉莲在西班牙人的哈林区长大，教名荷西，是个娇小的男孩，脸蛋甜美，屁股几乎和女生一样大。他的抱负是结婚，过一种和我自小所过一样的生活。只不过，他是想要以女人身份过这种生活。每晚，他都会眺望哈德逊河对岸泽西郊区的朦胧灯火，充满思慕，情形就像我从前老是从那一头眺望曼哈顿的灯火。他希望拥有一栋三卧室的房子，让他可以整天整理打扫，黄昏时再等在市区工作的丈夫回家。码头对岸竖着一个麦斯威尔咖啡的巨大广告招牌，而他有一次告诉我，每天他在一般美国人的下班时间一觉醒来，都会记起小时候从电视听到的麦斯威尔广告旋律梦想着煮一壶咖啡给睡眼惺忪的老公。

---

① 哈尔王子是莎士比亚对英王亨利五世还是王子时的称呼。在莎士比亚笔下，年轻时的亨利五世率性妄为，喜欢和小罪犯与百无一用的人为伍。

② 德裔美国诗人，短篇小说家。

给玛莉莲注射荷尔蒙的医生指出，他这类人（我不知道除此之外要怎样称呼他们）有一半以上在动过手术之后都找得到丈夫，其中又有一半以上不会被丈夫发现他们原是男儿身。我个人觉得这种说法有一点点难以置信。但玛莉莲毫不怀疑，一直为手术费存钱。

因为不忍看见可怜的玛莉莲再被打断鼻子（干他这一行需要能够用鼻子呼吸），我决定下海。说不定这个经验可以让我写出一首歌。再说我已经一穷二白。

一等太阳落到河的对岸再落入美国中部（那里的牛群正在被带回谷仓，男人带着空便当盒和公事包蹒跚回家找老婆），我就和玛莉莲向着"肉品包装区"跋涉而去。他穿一条绿色迷你裙、一双网眼丝袜和一件宽松上衣。是为皇后与我。

"我这身装扮好看吗，甜心？"他问我。

"又好看又难看。"

"这是我的麦当娜装，那些泽西男孩爱死这种装扮。"

我肯定各位已经猜到，他目前是把头发染成金色。

随着我们走近华盛顿街和甘斯沃尔特街交界（玛莉莲的巡航范围），腥臭味越来越甚。这一区的货仓堆满死肉，周遭遍布的死肉味让我无法不联想起屎尿和精液的酸臭味。一个招牌上写着：小牛肉专家、温室羊羔、乳猪与小山羊。哇塞，听起来就像卖这一类东西是不合法的！知道我的意思吗？

随着夜幕降临，这地方发生了一种缓慢和古怪的变形。先是冷冻货柜车——离开装货口，穿着沾血围裙的粗壮男人拉下金属百叶门和给拉门锁上挂锁。令人窒息的腐肉臭味会流连不去，而当吹起东风，它又会顺着哈德逊河渗透到格林威治村那些自鸣得意的公寓和咖啡厅——这是它唯一值得称赞之处。

货柜车全部开向新泽西和纽约州北部之后，一些奇怪的生物就会在凹凸不平的人行道现形，俨然是直接从腐肉生长出来。蹬着高跟鞋，摆出夸张的求爱姿势，这队穿着风格一样的两足动物占据了每个街角。

每逢有一辆汽车开过，他们就会嘟嘴和摆臀（值得一提的是，这一区并不位于通向除地狱以外任何地点的直接路线上）。来到这里的驾驶人总是把车慢慢开到街底再回转，然后沿着同一条没有路灯的街道反方向再开一遍。当一辆汽车停在一个执业者前面，该执业者就会靠在车窗和驾驶人聊天、调情和讨价还价，谈成后绕过车头爬入副驾驶座，几分钟后再次出现。

在华盛顿街执业的"女孩"各色身高、肤色和鼻型一应俱全。在这样阴暗的环境，他们很少有人是不堪入目的。当一辆挂着康涅狄格州车牌的红色"丰田"缓缓开过时，一个执业者掀起他的吊带衫，暴露出一对结实的白色乳房。很难想象，来这里享受几分钟性欢娱的男人会相信他们搞的是女人。所以，当一个准新娘知道她的未婚夫来这里快活时，难免会想要取消乐队、帐篷和结婚蛋糕。但且慢。我的意思是，我相信他们（至少是大部分）都是正常男人。因为只要他们的性伴侣是穿着衣服和妆没有被弄乱，真正的性别就很难会被发现。有时出于业绩压力，条子会对这一区来个突击。遇到这些时候，嫖客除了兴致被打断，也几乎总是会大吃一惊，因为条子会用各种小动作（比方说掀起裙子）暴露出他们性伴侣的性别。

来这里光顾的人的最大共通处是没有共通处，有开豪华轿车或"雪佛兰"的，也有开"捷豹"或"丰田"的。听说有个恐同的电影明星（他的讽刺表演套路引起男同志和女性主义社群一致谴责）每次来纽约，他的白色加长型豪华轿车都一定会在凌晨钟点在华盛顿街流连。

我在一个松垂的金属遮雨棚下就位，半个人隐身在阴影里。正在拿着小粉盒检查仪容的玛莉莲忽然皱起眉头。"盐巴很伤我的皮肤，它们会吸走水分。每晚都睡在一个大盐堆真的很伤。就连老鼠都不会睡盐堆。"我好奇，老鼠不睡盐堆是担心皮肤吗？接着，玛莉莲走到行人路边，摆出一个从麦当娜录影带学来的站姿。站在人行道再过去的是兰迪，他声称自己以前在哈林篮球队打球。这一天，他穿着皮革迷你裙和红色吊带衫，连高跟鞋加起来身高有两百公分高。他上头是个招牌，写着：法兰克斯萨拉米香肠、博洛尼亚肝肠、蒜肠、炖肉与侧腹横肌牛排。

在甘斯沃尔特街的另一头，即这一区的边缘，一间时髦小餐馆的霓虹灯招牌放射出粉红色光芒。这小餐馆是几个和我一起上大学的浑球儿很喜欢去的地方，他们在那里大口喝酒，大声谈论股市和办公室八卦。他们其中一个是我从前最要好的朋友乔治·宾格，他曾经立志当诗人，现在则在市中心一家广告公司工作。我们在纽约大学是宿舍室友（但我只念了两年便辍学）。乔治毕业后，我们有时会在"狮头"或"白马"喝两杯——他认为自己是到了贫民窟，而我却觉得自己是闯入了一群士绅之间。我还记得当他大一凭一张假身份证（从四十二街一间商店买来）进入一家小酒馆时，心情有多么兴奋，因为狄伦·托马斯①人生的最后几次狂饮就是发生在类似的地方。不过，随着年月的推移，他的态度逐渐改变了，认为这位威尔士诗翁只是浪费和滥用了自己的才华。我是说，乔治固然承认狄伦·托马斯是个大诗人，但又认为一个人在每写出两首掏心掏肺的诗歌之间，不妨过点舒适的生活、注意健康、饮食节制和为"侨宝家品"写写广告文案。我竭尽所能表现得若无其事，像白痴一样频频点头，心里只希望酒保不记得他三个月前曾把我扔出店外。最后，我认定这种碰面对我俩都太尴尬，所以不再打电话找他（事实上我也没有电话，要打电话只能用哈德逊街和十二街交界的露天电话）。不用继续假装让我如释重负。

从华盛顿街再向前走，有三个吸毒鬼在一个垃圾桶旁生了个火取暖。这个晚上固然炎热和热气腾腾（白天储存在混凝土和柏油的太阳热力会在晚上释放出来，像慢火烤肉那样烤炙每一个人），但他们会那样做自有理由。因为当一个人在街头流浪过几年，就永远不会再觉得暖。冬天在你的骨头里留下的寒意会像伤疤一样永不消失。这些游民就连在八月也会穿着大衣和皮靴子。这种穿法的一个好处是到了冬天

① 威尔士大诗人。

115

不用换季。

我目前还不到这种阶段，所以身上只穿着黑色 T 恤和毯子一样厚的丹宁夹克。我得赶在进入那样的阶段前结束街头生活。方法当然是画出我的杰作。法兰克斯萨拉米香肠博洛尼亚。[①]

一辆慢慢开的"日产"停了下来。玛莉莲快步走到车前和驾驶人攀谈，然后转身向我挥挥手。我从阴影处站出来，把我所有稀奇古怪的吓人之处尽情展露：苍白得像月光的脸、染成黑色的头发、黄牙齿和流着血的牙龈。玛莉莲绕过车头去副驾驶座，打开车门爬了进去。汽车接着向右转，慢慢开到半条街之外停住，让我始终可以看见。更远处，一个穿大衣的乞丐把他堆满回收物的购物车停在人行道上，往餐厅的窗户探头探脑，看里面的顾客在明亮灯光下大啖牛排。

玛莉莲在和约会对象约会完回来之后理了一理衣服，用小粉盒检查脸上的妆，行为举止和女模没两样。对，他都是把顾客称为约会对象。他递给我一张潮湿和皱巴巴的五美元钞票。我不想多想钞票上的潮湿，只想要用手掌把钞票捏成一团，扔向臭兮兮的马路，但玛莉莲对于能够恢复工作无比兴奋，不断告诉我他未来有什么计划。他打算动过手术之后嫁人和搬到新泽西。我想要给他一巴掌，告诉他新泽西是活死人住的地方，不是一个真实空间，不像甘斯沃尔特街这里充满传奇色彩。别的不说，那里的人所吃的烤肉都是来自我们在这里所勇敢忍耐的货仓。

我想要掌掴玛莉莲，也是为了免得他因为生出一个臭小子而挨苦。否则他小孩长大后一定会仇视和鄙夷他，嫌他是个无聊透顶和过度顺服的家庭主妇。

随着夜越来越深，买卖越来越兴旺，我也几乎习惯了一层裹一层的臭气。围着火喝一瓶酒后，那几个老家伙都醉倒了，火也熄灭了。我开溜到哈德逊街，给自己买一瓶黑莓威士忌提神。一个药头向我兜售古柯碱、快克和香烟。起初我心想：不行，我正在工作。但到他第

---

① 这是他头脑里响起的乐曲片断。

二次走过来时，我身上已经有了玛莉莲所给的二十美元，便买了一点点洛克来抽，好让自己更加信心十足。抽过之后我感觉棒极了，感觉自己站得稳稳的，未来是属于我所有的。我深信只要再多抽一点点，就可以继续维持飘飘欲仙的感觉，就可以回到才一分钟前的完美状态，就可以听得见我的杰作，即我脑子深处的完美乐韵。

法兰克斯博洛尼亚诸如此类。

但飘飘欲仙感还是消失了，情形就像酒吧里一个辣妹保证一分钟后回来却从此再也不见人影，留给我无限怅惘和烦躁。那个药头死到哪里去了？

进出小餐馆的人在凌晨四点前后开始增加，因为当时夜总会已经打烊，而酷哥酷妹们还不准备回家睡觉。我买了四分之一包古柯，一次吸完，希望它们比抽洛克可以让我更慢但更深地进入飘飘欲仙的境界。

那天晚上，玛莉莲一共约会了十一个对象。他们来自不同的州、阶级和族群，其中包括一个留着长鬓脚的哈西德派犹太人（开一辆黑色"林肯"）、一个还戴着工地安全帽的建筑工人（开一辆挂着泽西车牌的"斯巴鲁"）和一个开加长型豪华轿车的家伙（他告诉玛莉莲自己从事电影行业，又给了二十美元小费）。

"上帝羔羊教会"的厢型车开了过来，停在我们旁边。"早上好，玛莉莲。"车上的神父说，看见从阴影处现身的我时感到意外，但未必是不高兴。

"哈罗，神父，"玛莉莲说。"你今晚是想找点乐子吗？"

"没有，没有，我只是想看看你……是不是有什么需要。"

"我很好，神父。那你有没有什么需要？"

"上帝赐福给你。千万小心，我的孩子。"神父说完就发动引擎，把车开走了。

"神父人很好，但个性腼腆。"玛莉莲说，声音若有所失，"我想是你把他吓着了。"

"腼腆的牧羊人。"我说。

"我在'上帝羔羊'借宿过一晚，他并没有向我要求什么。"玛莉莲就像在讲述一个无私教士的感人操守，"我走的时候，他只是捏了我一下。那里的饮食也很过得去。"然后，我们看见一辆汽车慢慢开过来，驾驶人从太阳眼镜后面打量我们。他看来准备停车，但接着又开走了。玛莉莲沉默不语好一会儿之后说："我第一个约会对象是个神父，我当时在教会里当祭坛童。他给我喝了些葡萄酒。"

　　"听起来非常浪漫。"我说，回想起自己在另一生中当祭坛童的日子。因为认为自己任务非常神圣，我不抽烟也不说脏话，又会把自己的淫秽思想在告解室和盘托出。但有一个下午，我在玛莉·林区家里的沙发把这些淫秽思想化为行动。我没有在下一次告解提这件事，离开告解室时充满罪恶感。几星期后，当我发现自己没有遭到雷劈，我开始痛恨我的罪恶感，然后又开始痛恨我的信仰，觉得它和我的各种自然本性背道而驰。随着我疏远自己的父母和教会，我发展出自己的图腾崇拜。现在，在清晨五点的华盛顿街和甘斯沃尔特街交界，我继续倔强信奉着这种自创的宗教。

　　另一辆车慢慢开过来，是一辆破破烂烂的"别克"，前座坐着两个家伙。两人都不像善类，所以我决定出面。我叫玛莉莲站着不要动，然后慢条斯理向车子走去。因为车窗摇不下来，驾驶人必须打开车门。两个都是五十多岁的拉丁美洲西班牙佬。"一个人二十五美元，而且要留在这条街上。"我说。最后谈定的价钱是两个人四十美元。

　　我挥手招玛莉莲过来，他爬入了后座。就在我要把背靠在大楼墙壁点一根烟时，玛莉莲突然大声号叫，摔出了车外，在马路上怒冲冲地爬了一段。这时汽车快速开走，轮胎在马路上擦出尖啸声。他扑在我身上，不住啜泣。"*Es mi padre.Mi padre* 〔他是我爸，是我爸〕①。"

　　"他也是传教的?"我想当然地说。

　　他在我肩膀上猛摇头，突然又抬起头，为自己脸上的妆把我的夹克弄脏道歉。"我毁了你的夹克。"他说，继续哭着，哭得歇斯底里。

---

① 　原文是西班牙语。

我唯一能做的是信誓旦旦保证，我不把夹克当一回事。而且它本来就开始脏兮兮。

"你确定……就是他？"我问。

他猛喘大气，不住点头。"这是三年来我第一次看见他。"他继续哭，继续颤抖。我的感觉则是不只有一点点被吓坏。我的意思是，老天，天底下怎么会有这种事。

最后，等他冷静下来，我建议他收工。我让他把剩下的黑莓威士忌给喝掉，陪着他在灰蒙蒙的光线中走回码头区。当太阳在我们背后升起时，我们站在码头边缘，眺望河岸的麦斯威尔广告招牌。我想不出要说什么。我一手揽着他，他靠在我肩膀上抽泣。从远处看见我们的人会以为我们是一对情侣。最后，我劝他睡一睡，于是他就走过破破烂烂的木板，回到那座盐山去。我当皮条客的生涯就此结束。

这件事发生的一年后，我回去看玛莉莲。大部分我在街上看到的女孩都是新脸孔，但前哈林篮球队队员兰迪还在执业，他起初不记得我，以为我是条子，后来又猜我是记者，向我要求谈话费。我给了他十美元。"我想起来了，你是那个嗑药鬼。"被人记起的感觉真好。我问他有没有看见玛莉莲，他说他有一天突然失踪："好像有一年了，我说不准。"他没有其他事情可告诉我的，也不想知道玛莉莲的下落。

又过了一年之后，我在《纽约时报》瞄到一则结婚启事。我承认，那时候我就像个傻瓜那样，每天都会扫描一遍登这种消息的报纸版面（作为奖赏，我偶尔会看见高中或大学认识的熟人的照片）。然后一天早上，一张照片让我愣住。事实上首先引起我注意的是名字，否则我根本不会去细看照片。"玛莉莲·伯格多夫下嫁雷纳德·杜包斯基。"伯格多夫这个姓大有可能是她从一间雅致的百货公司借来的。我把照片看了又看，相信她就是我的玛莉莲（但我不会像当凶案证人那样发誓。）她嫁的雷纳德·杜包斯基是长岛蚝湾的鸟类学家。我本来可以打电话去恭喜他，但却没有这样做。

我不知道那个晚上对玛莉莲产生了什么影响，不知道他是否已名副其实变成了女人，甚至不知道他是否还活着。不过，我倒是知道，人生是可以一夜间发生改变的，虽然当时人未必可以立刻察觉出来，而是需要更长时间。在玛莉莲几乎替自己父亲口交的一星期后，我让自己住进了凤凰之家①，又打了一年多来第一通电话给父母。然后，两年之后的今日，我有了一份无聊的工作、一间仄狭的公寓和一个女朋友，她让其他的一切变得勉强可以忍受。如果我否认有时我会怀念流浪生活，或否认探望父母几小时后离开时会觉得如释重负，都会是在撒谎。但我对现在的生活仍然充满感激。

你以为你是过着一种秘密和暂时的生活，一种地下的生活，一种身处黑暗的生活。你无法想象有个人会突然走入你的住处或从窗户张望，向你披露，你不是那个你希望你会在未来蜕变而成的人，而就是此时此刻的你自己。不管那时候你正在干着什么，你都会停下手边的工作，对自己说："对，现在的我就是我。"

1992

---

① 一种戒毒中心。

名门淑女归乡记

电话在早晨六点打来时，她刚参加完一个时间拖太长的派对（但也没有比她最近参加的好些其他派对时间长）。前一晚的派对开始于十四街一间夜总会，结束于苏活区一个顶楼。为了打开公寓的门，她试了钥匙串上十把钥匙，要打开睡房门时又试了两把。虽然头昏脑涨，她仍然清楚意识到电话是谁打来和所为何事。

"你最好马上回家，"马莎说，"你妈妈又中风了。"

她不记得谈话的其他内容。她坐在床上，电话放在大腿上，一个陌生男人突然出现在睡房门口。"好地方，"对方说，"你有伏特加好吗？"他显然是她自己带回家的。那男人戴一顶珍珠色绅士帽，脖子上围一条白色丝领巾。她惊讶于自己竟会和一个戴绅士帽的男人搞在一起，又突然有一个冲动，想叫他不要在室内戴绅士帽。

她带他到厨房，打开冰箱，递给他一瓶矿泉水。"拿去。"她说，然后诱导他到大门外的走廊。在对方搞清楚是怎么回事以前，她已经砰一声把大门关上。

到了这时候，她意识到，她的所有派对都结束了。不过，下午在纳什维尔机场下机之后，她对这一点有了更深刻的体认，因为每个人看起来都比她胖，行动都比她慢，而且空气潮湿闷热得吓人。踏出飞机那一刻，她有一种被烫热毛巾迎头裹住的感觉。然后她再一次回忆起，她当初为什么要逃到北部。

她妈妈躺在医院的病床上，样子看起来比从前任何时候更衰弱，皮肤像洋葱皮，骨头突出，有半边脸看来不能动。看见妈妈半透明的眼皮眨动着要张开的时候，费漪说："我在这里，妈妈。"

"宾妮，是你。"

"对，妈妈，是我。"

"你一脸倦容。你爸爸在哪里？"

"爹地不在这里。这里是医院，妈妈。"

"医院？那他不是担心死了？"

"我们全都为你担心。你把我们吓死了。现在好好休养，让我们可以把你接回家。"

"谁来喂巴格西？"

费漪要花了片刻才想起，巴格西是她四岁时家里养的一头小麦梗犬。

"家里的一切有马莎照顾。"

费漪搬回她在所谓"新宅"的房间。"新宅"是她祖父在一九二〇年代家族分家之后所盖的一座都铎式建筑。"旧宅"（又称"大宅"）落成于北军占领这个城市和把她高曾祖父母扫地出门的几年前，现在是一家博物馆。它的后身一度是茫茫牧草海洋中的一座璀璨孤岛（到费漪童年时代还是这样），但近年来因为受到郊区的蚕食，四周出现了大量牧场式房子和错层式房子，土地缩小到只剩五英亩。她哥哥一心想把宅子卖掉，但他们妈妈坚决不答应。费漪坚定支持母亲，但随着母亲再次中风，她不确定自己还能够阻挠哥哥多久。事实上，她回家不久，就看出他已经着手肢解这地方。

马莎列举出其中一些失物："吉米少爷昨晚带了一辆大货车过来，载走三幅大地毯、一个抽屉柜、饭厅的桌子和所有椅子。他说乔丹小姐准备在那里举行晚餐宴会。"

费漪庆幸自己早已决定留下来。她将会竭尽全力保护母亲，抵挡哥哥的进侵。她哥哥已提议过把母亲送到养老院，但费漪坚决拒绝。老人家的记忆虽然已经衰退，但马莎可以照顾她，而且，他们也不是没有财力负担维持宅子的费用。虽然知道这件事迟早会让她和哥哥撕破脸，但费漪心意已决。她意识到自己现在的立场有一点点反讽，因为她曾不止一次表示，她巴不得突然来一场火灾，把这栋愚蠢的老宅连同它的所有波旁时代气息和家族秘密一次烧光，让每个人可以过自己的生活去。在这个自夸为南方雅典的地方，她痛恨所有的怀旧情怀、血统自豪感和她哥哥及他一票朋友那种大喇喇的种族主义。她在麻省上大学（他祖父贬称麻省为"联邦[1]中最扬基佬的一州"），然后搬到纽约。她不时会回家，但认定自己自十八岁离家后便是永远地离开，绝不会再回来定居。这种态度让她妈妈难过和不解，不知道自己正是女儿选择出走的一大原因。

西碧儿·海斯·蒂斯代尔[2]在各方面都是南方心目中的理想女儿，也代表着费漪想要摆脱的一切。只要是出门，西碧儿一律戴上白色手套，几乎从不说人坏话（她能说出的最难听的坏话是"普通"）。海斯家族在南卡罗来纳州发迹，然后西碧儿祖父才搬到土地肥沃的密西西比三角洲，靠着种棉花发过几笔大财和损失过几笔大财，当过两任参议员。她父亲因为是在范德比大学念书，娶到了门当户对的多蒂·特拉梅尔，婚后两人回到三角洲的种植园。西碧儿最鲜明的童年记忆是一九二七年的大水灾，那一次她和妈妈在格兰维尔的防洪堤顶端待了两天，等待救援，最后被一艘小艇救起，送到安全地点。但她父亲留在后头，协助救援工作，设法抢救一个工人时溺水身亡（至少传言是这样说的）。丧夫后，多蒂带着女儿回到纳什维尔的娘家。虽然特拉梅尔夫妻总是以女婿的英勇事迹为荣，但看到女儿回到文明世界仍难掩松一口气的心情。

---

[1] 这里的"联邦"指南北战争时的北方政府。
[2] 海斯是费漪妈妈的娘家姓氏，蒂斯代尔是夫姓。

父亲的死激化了西碧儿与生俱来的南方人意识（一种充满被剥夺感和眷恋旧日的意识），而她外公外婆对"端庄"二字又有着最深敬意，从小几乎不让她踏出家门，就像认定她随时都可能会遇上山洪暴发，香消玉殒。后来，随着她开始亭亭玉立，外公外婆又把男性色欲视为她的最大威胁，所以把她送到瑞士完成学业。十八岁回到纳什维尔之后，她成为门当户对同辈年轻男子争逐的对象，人人抢破头要成为预定在春天为她举办的亮相舞会的六个舞伴之一。费漪的父亲没有中选：蒂斯代尔家因为一次投资失败，无法再与特拉梅尔家平起平坐。但他没有放弃，接下来三年都是花在追求西碧儿上。他们的故事是有名的浪漫故事，因为他们一个是有着不堪回首过去的美女，一个是本城一个世家大族的后人，而且两人的婚姻厮守了四十五年。不过，在费漪的记忆中，他父亲有点像个暴君，对自己端庄纤弱的配偶相当专横。她全心全意爱着父亲，但庆幸自己是他的女儿而非太太。虽然有六个仆人可供使唤，亨特老是要求西碧儿的关注和服侍，而且动不动就因为太太不够体贴而拍桌子。

所以，费漪从童年起便对婚姻制度没有多少好感。随着时序从六十年代迈入七十年代，她的这种感觉又被一件事加强：圣乔治教堂的牧师开始大肆抨击自由恋爱和妇女解放。这两者对十来岁的费漪都相当有吸引力。

但因为西碧儿看来不觉得自己在家里受到多大委屈，所以费漪没有把这委屈归咎于父亲，反而归咎于他妻子的奴性。加上母亲禁止她穿牛仔裤，老是要求她行为举止要"像个淑女"，凡此都让她对母亲心怀不满。费漪本来认定母亲是个"正经八百"得无可救药的女人，但几次撞见过父母办事之后让她打消这种想法。她父亲每星期六打完高尔夫球之后都会进行床上运动，所以在两点和四点之间这段时间，费漪和几个仆人被严格禁止进入主卧室一带。她妈妈每次"小睡"后都会显得容光焕发和忸怩作态。

亨特是在高尔夫球场猝死的。那一次，他在打第十四洞时因为球打不好大发雷霆（他每次球打不好都是这个样子），突然倒地不起。丈夫的死让西碧儿看来整个人缩小和褪色。费漪回家参加丧礼，一直住到无法忍受才离开。虽然她知道自己应该对母亲表达更大的同情和对父亲的死表达更大的悲痛，但她在这段时间整天想着的只是回到纽约，回到原来的生活。不过，后来的这些年间，她的内心发生了什么微妙的变化。也许她只是厌倦了逃跑，又也许是因为她妈妈的孤立无助和她哥哥一直想把母亲弄到养老院，终于唤醒了她的孝思。

回到家的那个晚上，她哥哥又来了宅子。从二楼房间看见他的轿车和另一辆货车，她下楼和他对峙。吉米和他的长年跟班华特此时正在门厅，端详祖父留下的大座钟。楼梯铺了地毯，他没听见费漪下楼梯的脚步声，所以她的突然出现让他吓了一跳。"妹妹，你把我的屎都吓出来了。什么风把你吹来这里的？"

"主要是妈妈中风的事。"

"那真的是他妈的让人遗憾，但我不能说这件事情让人意外。我老早就知道一定会发生。她过去一年身体越来越不行。我今天早上和医生谈过，他说她需要全时看护。"费漪本来已经忘了自己有多不喜欢听他说话。他的声音慵懒，偶尔会来个爆破音。他们父母都不是这样说话的。虽然去欧洲旅行过多次和在康涅狄格州念过四年寄宿学校，但吉米还是成功地把自己培养成旧时代的男生调调，喜欢斗鸡和开口闭口"黑鬼"。大概这是他自己的一套反抗家族遗风和被养育方式的方法。

"那不成问题。我就在这里，而且她还有马莎照顾。"

"当然当然，但等你溜回纽约之后又要怎样办呢？她需要的是专业照顾，一间货真价实的照顾机构。"

"我不打算溜回纽约。妈妈也不想人住老人之家。她有自己的家。"

"你准备照顾她？少开玩笑了，妹妹。你什么时候对这个家那么感兴趣？我甚至不记得你上次回来是什么时候。"

"不过是圣诞节。"

"好吧，我们对你的回来深感荣幸。"

"你们想把大座钟怎么样？"

"不过是拿去修理。这个烂东西不准时已经很多年。"

看着他们吃力地把大座钟搬出大门的时候，她感觉全身瘫软无力，就像身在一个让人发不出声的梦境里。经过这么多年以后，她还是不敢反抗哥哥的淫威。吉米比她大十二岁，总是把她当成小孩看待，费漪七岁那一年，他把她的爱猫放入干衣机，按下按钮，逼迫她看着猫在干衣机里翻滚，直到马莎听到费漪的尖叫声，赶来抢救。现在，她看着大货车沿着砾石车道扬长而去，对自己任由吉米把大座钟偷走愤怒不已。

住在纽约这些年间，费漪每星期都会和母亲通一次电话，和马莎通电话的次数就更多了。马莎是女管家，在他们家工作了超过四十年，最初是费漪的保姆。据她说，西碧儿越来越活在过去，而且早在这一次中风之前便是这样。所幸这一次中风，她大部分行动和说话能力都没有受损。但对于西碧儿的心智情况，医生却不敢断言。

"没理由我们不能在家里照顾她的，对不对？"

"她需要非常密切的照顾。"奇克医生说，"我建议雇一个看护，最少头几星期有此需要。不过，目前看来还不到必须把她送入养老院的时候。"

"我乐于不时抽空来看看她。"另一位医生说。这一位医生比较年轻，长相好看。他看来是在献殷勤，但费漪提醒自己，这里不是纽约，人情味要比较浓厚。很有可能，哈林顿医生只是为了表现自己是一个尽责和关心病人的医生。费漪过去一直看不起母亲所珍视的礼貌性客气，所以这时必须提醒自己，彬彬有礼不必然是不真诚。

汽车离开州际公路时，她妈妈问道："我们要去哪里？"这已经是她第三次问这问题了。

"我们正在回家，妈妈。"

"一回到家里，我要你马上上楼换掉身上这条可怕的裤子。你穿得就像个修马路的工人。"

"这叫牛仔裤。"

"我知道它叫什么。它不是年轻淑女适当的装束。"

"现在是八十年代了，妈妈。"

"我不想你父亲看到你这个样子。"

费漪没说话。她决定了晚点再来谈这个话题。

回到家之后，西碧儿表示想看看自己种的玫瑰。她的头脑看来非常清晰，一进大门之后就问："大座钟去哪儿了？"

"吉米拿去修理了。"

"它不准时已经二十七年了，"西碧儿说，"为什么偏偏这个时候拿去修理？"

饭厅的拉门是关上的，所以她看不见里面已经被搬空。费漪陪母亲走进主卧室。她已经没进这个房间多年。里面多多少少还是她童年记忆中的样子：瑞士进口的手绘壁纸（图案是一系列奇幻的中国景观）、特大号的床和皮革床头板、特别订造的羽毛弹簧床垫（亨特称之为全世界最舒服的床垫）、那张她妈妈曾经试着教她化妆的白色梳妆台。房间另一边是她父亲的书桌，上面放着镶有姓名缩写的皮革盒子、一个纯银打火机、一把象牙梳子、玳瑁壳烟盒、奥古斯塔高尔夫球俱乐部送的烟灰缸、七个高尔夫球赛奖杯和好些镶相框的家庭照片。所有用银镶嵌的部分都抛光得亮可鉴人，和他生前没两样。她好奇书桌第一格抽屉里是不是还放着那把珍珠柄左轮手枪。

"看到你回家我真开心。"西碧儿说。

"我也开心。"

"你在学校交到朋友了吗？"

"多到我不知怎么办。"

"交太多朋友不好，费漪。"

"妈妈，为什么你不躺下来休息一下。要吃晚餐的时候我会叫你。"西碧儿伸手抓住女儿的手。

"我知道你哥哥想把我送进老人之家。"

费漪对于母亲能够这么快回到当前感到不可思议。"不用担心，只要我一天在这里，就不会让人把你送去老人之家。"

"你知道的，当年入侵的扬基佬把你的高曾祖母伊丽莎从自己家里扫地出门。"

"我知道。"

"有五年时间，她和你高曾祖父艾萨克都只能住在百老汇一家干货店二楼。这段时间扬基佬军官睡她的床，把烟叶渣吐在她的波斯地毯上。她是在干货店二楼一间房间心碎而死的。"

不管费漪听过这个故事多少次，她都不知道干货店是卖什么的，也不知道它在这故事中的意义。换成别的店的话——比方说五金店——会不会更凄惨？

西碧儿在第二晚马莎叫她到早餐室吃晚餐时才再次提起丈夫。

"还不能开饭，亨特还没有回家。"她说。当时她坐在日光室自己最喜爱的单人沙发上，望着外面的草坪。再过去是女贞树树篱，更远处的是一个坐落在较高处的社区，由一栋栋铺橙色地中海式屋瓦的房子构成。

费漪在对面的椅子坐下，抓起她的手。这只手的皮肤近乎透明，而且虽然西碧儿出门常戴白色手套，但手上仍然是斑斑老人斑。"妈妈，爹地已经没有和我们在一起了。他三年前便走了。"

西碧儿就像是第一次听到这个消息，眼泪夺眶而出，面容无比悲戚。

费漪用力握她的手。"你记得吗，妈妈？"

她摇摇头，眼泪开始流下脸颊。

当年，西碧儿听到丈夫死讯时，费漪并不在场，所以看不见母亲的反应，但这时却有机会像回到过去那样目击。西碧儿的伤痛完全是新的伤痛，而且无边无际。她看来名符其实地正在融化，随着眼泪簌簌落下而越来越萎缩，让人不忍卒睹。

"没有了他我要怎么办？"她最终开口说话。

"你已经没有了他好一段时间了，妈妈。"

头一个星期，同样的事情重演了两次，每次西碧儿都是伤心欲绝。费漪最后决定把父亲说成是去了外地谈生意。事实上，最近每次触及父亲已死的话题，她自己也会开始掉泪。

哈林顿医生说话算话，抽空来看了费漪妈妈的状况，身穿网球装。费漪从他的那双腿判断，他在球场上的移动速度一定非常快。他看来三十五岁上下，和她差不多年纪。他花了十五分钟在西碧儿身上，然后和费漪坐在书房聊天。

"好大的房间。"他说，对皮革装帧的书本和打猎照片深感兴趣。费漪以前一直觉得这些东西太过旧大陆和大男人调调。

"你觉得她的情况怎样？"

"看来有所改善。"

"她会忘记一些事情。"

"这是难免的。"

"例如，她老是忘记丈夫已经不在人世。"

"大概是中风所导致的血管性痴呆，这种情况是可能逆转的。不过，我认为我们不能排除阿尔茨海默症的可能。我给她做过'迷你认知测试'——那是一个小测试，是要看看病人记不记得住一些日常家庭用品的名称和画不画得出钟面。她画得出钟面，但记不得用品的名称。情况有可能改善，但更有可能是越来越恶化。但愿我可以更加乐观。另一方面，我敢百分百肯定地说，如果照顾得宜，让她留在家里会对她比较好。请原谅我多事，但我听说你是住在纽约。"

这话提醒了她，这地方是没有秘密可言的。这让她有个一闪而过的冲动：改变原定计划，订第一班飞机的机票回纽约。"她需要我多久，我就会在这里待多久。"

"那可能会是一段很长时间。"

"我晓得。"

"那好。我肯定你妈妈会非常高兴你留下来。不过，纽约那边有很多人会因此伤心失望吧？"

"我想他们已经受够了我。"

"我非常怀疑。"

"纽约有好些男生希望我从来没有离开纳什维尔。"

"我听说，这里有好些男生也是这样希望。"

现在她可以肯定他是在献殷勤，但是她没有接球的心情。就目前而言，她感觉她约会过的男生已经多得够她五六辈子不想再约会。

接下来那星期，西碧儿反复问丈夫在哪里，"去了外地谈生意"的说法越来越难以为继。费漪心生一计，把父亲的讣闻贴在母亲浴室的镜子上，希望母亲会因为每天看到讣闻，震惊的程度会逐渐下降。而且讣闻上对亨特种种成就的列举和赞誉也许也可以起到缓和西碧儿悲痛心情的作用。但在实行这个计划的第一天早上，马莎下楼告诉费漪，她妈妈在床上哭个不停，无法自休。

"我不知道我没了他要怎么办。"她对安慰她的费漪哀哭着说。

"妈妈，你已经过了三年没有他的生活。"

"他是我唯一爱过的男人。"

"没有别的男人可以比得上他。"费漪说。

"你知道，当年那些黑人在餐馆柜台抗议，事情就是你父亲摆平的。他是商会会长，他说服每个人相信，黑人白人应该整合起来，无分彼此。会有那么多人听他的，是因为他的意见总是受到尊敬。他说让黑人进餐馆吃饭可以增加生意，对大家都有好处。"

回忆起丈夫的民间贡献看来让她恢复精神。她在费漪的帮忙下换上衣服，把下午的时间花在照顾玫瑰。那个晚上，她们看了好几集《楼上楼下》的录影带。但第二天早上，费漪发现母亲蹲坐在浴室地板上哭。原来，前一晚她已经忘了丈夫已死的事，所以第二天看到讣闻再次大受惊吓。这天她一整天都在床上度过。两天后，费漪从镜子上取下讣闻，以后，每当西碧儿问到亨特去了哪里，她或马莎都是回答他到外地谈生意。不知怎的，这个答案现在看来能够让西碧儿满意。

第二天早上，费漪上过健身房回到家之后，看见马莎神情激动。"吉米少爷来过。他要你妈妈签一份同意书。她难过极了。起初吉米少爷说尽各种好听的话，但见她还是不肯签，便骂她是蠢婆子，又说了一些其他更难听的话。"她几乎还没说完费漪便向楼上跑去。跟在后面的马莎继续说："她说她不要卖掉房子，也不要住养老院。吉米少爷怒冲冲地走了，你妈妈陷入了精神恍惚。"

在由亚麻布寝具构成的大海里，西碧儿显得是个小小的黑色身影。她身体坐直，背靠床头板，两手攥着两条大腿。

"我不要搬到百老汇，"她说，"我不管他说什么。他要的话大可以像整流浪狗一样把一根鞭炮绑在我身上。但我不会签字，不会搬到百老汇。"

翌日早上，费漪驱车上哥哥的家。那是一个以不规则方式延伸的牧场，位于一个有共同大门的社区之内。她按下电铃。

吉米穿着法兰绒衬衫和打猎背心，粉红色的头皮在向后梳的头发的发沟间发亮。"妹妹，我正想打电话给你呢。进来。"

"我不想进去。我只是想告诉你，不要再去欺负妈妈。你想要什么尽管说，但我不会让你把她关进养老院，也不会让你劫掠宅子。"

最后一句话来得猝不及防，让他本来就红润的脸一下子变成深红。"看来你真的变成了地道的纽约悍妇。"

"我是慢慢变成的，花了很多年。你拿走爹地收藏的枪支和手表时，我并没有说话。"

"它们关你什么事？"

"我要的话一样可以拿它们来变卖。"

"妈妈和房子多年来一直是由我照顾，试问这段时间你都是在哪里？当然是在纽约和一票帅哥出双入对。我他妈的甚至要帮你的信用卡买单。你的香奈儿香水和夜总会消费都是我付钱。"

"我的账单是爹地遗产支付。天晓得这遗产帮你的账单支付了多少钱。但如果你坚持要把妈妈关起来，我就会找一队会计师和律师过来，和你把账摊开来算。我说的是纽约的会计师和律师。"

当晚，费漪翻阅家里的相簿，发现自己的记忆有修正的必要，就像她的童年是一笔原被估价过低的资产，或是一幅作者亦佚名的油画突然被发现是大师手迹。许许多多张笑脸加起来的效果铺天盖地。她父母在合照中都显得很快乐，和她一向的黯淡回忆相互抵触。加起来几百张的旅行照片提醒她，小时候父母带她到过的地方真是够多的。吉米很少出现在后期的照片，因为他当时已经上了大学和结了婚。她自己在照片中看来也是非常快乐，直到十三岁前后才会开始板着一张脸照相。这表情像是再说：为什么我非得和父母到欧洲旅行，不能和自己的朋友待在一起。最终让她哭出来的是一张神秘而模糊的照片，相中人看似是威尼斯运河的一条美人鱼。那是一个波提切利画风的金发女郎，穿着蓝色比基尼胸罩坐在或躺在浸在水里的石阶或平台上，腰部以下全泡在混浊的水里，但看得出来身体拖着一条蓝绿色鱼尾巴。当时是费漪八岁生日前后，也是她最迷美人鱼的阶段，所以，这个奇遇成了她那一趟欧洲之旅的最高潮。多年之后，她得知美人鱼是她老爸安排的活人画[①]。她早已忘记这件事，但它和许许多多其他照片中看到的事情都意味着，她是个被父母溺爱的快乐小孩。

喝完大半瓶香槟之后，她打电话给一个前男友。两人已经几个月没联络。

"我真有那么差劲吗？"她问，"我真是一个爱尖叫的悍妇吗？"

"你很棒，"卡尔说，"是我梦寐以求的女孩。"

"但你说我伤了你的心。"

"如果你不是那么讨人爱，不可能伤得了我的心。"

---

① "活人画"指由活人（演员）按某一主题假装出来的静态画面。

"为什么我什么都会搞砸？"

第二天，她和哈林顿医生在夜总会共进晚餐。这一次她决定要让内心对他的挑剔声音闭嘴。谈着谈着，她发现自己谈到了父亲。她说的事情以前便对别人说过，但从不像这一次那样缅怀。从前父亲一些在她眼中的缺点现在也变成了只是可爱的怪脾气。"他讨厌孤独一个人，"她说，一面看着男伴切牛排，"他总是坚持要我和妈妈陪他看电视，大声咆哮要我们下楼陪他。他老是骂骂咧咧。但不知道为什么，现在我觉得他这个样子很可爱。"

在哈林顿医生开车送她回家途中，一辆鸣着尖锐警笛声的救护车向他们闪大灯，从后面超车。转入大宅之后，他们看见三辆警车停在车道上。

闪烁的蓝色警示灯和无线电对讲机的金属音质的讲话声让费漪心慌。"不好了，我的天！"

"先别太快下结论。"哈林顿医生说。

别太快下结论？如果可能，她乐于留在车里，好整以暇问问他，他是不是神经有毛病。她火速下了车，往车道上离她最近的一个警察跑去。"请问发生了什么事。我是费漪·蒂斯代尔。"

"发生了意外事故，蒂斯代尔小姐。"对方说，伸手抓住她前臂。

"天啊！我妈妈还好吗？"

"令母很好。我是说她没有受伤。受伤的是令兄。看来令母把他误当成入室行窃者。"

"她在哪里？"没等对方回答，费漪就一个箭步冲上楼梯，直奔主卧室，途中在走廊里与另外两个警察擦身而过。她母亲坐在床上，旁边有马莎照顾。

西碧儿正在喝水。她显得异常镇静，远比女儿要从容。

"妈妈，你还好吗？"

"我很好，宾妮。"

"发生了什么事？听说你以为有人入室行窃。"

"真的有人行窃。他想把银器偷走。"

"她从床边的桌子拿出亨特先生的珍珠枪柄小手枪。"马莎说。

"你父亲以前每次做完礼拜都会带我去射靶子。我听到楼下有声音，又知道你不在家。"

费漪突然想起，自己甚至没有问起哥哥的伤势。"他会不会……"

"他会没事的。你妈妈是朝着他的屁股开枪。"

"那屁股给了我一超大的枪靶。"西碧儿说。

"你在黑暗中分不出来他是谁，对不对，妈妈？"

"你知道那些天杀的扬基佬曾经把伊丽莎赶出自己家门。"

马莎和费漪互看了一眼。"她糊涂了。"马莎说。

西碧儿摇摇头。"吉米说我头脑不清楚，但我可以告诉你们，我仍然认得出自己儿子，也分得出谁是贼。"

"妈妈，你在说什么？"

她抬起头看着费漪，眼神清澈直接。几星期以来第一次，她看来充分活在当前。

"我说什么了吗？别理我。我是一个疯老婆子。我的心灵会耍我。问问你哥哥就会知道经过。他一定乐于告诉你。"

2008

简单的礼物

　　当她在欧文广场下车的时候，时间已近午夜。从水牛城开回来的一路上惊险重重。即使是在最好的天气，他们的厢型车仍然不能算是适合上路，所以，在高速公路又起风又下雪的这个晚上，他们能够安全抵达堪称奇迹。更何况伦尼承认他在开到尤蒂卡附近时吃下半颗迷幻药。因为罗里吃掉了另外半颗迷幻药，而萨克又早已因为酒驾被吊销驾照，所以，唯一够资格当驾驶人的便只剩下萝拉一个。就这样，她再次成为这三个飘飘欲仙的童子军的女保姆。他们说过会罩她，而所谓的"罩"不就是指看着她的背吗？[①] 当初她和这几个小伙子挂上钩时，可完全没想到将要在各种事情上为他们擦屁股，包括为他们带走忘记带走的电吉他和他们因为太飘飘欲仙而忘词时为他们遮盖过去。

　　她不认为自己这一辈子有这一次这么累过。昨晚的表演加上开这一趟车把她累坏了。不过，看见城市的灯火、人群和美得不像真的的街道积雪之后，她的精神一度短暂恢复。

　　罗里把屁股向左移动到驾驶座，说了一句："圣诞快乐，宝贝。"说着手伸到车窗外，把一小包用锡箔纸包裹的东西塞在萝拉手中。

　　她目送厢型车微微左摇右摆地远去。车尾的大型车牌上写着"东

---

① 英语中"看着某人的背"有"罩某人"的意思。这里有反讽意味，指他们说他们会罩她，现在却变成只是看着她的背（看着她在前座开车）。

方三博士"①几个字——这是乐团本来的名称，灵感来自萨克女朋友给他的一部精彩小说《魔法师》②。由于这乐团早已培养出一批本地粉丝，所以在萝拉加入后就不另外取名，只在原有名字上加上萝拉的名字："萝拉与东方三博士"。

她进门时，看见杰佛瑞正在布置圣诞树上的灯饰。"老天，我以为你死在高速公路上了。"他说。

她察觉到他声音中有一点不悦。

"差点就死掉。"

虽然疲倦，她还是想让他心情好起来，所以跳了几步到他前面亲他嘴巴，品尝他呼出的酸甜威士忌酒气。

"直到大概十二岁为止，我都以为所有男人闻起来都像威士忌，以为那是男人一种……怎么说来着……第二性征，就像胡须。"

"那三位智者还好吗？他们今晚追随什么星辰了吗？"

"我只希望他们回得到布鲁克林。"

"老天，"他说，"你准备什么时候才甩掉这几个小丑？"

"东方三博士"一直是引起他们摩擦的源头。她又吻了吻他。"等到你学会弹贝斯和打鼓之后。"

他转过身调整圣诞树一颗灯饰的位置。"最后一场表演还好吗？"

"我本来想打电话告诉你，但又不想吵醒你。场地是和这公寓一样大小的酒吧，一共有四十个水牛城粉丝参加。"

"他们和锡拉丘兹的粉丝相比如何？"

"有一点点更加粗野。"

"哼，摇滚让人疯。"

"那出戏好看吗？"

"看不懂。但灯光顶呱呱。"

她走进厨房，回来时拿着一罐啤酒。"我累毙了。"她说。

---

① 这里的"三博士"是指耶稣诞生时远道从东方来朝觐他的三位智者。

② 这个书名的英文原文亦可解作"东方三博士"。

"我原以为我们可以出去玩玩。"

"出去玩玩？今晚？"

"我有点想要跳舞。"

"这是你家里的传统吗？平安夜到夜总会跳舞？"

"那是我对子夜弥撒的呼应。"

这是他们在一起之后的第一个圣诞节，所以还没有建立起自己的传统。跳舞就跳舞，有何不可？萝拉想要取悦他。他是她第一个不是浑球儿的男人，也是她第一个不是嗑药鬼的男人。事实上，在相处六个月之后，她已经放胆说，他是一个大好人。就在她开始靠唱歌闯出一些名堂的时候，她也再次坠入爱河。她几乎是同一时间跟一个情人和一个乐团挂上钩。

不管她有多么想要立即睡觉，她都清楚地意识到目前的环境不容她睡觉。她喜欢想象他们以后还会一起度过圣诞，所以有个好的开始看来相当重要。他买了圣诞树，又对布置灯饰的事如痴如醉——这不奇怪，因为那是他的本行。她最先喜欢他的其中一点，就是他是个灯光设计师。这个头衔听起来像是指一个教灯光如何举手投足的人。在她现在演唱的场地里，他会为她安排一盏聚光灯，这让她觉得走了狗屎运。不过，他在提到自己的职衔时总是毫无韵味，口气和别人说自己是电脑工程师没有两样。

看着圣诞树上灯饰和放在树下的礼物包，她突然感到内疚。

"你真的是想出去玩？真的想要跳舞？"

"别放在心上，"他说，"那只是一个念头。"

"我不是不想熬夜陪你。"她说，把坐在沙发上的屁股挪得更靠近他一些，又亲他耳朵，"我想我也许可以唤起精力，给你一个圣诞节特殊款待。"

"款待？会是……瓦肯人的心灵焊接吗①？"

---

① 在电视影集《星际迷航》中，瓦肯人（一支外星人）可以透过称为"心灵焊接"的方法分享彼此的心灵。

"我感兴趣的不是你的心灵。"

"很好。那对你我都有好处。"

"说不定我淋个浴就会精神起来。"

"别放在心上，"他说，"我们明天再来庆祝不迟。"

杰佛瑞看来语出真诚，但萝拉非常不愿意看见他失望。

她在卧室躺了下来，几乎一躺下就睡着。她在几分钟后醒来，突然想起罗里塞给她那一小包东西。问题有解了。杰佛瑞对他们共处的第一个圣诞节寄予厚望，而她极不愿意让他失望——这又特别是因为她在锡拉丘兹时重遇一个旧情人。威尔·波特来听了表演，表演结束后又邀她到他的公寓（表面理由是他不想在酒吧那么嘈杂的地方聊天）。他离开戒毒所一年，整个人都变了，在各方面都变得像她当初希望看见的样子。一个人真有可能发生这么大的转变吗？

她开始感到自己被阵阵内疚戳刺，所以就从牛仔裤把那一小包东西掏出来，走到梳妆台，小心翼翼打开锡箔纸，用地铁卡切出两行粗肥的粉末，又把一张钞票卷起来。

吸入第一行粉末之后，她只觉得全身血液直冲脑门。她心想：老天，是快克。出于什么理由，她原以为锡箔纸里面的东西是古柯碱。试问谁又会不这样以为？她原先很生气，但继而又想：有他妈什么大不了的。既然她想醒着，那就干脆醒到底，到明天再睡不迟。这样，杰佛瑞就可以有个舞伴。她把另一行粉末吸去大半，然后跑去淋浴。

到她从淋浴间出来，已经有精神做任何事——给杰佛瑞吹喇叭除外。她目前还有点太过神经过敏兮兮，觉得做这种事有点恶心。不过他们还有一整晚，不怕没有时间。她换上黑色的聚脂纤维裙子和粉红色的斯潘德克斯弹性纤维上衣：这两件衣服都是她为了在 CBGB[①] 演出而购买。

走进起居室之后，她看见杰佛瑞坐在地板上，看电视上正在播的《鬼灵精》。她偷偷走到他背后，把他扭倒在地。

① 纽约市一间酒吧，被公认为庞克音乐的诞生地。

"哇喔，你发什么神经？"

"我是准备好陪你去跳舞的摇滚女孩。"

他推开她，把她固定在一手臂长的距离外，定睛看着她的眼睛。"天啊，你嗑药了。"

"我想要整晚醒着陪我的宝贝。"

"我不敢相信。"

"你怎么回事？"她放松双手，不再和他角力。他以前从不会对别人嗑药有意见。

"你是气我没有叫你？我留了一些给你。"

"真好笑。"

"什么事好笑？"

他把她两只手握在手里。"我看见你很累，为你心疼，所以想让你好好睡一觉。我自己也吃了两颗安眠药。"

她那转动不休的头脑要过了片刻才意会这话意味着什么。"啊，狗屎！"

"对。"

她倒在他的怀里，笑着说："圣诞快乐。"

他亲吻她。但不管她多么热烈回应，他的双唇都越来越迟钝，越来越无知无感。

他撑了半小时，听她谈她在纽约州北部和多伦多碰到的事情、当地人的怪癖和她的团友捅的娄子。但他终于还是打起盹来。

"我还醒着。"他好几次这样说，硬是把头撑直。最后，她帮他脱掉鞋，给他盖上一张棉被。

怎么会这样？这本来是她人生中可能最美好的平安夜，却落得一个人孤孤单单，怎么会这样？她努力思考可以打电话给谁解闷。当然不是她父母，她和父母没联络已超过一年。她短暂考虑过要打给威尔·波特——就是他教会她像布卡·怀特那样弹奏蓝调音乐，后来又教会她怎样活在蓝调音乐之中。不过，他常常彻夜不归，又常常向她要钱，让她不得不把钱藏在马桶水箱。有一晚，他又醉死回到家之后，她照他曾经吩咐的那样，把他拖到浴缸，在里面放满冷水和冰块。威尔·波特的脸最后变成紫色——所幸没有变成黑色。

她哭了起来。为了安慰自己，她又吸了一行粉末。这不是因为先前吸的那些已经失去效用，也不是因为它们产生的快感不足以维持到天亮，而是因为她想要抹去内疚。在一个孤独的平安夜，她断然有权这样做。

她打电话到布鲁克林给"东方三博士"，但接电话的是答录机，传来了"性爱手枪"唱的《天佑女王》。

看完《猎爱的人》和为整栋公寓扫地一遍之后，她设法把杰佛瑞叫醒。他熟睡在沙发上，脸颊上挂着一道细细的口水。

"亲爱的，你醒一醒。"她边说边摇他肩膀。她把电视音量开大，然后解开他的皮带，按摩他的下体。几分钟之后，他摇摇头，转过身，把头埋到坐垫里。她给手臂抓痒，有某种看不见的疹子让她的手臂奇痒难当。她巴望杰佛瑞能够醒来一下子，帮她抓背上的痒。

多次进出厨房之后，她决定要把水槽好好刷一刷。她不断不断刷，直到绿色去污粉用光和粉红色海绵解体为止。之后，她用一支旧牙刷去刷瓷砖和瓷砖之间的接缝。这样，杰佛瑞明天起来之后便不能抱怨她疏于家务。接着，她又用牙刷去刷她手臂和脖子皮肤底下那捉摸不定的痒意。她点燃一根烟，低头望向光洁雪白的水槽，突然深信如果自己不赶快离开，就会被吸进排水孔去。她退后一步，用第一根烟的余火点了第二根烟。

她走入卧室，望向中庭，数算有多少扇窗还亮着灯，一面伸手到肩膀后面，给背抓痒。她第一次算出有二十三扇窗还亮着灯，复算的结果是二十四扇。她继续看着的时候，一扇三楼的窗户暗了下来。回到起居室走过圣诞树的时候，她停下来，望向放在树下的礼物。一共是五包礼物，还有一瓶绑着缎带的"金快活"。他送她的礼物都是用

《访谈》杂志的内页包裹的。有一份正方形礼物的包裹纸上印着克莉丝·海德①的脸，而她非常确定里面是一台 DAT 音响。

望着这些礼物，她不期然回想起那首贵格会的赞美诗：

> 这是让人返璞归真的礼物，这是让人得自由的礼物
> 会出现在我们当在的地方。

她只记得这几句。走向厨房的时候，她好奇自己下个圣诞节会在哪里和与谁共度。她没有想吃东西，但仍然打开冰箱。她显然有些什么是想要的——她有着一种无以名之的强迫性冲动，一种没有对象的欲望。

不知怎的，她总是落得这样的下场：在破晓的边缘独唱。舞台灯光已经暗下来，听众已经通通回家。她设法想象一辈子和杰佛瑞共度圣诞的画面，却想象不出来。这不是他的错。罪在她自己。这就是她之为她。她打了一个冷战，感觉打开的冰箱的寒气尖刺地包住了她全身皮肤。她设法想象自己像一条蜕皮的蛇那样，从全身皮肤底下钻了出来，变得又新又奇怪。

这就是她真正想送给他的礼物：一个焕然一新的女孩。

到时她会说："醒来，甜心。现在是圣诞节。"

2000

---

① 美国歌手、吉他手、音乐创作人。

我的人生故事

我不相信会有这种混账事。

我完全被老头子惹毛了，他现在人在维京群岛——天晓得那是什么鬼地方。他没有把该寄的支票寄我，而这表示我星期一无法去上课。我的学费是按月交的，因为他认为我做什么都只有五分钟热度（一个结婚五次的人这样讲别人真是岂有此理），如果我这次又是半途而废，他就可以把剩下的学费省下来。但他却给他的新妞头坦尼娅买了一辆敞篷跑车和一栋公寓。坦尼娅比我小一岁（你总是喜欢老牛吃嫩草，不是吗，老爸？），而他买公寓给她是为了让她可以专心写作。虽然坦尼娅甚至不识字，他却十足相信她真有写一部小说的打算，但当我说我想花一天八小时在斯特拉斯堡戏剧学校，他却认为这只是艾莉森的另一个奇思怪想。这就是我的人生故事。老头子都已经五十二了，却像十二岁小孩一样好骗。另一个让我很不爽的人是史吉皮·彭德尔顿。

当我正在电话里对老爸的秘书大吼大叫时，另一部电话响了起来。我说"喂"，对方说他是某某某，史吉皮的朋友。我说那又如何，对方说我们也许可以约个时间见见面。

史吉皮是那个曾经引起我大约三分钟性渴望的浑球儿。他已经大概三星期没有来电话，这本来没什么大不了的，但突然间他却像是交换棒球卡那样把我交换给他的朋友。这算什么？所以我接着问电话中的家伙，我甚至不认识他，他凭什么认为我会想和他约会。他回答说史吉皮谈到了我。我没好气地说，他告诉了你什么？他说史吉皮说我很辣。我说那真是太棒了，让我受宠若惊，又承认自己辣得就像墨西哥辣椒，正等着让陌生人试试我的辣劲。我是说真的。

那家伙说他前天清晨五点在史吉皮家吸粉，吸着吸着表示真希望旁边有女人。听到这个，史吉皮说要找的话大可以找艾莉森，她最爱这种事，一接到电话一定会火速赶来。

他真的那样说？我问。我听得出来那完全是史吉皮的口吻，而我虽然不能说完全觉得意外，仍然对于他竟是这样的猪猡感到难以置信。想到我在他眼中是那么低贱，我恨不得对着他的屁眼尖叫。不过我没有发作出来，反而说：你在哪里？知道他人在西八十九街之后，我给了他一个 C 大道的地址，叫他一小时内到那里找我。那地址原是我一个朋友的狗窝（她在去年第十七次被闯空门之后搬走），不把河对岸算进来的话是离上西区最远的一区。想到那家伙将会花二十美元坐一趟计程车，然后在一栋廉价出租公寓的门口愣头愣脑，甚至可能挨一个药头揍，让我不无几分满足感。但真正让我恼火的人是史吉皮。我父亲所做的事不再让我惊讶。我是个二十一岁转白头的女人。

史吉皮三十一岁，又聪明又受过很多教育——不用你问他也自会告诉你。我有忘了提他还够成熟吗？他总是说我什么都不懂。我当然是在一家夜店认识的他。我从不认为他很帅，但看得出来他这样自认为。他深信这一点，也常常向别人推销这种想法。他拥有的满满自信人人都想要得到一点。他那头金发看来一天修剪大约三次。他的漂亮西装和衬衫都是在杰明街量身定做，而为防你不知道，他会装得漫不经心地告诉你，杰明街是在英国伦敦（"英国不是在欧洲，而欧洲不是在大西洋的另一头吗？哇，史皮克，真酷！"）。他念的全是名校。他当然也很有钱，是一家期货公司老板。期货交易就是史皮克的人生故事。

所以基本上，他应有尽有，让我奇怪他为什么还没有被德瓦威士忌的"人物特写"介绍过。不过，当早上太阳照在他身上的时候，他只是一条簌簌发抖的破船骸。

从第一晚起，他鼻孔里插着卷起的五十美元钞票，开口闭口谈到的都是他的前女友，表示只要换得她回心转意，他会不惜放弃一切，包括戒掉古柯碱、不再通宵达旦参加派对和泡像我这种蠢妞。起初我真的觉得他可怜，为他失去挚爱心有戚戚，便问他：她什么时候把你甩掉的？答案竟然是十年前！他们在哈佛同居四年，然后一起搬来纽约，但他女朋友后来搭上了某个洛克菲勒，把他甩掉。我说，史吉皮，你饶了我吧，都十年前的事了。现在可是一九八几年了。

我说过史吉皮很聪明，对不对？我父母从不管我上不上学，只顾着追逐各自的爱情、醇酒和粉末，把车子和信用卡留给我们这些小孩用，让我们爱干什么干什么。所以我从没有受过太多教育。但是这是我的错吗？我是说如果你父母任由你上不上学，难道你会选择上学吗？所以我不像了不起的史吉皮那样受过很多教育。但我至少知道一件事情：当你和另一个人上床，你不会一整晚一把鼻涕一把眼泪怀念自己的前女友，尤其是一个已经把你甩掉十年的前女友。你用不着是心理学博士，一样可以知道史吉皮为什么不泡同年纪的妞。他老是想找到戴安娜——漂亮、完美的戴安娜，甩掉他的时候是二十一岁。他会泡我们这种年轻妹妹，是因为我们的岁数和十年前的戴安娜一样。但他又因为我们不是戴安娜而恨我们。他认为×我们和让我们像他一样受伤会让他比较好过。不过就我所见，每个人都好像差不多：我们全都不知道拿我们的痛楚怎么办，所以就想办法把它们传递给别人，觉得这样可以扯平。痛楚的连锁效应。

史吉皮总不忘提醒我，我是个蠢蛋。好笑的是，蠢蛋偏偏是他偏好的类型。他不想和任何可以看透他的女人交往，所以专钓我们这种蠢蛋：她们的共通处是相信他所说的一切，会在认识他的第一晚和他上床，而且对他后来的不再联络不会感到太惊讶。

史吉皮，如果你真够聪明，又怎么会没有这种自知之明？如果你真够成熟，又怎么会用那样的方式对待我？

我从没有碰到过任何男人。他们全是孩子。但愿我能对他们期望低些。我有几次梦见自己和女孩子做爱，但毕竟只是梦见（我当然会乐于找个时间到挪威走走）。我和室友小珍睡同一张床，而我感觉很棒，更何况这让我们可以把我们一卧室公寓的起居室腾出来开派对。我讨厌一个人，但当我在某个家伙的床上醒来，感觉背上被单黏着变硬的古柯碱和听见旁边家伙的如雷的鼾声，我就会溜下床铺，手脚并用在地上摸索我的衣服，使出浑身解数把我们纠缠在一起的牛仔裤分开，把我的胸罩和他的三角内裤分开（但史吉皮当然是穿四角内裤），再蹑手蹑脚溜出大门，一路跑回家，沿途笑得像只逃出动物园的海豹。回到家我会爬上被小珍暖了一晚的床补眠。她总是在我钻进被子时醒来，又总是会这样说：我要知道一切细节，艾莉森，包括长短和直径。

　　我爱小珍，她有本领逗得我哈哈笑。她在一本时装杂志当助理编辑，但真正的向往是当人老婆。婚姻也许对她管用，却不是我的信仰。我父母加起来一共有过七段婚姻，而且每次我只要是和一个交往了几星期以上的小伙子做爱，都会发现自己望着窗外。

　　我打电话给朋友蒂蒂，看看她是不是能借我钱。她的有钱老爸给她一堆零用钱，但全都被她花在吸粉上。她以前喜欢买衣服，现在则是连续四五天都穿同一套，家里脏乱无比，有时我们不得不打电话给卫生部门，请他们派人到她公寓打开窗户和烧掉床单。

　　电话另一头是答录机的声音，这表示蒂蒂不在家。因为如果她在家，她就会把电话线拔掉，如果她不在家，就会把答录机打开。所以，不管她在不在家，要联络上她都几乎不可能。我不知道自己为什么要多此一举。她每天都会从大约中午开始睡觉，睡到晚上九点左右。如果蒂蒂要列一份"我的最爱"清单，那古柯碱大概名列前茅，而日光则连边都沾不上。所以，要找得到她真是大不易。

　　我和一票朋友都是靠电话留言联络。幸好我知道蒂蒂的答录机的远端存取密码，所以就再打了一次电话，输入密码，看看是不是可以从其他人的留言找到她在哪里的线索。好吧好吧，我承认我也许只是八卦。

第一个留言者是布莱恩，而从他的声音判断，我敢说他和蒂蒂有一腿。这让我气炸，因为布莱恩是小珍的男朋友。不过，蒂蒂是我朋友中对性爱最不感兴趣的一个，所以，布莱恩也许只是刚开始采取行动。另一通留言是她妈妈所留：甜心，我在亚斯本①，记得回电。然后是菲利普，他说他想把他的三百五十美元要回来。听到这个，我骂自己是白痴。事实上，我从未从蒂蒂那借到过一毛钱。如果我找到她，她一定会拉着我和她一起嗑药，而那正是我避之唯恐不及的。正准备挂电话时，我的另一个电话响了起来。是学校打来的，说他们还没有收到学费，我得交了学费才能去上课。废话，你以为过去二十四小时慌忙找钱是为哪桩？现在是星期六下午，小珍很快便会回来，到时便一切都完了。

到了这时，我变得非常怨恨。你大可以说我不是个快乐的人儿。演戏是我第一件真正想做的事——我是说除了骑马之外。小时候，我大部分时间都是花在马背上，直到狄克·崔西被毒死为止。然后我开始嗑药。但现在，不知道为什么，我就是爱上了演戏，喜欢到戏剧学校上课，把自己里外翻过来。暂时扮演别人让我可以喘一口气。上戏剧课也是第一件会让我在早上起床的事情。来纽约的第一年，我除了跟男生鬼混和吸粉，没有干别的事。我整晚泡夜店，然后第二天睡到下午五点，带着闭塞的鼻窦和黏黏的头发醒来，身体每个孔穴都沾着白色粉末。这就是我的人生故事。我大部分朋友基本上还是这样过生活。这就是我气急败坏想要弄到那笔学费的原因。如果我弄不到，就没有理由在星期一一大早醒来，一定会睡到小珍下班回家，然后就会有谁打电话来，接着是三天三夜狂欢，其间脑袋不停旋转，鼻孔不停抽吸。我再次打电话给老爸的秘书，她说她仍然在想办法联络上他。

我决定在小珍回家之前做些作业——感官记忆体操。既然我不会去上课，干吗又要做作业？因为它可以让我冷静下来。我坐在折叠椅

---

① 位于科罗拉多州，是一滑雪胜地。

上放松身体，把脑海里一切垃圾清空。我开始想象一个橙子，设法看见它就在眼前。我把它握在手里。它又大又圆又带有锈斑，就像刚从佛罗里达州的树上摘下来。（你在超市买到那些没有斑斑点点的橙子是喷过氰化物或其他诸如此类的狗屎，所以它们对你的健康有什么好处可想而知。）然后我给它剥皮，感觉橙汁刺痛被我咬过的手指尖部分。

然后——这是一定的——电话响起。是一个男人的声音，叫巴里什么来着。我是史吉皮的朋友，他说。我说：如果这是个笑话，我并不觉得好笑。他说：慢着，我不是开玩笑，我在"印度支那"看到过你一次，又听史吉皮说你们已经没有在一起，所以心想什么时候我们也许可以一起吃个晚餐。

我说我不敢相信，问他他以为我是谁，难道是"约克大道三陪公司"？

我不知道我怎么会那么聪明，但有时我确实头脑敏捷。我说："史吉皮告诉过你他把病传染给了我吗？"听到这个，巴里的小弟弟马上被吓得缩起来，赶紧说他得去接另一线电话。我当然相信这话。

史吉皮你这个狗娘养的。我真的气疯了，决定要狠狠修理他。我首先想到的是打电话告诉他，他把性病传染了给我。这至少可以让他需要花时间看医生，暂停爱情生活几天。

但电话随即响起，是蒂蒂打来的。我当然觉得匪夷所思，因为外头还是大白天。

我刚刚去看了我的鼻科医生，她说，他吓坏了，告诉我如果我非要继续吸粉，就应该改为用注射——那样做造成的伤害会归别的医生管，不关他的事。

我问她和布莱恩是怎么回事。

我不知道，她说，两星期前有一天我和他一起回家，醒来后发现自己就在他床上。我甚至不记得我们有没有做什么。不过他断然对我色眯眯。另外，我的月经迟迟不来，所以说不定我们真的做了。

等她去接另一通电话的时候，我脑子急速转动。她回来后告诉我，电话是她妈妈打来的。她妈妈现在很伤心，需要人安慰，她会迟些再打给我。我说没关系。她已经帮了我一个大忙。

我打电话到史吉皮的办公室。他听到我的声音并没有太兴奋。他说自己正在开会，可不可以迟些再回我电话。我说不行，有非常重要的事情必须马上告诉他。

"什么事？"他说。

"我有了。"我说。

鸦雀无声。

在他还没有问什么之前，我说："我这六星期没有和其他人睡过。"这是事实——几乎是事实。

"你确定你有了？"他说，声音像刚吞下一包沙子。

"百分百确定。"

"你想我怎么样？"

对于史吉皮这个人，有一点需要说明的是，他虽然是个大混蛋，但也是个绅士。事实上，我认识的很多大混蛋都是绅士，反之亦然。他们都是些戴着家族纹章和信奉预科学校荣誉守则的大龟头。

"我需要钱。"

"多少？"

"一千。"我不敢相信自己竟会这样狮子大开口，因为才一分钟以前，我只打算向他要五百。但听见他的声音让我气炸了。

他问我要不要他陪我去，我当然说不用。然后他表示会把支票直接寄到诊所。我说免了，因为预约挂号就需要先交五百美元，而且我没有那个时间等那张蠢支票在六个工作日之后兑现。我把演技发挥得淋漓尽致——如果我的老师看到这一幕，想必会以我为傲。

两小时后，一个信差把钱送到。是现金。我给了他十美元小费。

晚上，蒂蒂约了小珍一起去找乐子。出现在我们面前时，蒂蒂身

148

上是一件穿了一星期的 T 恤，一头辫子发不知道多少天没洗，脏乱不堪。虽然已经四天没睡觉，她仍然漂亮得要命，足以让一堆男生为了把到她而不惜出尽洋相。她的瑞典裔妈妈在五十年代是个大名模，而人人也预期她将会成为"露华浓"之类大品牌的代言人，但她就是爬不起来参加拍摄工作。小珍穿着从我这借来的开司米毛线衣、她自己祖母的珍珠项链、牛仔裤和一双茉德·费依隆平底鞋。

她揽镜自照时问我："我看起来怎样？"

"美呆了，"我说，"如果你在鸡尾酒会从头到尾没有被强奸，就是走了天大好运。"

"自愿的人无法被强奸。"她说。这是我们常挂在嘴上的话。

她们想拉我一起去，但我要为星期一的表演课预习。她们不敢置信，说我的这种狗屎热情一定无法持久。我说我想要对自己的人生负责，做些有建设性的事。小珍和蒂蒂觉得我这番话搞笑，像唱诗班女孩那样做出祈祷手势，唱了几句《奇异恩典》——每逢我们中间有谁表现出某种宗教性热忱，大家都会是这样讽刺她。然后，为了更加过分一些，她们又唱道：艾莉森，我知道这世界正在把你逼疯。

所以我就唱了起来：他们说你只是世界千百万人的其中一个，除了是个派对女郎之外什么都不是。

她们哈哈大笑。

她们离开之后，我打开剧本预习，却发现自己无法专心，便打电话给妹妹。电话当然在忙线中，所以我就打给接线生，说是有紧急事情要求插队。然后我听到了卡萝尔的声音，又听到接线生对她说有一通万娜·怀特从纽约打来的紧急电话。卡萝尔马上没好气地说："艾莉森。"虽然她比我小三岁，语气却像个接到坏小孩电话的大人。

我在她挂断另一通电话之后说："家里有什么最新新闻？"

"都是些老掉牙的旧闻。妈妈喝醉了，我的车撞坏了，米基保释了出来。他目前也喝醉了。"

"你知道爹地在哪里吗？"

她最后一次听说他是在维京群岛，但她也没有电话号码。我告诉了她学费的事，而且也许是因为太得意，又告诉了她我敲史吉皮竹杠的事（但没提把五百美元加码为一千美元一节）。她说他完全活该，为人听起来就像爹地。可不是，一对难兄难弟，我说。

小珍在星期天早上九点左右回来，面无人色而簌簌发抖。我给她吃了一片"安定"，扶她上床。

她躺在床上，身体僵硬得像人体模型。"我好害怕，艾莉森。"她说。她不是个快乐的人。

我们全都害怕。

半小时后，她发出链锯似的可怕鼻鼾声。

多亏了史吉皮，星期一早上我得以到学校做些有氧运动和声音锻炼。我感到神清气爽。接着是感官记忆练习。我坐在一把椅子上，按照老师吩咐的，想象自己身在一片海滩。她要我设法看见沙滩和海水，想象太阳晒在皮肤上的感觉。这没有什么难的。我首先清空思绪，感觉到四周的人发出奇怪的声音。不知道为什么，但当我任由头脑放松开来的时候，我开始歇斯底里地大笑，然后又像个小婴儿那样大哭，再从椅子上倒下，在地板上乱滚、抽泣和抽搐，还设法咬掉一小片地毯，活像个癫痫发作的疯子。其他同学已经习惯了一些非常激烈的情绪表达方式，但我的表现无疑仍然太过头。我不记得后来发生了什么事。最后，他们把我带去看医生。医生说我的情况是太累引起，要我回家休息。

当天晚上，老头子终于打来电话。"我一定是在做梦。"我说。

当他问我最近怎样，我回答说我天天在生他的气。

"我很抱歉，小甜心。我是混蛋。"

"你说得对极了。"

"唉，亲爱的，我心乱如麻。"

"别胡扯了。"

"她甩了我。"

"别找我哭诉。"

"我好伤心。"

"老天，你几时才会长大？"

我奚落了他一下，然后说我为他感到难过。他说没关系，她走了正好，有一堆女人等着爱像他这样的体贴情人。对，有一堆女人爱他的钱。这就是他的人生故事的基本内容。但我当然没有把这话说出口。他都五十二了，现在才来告诉他人生的事实有一点为时过晚。就我所见，没有人在过了某个年纪之后还能有所改变。我是指过了四岁左右之后。我不断安慰他，差点忘了问他要钱。

他保证一定会把学费、租金和额外零用钱寄过来。

他寄了支票，但完全忘了我的生日。甚至连电话都没打来。他的秘书说他去了欧洲谈生意。我妹妹告诉我他是和他的新妞头去了坎昆①。这时候，我的好朋友已经晚了三星期。够讽刺的是，我前一晚才碰见史吉皮。他和某个患了厌食症的女模在一起，假装没有看见我。我设法回想我最近和哪些男生上过床，最后断定如果我真的怀了孕，就一定是他的种。

以我一向的狗屎运，我当然是真的怀了孕。既然兔子死了②，我只好真的跑一趟诊所。我拿爹地寄来的学费当手术费。诊所给我注射的"配西汀"远远不够：我向他们解释，我这个人超抗麻醉③，但他们说按照我的身高和体重，就是那个剂量。毋庸说，在手术的过程中，我痛得死去活来。我感觉自己被开膛破肚，发誓永远谢绝"体外的方法"。

事过后，蒂蒂、小珍和一票朋友为我搞了个派对庆祝。派对一

---

① 位于墨西哥东南部。

② 英文的"兔子死了"是怀孕的意思。

③ 常嗑药或酗酒的人不容易对麻醉剂有反应。

开始席设我们的住处，但因为人越来越多，大伙儿便移师到蒂蒂在五十七街的千万豪宅。那里闻起来和看起来都像是垃圾场，但无所谓，因为用不了多久，我们便再没有嗅觉。派对进行了三天三夜，过程中有些人跑去睡觉，但我不是其中之一。第四天，他们打电话给老爸，而他马上派了一个医生过来。最后，我被送到明尼苏达一家医院，医生给我注射了大量镇静剂。我梦见白色的雪不断落下，让大地只剩一片白色，又梦见一条由古柯碱粉末构成的小路，一直绵延到天际。这就像我还骑马的那个年头，我为了减轻体重而节食，所以每晚老是梦见食物。病房窗户外头是一片草场，草场最远处有些马在走动。我透过窗户的铁栏杆打量它们。

在那场无尽头的派对快到尽头之际，我把狄克·崔西的事告诉了谁。我前后有过八匹马，但它是最棒的一匹。我带着马到处表演和比赛，而当我第一次看见狄克·崔西，就知道它举世无双。它聪明得就像个人类，为了避开训练师的鞭子，它一跳可以跳到六公尺高，落地之后又能够一动不动站定。它多高的栏都可以跳过，但有时为了表现，会把一个马蹄轻轻踮在栏杆上。它体态完美，宛如是米开朗基罗雕刻而成。我父亲用天价把它买下。当时我是老爸的心头肉，他什么都买给我。

我爱狄克·崔西。没有其他人可以靠近它，因为它会对靠近的人尥蹶子，但我都是睡在马厩，每天陪着它好多小时。得知它被人毒死那一刻，我震骇莫名。家人给我吃了一星期镇静剂。警方进行了调查，但没有任何发现。保险公司全额理赔，但我从此不再骑马。几个月后，爹地走入我的睡房，把头埋在我的肩膀。他的脸湿答答，满身酒气。我心想："呃噢，又来了！"没想到他却说："我对不起你，我是说狄克·崔西的事。"他说他的生意出了麻烦，要求我原谅，然后醉倒在我身上。

在医院卧床一星期后，医生批准我使用电话。我打电话给爹地。"你现在怎样？"他问。

我不知道为什么，但可能是为了好玩，我没头没脑地说："爹地，有时我会想，如果你把马留下来，应该会更划算。"

　　"我不知道你在说什么。"

　　"我在说狄克·崔西的事。你记得那天晚上你说了什么吗？"

　　"我什么都没说。"

　　好吧好吧，也许那一幕只是我的梦境。毕竟我当时在睡觉，是他把我叫醒的。这种事不是第一次了。也许很多事情都只是我在梦中所见，而我把梦境误当成真实。那不是很棒吗？我乐于发生在我人生的百分之九十的事情都只是梦。

1987

假医生

　　他们终于找上门了。他们像一场暴风那样集结在你的囚室门外，人人手上拿着一只长袜，袜里放着从他们囚室衣物柜上拔下来的沉重密码锁。你感觉得到他们就在门外，每个人都杀气腾腾。起初他们还有所犹豫，但最终挤破囚室的门，一拥而入，像嗑了"安非他命"的鼓手那样疯狂抽打你，一双双猫眼在黑暗中闪烁着幽光，手臂上的柔软刺青和着粗重的呼吸声起伏。他们挥动的袜中锁一下打在你脸上的硬骨头，一下打在你倾斜身体的柔软部位，就在你等着致命一击的时候，你想到情况本来可以更糟。你碰过更糟的情况，因为有些晚上，他们甚至把你……

　　早上，坐在一碗牛奶麦片的前面，泰莉说："草坪的草看起来病恹恹。"

　　"你需要的是植物医生，"麦克拉提说，"我只是监狱医生。"

　　"我不懂你为什么不私人开诊，就像以前的样子。我不敢相信你竟然没有把囚犯威胁要杀你的事报告上级。"麦克拉提开始后悔告诉泰莉那件小事：一个叫莱斯科的囚犯因为"安定"的剂量被削减，威胁要杀他。他向她提这事情原只是为了刺激她的性欲，没想到她会那么紧张兮兮。

"草坪的事应该是管委会负责。"泰莉说。他们住在一个叫"活栎树庄园"的社区，整个庄园由三公尺高的砖墙围绕，内有四个网球场、一个小小的交谊厅和一个鸭子池塘，房子从两间到四间卧室不等。这就是美国人现在的生活方式：住在有一条环形道路穿过的假社区里。这些社区的名称五花八门（什么里奇维尤农场、威治伍德山庄、都铎新月和奥克戴尔庄园），但全都带有英国乡村风味的暗示。在广告文案里，泰莉这栋带阳台和按摩浴缸的两卧室房子被称为"当代的乔治时代建筑"。

麦克拉提想到，在他沉迷药物那段日子，他并不会做噩梦。事实上，他什么梦都不会做。但现在，每次他不是梦见监狱，就会是梦见各种药丸或粉末溶化在他的鲜血里。在梦中，他看得见"配西汀"像放射性同位素那样在他皮肤底下发着绿色荧光，沿着他的血管移动，所过之处一片暖洋洋，最后在他脑干绽放。他想他应该找个人谈谈。

"我打算今天早上打电话，"泰莉继续说，"而且要他们过来时顺便检查排水沟。"她会说到做到。她的做事方式有条理和省约得近乎滑稽甚至让人讨厌，但他却觉得感动，认为这是一个戒酒酒鬼为对抗混乱所作的努力。他也欣赏她的各种实干能力，例如懂得怎样给车子换机油和在他们坐飞机到圣托马斯时争取到免费升舱。只要不是在看诊，麦克拉提仍然会感觉自己百无一用。

她出门前先吻了吻他的头发尖，又提醒他不要忘了今晚和克劳森夫妻约了吃晚餐（克劳森夫妻是谁只有天晓得）。非常违背常理地，麦克拉提确实喜欢他现在的新生活——一种减去了麻醉药品和伏特加的生活。他是从亚特兰大的戒毒中心毕业后搬来这个东南部的小城的，迄今未满一年，起初住在一户没有家具的公寓，后来才搬到泰莉这里来。

麦克拉提是在一间墨西哥餐厅遇到泰莉的，一开始是被她的独立个性和不可动摇的自信所吸引。她在吧台上斜过身对他说："加些新鲜的墨西哥胡椒会好喝得多。但你得开口要，他们不会主动给你。"然后她用涂成桃子色的指甲向酒保挥挥手："卡洛斯，给这位先生一些新鲜的墨西哥胡椒。"说完转身回去和她的女性友人继续聊天。

几分钟之后，麦克拉提听见她对她的朋友说："蠢材，你应该在跟他睡之前向他要求，不是之后。"

麦克拉提欣赏泰莉的效率。基本上，她追求尽善尽美。她经营一家服装店，开一辆"讴歌"，乳房形状像两个包裹着盐水内核的芒果。"可不是硅胶的啊。"她在他第一次触碰它们时骄傲地说。她对城里顶尖整容医生的优劣如数家珍。例如，她会说："米尔顿医生不行了。自从搞上自己的女秘书和老是带她到亚斯本度假之后，他做的提眉手术就越来越吓人。他太过马马虎虎，让每个人看起来都像是受到惊吓。"既然已经四十岁又有过自己一段心理重建史，麦克拉提自是没有什么理由反对女生整容——又何况整出来的效果是那么赏心悦目。

"你是个医生?"当初被她这样一问时，他并没有回答说"差不多"，只是点点头。坐在吧台椅里，她的乳房看来因为听到这个资讯而更为高耸。凯文·麦克拉提医生刚坐下来就把她好好打量了一遍，猜想她的约会对象要不是职业运动员就是开"法拉利"和经营连锁健身中心的家伙。她有一点点太俗艳和太挑逗，几乎断然不适合充当医生的配偶，但这也是她让麦克拉提心痒痒的其中一点。和她做爱会让他同时觉得自己在逛贫民窟和睡在高于自己的经济位阶上。最棒的是她也正在戒酒。当他听到她点一杯"处女玛格丽特"①时，决定放手一试。一星期后，他搬进了她的公寓。

"早安，麦克拉提医生。"身穿制服的警卫在他把车开出社区的时候说。虽然当医生已经那么多年，但他每次听到人喊他的头衔，精神都会为之一振。他比大部分凡人对医生都更敬畏有加，因为他当护士的妈妈从小告诉他，他父亲是个医生（但拒绝透露更多资讯）。自小生活在伊利诺伊州埃文斯顿一户又窄又冷的连栋屋，他至今仍不太相信他的新生活的种种：阳光普照的天空、有围墙的社区和带着微笑喊他"医生"的警卫。他违背常理地相信，他的梦境比头上的蓝天和沉着的

---

① 一种没有酒精的鸡尾酒。

156

社区围墙真实得多。不过他没有告诉泰莉这一点。他也没提起过自己的梦境。

开车上班途中，他想到泰莉的乳房。它们当然相当傲人，但让他奇怪的是，她几乎愿意告诉任何人，她做过隆乳手术。上一次还是单身的时候（属于更新世时期），他从来没遇到过有着天然乳腺之外的乳房。然后他结了婚。再十年后，当他恢复单身，他碰到的每个女人都拥有一双豪乳，而且每次当他够得着它们时，都会听到对方说："也许我应该先告诉你，它们是……你知道的……"后来他不再提自己是个医生，因为他不确定她们真的是对他的医生身份感兴趣，还是想听听他对她们腋窝下的奇怪肿块有什么看法：就在这里，看见没有？虽然在医学院念书多年和在实习期间熬夜过无数次，他从不真正相信自己是个医生。他感觉自己是冒牌货——虽然他后来发现，只要服用一百毫克的"速可眠"，他就不太会觉得自己是冒牌货。

根据收音机，天气炎热而且会越来越热。凯文把空调定在20℃。最高温度介乎35℃和37℃之间。这种预测几乎就像你预测"摇滚101"电台正在播放《天梯》一样，铁定准确——"摇滚101"一日二十四小时都是播同一首歌。他在戒毒中心认识的一个嗑药鬼坚称，《天梯》是有关毒品的歌，这不奇怪，因为一个嗑药鬼本来就会认为，任何事情都和毒品有关。现在，这歌曲让他联想到泰莉用爬楼梯机做运动的样子。

在芝加哥住了半辈子之后，他爱上了炎热的夏天和温和的冬天。作为一个聪明和无父的小孩，他总是感到疏离和被孤立。后来，当上医生之后，他进一步感觉自己和一般人隔了一层（当警察也会有同样效果），而他的这种疏离感在他嗑药成瘾和成为一个无其名而有其实的罪犯之后更是有增无减。他想要成为芸芸众生的一部分，成为一个共同体自然而然的一分子，但药局里的所有吗啡都无法帮助他做到这一点。刚从戒毒中心出来的时候，看见一家汉堡王或熟悉的电视节目都有可能会让他掉泪，这让他有生以来第一次感到，自己是个真正的美国人。

他把车转入竖有"中州矫正机构"①标示牌的车道。你不会从公路上看得见这里的建筑并非出于偶然。在一个方圆半公里内每栋房屋价值五十万美元的地方，施工必须谨慎。动工前没有举行听证会，因为土地是属于州政府的，而州政府乐于省去一笔盖新监狱的费用，改为把最危险的重罪犯交由雇用凯文·麦克拉提医生的那家公司监管。他沿着顶上带有三层卷状铁丝网的网眼篱笆向前开。

在入口刷卡时，几个警卫跟他打招呼，喊他的名字和头衔。透过防弹玻璃，他看见一双乔丹气垫球鞋的放大照片。这鞋原是一个探监访客所穿，他在穿过金属探测器时警铃大作。狱方撕开鞋底后，发现有一把点二五的贝瑞塔手枪像胎儿一样藏在挖空处。哎，听着，这东西一定是还在工厂时就跑进去，就像百事可乐里面有时会找到螺丝钉和针管。我以前从没看见过这玩意儿。那是什么东西，一把点二五？打死我也不会用点二五。这种玩具枪连蟑螂也打不死。

麦克拉提医生在蜂鸣器响起后穿过第一扇门，门关上之后再穿过第二扇门。在这里，他可以感受到监狱的暴戾气息，感受到他梦境里的可怕氛围。白色长廊的混凝土地板耀眼得就像雪。

肥护士艾玛按下蜂鸣器，让他进入内科病房区。

"今日有几个人登记？"他问。

"十二个左右。"

回到他的办公室之后，他看见护士长唐妮正在讲电话。"我当然非常感激……谢谢。"唐妮一年四季都笑容灿烂，这让她在这个笑容大流行的地区照样鹤立鸡群。"早安。"他对她说，把重音放在第一个音节。"D栋一个小伙子昨晚挨了揍。他正在等着。你记得K栋的彼得斯吗，就是有糖尿病和老是抱怨伙食害他血糖偏高的那个？你知道怎样来着？今天早上搜查他的囚室时，从床铺底下找出一包巧克力和三包甜饼。我认为我们应该建议小吃部不要再卖他这些垃圾食物。昨天，

---

① 这是一座民营监狱。

158

他的血糖指数飙高到四百。"

麦克拉提医生告诉她，他们不能这样做，因为这会限制彼得斯的自由，被认为是一种残忍和不寻常的惩罚。如果他提出申诉，他们就得到下城区的法庭等四小时之后聆听法官发表一篇从卢梭三手作品抄出来的天赋人权演讲。

然后还有 D 栋的卡拉瑟斯，他患有癫痫，要求提高"氯硝安定"的剂量。唉，卡拉瑟斯先生，谁又会不想要提高剂量，好把烦恼忘得一干二净？以他自己的情况而言，每天只须把剂量从零毫克提高到三十毫克，再加上一点点"配西汀"，就足以浑然忘我。要不就是管他妈的干脆注射"芬太尼"①。不，他绝不能这样想。就像牧师以前告诫我们务必慎防的"不洁念头"那样，他必须不惜一切代价捻熄这种药物遐想。他决定打电话给他的推荐人②，约对方在他下班回家途中碰个面。

第一个病人克里布斯是个皮包骨的白人小伙子，眼睛血红一片，检查后发现是眼窝骨折，也就是说他的眼窝被打得凹了进去。虽然这是麦克拉提第一次看见克里布斯，对方那张肿起的脸却让他眼熟。他昨晚在梦里见过。"袜中锁？"

小伙子点点头，脸因为疼痛皱了起来。

"他们半夜走进来，大约是五个人，一进来就痛殴我。我当时正躺在床上，忙着自己的事。"他显然是新来的，还不知道这里的规矩：碰到什么事都不可以说出去。他也是一个爱哭鬼，所以很容易会成为别人的眼中钉。现在，他看来就要哭出来，但突然之间，他抹抹鼻子，一张苦瓜脸顿时变成笑脸，又让麦克拉提看他手臂上的带血牙齿印。"其中一个狗娘养的用嘴巴咬我。"他说，说话内容和他的笑脸显得格格不入。

"你喜欢被咬，克里布斯先生？"麦克拉提问，但心里随即猜到理由。

"那个王八蛋已经得到惩罚。"克里布斯说，咧着一个丑陋的笑容，

---

① 类鸦片强效，起效迅速而作用时间极短。
② 指当初推荐他受洗的人。

让粉红色牙龈和上面的参差不齐黄色牙齿显露无疑。"我身上有些东西是他不想要的。我有艾滋病病毒。"

帮他清理过眼睛的伤口之后，麦克拉提给他写了转院书，要求他接受验血。

"他们不会有胆再来整我。"克里布斯在离开时说。事实上，就麦克拉提所知，囚犯大众对待艾滋病病患的方式有两种，一是真的离他们远一点，二是趁他们熟睡时用有效快速和不流血的方法把他们结果掉。

下一个病人是个脸色阴沉和肌肉横生的黑人，因为手掌骨折需要就医。布朗先生说他是因为不小心，在操场上弄伤了手。"当时我正在打手球，知道吗？"因为打手球而受伤的囚犯多得让人难以置信。布朗甚至不打算让自己的话听起来有说服力，光只是抿着嘴唇，狠狠看着麦克拉提，就像是说：我就不信你有胆量怀疑。

就目前为止，即他在这监狱工作的十一个月以来，麦克拉提只有在梦中受到攻击。不过他被恐吓过好几次，最近一次是来自莱斯科。莱斯科是一个梨形身材的大块头，因为重伤害罪入狱：就因为一个酒保在打烊后不卖他酒，他捅了对方十五刀，最后因为被一个保镖用铁棒揍才罢手。还好的是，莱斯科不是当着其他囚犯面前恐吓麦克拉提，否则事情就不只攸关他的快感，还是攸关面子。不过，麦克拉提还是采取了预防措施，拜托 D 栋的警卫圣地亚哥随时注意莱斯科的情绪和神情举止。

麦克拉提接着打了当天的第一通公事电话——是打给一个自命不凡的心理药物学家，问对方对卡拉瑟斯的用药有什么看法。这不是因为他本人拿不定主意，而是因为按规定，遇到这种情况他都得先请教一个所谓的专家。他知道，就预防癫痫病来说，"皮加隆"就像"氯硝安定"一样有效，而且更便宜（这是他的雇主的主要关怀），但他也知道，卡拉瑟斯在意的不是自己的癫痫病，而是可不可以要到"氯硝安定"的快感。惠特斯医生正在和卡拉瑟斯的律师讲电话，所以让麦克拉提在电话另一头等了十分钟，然后开始向他解释双盲研究的目的和方法。麦克拉提没好气等他说了一阵，然后才提醒对方，自己也念过医学院。事实上，他在芝加哥大学是以班上第二名毕业的。不过，一般人都认定监狱医生要不是蠢材就是庸医。换成是以前，麦克拉提一定会对惠特斯医生破口大骂，威胁说要把对方两颗眼睛挖出来，让他享受享受双盲研究的滋味。但现在，他满足于待在墙壁三英尺厚和没有窗户的办公室，把研究治疗癌症方法的事留给其他王八蛋干。"非常感谢你，医生。"他最后说，不让那个讨厌鬼把正在讲的话讲完。

艾玛把下一位病人彼得斯带进来，离开时砰一声把门关上。彼得斯是个大胖子，全身上下都是又松又软，只有一双眼睛又冷硬又尖锐。那是一双食腐肉动物的眼睛，随时准备好从掠食动物的脚底下瞧见食物。那是一双贼的眼睛。

麦克拉提看了他的病历。"彼得斯先生。"

"有，医生。"

"你的血糖指数一度飙高到四百，你想得出来原因吗？"

"是因为糖尿病的关系，医生。"

"我猜事情应该和今天早上在你床铺底下发现的糖果饼干没有关系吧？"

"东西是我代一位朋友保管。千真万确。"

这是监狱里面另一个最常听到的推托之词，也是麦克拉提少年时候爱用的。他妈妈第一次在他牛仔裤口袋找到大麻，他就是用这句话当挡箭牌。狱中的囚犯没完没了使用这一招：不管是被发现藏有手枪、刀子还是电视机，他们一律都说是代别人保管。当看到警察、法官或检察官不相信他们的话时，他们总是难掩惊讶。他们会说：千真万确，难道我会对你说谎吗？他们都不认为监狱应该是他们的归宿，也会热切地告诉你原因。但麦克拉提却刚好相反，他知道这里是他的归宿。他常常梦见监狱。对他来说，监狱比他人生的其他部分更真实，比泰莉的乳房和监狱高墙外面的草地更真实。但不知怎的，每天当他工作结束，狱方都会让他走出监狱大门。当他回到活栎树庄园时，警卫又会向他打招呼，就像他真是一个循规蹈矩的公民。当然，他名义上并不是罪犯。医院没有对他提出起诉，要求的只是他辞职和接受勒戒治疗。但不管院方还是任何人都有所不知的是，在护士马西娅开车撞上桥墩并因此丧命的一小时前，他因为敌不过她的苦苦哀求，给她注射了一大针的"配西汀"。

泰莉在快午餐的时间打电话来告诉他，社区总干事认为草坪上的枯黄部分是猫尿造成的。"我告诉他这个想法很好笑，因为试问几只猫怎么会突然间比平常尿多起来……啊，我有别的电话，要挂了。亲一个。别忘了今晚七点和克劳森夫妻的饭局。别担心，他们是比尔的朋友。"说完马上挂上电话，让麦克拉提来不及告诉她，他回家途中也许会到统一浸信会一趟。

一天工作快结束前，他到 D 栋牢房去看看几个小病号的病情。圣地亚哥按下蜂鸣器让他进入。"嗨，医生，你怎么看埃克曼[①]扭伤的脚踝？在他归队以前，你的牛仔们恐怕会不好过。"圣地亚哥老认为麦克拉提是达拉斯牛仔队的大粉丝，而他会这样想，显然是因为麦克拉提有一次喃喃自语，说自己并不太注意油人队的战绩。其实麦克拉提并不热衷球赛，甚至分不清牛仔队和印第安人队哪队是哪队。不过，他乐于自己终于有了球队归属（这又特别是在他听到电视把牛仔队称为"美国队"之后）。就像吃麦当劳汉堡一样，归属一队美式足球队他感觉自己是合众国一个被赋予完全成员资格的成员。

"医生，你认为埃克曼的伤势严不严重？"

"有可能很严重，"麦克拉提说，高兴于终于可以对自己的球队发表评论。"扭伤脚踝可以让人好几星期不能上场。"

圣地亚哥快活兮兮而心情放松，哪怕 D 栋牢房关着二十四个暴力犯又只有他一个警卫在值勤。这些囚犯现在大都在牢房内，有些在电视四周闲逛，有些三五成群窃窃私语。如果他们想要动手，一分钟内

---

① 美式足球队达拉斯牛仔队的主将。

便足以制服圣地亚哥——他们没有这样做只是因为知道牢房外头有更大警力。麦克拉提几乎已学会压抑自己对牢房无时不在的暴戾氛围的恐惧——这种氛围具体得就像暴风来临前的气压下降和静电。所以当他看见几个囚犯向他趋近时，他并没有恐慌兮兮。他们一共四个人，包括格里科、史密斯菲尔德和另外两个他忘记名字的人。他们向着他跑过来，就像跑过一片原野要去吃一桶谷物的四匹马。

他听见四面八方都有人喊他医生，再一次感受到每个医生都会熟悉的飘飘然：一种因为自知握有生死大权而来的飘飘然。这才是顶级的快感。但他从不认为自己配得上这种快感，现在更因为他太洁身自爱而不允许自己陶醉其中。不过，医生的光环仍然让他有一种暖意。所以，有片刻时间，他忘记了他从密不透风和烟蒙蒙的教堂地下室学来的道理：他实际上毫无力量，因为他的医治力量只是从一种更高的力量借来的。他也忘了自己从其他警卫学来的谨慎，而且起初没有看见莱斯科——看见的时候为时已晚。因为没有"安定"可吃，莱斯科变得更加烦躁。他的手从几个囚犯的缝隙之间蹿出，像是吐着银色蛇舌的响尾蛇。麦克拉提感到胸口受到了一记强烈撞击，但没有马上认出那是一个戳刺伤。及至他看见莱斯科手上的刀，他的感想是自己不是泰莉真是万幸，否则他左胸的植入物就会被刺穿。当他倒在莱斯科怀里的时候，他有一种近乎释怀的熟悉感，感觉自己回到了梦中。他们终于找上门了。

从犯人名册抬起头的圣地亚哥对这个奇怪的拥抱感到困惑，也对麦克拉提转头望向警卫室的表情感到困惑。他事后回忆说："他在微笑，就像听到一个好笑的笑话之后想要告诉你，或者是想说：嗨，这个人是我的好哥们儿莱斯科。"圣地亚哥对他的老板、调查团、大陪审团和检察官都是说一样的话，也总会向在他手底下受训的新警卫讲述这个故事。麦克拉提死前的微笑从未能让他停止惊讶，然后，在悼念半晌和若有所思地抽一口烟之后，他又总会补充一句：医生是牛仔队的大粉丝。

和朗尼联络

　　贾里德眼睛焦干，但仍然忍不住打量计程车窗外一栋栋无瑕疵可寻的房子，它们的草坪深具抚慰作用。大部分房屋都是殖民时代风格，有些可上溯至清教徒离开旧大陆的年代。弯弯曲曲的道路、拓宽过和铺了路面的猎鹿小径、年深日久的石墙、浓绿的栎树和枫树——这一切都让他有回到家乡的感觉。在洛杉矶住了两年之后，他仍然怀疑自己是不是可能有朝一日习惯棕榈树和风格错乱的建筑。事实上，他正在考虑搬回东岸来。也许是搬到一个类似这里的小城。他没有必要住在曼哈顿——就像他没有必要住在洛杉矶。现在电影公司都会主动找他。派一辆车过来，要有小酒吧和电话的。他后悔此行没有租一辆带司机的车子，在曼哈顿兜一圈，但这样做的话，萝拉说不定会觉得他招摇。有租车的话也让他一路上可以打几通电话。给朗尼的电话是他非打不可的。他在洛杉矶已经习惯了汽车电话，变成了少不了他，但他在火车站外头能叫到的计程车都是法兰克·卡普拉时代的货色[①]。在路上颠簸和弹簧刺穿后座的间隙，贾里德感到脊柱像是一次治疗失败一样疼痛。这些颠簸像是未经消减一样直接传到了他的脊柱。

　　几年前，萝拉一直劝他搬出康涅狄格州，迁入一个和他们自小生长环境相似的地方。现在，她终于如愿了，可以搬回郊区——贾里德有片刻觉得自己这个冷笑话很妙，但随即感到内疚。计程车司机老是

---

① 美国意裔演员，一九四〇、一九五〇年代活跃于影坛。

从后视镜打量他。贾里德已经习惯了别人的注视，完全不排斥。

"不好意思，你是演员吗？"

贾里德点点头，神情又腼腆又疲倦。

"我就知道。你什么大名？"

贾里德报上名字。

"对，就是这个名字。你演电影。"

"演过几出。"

"遇到你真棒。今天一起床我就有一种会走运的预感。你明白我的意思吗？"

"我有同感。"贾里德说。

"你是要入住谷里？"

他花了一分钟才明白司机的意思。"不，我不是要入住。我只是去探望我的……探望某个人。"

"你不要见怪。好多名人都来这里入住。这个地方也因此有点出名。当然，他们来这里住是为了不张扬出去。我可以告诉你一些响当当的名字。"

"我只是来探人。"

"好吧，明白。对了，不知道你是不是可以为我的小孩签名。"

计程车穿过一条长长的林荫车道，去到一簇建筑物前面。乍看之下，这里是一个富有务农乡绅的产业，或是一家小型的新英格兰预科学校。主建筑是一栋乔治时代风格宅第，四周是好几亩碧绿的草坪，点缀着一些白墙板的楼房。难以想象这个天堂离城市只有一小时的车程。虽然回到曼哈顿才一天半，仍足以让他记起这里的生活有多么压缩和急速。生活在纽约就像为一出永不杀青的电影出外景。

老天，我累瘫了，他心想。这让他更需要打电话给朗尼。不过他不确定朗尼是不是在城里。

他把名字签在一张计程车费收据背面，听到司机把名字大声念了一遍。萝拉从其中一间屋子的大门向他招手，旁边站着个大个头的黑种女人。贾里德大步穿过带状的草坪，两个女人走过来迎接他。萝拉比以前更瘦了，用全部气力把他拥在怀里。当她最后为了呼吸而必须松手之后，他看见她额头的皱纹更深了。他们已经三个月没见。她虽然心情抑郁，但仍然漂亮，是个高挑而优雅的黑发美女，唯一美中不足的是轮廓有点方正。她定睛看着他，拉着他的手问东问西。每当想到她的感情需要有多深多广，他都会想起小时候家里附近那个据说深不见底的废弃采石场。她因为儿时得到太少的爱而需要很多很多爱，而当贾里德发现自己没有能力满足她的需要之后变得越来越不快乐，最后甚至为此愤怒。不知怎的，他这种感觉越强烈，他就越是乱来。

"这位是唐妮，"萝拉介绍站在一旁的女人，"她是我的特护。"

"你的什么？"

"类似看护。她陪着我。"

贾里德和唐妮握握手，然后回望萝拉。"全时间陪着？"

"不，当然不是。从早上七点陪我到下午三点，三点到十一点是另一个看护。然后是大夜班。"

"有人和你一起睡觉？"

"她坐在床边的椅子上。"

"有必要这么……"贾里德只把话说了一半，然后点点头和挤出一个微笑。

萝拉点点头和耸耸肩。"他们认为我仍然有自杀倾向。我不知道。有时我会有这种念头。"她低头看着地面。"对不起，我知道这里贵得要命。"虽然她的脸和声音刚才因为看见他而明亮起来，但她现在说的话只依稀可闻而且声调单调，和他过去一个月在电话里听到的一模一样。

"小事一桩。"他说，对于有事情能够让自己显得高尚感到高兴。事实上，为她支付这里的开销反而让他的内疚得以稍稍减低。她曾经说过，事情不是他的错，而是她的童年各种阴影一下子倾巢而出造成的。他们的婚姻解体不是她的深度忧郁的唯一原因——她的忧郁症越

166

来越严重，最后不得不住院。他的朋友也一直安慰他，没有一个人有能力对另一个人的快乐完全负责。

贾里德觉得自己有责任让气氛轻松些——有一个陌生人在旁边时尤其如此。

"你知道吗，唐妮，"他用一种装出来的声音说，"我从小就觉得自己有点特别，所以今天能够认识一个特护当然很开心。"

他知道这个表演很疲弱，但对方还是报以一个微笑。

"想看看我的房间吗？"萝拉问。

"当然想。"于是三个人穿过草坪，往房子走去。然后他突然记起一件事，随即把手伸入口袋，掏出一件小礼物，交给萝拉。

"我恐怕我必须打开来看看。"唐妮说，抢先把礼物拿去，但随即又困窘地微微一笑，把盒子交还萝拉。"抱歉，我只是按规定办事。不过我不认为这一次需要……"

"感谢。"贾里德说，望着对方的眼睛。

"我非常喜欢你的电影。"

萝拉突然站住，让另外两个人也赶紧笨拙地停下来。"拿去。"她说，把礼物交给唐妮。"规定就是规定。"唐妮勉强遵命。

"这里是我的小天地，"萝拉对贾里德说，"地方并不大，但已经是我的全部。而既然你拥有美国的其余部分，所以暂且就不要施展你的魅功了，好吗？"

房间内的装饰品包括萝拉从旧家带来的填充动物布偶、好些镶框照片（有两张是贾里德的照片）和好些他没见过的彩绘篮子。两扇窗可以眺望树林和一条小溪。房间里唯一会让人意识到这里是疗养机构的是一张有金属栏杆的医院病床。

两人在床边坐下之后，萝拉打开礼物。是一瓶香奈儿香水。"十九号香水。"她说。

"你的最爱。"他说。

"我受不了十九号。我喜欢的是十五号。"

"你没弄错?"

"当然没有。我讨厌十九号。"她把香水丢到地上,唐妮不声不响把它从地毯上捡起。

"我敢发誓你喜欢的是十九号。"贾里德说。

"那大概是你其中一个女朋友的最爱。"

贾里德多年来都是送她这种香水,不能相信自己会记错。不过在他和萝拉分居之后,他确实送过其他女人不同种类的香奈儿香水。

"等一下。记得吗,一星期前我告诉你我要飞到伦敦领奖,我们还讨论了我应不应该顺道看看托尼和布兰达,但两天之后你却在电话里问我:'你去伦敦干什么?'"

"所以呢?我很抱歉,我的短期记忆不好。医生说这是忧郁症的症状之一。"

"所以你也许忘了你喜欢哪种香水。"

"贾里德,真有你的。你光靠一张嘴就可以让人把你从死囚区释放出来,顺带还把典狱长的老婆拐走。"

"但我的一张嘴对你却不管用。"他说,好奇护士是不是习惯这种场面。

"不幸的是,它对我仍然管用。"萝拉说,"我想要你回到我身边。"

"你疯了不成?"他说,不确定自己是不是想用过火表演化解掉突然趋于严肃的谈话。

萝拉用双手比了比整间房间。"看看这里就知道我是不是疯子。"

回到外面之后,萝拉指着一栋很大的房子说:"这栋是华顿屋,是专用来治疗药物滥用的。"

贾里德点点头。

"我想要你看看它。它是根据海瑟顿①的模式运作的,被认为相当成功。里面住着很多你会喜欢的人。有作家,有演员,有教授。其中

①　海瑟顿是一个帮助人戒酒和戒毒的机构。

有一个我特别想要让你认识。他叫罗伯特，是个很有趣的家伙，在华尔街致富。"

"为什么你想让我认识一个股票经纪？"他说，轻轻拉了拉萝拉的手肘，希望可以加快他们游园之旅的步伐。

"我不知道。我只是在认识他的那一刻就想到你。他有一双就像你一样的眼睛。而且，他是因为古柯碱问题进来的。以前他除了经营自己的投资公司，还和很多明星有买卖。他有一个不平凡的人生，同居人是那个老是会出现在《柯梦波丹》封面的模特儿……"

"我知道你讨厌这一类人。"

"后来，他开始到哥伦比亚大批买货，但有一次搞砸了，被关进卡塔赫纳监狱。不过，不到两星期，他雇的雇佣兵便炸开监狱，把他偷渡出境。不管怎样，我都认为你会喜欢他。他很聪明。"

"如果是我告诉你有这样一个人，你一定会觉得他是个王八蛋。"

"他很有魅力。另外，我也佩服他的勇气。决定住进来这里需要比逃狱更大的勇气。"

"你听起来像爱上了他。"

"不是。只有在他会让我想到你这一点上算是这样。"

"不管怎样，我都没有坐过牢或者到过卡塔赫纳。"

"是时候吃午餐了。"唐妮说。

在通往主建筑的车道上，他们遇见了萝拉的一些病友。其中一个是萝拉在电话里提过多次的埃里克——他是耶鲁大学的宗教系教授，年届古稀，彬彬有礼，看不出来有忧郁或消沉倾向。

"萝拉有没有告诉你，"埃里克问道，"她是我们之中编篮子编得最好的一个？"

"我是个艺术家，"萝拉说，"打算离开这里之后开一家工艺品专卖店。"

在饭堂排队领过餐之后，萝拉向贾里德介绍和他们同桌吃饭的人。

"你今天刚刚到？"托尼说。他是年轻人，脖子上有一道半月形伤疤。

贾里德只是点点头，因为他嘴巴里塞满又冷又韧的小牛肉。

"你住哪一栋？是华顿屋吗？"

"我只是来探访。"贾里德说。

"他是我丈夫。"萝拉说。

"原来如此。"

贾里德怀疑托尼只是假装不知道他是谁，以此表达一种观感。

饭间话题都是环绕食物和药物（包括医生开的抗忧郁剂和自行使用的致命药物）。康妮是最近入住的中年家庭主妇，金发而样子欢快，却说自己曾经试图用"安定"自杀，一次吃了三十颗这种一颗五毫克的黄色小药丸。但她把药全吐了出来。每个人都告诉他，这个方法不管用。

"三十颗蓝色小药丸也许管用。"贾里德主张说，人人点头称是。"三十颗'速可眠'大概足以让人死翘翘，但如果想要万无一失，最有保障的还是数'氢吗啡酮'。三十颗'氢吗啡酮'保证可以杀死你自己和你两个最要好的朋友，外加家里所有宠物。"这话引起一阵笑声。"在水库里放入三千颗就可以消灭一个中型城市。"然后他模仿里根总统的声音说，"叫共产党的核弹见鬼去吧，我们有的是神经元炸弹。"

除了萝拉，每个人都在笑。贾里德不敢正视她的目光。

一位论派牧师[①]杰克逊告诉大家，他寻死的方法是拉上车库的门，在汽车音响里放入一卷录音带，然后发动引擎。录音带播第二遍的时候，他发现自己还有意识，只是恶心想吐，便放弃寻死的念头，回到屋里。

"那是一辆新车，一九八八年出厂的。"他说，"它的新型排气控制系统设计得太好，让人杀不死自己。"

"你听的是什么录音带？"萝拉问。

"帕赫贝尔。"

"选得好。我爱听他的恰空舞曲。"

---

① "一位论派"反对三位一体说，认为上帝只有一个位格。

"谢谢夸奖，萝拉。"

萝拉对于世界的态度有一点点偏斜。她是因为某种功能的失衡而落得要住进这地方来的吗？还是只是因为她迷人的我行我素？贾里德爱她，哪怕是分居两年后仍然下不了决心离婚。他有时会怀疑，他害怕放下她是因为她是唯一不答应任他完全改造自己的人，不让他把自己改造得金光闪闪而肤浅。他已经没有跟许多老朋友联络，交了一批新的。大概只有萝拉是唯一可以让他保留他过去的最好自我的人。另一方面，难道事业成功是一种罪吗？每一个人都会改变，所以她凭什么认定他正在出卖和摧毁自己的灵魂？再不济，他不过是拿着一张往返票造访巴比伦。想到这个，他才记起自己忘了一件要事。

"我有一个电话非打不可，"他对在座的人说，"帮我把小牛肉馅饼保持冰冷，我马上就回来。"

在电话亭，他用信用卡打了朗尼在纽约的号码。他等铃声响了十下，然后又再等了十下。他奇怪朗尼怎么会没有把答录机打开，不过，朗尼八成是正在睡觉，把电话线拔掉了。

"你刚才打给谁？"萝拉在他们返回她的住处途中问他。唐妮跟在后面。

他记得，这就是以前他讨厌她的理由之一：疑心重。

"我的经纪人，"他说，"我一直联络不上他。"

"这几小时你就把全部心思留给我，好不好，贾里德？你很快就可以回到大世界去。"

"你说得对。我很抱歉。"

她抓住他的手，捏了一捏。"罗伯特没有来吃午餐真是可惜，"她说，"我真的希望你们两个认识认识。"

"谁？"

"罗伯特，干过药头的那个。"

"等下一次也不迟。"

"你会很快再来吗？"

"会。我要到洛杉矶一星期左右，但之后会马上再过来。"他说。看见她的失望表情，他补充说："我是要去谈一个角色。"

他们坐在屋子前面的草坪长凳上，而贾里德害怕萝拉接下来会转入严肃话题。不过，唐妮的在场让这种情况不太可能发生。萝拉再次抓住他的手，用眼眶泛泪的眼睛望着他。

"贾里德，我觉得在这个在冰冷太空中运行的星球上，我只是微不足道的一颗斑点。既然没有任何人关心我，我何苦继续活下去。"

"我关心你。"

"你关心得不够。"

"你的手在颤抖。"

"是锂剂在作祟。"她抽回自己的手，望向他搭在椅背的手臂，"你的手也在颤抖。我先前就注意到了。"

他看着自己的手。"是时差的关系。"

"少来，贾里德。"

"我工作得太拼，把身体弄坏了。"

"你说谎的时候总是会抖脚。"

"我来这里是为了帮助解决你的问题，"他说，"我的身体功能运作相当正常，谢谢你的关心。"

一阵阴郁的沉默之后，他们恢复谈话，谈到她的医生和她的疗法。最后，随着太阳西下，随着他习惯了唐妮的身影而草坪又变得和其他郊区草坪无异时，他们又谈到了彼此的家人和老朋友，也就是五年前在她父母家后院参加婚礼的那一批人。

有片刻时间，贾里德想象他和萝拉可以重新开始。他们可以买一座漆成白色的古老大宅，每个房间都有壁炉的那种。两人可以合力建设一个花园，不时进城里看戏和吃晚餐。某种意义上，套上这种家庭生活的温和牛轭会让他松一口气。他知道萝拉想要小孩，他自己不太久之前也有这种想法。她告诉他这附近有一片可以从事假饵钓鱼的好水域。不过就连此时此刻，贾里德照样听得见处于石头围墙和林荫小径另一头的另一个世界正在呼唤他。他几乎可以听见，从铁路路轨的另一头，从一河之隔的南面，传来每一晚都会重新开始的嗡嗡嘈杂声：包括银餐具的碰撞声和恭维他的女性声音。

萝拉又问了一次他什么时候会再过来。然后，他看见有个人正在往草坪走过来。当萝拉转过身，看见那个男人，表情登时明亮起来。对方高个而年轻，但姿态有点疲态，步履有点沉重。贾里德觉得对方脸熟，但在目前这个不熟悉的脉络，他需要一点时间才能想起来。

他站起来。"朗尼？"

"哈罗，贾里德。"

"朗尼？不对，他是罗伯特，就是我想要你认识的人。"

"我们认识。"罗伯特说。这是事实。贾里德想要转头飞奔而去，但有一种全身不能动弹的感觉。

他和这个他称之为朗尼的人见过很多次面。"欢迎。"对方说。

简易判决

每个人都以为她会鸡犬升天只是因为吹喇叭技巧高明，又或是精通只流传于欧洲和亚洲妓院的性爱秘技。不过，对一个决心嫁给有财有势男人的野心勃勃的女人来说，别种技艺同样不可或缺。看来从没有人考虑过，想要逮住那些要求高又外务多的雄性的心，会是何等困难——尤其是你已经过了如花盛放的阶段之后。

阿莉莎·德·桑在认识比利·劳布很久以前便已经对他了如指掌：在参加玛丽·托特家的晚宴之前，她便摸清了他的家世和家底。现在，在他旁边坐了一整晚之后，她相当肯定她已经在他心中点燃起一把火。因为知道他喜欢从事血腥运动，她告诉他自己酷爱打猎，是公认的好猎人。她提到许多他们共同认识的大人物名字，又成功让对方相信，是他自己主动邀请她到他的总部办公室参观那里的艺术收藏——她对这批收藏同样已经做过彻底研究。她告诉他，她喜欢雷明顿手枪，因为这种手枪十足阳刚，又暗示自己欣赏有着同一特质的大亨。雷明顿这种手枪的另一个优点是好有美国味道，让她这个欧洲人觉得极端浪漫。她谈到他所经营那一类生意时头头是道，又抱怨自己要负责照管一笔不菲的家族财富，责任沉重。

玛丽·托特是因为欠阿莉莎一个人情，才会答应安排她坐在刚离婚的木材大王的旁边。坚持要玛丽把客人名单念给她听之后，她因为发现其中两个受邀者是欧洲人（比克罗夫特爵士和夫人），才打消了要求玛丽记得在她的座位名牌上写上"伯爵夫人"几个字的念头。在这件事情上，她已学会谨慎，因为虽然有两个理由让她能够以"伯爵夫人"自居，但这两个理由都不是无疵可寻。她妈妈一度嫁给一个意大利伯爵，而她自己上上一任丈夫腓德烈克·德·桑也是个伯爵——只不过，后来当她找来一个神父到病榻前主持婚礼时，却发现老伯爵原来还没有和第二任老婆离婚。他前一次通奸已经让他失去大部分财产，仅剩两栋房子和三户公寓。老伯爵死后，阿莉莎在撕破脸的争产官司中输给了原配，落得一无所有，"伯爵夫人"头衔便成为她唯一剩下的。嫁给山姆·格罗斯曼之后，她继续使用这个头衔。山姆（一个以亚特兰大为基地的零售业帝国的继承人）自己对这种情形完全无所谓，不过有些第三者却选择说三道四。她不改姓还因为每个人都知道她叫阿莉莎·德·桑，改了的话会引起混淆。山姆是犹太人这一点倒不是原因所在。比利是刚刚才从丹佛搬到东岸的，对阿莉莎的底细一无所知，她希望他不会因为流言蜚语对她先入为主，而是有机会形成自己对她的印象。

比利·劳布的祖父是开发西部造就的巨头之一，是个自学成功的金融家，具有神秘莫测的预感能力，只要他在哪里买下大片大片土地，哪里后来就会有铁路线通过。劳布企业（比利是它的总裁）如今是一家八爪鱼大企业，触角涵盖木材、纸张和化学药品。与大部分西部大亨不同，比利身高超过六英尺，有着运动员体格、一头浓密如狮鬃的铁灰色头发和（至少阿莉莎自己是这样觉得）西部人的直肠子性格。他的一点点不修边幅就像较年轻男人脸上的胡楂一样有吸引力。

就像大部分有钱人一样，他对日常生活应该保持节俭有点小小执着。他在阿莉莎问他觉得她的洋装会不会太低胸之后发牢骚说："上个月我女儿花了四千美元买一件洋装。她肯定只会穿一次。我这辈子从来没有穿过一千美元以上的西装，而且每件都会一穿几年。"他举起藏青色西装的袖口作为证明：确实，袖口边缘已经有点磨损，扣眼是假货。虽然她认识的欧洲男人一般都是穿量身定做的衣服，但她已经学会欣赏某些美国财阀的邋遢美学。既然是从迪尔菲尔德和耶鲁毕业，比利的穿着习惯显然是从他新英格兰人的同学那里学来。她觉得这种穿着方式非常有魅力，后来她又相信自己将会有足够时间，教会他欣赏"亨斯迈"或"安德森"的服饰。

"我不认为年轻女孩花那么多钱买衣服是说得过去的。"她说。

"让这件事更显荒谬的是，才不久之前，一辆别克轿车的价钱还不到四千美元。"

"给年轻人设下界线非常重要。"阿莉莎说，对那个挥霍老爸家财的女孩感到一种真正的愤慨。

"你说得对，"他说，"我一定要找她谈谈。用四千美元买一套衣服真不像话。"

"不过我猜那套洋装一定很漂亮。"她说。

作为回应，他发出了一种介乎吼声和咕噜声之间的声音——日后她将会对这种声音非常熟悉。

她没有因为他后来没有打电话来而灰心丧志。比利·劳布是大忙人，总有一大堆事情要处理。阿莉莎肯定只要再有一次机会，一定会成功。她是一个芭蕾舞团的董事，所以想到，比利·劳布会是芭蕾舞团秋季募款餐会最佳的受表扬人人选。虽然芭蕾舞团不在他公司赞助的许多组织之列，不过他既然来了纽约，迟早总要收养几个高能见度的公共团体。其他董事觉得这是好主意，只有新加入董事会的萝莉·格林斯班不以为然。

"试问比利·劳布对舞团有过什么贡献？"

特丽许·鲍德温回答她说："重点是他现在能对我们贡献什么？作为受表扬人，他至少会包下五十张桌子。其他大人物也会想趁这机会认识他。"

阿莉莎接下来要做的只是说服比利。她决定采取正式的管道，首先让舞团的秘书联络劳布企业负责赞助事务的副总裁，然后才自己打电话给比利本人，而且是从芭蕾舞团的办公室打去，好让这通电话显得更加正式。一开始，她提醒他，他们不久前见过，然后才转入正题。她说话的语气暗示，他俩都是大忙人，所以事情如果不是极为有意义，不会打扰他。

"芭蕾舞团？"

"去年我们是表扬费利克斯·罗哈廷，前年是罗伯特·彼特曼。那个募款餐会是纽约社交界最重要的盛事之一。"

"我受宠若惊，德·桑小姐。但我想不通为什么你们想要表扬我。我几乎不是芭蕾舞的爱好者。"

"真的？我从不这样认为。多年来，贵公司对我们的舞团都非常慷慨。"

"有这回事？"

"我想，像你这样有那么多生意和赞助对象的人不可能知道贵公司的每一个赞助项目。"她说。事实上，她就是算准这一点才敢瞎掰。"虽然你自己不记得，但我们仍然非常感谢你的一直以来的大力支持。"

"一定有其他人比我更加……"

"如果你能考虑接受，我会认为这是对我个人帮了大忙。"她说，换上一种完全不同的声调，这一次是暗示需要、脆弱和承诺。到挂上电话的时候，她已经得到他的承诺。

等了一星期之后，阿莉莎打电话约比利·劳布见面讨论这件事。谈到碰面地点时，他让她来拿主意。"'马戏团'总是个好选择。"她说。看他没有马上同意，她重新考虑。"马戏团"有一点点太浮华、太欧派和太阴柔，和他这种雄壮威武的人不搭，只适合太太小姐们吃午餐聊八卦。想到这个，她想到阳刚味十足的"21点"对一个打着预科学校领带的木材大亨来说将会如鱼得水。

"我们去'21点'。"她说，"布赖斯总是给我最好的位子。"

比利说他并不特别在意坐哪里，表示乐于把订位的事交给她负责。

她马上订位。事实上，自从她最后一个丈夫过世之后，她能够订到的只有中间区带甚至是靠后面区带的位子，但她这一次决定不让这样的事情发生。通常，她都是让秘书处理这类事情，但这一回她亲自打电话，又坚持要直接和餐厅经理布赖斯说话。布赖斯让她等了十分钟，但她还是只能强颜欢笑。

"布赖斯，我是德·桑伯爵夫人。听到你的声音真好。感觉上我们已经好几百年没见过面了。请帮我留一张两个人的桌子，星期四一点。我会和比利·劳布一起用餐，他对坐哪里非常挑剔。他会想要一张在前段的桌子，最好是靠门边的。"

"我们当然会竭尽所能接待劳布先生。"

在餐厅里，阿莉莎把大亨介绍给餐厅经理认识。"这位是我的好朋友布赖斯，他是纽约最重要的人物之一。布赖斯，我要你答应照顾好比利，他现在是纽约客。"

布赖斯握握比利的手，说道："很高兴再一次看到你，劳布先生。"

"我的荣幸。"比利说。

他们就座后，阿莉莎向他指出，他们的桌子是整间餐厅位置最好的一张。然后她从她的有利位置环顾餐厅，接着向坐在餐厅中央一个英俊的银发男人挥挥手。

"他是屈尔·维特尔，我非常要好的朋友。他以前疯狂爱着我。当我嫁给已故的丈夫之后，他老是说他想要带我私奔。他是个很淘气的男人，老是毛手毛脚。他刚刚买了一支美式足球队——我忘了是哪一队。我自问对美国的体育运动不是很在行。"

"我对芭蕾舞团也不是很在行，所以我们算是打平。我至今对于你要让我当受表扬人感到不可思议。"

"别担心，我会教你一切你必须知道的。在纽约这里你必须小心谨慎，不要听一些不懂门道的人胡说八道。在这里有没有胜任的顾问差别很大。"说着伸手捏了捏他的手。

"我相信我在这里一定会被照顾得很好。"他微笑着回答，直直望着她的眼睛，过了一下才拿起菜单。

下一个周末，他约她到"青蛙"饭店吃晚餐。几分钟之后，电话再次响起。因为私人助理走开，她亲自接电话。

"阿莉莎，我给你留了半打留言。"她的会计师说，声音显得恼怒，"用南安普敦的豪宅来解决目前的状况至关重要。"

"我很抱歉，索尔。我刚刚才从巴黎回来。"

"银行准备要查封房子。除非我们提得出某种还款计划，他们在下个月就会诉请简易判决。我们的还款已经拖欠了四期，但我却听说你拒绝了房产经纪公司三次出价。"

"亲爱的，他们不是出价，是羞辱我。"

"阿莉莎，现在不是我们有能力嗤之以鼻的时候。要知道，你欠了银行三千万美元。最后一个出价是两千七百万美元，而他们说你拒绝还价。"

"你不是不知道，那栋豪宅至少值三千五百万美元。老天爷，它是史丹佛·怀特设计的。你完全知道，三年前我们是用两千五百万把房子买来的，想想看那之后房市涨了多少？"

"你们买贵了。山姆当了冤大头。"

"你怎么敢这样说我丈夫。"

"我道歉，但坦白说，阿莉莎，我们的选项越来越少。我们必须拿什么去变现。拿你那些艺术收藏品怎样？"

不错，她是有一批很有价值的艺术收藏品，但她已经把最贵重的一些拿去抵押，并继续把剩下的那些视为抽屉里的现金，是她在自己和赤贫之间建立起来的最后防线。她也不愿意承认危机已经进入最后阶段。那些艺术品是她当年从欧洲和纽约的拍卖会买来的，凡是没有被用来装潢家里的都被运到瑞士，藏在一个仓库里，是她用来对抗守寡生活的不确定性的凭资。她丈夫生前对她的个人花费盯得很紧，但仍然把管理和装潢家里的女性传统领域交付给她。她开了一家装潢公司，雇用这公司重新装潢他们夫妻所有的房子。山姆有时会对高昂的装修费用表示不满，但仍然把细节交给阿莉莎掌管。有时，她和她的装潢师会把在欧洲买入的家具和油画直接送入仓库。她认为她给自己留这一小窝蛋完全合情合理，因为山姆两个臭子女毕竟已经坐拥巨额财富，而且格罗斯曼信托基金的收入会在山姆死后直接拨入他们的账户。事实证明，她当初应该贪污更多私房钱。

自从山姆向她求婚之后，她和他一对儿女便进入战争状态。他们散布各种有关她的恶毒谣言，甚至挖出她第一段婚姻的结婚证书。她第一任老公是个马球球员，她没向山姆提这一段，是因为这段婚姻后来被宣布无效。她只感谢上天，她和利雅德的事没有被挖出来。

阿莉莎不是那种受到攻击不还击的人。她会检查他们的信用卡账单，然后在丈夫面前指出他们挥金如土。桑妮亚是个男人婆，花了几百万美元购买马匹，但穿着却是平平无奇，任谁都不能指责她花太多钱置装。她在米尔布鲁克有一栋别墅，每逢周末就会和她所有爱马同好在那里聚会。她哥哥亚历克斯名义上是艺术经销商，在切尔西经营一家父亲撑腰的艺廊。

阿莉莎喜欢在中午之类的时间和老公在旁边的时候打电话给亚历克斯。"啊，对不起，亲爱的，我不知道你还在睡觉。吵醒你了，对不起，回去睡吧。"当山姆大发雷霆，骂儿子是懒骨头时，她会掩住话筒，让已经起床几小时的亚历克斯怎样大声喊冤仍属枉然。

她对那份信托协定仍然心存怨恨。她当然知道有这份协定，但在结婚之前，她被爱情蒙蔽了眼睛——更不用说的是被山姆送她的房子、私人飞机和珠宝早弄得眼花缭乱。不过她也一直认定，待她嫁入城堡之后，山姆一定会修改协定。老天不让山姆有机会按照自己认为适合的方式重新分配他的庞大遗产真是不公道，因为他两个不知感激又不知优雅为何物的子女几乎继承了一切。当初，为了不让两个小畜生太快等到父亲翘辫子，她严格要求山姆控制饮食和运动，但他却偏偏在他们买下南安普敦那栋豪宅之后便归西。让她更觉得老天不公道的是，山姆并没有一次付清房价。当时她没有说什么是因为内心深处一直相信，山姆至少还有五年可活，到时，房子的贷款就会还完。然而，他却在她雇用的教练监督锻炼时突然严重中风，二十四小时之后就玩完了。

"我需要的只是再多一点点时间，索尔。到时一切就会圆满落幕。"索尔不知道她已经把油画和家具拿去抵押。事实上，过去一年她就是靠这笔钱撑过来的。

"我们没有时间剩了。如果你不卖掉什么，就会同时失去豪宅和公司。"

"所以我才需要你帮我说服他们，索尔。你是我的救世主，亲爱的。过不了多久，我们回顾这一段日子，一定会哈哈大笑。我保证。"

在"青蛙"饭店吃过晚饭后，她邀比利到公寓喝咖啡，让他留下了她希望他会留下的各种深刻印象。门房在恰好的时间为他们打开车门。"欢迎回家，伯爵夫人。"他说。电梯直通她的门厅。看见黑白相间的大理石地板和鎏金的方格天花板时，连她自己都觉得为之动容。走向起居室的途中，她把几幅最有价值的油画指给比利看（既有雷诺阿也有莫奈的作品，但都是已经抵押出去的）。但她当然用不着多此一举指出，窗外的景观就是中央公园。比利走到窗前俯览第五大道，吹了一声口哨。"我现在才知道什么叫景观。"

"看多了就会视而不见。但我仍然觉得我相当幸运。"

"这里确实不是盖的。"

"来参观一下公寓的其余部分。"她给他导览，终点是主卧室。

在他两条大腿之间逗留了不短时间之后，她往上爬了一段，她把头埋在他的肩膀。"比利，你一定认为我是个不要脸的女人。"

"不，我觉得你很棒。"

"我情不自禁。"她回答说。

第二天，她送了他一对从"卡地亚"买来的袖口纽扣。

"我……说不出话来。"他在他的饭店套房打开了红色小盒子之后说，"我从不认为会有人送给我这么贴心的礼物。"说话间眼睛模糊起来。"好漂亮……我不知道要怎样谢谢你。"

"我很高兴你喜欢，亲爱的。"

"我爱极了。"

那个晚上，他们在床上火热得就像年轻人。当晚也是他们第一次一起睡到天明。

三晚之后，她又是在他的套房过夜。翌日，当他被饭店的起床电话服务叫醒时，她已经起了床。

"亲爱的，我找不到我的首饰。当我走到起居室的时候，看见套房门是打开的。"

他们检查了一遍，发现她的耳环和项链都不见了，不见了的还有比利的袖口纽扣和几百美元现金。

她紧紧抱着他，头埋在他的胸膛。"好可怕，有人在我们熟睡时闯进来。"

比利把经理叫来，要求知道这间烂饭店有着什么样的保安措施。

"我看他们是吓坏了。"阿莉莎在经理和保安组长离开后说。

"他们更关心的是怎样隐瞒丑事而不是破案。"

当晚，保安组长前来敲门，表示调查仍在进行中，又说："劳布先生，可不可以请问您，您认识了德·桑女士多久？"比利勃然大怒，威胁说马上要搬走。

"不用担心，"比利稍后告诉阿莉莎，"饭店方面和我的保险公司会给你的首饰全额理赔。你给我一份估价书就可以。"

"亲爱的，你好贴心。"

"不，你买一对袖口纽扣送我才叫贴心。我现在只是想逮到干这事情的王八蛋，让他吃不了兜着走。"

"有位绅士稍早前来找过你。"门房在她当晚回到家的时候说，"他不愿意留下姓名。我猜他是要给你送达一些法律文件。我当然告诉他你不在纽约。"

"一定是有什么误会。"她说。但索尔第二天早上打电话来，通知她要有收到传票的心理准备。

"他们正在寻求违约的简易判决，打算要提讯你。"

"我不知道你说的这些是什么意思。我说过我只需要再多一点点时间。"

"你是可以规避传唤几天或几星期，但或迟或早，他们一定会提讯你。这样你就必须偿还贷款。"

"告诉那些臭律师我目前太忙，没空搭理他们。"她真的很忙，因为离募款餐会只剩三天，而她又是排座委员会委员，必须敲定座位的安排：这种事学问很大，必须做到让各大金主王不见王，让不对盘的人分开，让朋友坐在一起。另外她还得去"华伦天奴"进行最后试身。

当晚，阿莉莎穿一件镶白蕾丝的露肩连衣裙，搭配一件黑色紧身胸衣。先前，她带比利到"登喜路"做了一件单襟和剑领的小礼服。他不敢相信这玩意儿要价三千美元，但她说他的傲人体格值得穿剪裁贴身的高价衣服。

高耸立柱框架的林肯表演艺术中心广场看来是阿莉莎的舞台。在下车区下车之后，比利牵着她的手，陪伴她踏上台阶。站在红地毯两旁的摄影记者开始骚动，纷纷喊出她的名字，准备好等他们走近。

当镁光灯开始闪烁时，有个人突然从人群中走了出来。"阿莉莎·德·桑?"

"对，什么事?"

对方递给她一个土黄色信封。"你的传票。"

"怎么回事?"比利问。

阿莉莎把信封丢在地上,但马上想到不是办法,便请比利把信封捡起来。这一幕被继续闪烁的照相机记录了下来。阿莉莎重新堆笑,转过身要带领满脸困惑的比利穿过交叉射击①,却看见玛丽·托特和丈夫就跟在他们后面。托特夫妻显然也看到了刚才发生的事情。

一走到室内,比利便皱着眉说:"到底是什么事?"

"亲爱的,我不想你为我的问题烦恼。"她用颤抖的声音说。她知道她必须赶在他听到任何恶毒八卦之前提出自己的说法。但她首先要尽好一个募款餐会共同主办人的角色和照顾好杰出受表扬人。

"不管是什么问题,都没有我们解决不了的。"他说,捏了捏她的手。"我们"这个代名词比他的关心神情还要让她受用。确实,只要有他的帮助,她的问题就会迎刃而解,变得简单得不能再简单,她只要向他袒露自己的灵魂,他就会拯救她。

玛丽·托特抓住她手肘。"有什么状况吗?"

"一切都完美无瑕。"阿莉莎回答。

确实如此。她和比利在人群中穿梭,接受恭维。阿莉莎认识在场每一个人,把比利介绍给他还不认识的显贵,包括芭蕾舞团的导演和纽约市长。她一度走开,向演员扎克·亨特自我介绍。亨特和比利差不多年纪。

"非常高兴认识你。"亨特说,从她的肩膀上方眺望。

"那是我的朋友比利·劳布,他是你的大粉丝。"阿莉莎说,"我知道他盼着认识你。"

"你是说劳布基金会的比利·劳布?"

她点点头,指一指。比利站在几码开外,比一般人高一个头。"来和比利说声哈罗吧。"

她介绍两人认识。比利看来因为她回来而松一口气,而且高兴于认识一个电影明星。交谈之下,他们发现彼此有一个共同朋友。两人

---

① 指两旁不停闪烁的镁光灯。

越谈越起劲，话题主要是环绕丹佛野马队。两人谈罢之后，阿莉莎问比利："他是干吗的？"

"你不认识扎克·亨特？你有那么年轻吗？他是演员，一个电影明星。至少以前是这样。我还以为你认识他。"

"他主动找我搭讪，说我是在场最漂亮的女人。我搭理他，大概是因为觉得他有点眼熟。但他一直说个不停，所以我就想不如把他介绍给你认识，让他知道我已经有男朋友。"

"哇塞，"比利说，"扎克·亨特想泡你，而你却甚至不认识他。"

"大概是因为他出道有一点早，又或者是因为他在这里比在欧洲出名。"她说着挽着他的手带他到他的桌子去。

那个晚上，凡是预期会看见阿莉莎魂不守舍的人都失望了。上过开胃菜之后，她走到台上，颇为详细地介绍了比利的背景，接着换他上台，发表了一篇精彩而谦抑的讲话（内容是她和她那个毕业于卫斯理学院的助理写的）。两人的演出都是第一流的，连比利本人看来也乐在其中。时间拿捏得刚刚好（二十分钟），让那些必须第二天一大早上班的银行家不会生厌。她知道先前发生在红地毯的事件引起了一些窃窃私语，但她选择把它当成没发生过。唯一重要的是比利怎样想。他怎样想，其他人就会怎样想。

"你表现得真是精彩。"她在车上说，当时刚过十一点。

"精彩的人是你。"他说，然后伸出伐木工人一样粗的手臂，搂住她肩膀，把她拉近，"我为你的事担心。"

"你真贴心，"她说，"但我不想让你为我担心。我已经习惯了被人设计。他们嫉妒我，想要看见我不好过，但我不会让他们得逞。"她把头埋在他的肩膀。

"谁设计你？"

"儿女。"

"儿女？"

"我先夫的儿女。他们恨我，想要毁了我。他们提出遗嘱诉讼，冻结了我的资产。我的律师说我最后一定能够胜诉，但在那之前，我也许会失去我在南安普敦的豪宅，甚至连公寓也不保。不过我不想要你被牵扯进这种鸟事。"

"唔，听起来你真的需要有个人罩。你是因为什么事被传唤？"

"抵押的事。他们准备查封我的漂亮豪宅。"

"没有人会查封你任何东西。只要我说话就不会有人会。"

"我不能求你救我。"

"我用不着你求。"他说，把她拉得更近。

第二天，比利取消一个既定的午餐约会，步行到"卡地亚"看戒指。他昨晚差点就要在车上向她求婚，最后让他打住的是他的老派求婚观念：求婚要讲究场合，而且不能没有求婚礼物。他想要有戒指和适当的环境。有关后者，他知道他可以交由阿莉莎安排。过去几星期以来，他变得越来越依赖她。他意识到，自己喜欢这种臣服和被照顾的感觉。她看起来认识每个人和无所不知。他需要做的只是亦步亦趋，扮演好自己负责的角色。他们两人是完美搭档。

在店里逛了十五分钟之后，他感到头昏眼花。什么梯方形切割啦、榄尖形切割啦、梨形切割啦、公主切割啦，名目一大堆，除此之外还有颜色和透析度的区分。他也对普普通通一枚钻戒便要价不菲感到震惊。比利对珠宝首饰是个外行。当初他送给前妻的大部分首饰都是他妈妈留下的。

"我要下班了，"销售小姐说，"但我的同事会乐于为您服务。"她指了指一个穿紧身黑色西装和头发疏成山峰形状的年轻男人。

"阁下想必就是劳布先生吧？"他说。

比利点点头，对于这么一个人也认得自己感到惊讶。

"阿莉莎·德·桑小姐是我们的常客。她是一位非常有品位的女士。"

比利点点头，纳闷对方怎么知道他和阿莉莎的事。

"真是遗憾你不喜欢那对袖口纽扣。"

"你说什么？"

"袖口纽扣。德·桑小姐买给你的那一对。她说它们不对你的味。"

"什么袖口纽扣？你在说什么？等一等，你是说蓝宝石的袖口纽扣？"

对方点点头。"她上星期把它们退回来。"

"不可能。"比利说。

"大概是我搞错了。"

"她把它们退回来？"

"我印象中是这样。"

"这是……最近的事？"

"对，上星期。"

"我可以看看那对袖口纽扣吗？"

"你想要再看一看？"销售员紧张不安地说。

"我想我有必要看看。"

募款餐会翌日的十一点，电话开始纷纷打进来。董事会的女生都恭喜她昨晚的圆满成功，赞美她和比利是全纽约最登对的一对。其中几个还希望知道他们什么时候宣布喜讯。

到了两点，见比利还没有打电话来，她决定自己打过去。他的秘书说他正在开会。

"你有告诉他我留的前一个口讯吗？"

"任何人留的口讯我都一定会告诉劳布先生。"阿莉莎从第一通电话起就不喜欢这秘书的口气，决定迟早要让她卷铺盖走人。

"如果你真的珍惜现在的工作，我强烈建议你告诉劳布先生，我现在就要和他通电话。"

"抱歉，劳布先生抽不出空。"

这个女人简直让人忍无可忍，但阿莉莎无计可施。她曾经一度觉得比利是地球上最后一个不用手机的男人这一点让他充满魅力，但此时却为此发狂。"告诉劳布先生，我有紧急事情找他，叫他马上打到我家。"

晚上的八点和八点半，她两次打电话到凯雷饭店，但接线生两次都表示，比利先生交代过，他不接任何电话。

"我是他的未婚妻，"阿莉莎说，"我要求和他说话。"

"对不起，但他的指令相当清楚。"

"你哪来的胆子不让我和未婚夫说话？帮我接经理。"

但经理并没有比接线生更愿意合作。虽然阿莉莎表示她和饭店老板是好朋友，不照办的话就会让他和接线生被开除，但经理仍不为所动。

第二天，那个讨人厌的秘书说比利出了城。两天后，她从一个朋友那里听说，比利正在诺尔福克打猎。她不知道是哪里出了差错。在募款餐会那个晚上，他对她不是表现得关爱有加吗？一定是有人从中作梗。有什么人告诉了他什么？她当然知道自己有很多敌人，像她这种身份地位的女人自然而然会成为嫉妒和忌恨的对象。是有人把利雅德的事告诉了比利吗？如果她还有机会，她一定会告诉比利，那不是她自己的选择：那时她才刚满十六岁，而她消失快一年的妈妈突然出现，说是要把她带到什么很好玩的地方，又提到她前一年夏天在摩洛哥见过的那个亲王。

一个月后，当她在法庭接受讯问时，比利仍然出游未归。她的律师阻止她回答大部分问题，但退庭后却说："我顶多可以把简易判决推迟几个星期。我们必须想出某种还款方案。"

当天晚上，她打电话给玛丽·托特，约对方下星期四吃晚饭。先前她听说，玛丽将会在当晚为软件巨子塔普洛搞一个派对。

"抱歉，"玛丽说，"下星期四晚我们有事情要忙。"

"那么我们说不定可以把我们的活动合而为一。"

"没办法，阿莉莎。"

"你们是我约的第一对夫妻，所以，如果你们不能参加我的活动，就改为我来参加你们的。"

"亲爱的，我不认为你到时会感到自在——"玛丽说，顿了一下。"桑妮亚·格罗斯曼当晚会过来。我知道你们不对盘。"

"别说傻话，我对桑妮亚没有任何成见。"事实上，如果有必要，她甚至会愿意对这个继女既往不咎。

"我很高兴知道这一点，但桑妮亚看来还是有点耿耿于怀。我是没有和她谈过，但我认为说她不是你的大粉丝应该八九不离十。我实在不愿意看见你陷入尴尬处境。更重要的是，她的男伴是比利·劳布。他们是在伦敦认识的，而她显然是坐他的私人飞机回来的。所以我真的不愿意让你为难，阿莉莎。他甩掉你的方式让人发指，人人都说那几乎是一种背信弃义。真遗憾，但我又能怎么办？我邀请桑妮亚时并不知道他们在一起。我们改为这周末在南安普敦碰面怎么样？就我们三个。"

2008

他们是怎样玩完的

我喜欢问别的夫妻他们是怎样认识的。在近乎无限的可能联结中，一个人为什么偏偏是和现在的配偶交会，着实让人好奇。身为专打离婚官司的律师，我听过大量婚姻最终章的故事，所以，听听婚姻第一章的故事可以让我得到调剂，就像放假。我喜欢问那个问题，还是因为它让我有机会说说自己的故事——不对，应该说我俩的故事。说这个故事总是让我很得意，因为我觉得它非常独一无二。

我名叫唐纳德·普劳特。我和太太卡梅伦是在维京群岛度假期间认识杰克·范霍伊森和他太太珍的。在我们所住的那个小小但昂贵的度假村里，我们会在餐厅或沙滩看见他们。度假村里的客人虽互不认识，但彼此之间全有着一种心照不宣的好感，互相敬重对方的高级品位和经济能力。让我对范霍伊森夫妻更有好感的是，他们是除我们以外唯一一对年轻夫妻。

我刚打赢一场难打的官司，客户是个有钱人的太太。虽然有大量证据可证明我的客户多年来不断背着老公搞七捻三，但我还是为她争取到优厚的离婚补偿。我当然同情她老公，但他也有自己的律师，而且即便他荷包大出血，口袋里仍然留有老爸留下的几百万美元可花。更何况我是律师，尽可能帮客户打赢官司乃是我的本分。所以，我用一趟度假来犒赏自己完全是合情合理的。多年来我都没有多少机会休息。我靠半工半读念完阿默斯特学院，接着进了哥伦比亚法学院，毕业后又立刻在城中区一间大型法律事务所工作。在事务所埋头苦干了六年之后，我成了一个合伙人。

度假当然是一桩美事，但遗憾的是，我们中间有些人已经失去了品尝长时间悠闲的能力，或说从未得到过这种能力。所以，第一天早上，在天堂里醒来还不到一小时，我便开始坐立不安，无所事事地看着一只只瞪着柄眼的螃蟹打横快跑过沙滩，不愿意或说不能够聚精会神读我在飞机上开了头的小说。躺在我们小屋前面的沙滩上，我注意到一对年轻男女站在海中互相泼水。那个女的黑发，身材高挑，有着走秀模特的胴体。那男的一头沙黄色头发，身材瘦长，乍看像个为了跑去开帆船而休学一学期的预科生。接下来几天，我都忍不住注意他们的动静。他们常常依偎在一起，显示他们是新婚不久（两人都戴着结婚戒指）。他们有一种在这里度假是理所当然的神气，对收费昂贵的这一片白色沙滩显得非常自如，所以我认定他们是富家子弟。另外，他们看来对其他人不感兴趣，不像我们在伴侣陪伴下享受了几天阳光和沙滩之后，就会开始邀邻居到阳台喝一杯黛绮莉酒，打听彼此有没有共同认识的人和共同兴趣——总之是想方设法摆脱可怕之极的单调生活。

事实上，住了几天之后，我就开始感到有点乏味。天气千篇一律的明媚，让人赞赏过几次之后就懒得再赞赏。我和太太也发现，有些我们本来以为可以借这次度假多谈谈的话题（一些平常因为工作和应酬无法深谈的话题）很快就谈完。除第一晚还算好之外，其他几晚的床上生活都不像我希望的那样清新怡人。我原打算把所有烦心事抛诸脑后，告诉卡梅伦我的各种性幻想（哪怕它们简单得可怜），用这种方法让我们的婚姻和性生活重拾活力。但我却发现，自己被过去四年来越来越少直接沟通的惯性束缚住，无法打开这种话题，也出于什么理由不情愿搞些会让卡梅伦大为振奋的浪漫气氛（例如在洗澡水里放些花瓣和在旁边点上蜡烛之类）。事实上，看见她穿上三点式泳装的样子，我只觉得她有需要做点推脂按摩和少碰甜食。

但范霍伊森夫妻的榜样却让人心向往之。我猜想，这是因为我们同样是一对有活力的年轻夫妻——只差在比他们多一两磅肉。想到我们双方这种外表上的相似之处，我对他们的好感更加增加，而后来，当我听到他告诉一个老绅士他才刚考过律师资格考试之时，我更是涌起一种遇到同类和顾盼自豪而来的激动，因为我自己也是刚成为纽约市一间极其有威望的律师事务所的合伙人。

　　第五天黄昏，我们在泳池边的小酒吧巧遇他们，彼此聊了起来。因为听到他们对海湾上一艘帆船感到好奇，便告诉他们船主人是谁（这是几天前别人告诉我的）。我半预期杰克会知道这名字，并自称是船主人的朋友，但他只是说："真的？真是漂亮的船。"

　　太阳开始融化在大海里，把海水染成红一片、金一片。我们全都默然不语，专心欣赏美景。一度，我在极不情愿的情况下开口提醒服务生，不要在我点的"椰林飘香"里加冰（我的牙齿对碎冰过敏）。太阳在几分钟后完全沉没，泛起最后的闪焰。之后我们开始交谈。他们告诉我们，他们住在波士顿北海岸区其中一个非常体面的社区。

　　他们问我们有没有小孩。我们说没有，还没有。当我反问："你们呢？"珍脸红起来，要丈夫回答。

　　和太太对望过一眼之后，杰克转过身对我们说："小珍怀孕了。"

　　她补充说："我们还没有告诉任何人。"

　　卡梅伦笑逐颜开地看着珍，然后又向我展露一个鼓励性的微笑。我们最近才讨论过这个问题。她已经准备好要小孩，但我自己却不太有把握。不过，我想我们都高兴于被他们推心置腹，哪怕这只是因为我们不是他们的什么熟人，而且这一晚也是他们待在此地的最后一晚（不知怎的，听到这消息让人有点难过）。

　　当我提到我的职业时，杰克马上向我征求意见，因为他一回到波士顿之后就要申请律师事务所。我当然好奇他怎么会那么晚才进这一行（他刚刚不经意提到，他前不久才度过三十岁生日）。他二十几岁的时候都在干些什么？好奇归好奇，我当然不便多问。

我们又点了一轮的酒，一直谈到天色全黑。"你们何不和我们一起吃晚餐？"他从椅子上站起来的时候说。我们接受了邀请。我感激他们的陪伴，卡梅伦也因为可以变换一下生活套路而生气盎然。我越来越觉得自信而且风趣的珍有吸引力。他先生一直表现得很低调，看来是想要韬光养晦。对于一个有钱和幸福得让人眼红的年轻人来说，这十之八九是一种很聪明的做法。

晚餐盘子都收拾好之后，我问道："说说看，你们两个是怎样认识的？"

卡梅伦看见我又发起这个我最喜欢的客厅游戏，哈哈笑了起来。杰克和珍对望良久，像是暗中商量要不要透露他们的天大秘密。先是杰克从鼻子发出笑声，然后珍也开始笑，两人很快便笑得乐不可支。老实说，我们（珍除外）都已经喝了不少酒，没有人在法律上算是清醒的。与滴酒不沾的珍相比，卡梅伦显得有一点点粗枝大叶。当她再次伸手要斟酒时，我想要白她一眼，却落了空，因为她全部注意力都集中在范霍伊森夫妻身上。

"我们是怎样认识的？"杰克看着太太说，"天啊，说来话长。你想要由你说吗？"

她摇摇头。"你来说比较好。"

"抽雪茄吗？"他说，从口袋掏出两根金属管子。虽然我抗拒我很多同事都沉溺其中的雪茄崇拜，但偶尔也会陪客户或者合伙人抽一根。所以我就接过雪茄。

他递给我一把小刀，帮我把雪茄点燃，然后挨在椅背上，用手拨开眼睛前面一缕沙黄色头发，吐出一个烟圈。"我们的故事恐怕非比寻常。"

珍哈哈笑了起来。

"你确定你不介意吗，甜心？"

她想了一想，然后耸耸肩和摇摇头。"由你决定。"

"好。我想我们的故事要从我被踢出鲍登学院讲起。坦白说，我是因为卖大麻被踢出学校的。更正确的说法是，卖大麻之外又卖一点点古柯碱。"他停下来看我们的反应。

我设法摆出一副无所谓的样子，鼓励他说下去。我不会说他的话让我震撼，只会说它们让我十足吓一跳。

"我被逮到了。"他微笑着说，"不过，在我答应收拾书包走人之后，学校没有追究我。我父母对这件事情当然不会太高兴，但因为我已经赚到不少钱，他们也拿我没办法。我已经厌倦了学校。好笑的是几年后我回到学校，又突然变得喜欢念书，拿到硕士之后又考入法学院。不过，在最早阶段，学校在我看来只是在浪费我的时间。或说是我浪费学校的时间，总归是浪费。每天早上起床后我都要先吸几行粉，非这样否则挨不过地质学的课。"

他把雪茄叼上，一面回忆自己的年少轻狂一面摇头。但与其说他是感到羞愧不如说是觉得好玩，就像他谈论的是一个死性不改的表弟。

"有大约一年时间，我开着帆船到处去，有时就是在这片水域度过。然后我回到波士顿。当时我大部分钱已经花光，但又还没有准备好再碰书本，所以很自然就会和旧日的供应商重新接触。我那一艘十公尺长的小帆船还在，所以我就回到老本行。当时的环境和现在不同——那是十年前，当时哥伦比亚人还没有进入这一行。一切都还没有那么肃杀。我们都是些绅士型的不法之徒。"

他微微皱起眉头，像是听出了他的话带有自辩意味。我在七十年代基本上不碰毒品文化，但还记得毒品在当时被视为类似于某种解放神学的圣体①，后来又被视为一种带点冒险成分的娱乐。但如今，这种浪漫化毒品买卖的言论很难销售出去而杰克看来明白这一点。

我挥手示意服务生送另一瓶葡萄酒过来。

"记得不要太冰。"卡梅伦扯着嗓子对走远的服务生说，"我丈夫牙齿很敏感。"我相信她自以为这样说很风趣。

"不管怎样，我的生意做得很不错。"杰克继续说，"起初，我非常

---

① 这里的"圣体"指基督教圣餐礼中的圣饼，象征基督的身体。

亲力亲为，会到楠塔基特的外海和母船会合，把一小袋一小袋搬到中空的龙骨里去。最后，我和搭档爬到了食物链的上方。我们赚钱赚得太快，几乎没有时间思考用什么方法洗钱。我的意思是，我们总不能光把钱藏在床垫底下。起初，我们用现金买车买船，然后又在剑桥买了一间酒吧。我们实际上使用卖毒品赚来的钱交税，用这个方法把一些收入漂白。我们以前常常喜欢说我们会见好就收，不要发展到不可收拾的地步。但这生意实在太好赚，让人很难自拔。这就像你一步一步走向悬崖边，起初因为每踏出一步都没事，便以为下一步也会没事，每次都心想只要再踏出一步就好，如是者一步又一步，直至踩空才知道大事不妙——但为时已晚！我就是这个样子：在高中时抽大麻，后来改为吸粉，突然之间又开始购买 AK-47 步枪和把几百公斤的货运回波士顿港。"

我不准备向他指出，有些人并不会想要贩毒，更遑论购买军火。我帮他把酒杯重新斟满，高兴于听见这个金童抖出自己的老底。不过我承认我真的被他的故事深深吸引。

"这样子持续了两三年。我但愿我能说买卖毒品不好玩。这一行充满好玩事儿：危险、秘密和金钱……"他抽了一口雪茄，望向大海，"但后来，在进行我们有史以来最大一宗买卖时，我们被买家出卖了。因为面对十五年以上徒刑的恐吓，他供出了我们。那真是非常刺激的一刻。我们人在后港一个货仓，然后突然跑出来二十个缉毒组的人，用点三八指着我们。"

"他们其中一个是珍。"卡梅伦猜测。

我瞪了她一眼，但她却只管看着珍，充满期待。

"为了你们的缘故，但愿我是其中一个。"珍说，然后望着老公，摸摸他手腕。这一刻，我觉得她异常勾魂摄魄。"我想你的故事让我们两位新朋友听厌烦了。"

"一点都不会。"我说，对说故事人的太太投以鼓励的眼神。我对于她会成为这个肮脏故事的一部分感到由衷遗憾。如我所希望的那样，她转过头向我微笑。就在这一刻，我突然把整个故事忘到九霄云外，眼前出现了一个异象：我因为睡不着，溜出小屋散步……然后我在沙滩边缘遇到她，彼此都说自己失眠，然后同时承认自己想着对方，然后是一个热烈的长吻，两个人慢慢倒在柔软的沙地上……

"你们一定是觉得……"她苦笑着说，"我不知道你们是怎样的感觉。但杰克以前从没有告诉过任何人这些事。你们想必是吓呆了。"

"请继续说下去。"卡梅伦说，"我们盼着听后面的部分。对不对，老公？"

我点点头，对于她用那么有占有欲的称呼喊我有一点点恼怒。她的声音听起来响亮和刺耳。她身上那件俗丽的印花罩衫我一向讨厌，在珍那件优雅但性感的藏青色吊带衫对照下更显俗气。

"长话短说。"杰克说，"我雇用卡森·巴克斯特为我辩护。他把大部分对我们不利的证据推翻，让它们在陪审团眼前变不见，又对剩下来那些冷嘲热讽。这个人是我见过的最精彩的表演家……"

"他是个天才。"我喃喃自语。巴克斯特是这个国家最厉害的辩护律师。虽然我并不总是认同他的政治观点，但我佩服他的法律专业素养。事实上，他在我心目中的地位近乎偶像。不知道为什么，在目前的情形下听到他的名字让我觉得惊讶。

"所以我就拍拍屁股走出法庭。"杰克说。

"你获得无罪开释？"我问。

"完全没事。"他说，乐乎乎地喷出了一口雪茄烟雾，"你们一定以为，这就是我的故事和我那门不合法生意的结尾。唉，可惜不是。我当然告诉自己和任何人我要改邪归正。但六个月之后，监狱的回忆便开始模糊，而且有一个黄金机会落在我头上。我打算用它来赚最后一大票，建立我的退休基金。但我劝任何人都不要尝试，因为这种告别演出总是会出差错。"说到这里，他笑了起来。

"我们的服务生睡着了，"珍说，"就像海明威小说中那个服务生那

196

样站着睡。他在心里暗暗诅咒你，杰克·范霍伊森，要给你这个多话的白人男生下降头。因为他一直盼着赶快收拾好桌子，回宿舍去和老婆做爱。他老婆就是那个圆圆胖胖的洗衣女工，此时正一丝不挂，躺在新洗干净的亚麻布床单上等老公回家。"

"我好奇这个服务生和洗衣女工是怎样认识的，"杰克欢快地说，站起来伸展了伸展身体，"他们的故事八成是最有趣的。"

我的爱妻说："他们八成是我老公因为亚麻布衬衫上有一处洗不干净大发雷霆之后认识的。服务生看见洗衣女工难过，上前安慰她。"

杰克看了看手表。"哇塞，已经十点半了，早过了维京群岛的官方就寝时间。"

"你们还不能去睡，"卡梅伦说，"你还没有认识你太太。"

"这样？好办。我们是在那不久之后认识。我们坠入爱河，结了婚，从此过着幸福快乐的生活。"

"不公道。"卡梅伦尖声说。

"我倒是好奇你对巴克斯特有什么看法。"我语气平和地说。

"让巴克斯特见鬼去。"卡梅伦说。每当她喝多了酒，鼻音就会特别明显，让她的声音就像是提高了音量。"我想要听爱情故事。"

"为了服务生着想，我们起码应该到沙滩边散步边说吧？"珍说着站了起来。

所以我们就走到沙滩，沿着海边徐徐而行。杰克把故事说了下去。

"我和我的搭档南下到佛罗里达礁岛群，买了一艘船——一艘船底挖空的二十公尺长的哈特勒特帆船。我们在海岸巡逻队和海关各买通了一个人，他们会在我们回程时引导我们穿过巡逻网。为了伪装，我们在船上放了一大堆钓大鱼的渔具，包括禧玛诺钓竿和滚线器。但真正的载荷是装有夜视镜的自动步枪和大堆现金。步枪是交易的一部分，一共三十八把，足够装备一支小型军队。哥伦比亚人总要求军火，而步枪是我们从一个必须马上离开迈阿密的以色列人手里以低价买来的。那一晚就像今晚一样，温暖而满天星星，但没想到，我们的船舱在开到离古巴大约两百公里处坏掉了，船开始随波漂流，到了早上被一艘古巴军舰碰个正着。你不难想象他们找到枪支和现金时候的反应。我是说，如果你看见一艘美国船上又是枪支又是大量现金，而且装有高级电子仪器，你会作何感想？我们费尽口舌解释我们只是毒贩，但他们不信。"

我们已经走到海滩的尽头。更远处，一块岩礁突出在小湾的海水上。杰克跪下来，用双手掬起一把银色细沙。卡梅伦在他旁边坐下。我维持站立，抬头望向满天星斗，在我的醉醺醺状态中感到自己正在采取某种维持个人独立性的必要措施：没有因为杰克坐下而学他坐下。到了这时候，我就是不能接受杰克·范霍伊森或说一个不打自招的毒贩进入法界。也不能接受他那么快乐，拥有万贯家财和一个魅力十足的太太。

"那是我一生中最难熬的时光。"他轻声说，本来的得意洋洋神情有所消退。一直站在他旁边的珍这时也跪了下来，一只手搭在丈夫肩膀上。他突然咧嘴一笑，拍拍她手臂。"不过这至少让我学会了西班牙语，对不对？"

卡梅伦发出咯咯笑声，表示欣赏这个说法。

"在古巴蹲了半年牢之后，我、我的搭档和船长以美国间谍罪被判死刑。他们一直把我们分开监禁，希望可以突破我们的心理防线。不过我根本无法提供他们想要听的话，因为我们只是两个傻乎乎的毒贩，不是中情局人员。"

我终于坐到沙地上，双膝抵在胸腔，端详珍神情凝重的脸——她就像是觉得站在现在回顾他丈夫当日经历的廉价的磨难更更加惊心。我无法太同情他，认为他基本上是咎由自取。但我看得出来，她知道一些我们所不知道的阴森细节，所以倍感痛苦。因为这个缘故，我对他产生了同情之心。

"不管怎样，我们受到的对待比大部分古巴异议分子要好，因为他们总是有可能用得着我们，比方说拿我们来交换人员或宣传。处决日的几星期前，我成功地给巴克斯特传递了一个口信，他火速飞到哈瓦那，用他左翼分子的资历争取到该杀千刀的卡斯特罗接见他。要知道，当时哪怕只是到古巴去一样是犯法的。巴克斯特此行带着他的卷宗——这就是整件事情最精彩的部分。他用他在波士顿驳倒过的同一批证据说服卡斯特罗和他的国防部长相信，我们真的如我们所说的，只是毒贩，不是手段肮脏的扬基特务。他们把我们交给巴克斯特。但当我们飞回到迈阿密——"说到这里他停下来，环顾了听众一眼。"一群穿着廉价西装的联邦密探已经站在跑道旁边，满头大汗地等着。他们拘捕了我们四个，罪名是违反旅游禁令，从古巴入境。联邦调查局当然知道我们的真正底细，他们监控这件事已经大半年。我本来还以为我已经出了煎锅……"

"是 sartén 才对。^①"卡梅伦顽童似的纠正他说。

"对，对。"他对她伸了伸舌头，然后继续说下去，"我本以为我马上就会疯掉。你们想想，我在一个没有窗的小囚室待了几乎七个月，好不容易得到自由，这时却又……"

"老天，"卡梅伦插嘴说，"你得要……"

"我挺住了。接着，联邦调查局联络哈瓦那，想要他们提供让他们怀疑我们是间谍的证据，好用这些证据把我们这些毒贩绳之以法。"

他暂停下来的时候，我听到一千只昆虫的鸣声和海水舔舐沙滩的声音。

"但古巴人却说：去你妈的，扬基猪。所以我们最后被放了出来。主啊，那种感觉真是甜美。"

让我惊讶的是，卡梅伦竟然鼓掌。我这时意识到，她已经醉得很彻底了。

"我们还没有听到珍出场。"我说。法官大人，就像我一直怀疑和准备好要证明的，他们根本从未认识。

---

① sartén 是西班牙文，也是煎锅的意思，但卡梅伦认为他既是逃出说西班牙语的古巴，就应该用西班牙语表示。

珍和她丈夫不约而同咧嘴微笑。这表明他们的故事还有下文，也让我感到泄气。然后她转过头对我说："我的全名是珍·巴克斯特·范霍伊森。"

我不完全是个白痴。"你是卡森·巴克斯特的女儿？"我问。她点点头。

卡梅伦放声大笑。"精彩。"

我瞧出一个可攻之处，便问她："令尊有什么感觉？"

珍脸上的微笑消失了。她在地上掬起一把沙子，然后任沙子从指缝漏走。"不太好。显然，帮助一个毒贩洗脱罪名大赚一票是一回事，但那个毒贩和他宝贝女儿在一起又是另一回事。"

"我上堂的时候，珍都会到法庭欣赏他父亲表演。这回答了你们的问题：我们是怎样认识的？答案是在法庭里认识的。我们最初是靠眉目传情，然后是靠纸笔。"他把她搂得更紧。"老天，你那时候好漂亮。"

"当然，"她说，"坐了三个月的牢，即便母猪也会让你觉得好看。"

"我获得无罪开释后，我们开始秘密约会。卡森飞去古巴时还不知情。一直要到我走出迈阿密的法庭，珍跑过来把我一把抱住，他才如梦初醒。自此之后，除了有好几回对我们吹胡子瞪眼睛之外，他没有和我们真正说过话。"他停了半晌，"不过，他还是把账单寄了过来。"

"最不可思议的是，"珍说，"杰克是因为对我老爸的表演佩服得五体投地才会跑去念法学院。"

卡梅伦再次哈哈大笑。所以，我们之中至少有一个觉得这事情有趣。我要花颇长时间才能理清我自己的感受。作为一个法学院毕业生，你学会事实归事实，情绪归情绪，但在目前的情况，我有的只是情绪反应，而且是一些我无法用理性理由维护的情绪反应。虽然大概有失公道，但卡森·巴克斯特的了不起的形象也在我心中幻灭了。我觉得自己缩小了，失去了几小时前和一个新手谈到我的高贵职业时有过的顾盼自豪感，而几分钟前因为自觉正气凛然而有过的屈尊俯就感亦荡然无存。

"你们的故事好精彩。"卡梅伦说。

"你们又是怎样认识的?"珍说。她坐在洒着月光的沙地上,一只手搂着丈夫。"你们的浪漫爱情故事是怎样开始的?说说看。"

卡梅伦转头看着我,表情充满期待。"告诉他们,老公。"

我瞪着海湾里那艘我们早前赞赏过的帆船的灯光,然后把目光转回到我太太,看见她脸上挂着一个大笑容。"你来告诉他们。"我说。

菲洛梅娜

这个派对的名称是"你已经参加过六百次的派对"。每个人都来了。"全都是你的朋友。"我的女朋友菲洛梅娜说，语气只能称之为尖酸。但在我看来，在场的全是她的朋友，而这也是我们会参加这个传奇性盛会的原因。派对在中央车站的候车室举行，害得几十个以上的街友今晚没有了落脚处。我们原以为找我们来是要我们为某种疾病慷慨解囊，没想到却是白吃白喝。"我厌倦了这种毫无意义的金碧辉煌，"我穿戴得金碧辉煌的女朋友说，"我想要过简单的生活。"这已经成了她的口头禅。我怀疑，我们的房事不频繁和她这种对大都会生活的厌腻不无关系。

大受男人欢迎的变装皇后[①]贝琳达走过来和我们打招呼——我几乎肯定他是我女朋友的朋友，不是我的朋友。贝琳达旁边站着个真正的女人。她看不出年纪，眉毛黑得吓人，留白色平头，任何派对都会有她的身影，名字叫"嗨·你好吗·真高兴认识你"[②]。最近所有女人要么有三个名字，要么只有一个。连假货都是这样。[③]"糟糕，快遮住我。"她突然说，"汤米·克罗森在那边。我大约五千年前和他有过一次很恶心的约会。"

---

① 指爱打扮成女人的男人。
② 原文为 Hi Howareyou Goodtoseeyou。
③ 贝琳达就是只有一个名字。

"你们上床了吗？"菲洛梅娜问。

"我不记得了。"

"如果你不记得，就代表有过。"贝琳达说，"这是通则。"

竟然有这样的通则。

稍后，当我们宽衣就寝时，菲洛梅娜采取了先发制人的策略，宣布她累得要命。

这表示：牛仔，今晚没有肉丸。

小弟弟饿了很久之后终于有吃的

叙事者在派对翌日帮菲洛梅娜选购出差要穿的衣服，买了一套适合多种场合的灰褐色套装、供坐飞机穿的凡赛斯外套和破洞牛仔裤，供晚上穿的迷人鞘形裙装，一条额外的褪色和破洞牛仔裤和三件雪白T恤。如果叙事者用点心，就会从菲洛梅娜为什么需要那么多衣服看出蛛丝马迹，知道她此行另有文章。但他生性不好疑，而且观察力也被涌起的荷尔蒙蒙蔽。她试穿过鞘形裙装之后把它脱下，要他帮她从抽屉拿几条内裤过来。看着她贴身内衣后面的紧绷茶色肌肤，他欲火焚身，不能自已。"求求你了，一下下就好。"他提醒她，他们已经九天五小时又三十六分钟没有做爱。要知道，他们可不是结了婚的老夫老妻。

"我们没有结婚啊，难道有吗？"她说。

叙事者心想："糟糕！"知道自己犯了一个战略错误。结婚话题是一个不应该碰的地雷。幸而她没有追究下去，但仍然要他跪下来求她。

他乖乖照办，低三下四苦苦哀求。拜托拜托啦，他说，表示她要他做任何事都愿意，包括学狗吠，有必要的话甚至不惜学狗的样子在地上滚来滚去。最后她脱掉情趣内衣，躺到床上，活像莫奈画笔下的奥林匹亚①：身体成熟丰满，神情倨傲而不耐烦。有些厂商看准她这种

① 莫奈所画的一个裸女。

203

女人可以勾起消费者对某些消费品的欲望，甘心花大钱请她拍广告。

"速战速决，"她命令说，"而且不准流汗。"

叙事者赶快享用，心情像个感恩戴德的消费者。

坐落、坐落、坐落

叙事者住在威斯特村靠近河的一边，离西边够远，所以逃过了带着手提音响的入侵外省少年的轰炸，但又因为就在"肉品包装区"的东南边，所以每逢夏天黄昏，微风就会把肉品包装仓库外头堆叠的肉屑的腐臭味吹送过来。入夜之后，这一带的街道会被跨性别工作者和他们开着车子巡航的恩客占领。[①] 有很多个晚上，叙事者都被从卧室窗外的楼梯井传来的重浊低语声和呻吟声吵醒。当初，中介愉快地告诉他："这里的公寓值得人用曼哈顿的公寓交换。"然后向他收取第一年房租 15% 的佣金。

简　历

叙事者——就是我啦——名叫柯林·麦克纳布，三十二岁，对此感到不太快乐，因为我仍然等着成年人生的开始。但这是我的错吗？要怪的话我大可以怪我父母，不过那需要一部长篇小说的篇幅。

我有一份差不多算工作的工作——我称之为"在写出一部表现真与美的原创剧本之前的糊口之计"。工作内容是为一本女性杂志撰写名人剪影。这工作是占星术一个分支。因此，我计划写一个电脑程序，让我只要按几个电脑按键，就可以把一篇这样的东西拼凑出来。那将会是一个很简单的程序，因为变量少得可怜。我的文字处理程序里业已有几个巨集键，可以让我即时交出一些公式化的名人自白。例如，当我按下 Ctrl 键和输入 MONT.，就会出现以下的说法："我宁愿回避

---

① 有关"肉品包装区"和跨性别工作者，本书中的《皇后与我》一篇有较详细的描述。

好莱坞的镁光灯，把更多时间留在蒙大拿州利文斯顿市的豪宅陪伴家人。"如果是按下 Alt 键和输入 BABY，就会得到以下的说法："这世界上没有什么比父母更能教你什么东西是生命中真正重要的。名声、金钱、豪华轿车——这些不过都是过眼云烟。我的意思是，当一个好父母比任何电影角色对我更重要。"更吃香的自白是这一个："我一向对我的长相没有信心。我绝对不认为自己是性感象征。每当我望向镜子，都会觉得镜中人乏善可陈，可怕极了。"目前，我正在设法写一篇明星奇普·罗尔斯顿的专访，却一直找不到他的人。虽然据说他已经答应受访，但我老联络不上他的经纪人。这不无可能是因为奇普没有忘记我在《东京商业评论》就他第二出电影所写的影评颇为负面——好吧好吧，我承认应该说"非常负面"才对，因为我说戏中演技最好的是他的帅气跑车。

大都会

二十四小时之后菲洛梅娜还是没有打电话回来，不过叙事者的上司吉莉恩·罗克倒是留了一通留言，催他快点交出那篇奇普·罗尔斯顿的专访。吉莉恩公主看来一度对柯林青眼有加，对他这个人和他的"作品"都表现出少女般的好奇心。这种赏识的巅峰出现在他陪她到大都会博物馆参加募款餐会——虽然他是最后一刻才被找去顶替别人担任这个男伴角色，但他毕竟还是当上了男伴。那个募款餐会让人见识到什么叫大都会：一个由财富、权力、成就和美貌构成的金碧辉煌的共和国。派头十足的会场气氛像春药般让人人顾盼自雄，也连带感染了柯林之流的"观光客"，让他们快乐地假定他们对共和国公民资格的申请正在审理中。因为既然他是吉莉恩·罗克的男伴，他就没有理由不是和他同一档次。如果说他起初还觉得整件事情有点开玩笑的味道，清楚意识到自己只是个跟班，但到了餐会快结束时，他早已把谨慎忘光，对自己的新角色变得如鱼得水。在急于取悦别人的心理和六瓶香槟的双重助长下，他给同桌客人讲了一些膻腥味的趣事，包括日本人的性怪癖和他最近采访过的一个名人的内幕八卦。但看来吉莉恩·罗克并不像他预期那样欣赏他说的趣事。他别的都不记得了，只记得她说过："亲爱的，如果我给你一些绳子，别拿超过刚好够你上吊用的长短。"他回家后，菲洛梅娜也给他脸色看。她对于他把她一个人留在家里气坏了，又认为柯林和吉莉恩·罗克这一次有点出双入对的味道。

"你为什么不找吉莉恩·罗克上床就得了？"她说。有一段时间，这句话成为了睡前曲。所以说，柯林为那次的出公差付出了惨痛代价。他在公司里给人的新鲜感自然很快便消失了，而新鲜感正是杂志社价值观的主要美德。自募款餐会那一晚之后，柯林和吉莉恩·罗克的灵犀便不再相通。

让人疑心顿起的事情

柯林打电话到女朋友的经纪公司，想知道她住旧金山哪间饭店。

"旧金山？"经纪人说，"什么旧金山？我没有安排菲洛梅娜到旧金山接案。事实上，我没有给她排任何工作。她请假一星期。"

柯林感到两边太阳穴胀痛，像长出了一对牛角[①]。

秋　天

黄叶贴着大楼表面摇摇摆摆落下，飘到对街，像是一个公主从塔楼高处丢下的信息。又一年过去了。

事实性资料

菲洛梅娜·比格斯，一九六三年七月十三日生于俄克拉荷马州俄

---

① 英语的"长牛角"相当于"戴绿帽"。

克拉荷马市。身高：156 公分。头发：赤褐色。衣服尺码：4 号。鞋码：8 号。三围：34-24-34。

说 明

以上资料来自模特经纪公司帮她印制的连照片名片，事实上也不是什么事实性资料，而是经过加工。她的确实出生年份是一九六一年。她的出生地是一个小镇，小得地图上找不到。三围也是明显灌水。上次我帮她买洋装时，买了一件 4 号尺码的，后来必须拿回"巴尼斯"换成 6 号的。在她吃力要穿上最初那件时，我说："销售员告诉我，现在的尺码都缩水了。"我会这样瞎掰，是知道如果她因为看见自己穿上 4 号衣服的臃肿样子而不开心，我就会有好几天没好日子过。

我是怎样找到现在的工作

办公室流传的一个笑话是，吉莉恩·克罗会录用我，是因为名人崇拜心理作祟：她不知道从哪里得知我和一个叫菲菲的女模同居。另一个比较友善的说法是我会被录取，是因为我面试时穿着我从老爸那里接收的灰色法兰绒西装。看见这个，吉莉恩认为我对时装潮流有着很敏锐的嗅觉，预感得到回归三纽扣的袋型西装是大势所趋。不过她后来发现自己预测有误。

我的合约在两个月内就会到期，迄今没有人找我续约。事实上，我的办公室最近被改作储物室。我现在都是从家里通过数据机传送稿件，堪称是使用虚拟办公室的先锋。

更多有关菲洛梅娜的事情

我是在东京认识菲洛梅娜的，更精确地说是在赤坂见附和新桥之间的银座地铁线上认识的。我当然会注意到她，因为她是车厢里唯一

207

的"外人"①，比其他人高出一头。她腋下夹着她的走秀记录汇整，神情紧张地轻甩赤铜色的头发。我努力不要太盯着她看，但她却突然问我："你知道哪一站是银座吗？"我从手上的《平家物语》抬起头，表情就像是说：你凭什么认为我懂得说英语？与此同时，我在心里说：老天，求你千万别下车，离开我的生命——你是我人生中见过的最漂亮的尤物。

她是在日本为她的走秀记录汇整和积蓄打下基础。除了她的模特外观，她吸引我的还有她的典型美国中部气质（要知道我在日本已经待了五年），以及她能够同时把天真烂漫和世故结合在身上的奇怪特质（她的世故是从艰困的生活中培养出来的）。反过来说，我的某些特点想必也让身处陌生国度的她印象深刻，这包括我能够用日语点餐、问路和（有必要时）骂人。也就是说，如果我们换作是在美国认识，她大概永远不会看上我。不过，在菲洛梅娜的世界里，我几乎是个圣人，而原因只不过是我从来不使用暴力。他父亲在她三岁时一去不返，之后她妈妈换过一个又一个男朋友——全都不是好东西，唯一让她觉得还好的那个是大部分时间都烂醉如泥的家伙。她从没有把她受过的最悲惨对待告诉我，我也断然不想知道。所以，到了后来她出现一些奇怪的表现时，我都会提醒自己，她只是仍然未能够摆脱童年阴影。我说的奇怪表现包括她会对着全身镜装扮五到八分钟之后才告诉我，她痛恨参加任何开幕仪式 / 首映活动 / 派对 / 晚宴 / 婚礼，因为这些场合会逼她面对自己的服装短缺和五官缺点；包括老是说那些所谓"我们的朋友"其实都只是我的朋友；包括当我苦苦哀求她给我性爱救济，她却说："没有任何人真正关心任何人，每个人都只关心自己。"不过，她的这个方面要在我们在一起一年之后才显现出来。在当时，她已经是纽约小有名气的模特，而有点怪脾气又被公认是模特的必备条件。

我们认识不久之后，她搬进我在六本木的小公寓。我们每晚睡在一张铺在榻榻米地板上的蒲团上，第二天早上再把蒲团收起。当时我

① 这是日语的说法，指老外。

208

刚当了博士班的逃兵，靠教英语和为《日本时报》及《东京商业杂志》撰写影评维持生计。每星期两晚，我会坐火车到新宿，教日本商界人士认识英语动词的变化。

I dump.〔我倒〕

You dump.〔你倒〕

He dumps.〔他倒〕

We dump.〔我们倒〕

We all dump manufactured goods below cost on the American market in order to gain market share.〔我们以低于成本价把工业制品倒到美国市场，争取市场占有率。〕[1]

不用教书的晚上，我会买来辛辣的泡菜、人形的老姜、袋装短米粒、鲜亮的鱼和带脚的鸡，自己做饭。听到菲洛梅娜开门的钥匙声，我就会把电饭锅的按钮按上。她一回到家我们就会做爱，有时会在铺开蒲团后再来一回。老天，那时候我们天天打炮，好美妙。然后我们就搬回纽约——纽约之于一夫一妻制犹如电视遥控器之于线性叙事。

名人搜寻

我打电话到名人搜寻部[2]。"你可以告诉我罗尔斯顿目前的行踪吗？我是说奇普·罗尔斯顿。"

"还在查。"对方在我等了很久之后说。最终："目前的资料显示，他直到上星期四还在马里布的家里，然后，我们又查到他上星期六住在旧金山的威斯汀圣法兰西斯饭店。他在星期日退房，接下来就没有他的资讯。"

---

① 这是他的英语教学的内容举例，但当然有开玩笑成分。

② 杂志社的其中一个部门。

"你可以帮我一个忙吗？"

"没问题。对了，你想知道基佛·苏德兰的行踪吗？他目前就在本市。"

"我真正想找的人是我女朋友。"

"她是女演员？"

"模特。"

"超级名模？"

"只是一般的模特。"

"不是超级的？什么名字？"

"菲洛梅娜·比格斯。"

经过搜寻之后，他说数据库里没有她的资料。

终于等到菲洛梅娜的一通留言

"嗨，是我。你在家吗？……我猜你是出去了。我正在赶飞机。我们要到洛杉矶把事情办完。我不确定行程的安排，知道住哪里之后会再告诉你。亲一个。"这是我吃完晚餐回家之后在答录机听到的。她的声音里有一种让人非常不安的语调。其中有一种假装轻松的味道，像是一堆用微微颤抖的铁丝穿在一起的字词。

柯林的反应

直到这一刻之前，叙事者都能够把自己的焦虑压抑住。但一听到她的声音，他就知道自己的怀疑不是没有道理。

他打电话到马尔蒙庄园饭店、日落侯爵饭店、四季饭店、贝沙湾饭店、贝尔爱吉饭店、半岛饭店，全都找不到人。但也许为时未晚。如果他可以及时找到她，说不定就可以阻止她做出一些他唯恐她已经做出的事情。每打两通电话之间，他翻遍每个抽屉找香烟（他已经戒烟一年），最终找到一包馊味扑鼻的"新港"。他用瓦斯炉点燃一根。吸入一口的时候，他突然想到，他认识的人里面没有人抽这种烟。菲菲不抽烟。老天，她难道曾经把一个黑种男人带回家？等一等，这包烟的主人也有可能是个女人，例如是菲洛梅娜的朋友。会是谁呢？她有哪些朋友？这时候他想起，菲洛梅娜的女性朋友少得可怜。他突然感觉，这种现象是个危险信号。他记起妹妹说过的一句话："当心那些不喜欢其他女人的女人，她们八成是从自己的个性来概推的。"

倒　叙

"我们何不约卡特莲卡和她的男朋友一起吃晚饭？"

"要约你自己约去。你们三个人吃就好。更好的情况就只有你和卡特莲卡两个。"

"我还以为你喜欢卡特莲卡。"

"本来是，但我后来发现她是个撒谎精。"

"她撒了什么谎？"

"一大堆。"

"比方说？"

"她说你钓她，想方设法约她出来。诸如此类。"

"她真的那样说？"

"嗯。"

在这种情形下，柯林再难为卡特莲卡说好话。事实上，他一直觉得她对他猛放电，此时又意识到自己虽然没有鼓励她，但也没有不鼓励她。所以，他不想再深入这个话题。他们继续是两人单独吃饭。

恐　慌

因为那根香烟味道实在太差，他马上又点了另一根。

他突然想起什么，接着冲进浴室，搜索了洗手台下面的柜子，然后是床头柜，然后是她的贴身衣物柜，把胸罩和内裤通通翻了出来。他又查看床底下和淋浴间的肥皂碟，最终确认她的子宫环不在公寓里。

柯林打电话给妹妹布鲁克，心想她大概可以说服他，他的担心毫无根据。

但是她只是说她为他碰到的事感到遗憾。不过她所表现的真诚关怀还是让柯林得到片刻安慰。

"我反复坐下和站起来，"他说，"还想过在天花板绑根绳子上吊。我不想在公寓里多留一分钟，但又不想离开，生怕她会打电话来。我不想独处，又想不出有哪个人是我目前可以忍受的。我连自己都忍受不了。"

"那你为什么不过来我这里？"布鲁克说。感谢老天，她没有提这世界比他悲惨的人多的是。布鲁克目前是洛克菲勒大学量子力学系的研究生，但缺课的时间很多：她对世间的苦难极其敏感，也因此常常处于忧郁和消沉状态。波斯尼亚的大屠杀至今还会让她做噩梦。这个妹妹是那种天生缺乏免疫能力而必须住在保温箱的婴儿之一，少了一层可以把众生痛苦呻吟声过滤掉的保护膜。她名符其实是多孔的。她最近告诉柯林，萨拉热窝的成年居民在经过七百日的围城之后，平均体重少了二十五磅，为此，她开始节食。不过，自从越战之后，她就一直断断续续节食。

在看到妹妹之前，他就像一把被狂风吹得七零八落的便宜雨伞。布鲁克把扭曲的伞骨和撕破掉的尼龙布捡起来，勉强凑在一起。

他稍微冷静下来之后，她到从衣物间改装成的厨房为他烧一壶开水。

"我不知道你懂得烧开水。"柯林说。

"你是想妈妈了。"她说，"我是念预科学校时学会烧开水的。做起来没有想象中难。"她看上去像是宣传厌食症之害的海报里的人物，穿着柯林十二年前给她的那件超大号的明德大学运动衫，头发向后梳，扎成一条马尾。如果柯林被允许爱上自己妹妹，他们说不定就能够拯救彼此。

"她带着子宫环出门了，布鲁克。"

布鲁克叹了口气，点了点头，神情凝重。"会不会她只是担心万一飞机坠落某个遍地积雪的偏远地区，而生还者又有五六个男人的话，他们会逼她做爱？她可不想等到雪融化和获救并重新回到她唯一真爱的身边之后，发现自己怀了别人的野种。"

"老天，要担心的还有性病。如果她真的关心我。就应该也带一大堆加强型保险套。"

"她可能真的带了。老天，你闻起来就像田纳西州林奇堡①。"

"我喝了酒。"

"我很震惊。"

"但没有帮助。"

"你应该打电话给老爸的。"

她递给他一个马克杯，里面除了沸腾的开水还有一个香草茶包。柯林用手拍墙。"我不明白她为什么要跑掉，去给另一个男人上。她每星期只给我上一次。这不公道。"

"我明白。"

寓　言

稍后，布鲁克轻抚哥哥的头发。"记得我们是怎样让'恶棍'肯吃它的狗食的吗？只有一个方法，就是靠'珂莉奥'。每次只要'珂莉奥'把它的猫嘴伸进饲料碗，'恶棍'就会抓狂，围着饲料碗圈跑，又吠又哀嚎。然后等'珂莉奥'吃过一点点走开，'恶棍'就会冲到饲料碗前面，把剩下的吃光光，一粒不剩。"

柯林知道她的意思，但不肯承认。

---

① 以酿酒著名。

"八月通电话的时候，你说你知道应该结婚，但又不是真的想，觉得婚姻跟十四行诗和香颂都不搭。但现在有人把鼻子伸进你的饲料碗，你就开始鬼叫。你们男生都是这个样子。你们以为你们想要处女，但其实想要的是把小弟弟伸入别的小弟弟待过的地方。"

"我能够娶你就好了。"柯林说。

老妈打来的电话

翌日，由母亲大人一年一度的曼哈顿巡礼揭开序幕①。"嗨，亲爱的，你的每件小事都怎样了？"

"膨胀了。"我回答说。老妈总是生活在云端，但我不打算戳破包围着她的泡泡。她是古代父母所生的最后一个神奇小孩，自小生活在查尔斯顿一个受到绝对保护的环境，后来上了本宁顿学院，然后才在威廉姆斯学院一个舞会被我老爸拉回地上（但只是一下子）。两人在我老爸毕业后几个月结婚，婚后搬去佛罗里达州，住在我曾祖父的房子。在那里，老妈恢复自小以来的生活方式，也就是画风景画、打理花园和骑马。没有人敢去烦她。

"你想要什么圣诞节礼物？"她问。

也许除了一个柠檬以外，我想不出佛罗里达州中部有什么是我想要的。"我只想要看见你的甜美本人。"我说，给自己斟了另一杯酒。

威斯特村的典型早上

早上十点：柯林起床。头痛欲裂。记起菲洛梅娜已经离他而去，此时正和另一个男人一起醒来。心碎。睡回笼觉。

十一点十五分：再次醒来。再次记起菲洛梅娜已经离家出走。对这么晚起床感到内疚。爬下床。打量乱七八糟的睡房光景。发誓要收

---

① 指他妈妈一年只打一次电话给他。

214

拾干净。

十一点二十分：淋浴。没有洗头水，没有肥皂，没有卫生纸。提醒自己要记得买一些。他昨天也是这样提醒自己。

十一点四十五分：在报亭买了《纽约时报》和《纽约邮报》。买前者是因为柯林是个严肃认真的人，买后者是因为他不是严肃认真的人。

十一点四十八分至十二点三十分：在巴士站咖啡店喝了咖啡、吃了贝果和读了新闻：和平谈判正在代顿举行[1]；安娜·妮可·史密斯因为服药过量昏迷；惠特妮·休斯顿威胁说如果鲍比·布朗不肯留在贝塔福特疗养院就会把他甩掉。[2]

十二点四十八分：坐在书桌前翻阅邮件："男同志健康危机"、国际和平组织、电话公司第二次催费，还有一封……什么东西？是一封连环信，寄到已经大约一星期。

连环信

有爱便无事不成

寄这封信给你是为了让你得好运。最早的发信地点是新英格兰。它已经环绕过世界九圈。如果你在收信四天之内把这封信转寄，就会得到好运。这不是开玩笑。别寄钱来，信念无价。

不要让这封信躺着，务必要在九十六小时内寄出。一个英国皇家空军军官因为这样做发了一笔四十七万美元的横财，乔恩·艾略特因为没这样做破财四万。在菲律宾，乔治·希许在收信五十一天后失去太太。这是因为他没有把信转寄。不过，在他太太死前，他曾获得七百七十七万五千美元。

---

[1] 指就波斯尼亚内战展开的和平谈判。
[2] 惠特妮·休斯顿为天后级女歌星，她丈夫鲍比·布朗嗑药成瘾。

请寄出两个副本，几天后你一定会有惊喜。这是真的，即使你不迷信也是一样。康士坦丁·迪亚斯在一九五三年收到这封连环信，请秘书寄出二十个副本。几天后，他赢得两百万美元的大乐透彩金。

多兰·菲尔柴尔德收到信之后因为不相信，把信扔掉。他在九天后死掉。

别不当一回事。是真的。

信末的署名是"圣裘德"。

这就是柯林会倒大霉的由来吗？如果他上星期寄出二十个副本，后来发生的事会不会截然不同？连环信让人毛骨悚然的恐吓匪夷所思地成真了。在他极其悲苦和软弱的状态中，他几乎准备好要相信，发生在他身上的事就是他眼前这张看似平平无奇的影印纸编排给他的。他仿佛看见信里还有这么一段："柯林把信留在书桌，没有动作。他收信后的一星期，他女朋友把子宫环放入行李，一去不返。两星期后，他被一辆计程车撞个正着。"也许还为时未晚。也许如果他现在就寄出……

一点四十三分：打电话给奇普·罗尔斯顿在洛杉矶的经纪人，秘书要他等一阵。话筒里传来罗德·斯特华特《你认为我性感吗？》的歌声。柯林听了这首歌三遍后，经纪人的声音终于出现在电话另一头。

"柯林，是你？你好吗？你在哪里？纽约？那边天气怎样？已经开始下雪啦？我这边是25℃，阳光普照。你和奇普的事搞定了吗？"

他回答说还没有搞定，因为他无法找到这位他同辈中最棒的演员，而最后交稿日期只剩不到一星期。经纪人惊讶和失望，猜测说奇普一定是太忙（他最近在研究他的新角色），忘了这件事。不过经纪人拍胸口保证，一定会找到奇普，要他今天打电话给柯林——最迟不迟于明天。

两点四十五分：拖着脚步到报亭买了一包"七星"。他不是真的要恢复抽烟，只是用抽烟作为帮助他渡过危机的权宜之计。不过，一旦重新开始抽，他便抽得很顺。吸入，吐出，简单得就像骑单车。他突然想到，菲洛梅娜搞不好已经打过电话来，便匆匆回家去。

两点五十一分：答录机没有留言。

三点十三分：在一阵自憎感中，柯林觉得自己的人生毫无价值。你看他，在整个城市都因为忙忙碌碌而嗡嗡响的这时候，他却任由自己沉溺于消沉和怠惰。他的人生既无目的感也没有方向感。难怪菲洛梅娜会离开他。

连环信（续）

　　柯林·麦克纳布一直把这封信搁在书桌，没有打开。收信两星期后，他女朋友把子宫环放入行李，一去不返。柯林在两星期后发现这封信，寄出了二十个副本，接着，他女朋友回来了，表示一直深爱着他。看情形，她先前是在一个国外城市被一辆计程车撞到，失去记忆。她男朋友寄出连环信的第二天，她恢复记忆，便回家来了。再过了一天，柯林在街上捡到一个纸袋，里面装着两百八十三万零五百二十美元现金。两人一星期后结婚，婚后一半时间住在圣巴斯岛，一半时间住在亚斯本。

猜　测

　　柯林终于找到一个可写的题目：一个好莱坞性感女神和一个日本亿万富豪的高调婚礼。这个题目可以让他一直没能充分发挥的日本知识和他作为名人画像者的工作领域完美结合起来。当他设法向吉莉恩·罗克推销这个主意时，她抬起额头上套着太阳眼镜的头，问他："柯林，亲爱的，你真认为我看起来像是《纽约书评》的主编？"

父母亲大人来了纽约，但首先……

　　就在我要离开公寓去和我的创造者碰面时，答录机传出菲洛梅娜的声音："是我。你在吗？我猜不在。"一副我在不在都无所谓的口气。

　　我以历来拔枪最快枪手的速度攫取话筒。"你在哪里？"

　　她过了很久都没有说话，让我以为她已经走开了。"我在哪里并不重要。"

　　"求求你回家吧。"

　　"我需要时间考虑。"

　　"你已经去了大半个星期。菲菲，你在做什么？你在哪里？"我的声音可怜兮兮而震颤，摆荡于男高音和假音歌手之间。

　　"我们最近的相处不是太理想。"

　　"我会改善的。我会改得让你觉得我变了一个人。我会变得像少女一样心思细腻。我是说像女人一样。"

　　"我得挂电话了。"

　　"你和谁在一起？"我严厉地说，因为情急而改变了语气。

　　"我没有和谁在一起。"她的声音和调子都明显有鬼。我用不着测谎机便知道我的怀疑完全成立。

　　"为什么你要带着子宫环出门。当你口口声声说着伍尔芙《自己一个人的房间》那一套时，你到底是和谁在打炮？"

　　"拜拜，柯林，我过几天再打给你。"

　　"我父母来了纽约。"我有气无力地说。如果说我犯了一个逻辑谬误，就是犯了诉诸假权威的谬误。

　　"帮我对他们说哈罗。"

　　电话挂上了。当你气急败坏的时候，根本不可能把自己最好一面——有吸引力、有自信和魅力——表现出来。

小帮手

为了不被愚弄第二次，我到第二大道的侦探用品店买了一个可以让你知道来电号码的装置——我想买这东西已经很久了。回到公寓之后，我把黑色小盒子按照说明书指示接到电话上，满怀希望地瞪着它看，但又想起，我仍然不知道要怎样才能让菲洛梅娜打电话给我。

感恩节快乐聚会

最近，法兰克·普瑞亚尔在《纽约时报》和一个经久不衰的问题角力：吃感恩节火鸡时，究竟应该配哪种酒？有人说香槟，有人说"夏多内"。法兰克·普瑞亚尔自己则是投"金粉黛"一票，又认为"卡本内苏维翁"新酒未尝不是一个选项。敬告诸君，家父的推荐是黑牌威士忌。

我们约在圣瑞吉饭店的餐厅吃感恩节晚餐。因为是传统主义者，我和老妈喝一瓶香槟。我妹妹目前的男朋友——医学博士道格·霍金——不好酒，只喝健怡可乐，而且就像没有明天那样已经灌了不少。他比我们先到，是直接从纽约医院的急诊室过来的。疯狗[1]道格是外伤医生，布鲁克会认识他是因为有一次在洛克菲勒大学一道楼梯摔跤。哈了草的布鲁克精神恍惚，啜饮着薄荷茶，对桌上的食物视若无睹。

她喃喃说："今晚世界上有那么多人正在受苦受难，我不知道要如何感恩。"

"你应该因为自己不是他们其中之一而感恩。"老爸说，又喝了一口威士忌。

"在埃塞俄比亚，一个四口之家一个月都摄取不到这么多蛋白质。"

---

[1] 疯狗（Mad Dog）是柯林私下给道格取的诨号，是拿他的"医学博士"（M.D.）头衔开玩笑。

老妈对道格说："你在急诊室一定看过大量痛苦事例。"我至今仍不明白他有什么必要要来。难道他没有自己的父母兄弟姐妹可烦?

创伤的理论与实践

老妈继续说："有没有哪些季节或月份你碰到的受伤病人会特别多?"

听到这个问题,老爸哼了一声,表示纳闷。他至今都无法不对自己太太何来那么多奇思怪想惊讶。

"没有,事实上,这是个好问题。"道格说,同时回答了老爸的哼声和老妈的问题。"满月是最糟糕的时候。每逢满月,急诊室总是人满为患,鸡飞狗跳。我不知道这种现象从科学上要怎样解释。另一个比较容易解释的现象是,有病的小孩通常都是晚上十一点之后被带到急诊室。"

老妈看来困惑又兴味盎然。"为什么会这样呢?"

"因为那时电视的黄金时段节目已经播完。"

"你是说小孩子都是等到黄金时段节目结束才生病?"

"我想,"老爸说,"布鲁克的……朋友是说,父母都是等到他们最喜欢的节目结束才带小孩看病。"

老妈转头问道格:"好可怕,是真的吗?"

道格神情凝重地点头。

"最可怕的是那些自残者。"布鲁克说。为了给情郎打广告,她奋力摆脱了大麻引起的呆滞。"你们可以想象吗,急诊室本来已经挤满各种重症病号和伤者,但你却必须花两小时去处理一个自己……你来告诉他们昨天的事。"

"唔,"道格说,"但愿我能说那是单一个案,可惜同样的事我们以前就碰到过。昨天有个病人用毛巾捂住腹股沟,自己来到急诊室。我们估计他流失了身体三成血液。"

"得了。"老爸说。

"幸好，他没有完全切断自己的阳具。他看来只是失去了……"

"够了！"老爸高声说，"这是晚餐时应该谈的话题吗？！"

虽然我同意老爸的说法，但仍然忍不住同情道格这个外人。

"道格，"老妈说，"你确定你不要来一丁点香槟吗？"

饮料问题补充

对于感恩节饮料，法兰克·普瑞亚尔一件没提到的事情是它们的易燃性。当长久分开的一家人一起泡在酒精里和互相碰撞，爆炸几乎就是无可避免的。今年的爆炸是发生在我问了老妈她是怎样认识老爸之后。我已经多年没有重听这故事，更是从没有听过她用这么绘声绘色的方式来描述。

一九五五年春天，男孩遇到女孩

"我们一直认定威廉姆斯学院的男生十足古板，"她边说边用长着老人斑的食指和拇指轻轻转动香槟杯的杯柄，"后来也发现确实是那样。"

老爸用鼻子大大哼了一声。他仍然穿着大学时代的制服（蓝色运动夹克，蓝色牛津衬衫，斜纹领带），红通通的脸蛋一片平滑，不存在为商业经营或形而上学问题伤脑筋而引起的皱纹。

"我们一直认为本宁顿的女生爱装文青。"当过辩论队队长的老爸回敬说。

"威廉姆斯的男生还对多样性非常宽容，"老妈说，对我们使了一个眼色，"不过，我们必须承认，他们长得非常好看。"说着对老爸嫣然一笑。虽然她的皮肤因为晒多了太阳和抽多了烟而干皱，但基本上还是保持着少女的风采，浅色的蓝眼睛放射着天真光芒，一头金色长发仍然像她在本宁顿念书的时代一样好看（只是现在掺杂了一些白色发丝）。"我和另外几个女孩子是坐凯丝·雷蒙德的车过去的。凯丝后来当了明星又去了纽约，我最后一次听到她的消息是她要嫁给一个男星。她丈夫演过……那出戏叫什么来着？和他演对手戏的不是理察德·伯顿，但却很像理察德·伯顿。到底是什么片名呢？"她望着老爸，满怀期待，但他只是往自己的手里咳嗽，表情不耐烦。

《圣城风云》？"道格说。

关你什么事，道格，闭嘴吧！

坐我们旁边桌的是一个日本家庭：父亲、母亲，一双穿着白衬衫和留着菜瓜头的十二三岁女儿。

"不管怎样，我们到了威廉姆斯。只见一群穿大学西装和理平头的男生已经摩拳擦掌，一副又腼腆又饥不可耐的样子。我说过，我们是坐凯丝的车到那里的。就在我们停好车的时候，一辆游览车也开到了，可能是来自史密斯学院或什么学院，总之是来自一家更加规矩的女子学院。男生们站在游览车外头等着。对我们来说，她们形同一只gauntlet(白手套)[①]。是 gauntlet 吗，还是 gamut？就是向别人下战书时会抛出的东西。不管这个了，总之就是，我们遇上了竞争者。"

"你要说的单词是 gantlet[②]。"道格说，为表示谦逊马上又补充一句，"我猜是这样。"

这餐厅的蔓越莓酱汁是直接用浆果酿造的，价钱昂贵而多块状物，我比较喜欢吃平价和肌理像果冻的一种。我看来是全桌人中唯一注意食物味道的。

"舞会迈向结束时，我注意到你们老爸老在我旁边转来转去。他当时穿得和今天一模一样。你打的会不会就是同一条领带？"老爸低头看着问题中的领带（样子像皇家陆军某个消失军团的三角旗），然后摇了摇头。"他是个可爱的老古板。"老妈继续说，"啊，我记起来了，他那

---

① 西方人以前向别人提出决斗·挑战时会抛出一只白手套。
② gantlet 和 gauntlet 都是指白手套。

天是穿白色的巴克鞋。"

"才不是。"老爸说，但看得出来他开始对现在的话题感兴趣，"也许是茶色的巴克鞋。"

"是白色没错。那几乎就是你最可爱的部分，我是说你那双紧张兮兮的白脚。他老绕着我转圈，每次都更接近一点，但又假装没有注意我。当宣布要唱最后一首歌的时候，他开始恐慌起来。那首歌是不是《烟雾熏入你的眼睛》？"

老妈接着唱了两句："他们问我怎么知道我的真爱是真的……"

"你是怎么回事？"老爸问我，因为他注意到我突然神情大变。我和菲洛梅娜以前都很爱听布莱恩·费里版本的《烟雾熏入你的眼睛》。

老妈继续说下去："当他看到另一个男生捷足先登，抢先请我跳舞，他的脸登时垮了下来。"

老爸哼了一下鼻子。"没有的事。"

"舞会结束后，我往外走时尽量拖慢脚步。我猜想，当时只要我再走慢一些，就会在地板上生根。但迟迟都没有事情发生。就在我准备死心时，突然有只手搭我的肩膀。"

"他说了什么？"布鲁克问。

"他问我想不想要参观校园。"

布鲁克放声大笑。"还好他没有要你去看他画的蚀刻画。"

那家日本人用肃穆的黑眼睛瞧我们这些奇怪和吵闹的"外人"。

"我没说过那样的话。"老爸说，态度坚决。

"我并没有想参观校园，所以就对他说，我想找个可以坐下来聊聊天的地方。最后，我们坐进他室友的轿车的后座。聊天自然会引起接吻。我认为他是个接吻高手，然后过了大概十分钟，我意识到他痛苦无比。我当然想帮他解决。事情既是因我而起，我就有义务帮忙解决。"

"莉莉！"

"然后那个傻小子感激得不得了，当场向我求婚。"

"什么？"布鲁克不敢置信，"就只是因为你帮他吹喇叭？"

"注意你的谈吐，年轻小姐！"

"这个嘛，"老妈说，"事实上我只是用手帮他解决。"

老爸之怒

"这不是家人之间应该有的谈话。"老爸厉声说，用拳头捶打桌面，让我们的酒泛起涟漪。

"你光靠用手就捞到求婚？"布鲁克说，显得很羡慕。道格不知所措。

我想起我和菲洛梅娜还在热恋那时候，她有一次在计程车里用手帮我解决。为什么我当时不向她求婚？为什么我从没有向她求婚？如果我这样做了，她现在就会是这顿感恩节晚餐的一员，和老妈交换"后射精求婚"的心得。

奇普的通知

我的电话响起。来电号码显示器显示，这通电话是从洛杉矶打来的。

"喂。"

"请问我可以和柯林·麦克纳布通话吗？"

"你可以而且已经在通话。"

"什么？"

"我就是柯林·麦克纳布。"

"啊！我是谢丽·史密斯，奇普·罗尔斯顿的助理。喂？那是什么声音？"

"没什么，"我一面抄下电话号码一面说，"我只是因为难以置信而喘大气。"

"哦。事情是这样，奇普要我告诉你，他改变了主意，不要接受专访。"

"等一等，我们说好的。"

"我很抱歉。我不知道你们说好了什么。我只是照他吩咐传话。"

"让我来跟他说。"我说。我并不是有多想写那篇有关这个烂人的狗屁文章，但我户头里的钱不够付下个月的一半屋租——更不用说菲洛梅娜那另一半。

"我很抱歉，但他现在非常忙。我保证这事情没有个人针对性。祝你有美好的一天。拜拜。"

我不是轻易放弃的人。我等了十五分钟，然后打了我抄下来的电话号码。

"喂。"对方说。

我因为惊呆而不能言语。

"喂，"那个熟悉的声音又说了一遍。"哪一位？"

"菲菲？"

"柯林？"

"你……你在那里是搞什么鬼？"我追问说，但答案明显不过——哪怕非常不可思议。

"你怎么知道……"

"老天爷，我不相信会有这种事。"

"我只是……不想伤害你的感觉。"她说。

"你不想伤害我的感觉？那你为什么要和奇普打炮。那会让我好过？然则你如果真的想伤害我，又会干出些什么事来？"

"我是说，那是我不告诉你的原因。"

"我就是因为这样丢掉那个狗屁专访？"

"在目前的情况下，你下笔很难保持客观。"

"我想你们是在蒙大拿州。"我还希望在她的说法里找出破绽，用这个方法证明她只是和我开玩笑。

"我们本来是。"

"你们本来是。"

"我几天后会回那里去。"

"那一定是很舒适惬意。"

"我告诉过你,我想过简单的生活。"

"简单的生活?你搬到烂人奇普的蒙大拿豪宅任他上是过简单生活?那不叫简单,叫愚蠢。"

她在电话另一头沉默不语,我则是气得说不出话来。最后我说:"你只是在开玩笑,对不对?"

"柯林,分分合合本是常有的事。这不是谁的错。"

"也断然不是奇普·罗尔斯顿的错?"

"我可以体谅你的心情。你正在难过。"

"我正在痛苦。"

"别逼我说一些难听的话。"

"例如说我的老二太袖珍!"我砰一声把电话挂上,但又马上后悔。我一手抓起菲洛梅娜心爱的伊万里花瓶,往墙上一砸,它让人称心如意地四分五裂。花瓶是我们在京都旅行期间买来的,是我们第一件一起购买的贵重物品。我记得我当时好奇,我们会不会在十年或二十年后一起望着它,回忆往事。买下花瓶后,我们回到山中的旅馆,看见那个深底的松木浴缸正冒着水蒸气,两件蓝白相间的和服已摆好在榻榻米上。如果可能,我会愿意回到那个时候吗?如果我当时有预知能力,会愿意按着预定的剧本走,把后来发生的一切重新经历一遍吗?还是说我会把那个婊子的头按到浴缸里,把她溺死?

总编辑的临别赠言

"别挂断,吉莉恩要和你说话。"

我宁愿她没有找我。

"你做了什么让奇普·罗尔斯顿和他的人对你敬而远之的事?"我的老总以这句话作为开场白,"我恐怕这构成了最后一根稻草。不管怎样，我从不认为你把心放在了工作上。我肯定你能够找到一份工作是能够匹配……该怎样说？……你的才华。"

"我做了什么吗？那个鸟人上我女朋友。"

"现在是民主时代了，不要再有初夜权之类的观念了。"她停下来吸气，"我一直在等你不再吊儿郎当，一直在等你乳臭变干。我等得够久的了。再见，柯林。"

一星期后，剧院区

我们挤在沙利文剧院侧门的周围。这剧院位于西三十五街，是《大卫·赖特曼深夜秀》的拍摄场地。两个横障隔出了一条从行人道边缘到后台入口的通道。在我们向着横障推挤的时候，有一个保安人员站在附近。我们人人胸前抱着一本签名簿，冷得直跺脚。我们不介意冷，因为我们都是粉丝，而且是大粉丝（至少绝大部分人是这样，其中只有一个冒牌货）。

例如，穿美军风雪大衣和戴学者型粗边黑眼镜的克拉伦斯就毫不害臊地表示："我刚拿到布鲁克·雪德丝的签名，老哥。她是个好人，不像理查德·张伯伦。理查德·张伯伦只会和你握手。真败给他了。难道我找他是为了握手不成？"

"可不是，握手又不能拿来卖。"查理说。他穿着纽约大都会队的热身外套，看似一个头脑清醒的绅士，但实际上八成是在长岛的帕乔格帮人装水管，工作之外的时间都是守在沙利文剧院外面或洛克菲勒中心的 NBC 总部大堂。他和朋友东尼都配备着索引卡和嘎吱叫的轮子①，每看到明星就会像个土生土长的纽约客那样嚷嚷：帮我签、帮我签、帮我签。如果他们拿到三张签名，就会把两张卖给经销商。

随着一辆闪亮亮的黑色加长型豪华轿车在人行道边缘停住，等待

---

① "嘎吱叫的轮子"出自英谚"嘎吱叫的轮子先得到润滑油"（意义相当于"会哭的小孩才有糖吃"）。此处是指查理和东尼很会嚷嚷。

的人群突然像水母遇到意中人那样绷紧和安静下来。因为磨砂玻璃的隔阻，车上坐着什么人犹待揭晓。

然后一个神气的胖嘟嘟的司机下了车，绕过车头为老板开门。

"奇普！"一个摄影记者喊道，"看这边！"

"嗨，奇普！"

"我是你的大粉丝，奇普。"

"可以帮我签个名吗，奇普？"

"看这边！微笑！"

奇普站在车门边犹豫了一下，才把脖子缩在外套衣领里，朝后台入口走去。他脚步很快，但我更快。说时迟，那时快，我钻过横障下面的空隙，挡住他去路。

"嗨，奇普，我是柯林·麦克纳布。"我自我介绍说。我享受了一微秒从他那双备受喜爱的淡褐色眸子透出的惊骇，随即对准他的鼻梁挥出右勾拳。他低头要闪，结果拳头结实打中他的太阳穴。这一拳真的很结实，因为连我自己的手也痛得什么似的。

他摇晃了几下，跪倒在地。"我是你的大粉丝，鸟人。"我说。话才说完，一个保安就扭住我，用力一推，让我兜脸撞在颗颗粒粒的混凝土墙壁。

好消息，克拉伦斯和查理：我看见很多明星！[1]

柠檬色灯饰

当我的名字被叫到的时候，布鲁克正在第十八警区拘留所的前台等着我。另一个等着我的人是《纽约邮报》的记者。他面有菜色，很可能有四十岁（对记者来说太老的年纪），正在翻开速记簿。他头上的棒球帽帽舌朝后，上面绣着"纽约——比赛还没有结束"。

"你为什么要那样做？"他在我在柜台签完名之后问我。

---

[1] 指他眼前金星直冒。

"我不喜欢他演的角色。"

"你真的跟踪了奇普几个月了吗？"

我和布鲁克手拉着手冲向门口。外面埋伏着三个摄影记者。

"柯林，看这边。"

"这个是你的女朋友吗？"

"可不可以请你们接个吻，供我们拍照？"

他们在街上尾随我们，又大声问问题又拍照。原来打一个明星就会有这种效果。

第二天，《纽约邮报》登出了一幅我和布鲁克的照片，指称她是（一半正确）我的女朋友。

"那现在你想做些什么？"布鲁克问，"到洛克菲勒中心看溜冰如何？"不知道为什么，我觉得这是个让人雀跃的主意。"然后我们也许可以再去瞧瞧萨克斯百货的橱窗。"说到这里她笑了起来。

"顺道到'无线电城'看圣诞节特别演出[①]。"我说。

"我不知道他们让不让重罪犯看大腿舞。"布鲁克说，表情转为认真，"也许我们可以假装是坐巴士远道而来的外地人，第一次来纽约，要看看第五大道的灯饰和圣诞树……"她耸耸肩，牵起我的手，带着我循第十五大道往东走。

走过那些斜向洛克菲勒中心和第五大道的二手灯饰时，我记起以前我觉得这城市是一部有着一千扇门的巨大降临节日历。[②]晚上潜行于它的街道时，你觉得每栋金碧辉煌的高楼都是个闪闪发光的谜，其中也许藏着你的名字。我还记得，刚搬入这座城市之时（不算太久前的事），我每天醒来都会满怀欢欣，相信我想得到的一切就在公寓的门外，就在街上的十字路口或下一个十字路口，等着我拿取。

1995

---

① 无线电城为歌舞厅，专门演出大腿舞。

② 是用来倒数计算圣诞节来临的日子用的日历，从距离十一月三十日最近的一个星期日算起，直至圣诞节。

我爱你，甜心

1

事情第一次发生的时候，利亚姆把原因归咎于恐怖分子。他假定，他太太就像其他敏感的纽约市民一样，因为九一一事件受到心灵创伤，认为不把另一个小孩带到世界来是完全理性的决定。但他也知道很多人采取恰好相反的选择。后者也是一种可理解的反应，是一种面对大量死亡仍然肯定生命的态度。他认识的好些小孩都是在事件的九个月后诞生的——至于他不认识的更是数以百计，数以千计。但萝拉却是采取另一种反应。他本来不虞有他，要过了好一段时间才开始怀疑，她的动机要比他想象的复杂和有个人针对性得多。

2

她是从朋友丽安打来的电话中得知发生了大事的。接下来她一手拿着电话，一手拿着遥控器，明知每个频道都播着同样画面仍然不断转台。她打电话给正在工作的利亚姆，但他的助理说他去了赴约。萝拉改为打他手机，但电话一接通便直接进入语音信箱。她每几分钟就按一次"重拨"键。第二架飞机撞上大楼之后，她再次打到丈夫办公室，想问明他确切的去处，与此同时拼命回想，利亚姆有没有提过他有客户是在世贸中心办公的。但这一次她只听见助理录在答录机里的声音。利亚姆的办公室就在翠贝卡，离世贸中心只有七八条街，所以，在第一栋大楼倒塌之后，萝拉轻易就可以想出一大堆会让他被波及的可能情况。当第二栋大楼倒塌时，她深信丈夫已经死亡。没想到他却在不久之后打电话回来，而且声音欢快，让人不解。

"宝贝，是我。"他说。

"利亚姆。我的老天，你在哪里？"

"在办公室里，刚开完会回来。怎么回事？"

"感谢主。"她说。

"出了什么事？"

"我以为你死了。"

"为什么我会死了？"

"老天，你不知道？打开电视看看。不，直接望向窗外就行。"

3

利亚姆十分钟后回到韦弗利街的住家。如果他是从翠贝卡走路回家，所需的时间绝不仅止于此——因为他后来听说，地铁服务在第二架飞机撞上大楼之后便中断，而下城区的马路也再找不到一辆计程车（这是每个人都可以证实的）。其实，事发之时，他不是在翠贝卡，而是就在离家几条街之外——圣马可街他女朋友的公寓里。他们逢星期二早上幽会，从九点温存到十一点，每次都是做爱两回。九一一那天早上，他们就像平常那样关掉手机，因为他们不可能想象得到，世界偏偏是在那个星期二天翻地覆。和萝拉通过电话之后，他打开电视，叫刚从浴室走出来的萨莎不要说话。弄明白自己的城市出了什么事之后，他除了惊骇，还感到内疚，意识到他自称人在办公室里的说法有多么不可信。

"老天，我不敢相信。"萨莎说，双手抱住利亚姆，瘫软在沙发上。

他挣脱她的环抱，站了起来。虽然明知道这不公道甚至非常不理性，但他就是觉得他未能及时得知恐怖攻击和差点在太太面前露馅要归咎于萨莎，而且无比急切渴望回到太太身边。走回格林威治村的途中，百老汇大道上一栋看似近在咫尺的高耸住宅大楼让他提高警觉。他也是在这时候想出一个绝佳借口。

4

直到真正看到他和摸过他之后，萝拉才真正相信丈夫没事。利亚姆看来就像太太一样情绪激动，差点压断她的肋骨。当他最后松开手时，萝拉看见他眼睛含泪。

"我还以为永远不会再见到你。"

"我在看试片，"他说，"完全不知道外头发生什么事。"

"我还以为我将要一个人养大我们的小宝宝。"

5

接下来几天是他人生中感觉最鲜明的几天。但回顾起来，他们那几天的生活其实千篇一律，也和他们朋友的生活几乎一模一样，堪称了无新意：头脑发呆地坐在电视前面；整天对所发生的事感到难以置信；打听有哪些朋友或熟人失踪；做噩梦；闻着空气里的刺鼻烧焦味；常常无缘无故掉泪；大量喝酒。但他们两人又都认为（每个他们认识的人都是这样认为），他们从来没有像这一次那样关心别人的生死，那样意识到生命的脆弱。在死亡前面，生命显得无比珍贵。从生还下来的第一晚，他们的床战就激烈得像是生死攸关，迸发的激情是多年所不曾感受过的。

利亚姆对自己的不忠感到汗颜，决心从此改过自新。三星期前得知萝拉怀孕之后，他有过同样的决心，却不了了之。他本来想要说到做到，但犯了一个错误。出于什么理由，他认为更适当的做法是当面讲清楚而不是通过电话或者电子邮件，便亲自跑了一趟。不过，一看见萨莎穿着蓝晶色和服站在公寓门口迎接他，他便情不自禁，还没有吻她便兴奋难耐。

但这一次的情况有所不同。当时是一个人人都下定高尚决心和立下高尚誓言的时期。他对于自己能够毫发无伤逃过一劫感到无比幸运，也为婚姻能够保持完整感到侥幸，所以决心更加坚定。不过，他偶然也会对萨莎感到内疚：在这个集体创伤时期留她一个人独自承受让他问心有愧。

6

萝拉因为丈夫的平安归来放下一颗心头大石，不打算深究他当天去了哪里。她告诉自己，时钟已经在九月十一日的早上重调，那之前发生过什么事并不是太重要。但她却无法不注意到，利亚姆对手机变得非常敏感，每逢电话铃声响起都会吓得跳起来。另外，每逢有人问他九一一那天早上人在哪里（有几星期这是个人人都会问别人的问题），他看来也会不自在。

开头几天，他们形影不离，不是一起待在家里就是一起在公寓附近活动，用这个方法互相取暖。直到星期六早上，利亚姆才说他要上健身房。

"我要不要一起去？"萝拉说。

利亚姆耸耸肩。"你想去就一起去。"

"还是不要了，你一个人去吧。"

她等他出门六秒钟之后行动，走下两层楼梯到街上。这一天，风又是往上城区吹，带来了"归零土地"①的烧焦塑胶味。路上，她发现每个路人看起来都小心谨慎，不再是横冲直撞、一心一意赶路的样子，

---

① 指世贸中心的废墟现场。

要像观光客多于本地人。萝拉的脚步没有太急,因为健身房就在几条街之外,如果她跟丢了,大可直接到健身房看他在不在里面——如果他在,她会说她改变了主意。她看见他往西走,于是便跟上去,然后看见他在街尾向左转入第六大道——如果他是去健身房,应该是向右转。她追过去,跑到韦弗利街和第六大道的十字路口,看见丈夫在下一个十字路口等红绿灯。

过马路之后,他向右转,走上圣约瑟教堂的台阶,最后走进了巨大的双扇栎木门。萝拉几乎不敢相信自己的眼睛。她站在马路另一边观望了几分钟。当她意识到他这么鬼鬼祟祟是为哪桩时,她松了一口气,几乎因为太高兴而晕眩。但释怀感又几乎马上被愤怒取代,觉得丈夫隐瞒去处是一种懦弱的表现。

利亚姆是在长岛一个天主教家庭长大的,他们的婚礼也是在他第一次领圣餐的教堂举行。婚礼是她最后一次答应陪他上教堂。因为父亲是犹太人而母亲是圣公会教徒,萝拉的童年毫无宗教色彩。作为一个坚定的不可知论者①,她以前喜欢揶揄丈夫身上残留的天主教徒成分,认为那只是一种家传习性(这就好比他喜欢吃腌牛肉和包心菜),不是积极的信仰。她相信在目前的非常时期,丈夫会想要重拾儿时的信仰乃是情有可原。她一方面嫉妒丈夫有这么个后备的情感救生圈,另一方面又看不起他的软弱,一遇到压力就屈服于祖先的那一套迷信。但他这个时候到教堂去是要做什么?八成是一种反射动作,就像是渴望从食物和老歌得到慰藉(现在这种渴望席卷全市)。她再等了五分钟之后离开,回家之后再次拿起遥控器,在不同新闻台之间不断转台,看着世贸中心的两座大楼一次又一次倒塌。

7

利亚姆跪着,感觉告解室里熟悉的幽暗和氛围带来了他意想不到

---

① "不可知论者"指认为上帝存不存在不是人类智慧能知道的人。与无神论者略有差别。

的慰藉效果。当他听见小木板推开的声音时，他抬头望向窗格中的神父身影。

"拯救我，神父，我犯了罪。事情发生在我最后一次告解的一年多之后。"

"持续了多久？"

"持续了……我想大约四年。"

"继续说下去，孩子。"

"我不知道该从何说起。"

8

回家之后，利亚姆看似完全变了个人，不再是出门前那样魂不守舍和神经兮分。接下来一整天，他都表现出一种让人恼火的静谧。萝拉想要揶揄他，摧毁他的宗教快感，但又觉得指责他的心情大好不合人情，而且想不出要怎样在不吐露自己跟踪他的情况下挑起宗教信仰的话题。气闷之下，她吃下了另一颗"安赞诺"①——当日的第三颗。

在家附近的小酒馆吃过晚饭等待买单时，他说："我在考虑明天要不要去望弥撒。我不知道为什么会有这种念头。但发生了那么多事情，我想望弥撒可以带来慰藉。我当然欢迎你一起去。"

"谢谢你约我，"她说，捏了捏丈夫脸颊，"我完全可以了解你为什么可以从你的老信仰中得到慰藉。但我觉得如果自己因为一时情绪需要突然上教堂，会有一点点虚伪。但那只是我个人的想法。甜心，你觉得你需要做什么自可做去。"

那个晚上是他们自星期二以来第一次没有做爱。萝拉没有这种心情，也几乎盼着让他知道这一点。不过，电视机才一关掉，她就听见从另一个枕头传来鼻鼾声。萝拉在黑暗中醒着，有被遗弃的感觉。想到外面的一片混乱和腹中正在生长的生命也让她充满忧虑。虽然她也

---

① 一种镇静剂。

但愿自己有某种信仰，但最近发生的事让她很难相信，这宇宙存在某种道德秩序。

9

教堂里挤满人。弥撒十点开始，而虽然利亚姆早到十五分钟，一样只能站在教堂的后头。他感受得到萝拉的无言责备和某种尴尬。自从上了斯坦福大学之后，他便竭尽所能疏远家族的信仰，只把宗教视为一门学科。现在，透过朋友的眼睛看自己，他觉得汗颜，犹如自己是赤裸裸地站在一室衣冠楚楚的人中间。另一方面，他又感受到一种随顺服而来的欣喜，就像自己是躺在太阳底下的赤身裸体的婴儿，用不着事事都要为自己负责。这是自星期二以来第一次，他感觉自己能在自己的城市里找到安详。当大家交换"主的平安"时，他感动莫名。以前他都觉得这种礼节（互相握手和互道"愿主的平安与你同在"）流于形式，但这一次他在握别人的手时特别用力，说出"愿主的平安与你同在"时也特别有感情。别人对他也是这个样子。众人的声音汇为洪流，响彻整座教堂。当神父说"你们心里当仰望主"，他应答说："我们心里仰望主。"这时候，他感觉自己的心膨胀起来，向上仰望。最后，当他把圣体含在嘴里，感觉到它在下颌融化时，他仿佛看见他的内在自我和光融合在一起，就像一个漆黑一片的山洞突然被火把照亮。

弥撒结束后，他感觉自己不愿意直接回家，因为那会像是跑完马拉松之后马上抽烟。他知道，以他现在的心绪状态，他无法面对萝拉，一如他以前吸过古柯碱后无法面对滴酒不沾的女朋友珍妮。所以，他选择走到运河街，测试自己新得来的情绪的轻盈。他一直走到警察的封锁线，和其他市民一起看着巨大烟柱腾升到蓝天之后再向东沉降，积聚在布鲁克林上方。从一个距离望去，这是一幅和恐怖攻击格格不入的美丽画面。

10

当晚，他和萝拉步行到切尔西，参加在诺曼家里举行的派对。派对上每个人都讲述了自己的故事。"当时我正走在格林威治街，然后，那架飞机几乎就在我头顶上飞过。"女主人说。

贾森抽了一口烟之后说："你们还记得卡洛斯吗？就是每次派对为我们烤饼干的那一个。"

"一只眼睛上方有伤疤并且很讨人喜欢那一个？"

贾森点点头。"他失踪了。他是'世界之窗'的流水线厨师。"

"老天爷。"

"谈到老天爷，"萝拉说，"利亚姆重拾了他的信仰。"

"怎么说？"

"他这星期去了望弥撒。"萝拉说，说着搓搓丈夫的头，就像他是刚做了一件可爱事情的小孩，"我说得对不对，亲爱的？我觉得很好玩。"

"那很棒。"贾森说。

"不错，真的很棒，"诺曼说，"但愿我也能够重拾信仰。"

"告解——"贾森说，"那是我最羡慕天主教的事情。只要走入一个小小房间就能够净化灵魂，这种想法真是了不起。"

"我不认为我能够对一个陌生人说出我的罪。"

"少来了。我们犹太人也有这一套。那被称为心理分析。"

"这一套不管用。这星期我去找了我的心理医生两次。但他能有什么高见呢？告诉我感觉很不好是完全正常的吗？告诉我这叫'生还者的内疚心理'或是我应该重新服用抗忧郁剂吗？"

诺曼看着利亚姆，问他："有帮助？"

"应该有。"利亚姆说。他不认为自己有办法和在场的人谈这个问题，因为那好比是和自己父母谈性话题。

萝拉用双手捧着他的脸，又把自己的脸凑近他的脸，对他露出一个甜美笑容。至少是看似甜美：利亚姆最近都在怀疑她这种特殊姿态的真诚性。"我们都爱你，甜心。"她说。

他在被容许的最短时间内稍稍和她拉开了距离。就在同一时间，他的手机响起。他拿起手机，高兴于有这个机会让他从当前的话题抽身。

"利亚姆，是我。"萨莎说，"别挂断。我很凄苦。我需要见你。"

他本来不应该望向萝拉看她有没有看着他，因为她正是看着他。"抱歉，你打错了。"他回答说，感觉脸上一阵烫热。他先关掉铃声才把手机放回口袋。

"电话线路仍然乱七八糟。"贾森说。

11

"所以你变成一个虔诚信徒了？"她问，面露灿烂笑容。这一天是他新人生的第二个星期天，而他刚刚问她是不是想要和他一起望弥撒。他耸耸肩回答："我只是……在目前这个特殊时刻，我只是感觉自己有一点……该怎样说呢？……一点灵性向往。我想这没有什么特别的，对不对？"

"如果你真有需要，我认为你无论如何都应该去望弥撒。"

"我知道你有不同看法，但不想和你争论。"

"谁跟你争论了？"她伸手轻抚他的脸，用拇指和食指捏了一下。"我爱你。"

"也许我是软弱，也许我是虚伪，但就纵容我一下，好吗？如果你不想去，我能够了解。"

萝拉原以为，利亚姆复发的宗教感情会随恐怖攻击的震撼消退而消退。她对自己大量服用"赞安诺"的行为也是抱着同样假定，相信只要气氛恢复常态，她就会把用量大大减低。但就目前，一天不吃到四十或五十毫克，她看来就会无法安生。

利亚姆出门后，她再次打开电视，观看同一批画面——这是另一种她原以为自己会随时间过去而减低的瘾头。就在她看着塔利班发言人大言不惭时，利亚姆放在茶几上的手机忽然响起。她记得他几天前已经把铃声关掉，不明白手机为什么这时候会响起，吵闹得就像草堆里的大甲虫。她拿起手机。"喂？"

电话另一头鸦雀无声。

"他告诉你我已经怀孕了吗？"她说，说罢用力关上手机，跑到浴室又吃了两颗"赞安诺"。

不知道为什么，她回忆起大家在诺曼家中的谈话。她早已忘记大家就"告解"说过的话，但这时却突然想到，利亚姆的宗教热忱会不会就是与此有关：赶在下一架飞机撞来前把自己灵魂的大罪清洗掉。

12

利亚姆的办公室在运河街南面，所以第一个星期他完全没有想过要工作，不过，后来一个朋友表示可以把自己位于切尔西的工作室借他用。他在第二个星期一恢复工作，但他会那么积极，当然不是因为预见得到他制作的那种冷门的独立电影很快就会有大量需求。晚上一回到家，他就嗅得出来有什么事情不对劲。看见萝拉的冷漠表情时，他首先想到的是她已经知道了他和萨莎的事。

"想过要到哪里吃晚饭吗？"他问。

"我不饿。"

"那我来煮一些东西？"

"我说了，我不饿。"

"我从办公室带回来两张DVD，一张是《摇滚芭比》，一张是《与男孩同车》。"

"我不看。"她说，眼泪在眼眶里滚动，但样子更像是愤怒而不是伤心。

"怎么回事？"

"孩子没了。"

"没了？"

她的泪水源源流下脸颊，但神态桀骜不驯。当他想要抱住她的时候，她把他推开。"是我自己把他了结了。"

13

最后，看来他是把这次堕胎事件纳入到集体创伤的叙事里。那个晚上，他到外面喝酒，喝得大醉。接下来几天，他都不愿意质问她的动机，就像是担心知道了某些事实之后，他们的婚姻会无法维系。后来，在告诉过她他相信生命自受孕一刻起就是神圣的之后，他选择了原谅她。她也选择原谅丈夫，但两人始终没有把利亚姆出轨的事摊开来谈。她有时会纳闷，他是怎样把自己的信仰和她的行为调和在一起的。在他内心深处，他显然是认为她犯了谋杀罪。但离婚对天主教来说一样是大罪。不管她有多么鄙夷他的信仰，她看来都乐于天主教可以保护她对婚姻的寡头独占。

此后，利亚姆这个时期有过的高贵决心归于式微，但继续望弥撒，只是没有多当成一回事。他也没有再和萝拉谈信仰的事，但这反而让她相信他信得认真。不过，她不打算太为难他。

接下来的春天，萝拉再次怀孕。在验孕棒变蓝色那一天到他们儿子在十二月黄昏诞生的那段日子，是他们婚姻中最快乐的时光之一。经过长时间的找房和天人交战之后，他们在布鲁克林买了一栋房子。就像大部分新皈依者一样，他们变成了宣扬郊区好处的传教士，否定史密斯街的餐厅有什么好的，又坚称从布鲁克林坐地铁只要十分钟就到得了格林威治村。他们不厌其烦地告诉朋友和彼此，他们并不怀念曼哈顿。不过，事情在杰瑞米两岁生日不久之后起了变化：当时利亚姆的一个剧本被 HBO 看中，让他必须有一半时间待在洛杉矶。萝拉无法假装一个人带小孩对她来说不是天大苦事，也不能不疑心他不工作时都做些什么（哪怕他宣称自己只要不是在工作就是在睡觉）。不过，每次回到布鲁克林，他都表现出自己是称职的父亲和丈夫。有一天凌晨，她打电话到洛杉矶他的饭店房间把他叫醒，告诉他，她又怀孕了。

"真是太棒了。"他说。

"你快乐吗？"

"快乐得无以过之。你呢？"

"我不知道。如果你就在这里，我会更加快乐。"

"我后天就会回家，到时再来庆祝。"

两天后，她在他熟睡时打开他的行李箱，在他的衬衫之间找到一件黑色蕾丝绳边的浅蓝色贴身内衣。

14

那个早上，利亚姆醒来后，房间里只有他一个人。他坐在床上，望着打开放在地板上的行李箱。行李箱的盖子打开，而他认得放在最上头的浅蓝色的贴身内衣是他的制作助理所有的。几年来，他都循规蹈矩，对萝拉保持忠实，但最近，他和兰妮天天都工作到很晚，然后，有一晚，兰妮主动吻他，而他抗拒不了诱惑。他第二天下午去告解，但之后同样的事情一再发生，他不知道兰妮的贴身睡衣怎么会跑到他的行李箱去，但更让他困惑的是为什么它会那么招摇惹眼，因为他明明记得前一晚回到家之后没有把行李箱打开。他要怎么办呢？最后，他决定把贴身内衣塞到几件衬衫的下面，只希望它不会再次浮出来。

他带着胆战心惊的心情下楼，在厨房里找到正在给杰瑞米哺乳的萝拉，但没有从她的神情看出任何异样。看见她继续给已经两岁半的儿子哺乳应该会让他感到安慰，但他不准备马上品味这种安慰。萝拉看来高兴看到他。"爹地来了，"她说，"我们都爱爹地，对不对？对，我们都爱他。"她胸前抱着杰瑞米，跶着拖鞋走到利亚姆面前，捏了捏他脸颊，又把他的脸拉近她的脸。"我们都好爱你，爹地。"

整个周末他都等着她发难，但始终没有等到。心情紧绷了两天之后，他几乎巴不得她会和他摊牌，但萝拉看来把她的冷淡程度微调得恰到好处，始终保持在绝对零度以上一两度。星期六晚上招待一对夫妻在家里用餐时，她对他表现得热情洋溢，好几次没来由地向客人表示自己深爱着丈夫。罗宾逊夫妻还没到的时候，他曾提议向客人宣布怀孕的喜讯，指出这可以让怀孕的事情更有真实感，也许还可以让胎儿在子宫里住得更安稳。但萝拉表示，现在宣布这个消息嫌早了一点。

就在利亚姆调鸡尾酒时，萝拉说了新的笑话："无神论者的最大坏处是什么？想不出来？就是高潮时没有人可以说话。[①]"

在她把甜点端上桌没多久之后，她用一把叉子戳他。当时她正在和唐娜谈到私立学校的话题，但萝拉突然紧攥叉子，插入他大腿。叉尖穿过他的牛仔裤。

"天哪，我怎么搞的！对不起，亲爱的。你知道的，我一向喜欢捏你大腿，但这一次忘记自己手上有叉子。你正在流血呢，好可怜。是我不好，对不起！"她不停道歉，又帮他包扎伤口。即便是罗宾逊夫妻离开后，她继续保持一种担心和懊悔的态度。利亚姆不敢质问她，只希望她捅过他之后可以消气。如果接下来没有其他事情发生，那他们的婚姻也许可望维持下去。

回洛杉矶之后，他以太太怀孕为理由，向兰妮提出分手。她表示能够谅解。事后回顾，他对于曾经有过一段性关系的男女竟然能够以这样率直的方式沟通感到不寻常。

几晚之后，为了搞定一个剧本，他们和另外两个同事在办公室一直忙到深夜。工作结束后，他们决定到他的饭店套房吃宵夜。电话响起时，利亚姆正在洗澡。他知道是谁打来的，赶忙冲出来。

但兰妮已经拿着话筒。"喂？"

---

① 指"天啊""上帝啊"之类的叫床声。

他把话筒抢过来，但对方已经挂断。当时是凌晨三点十分，萝拉听到有女人在他房间会怎么想不难猜想。

"怎么回事？"布罗迪问。

利亚姆马上打电话回家。响了六七声之后，他听见自己的声音说：目前没有人能接电话，请您留言。"亲爱的，我是利亚姆。听着，我猜你刚刚打个电话给我，而我想知道你们那边是不是一切都好。我们刚刚弄好明天要用的剧本——我、布罗迪、埃萨克、兰妮一起弄的。我猜你们已经睡了，只是想要确定你们是否一切都好。亲一个。"

15

当他早上七点回到家的时候，萝拉和杰瑞米躺在床上。她说她觉得不舒服，肚子绞痛和出血。

"你还好吗？"他问，几乎不敢呼吸。

"不怎么好。"

"小婴儿还好吗？"

"没有小婴儿了。"

"你流产了？"

"不是，"她摇摇头说，"不是流产。"

他到家的时候全神紧绷，但现在却像泄了气似的，随时会委顿在床前的地板上。"你怎么可以这样？"

"那只是一趟手术。"她说，但当然知道对他来说不只是如此。那是一宗大罪。

"那是一条生命。你就像上一次一样，是要惩罚我吗？"

"为什么要惩罚你，亲爱的？"虽然身上疼痛，但她还是努力嫣然一笑，"我只是还没有准备好生第二个小孩。我想你我都还没有准备好。"

"但你知道我对这种事是什么感觉。你要我以后还怎样跟你生活在一起？"

"你当然会跟我生活在一起。我是说跟你太太和儿子生活在一起。不然你还能怎样？你知道的，我爱你，甜心。"

2008

与猪同眠

"等一下,"我的心理医师说,"停下来。躺回去。你刚才是不是说睡在床上?"

我谨慎点头。事实上,我有点心不在焉。在低声回顾我的失败婚姻的过程中,我一直好奇她为什么要在办公室挂一幅约翰·列侬的照片,又好奇照片是不是安妮·莱柏维兹[1]的作品。照片中的约翰·列侬穿着无袖 T 恤,双手抱胸。

"那只猪睡在床上。你和你太太也是睡床上。"

"对,是这样。"

"你来找我已经超过一年,想要设法克服婚姻破碎带给你的内疚,可你却到现在才告诉我有一只猪和你们一起睡在床上?"

我知道她的意思。我不知道为什么我以前没提这个。那确实是当初引发我和前妻争执的一个重要原因。另一方面,当时的我行为并不是太规矩,让我觉得自己没有立场要求什么。碧丽丝喜欢开玩笑说她是和两只猪一起睡觉。另外,因为我姓麦克斯威尼,她又喜欢喊我麦猪[2]。

"每晚都是这样吗?持续了多久?"

"差不多每晚,持续一年左右,也有可能是两年。到最后几乎晚晚

---

① 美国知名摄影师。

② "麦克斯威尼"原文为 McSweeney,其中的 sweene 和"猪"(swine)形音相近。

如此。"

"猪睡在什么位置。"

"我们中间。"

"你们中间的床上？"显然，她想要确定她所听无误。

"有时它会钻到被子里面，睡在我们脚边。"

"你认不认为这就是整件事情的关键？我是说，你认不认为你答应让一只猪睡在你们中间就是你们婚姻失败的症结所在？我可以假定那不是你的主意吗？"

"当然不是。"对于这一点，我相当肯定，"是她的主意。"

"你没有反对？"

"有时会。起初会。"

"然后呢？"

"然后就习以为常。"

她叹了一口气，摇了摇头。"我们有必要好好谈谈这个。"

我了解她的意思。回顾起来，在她挂满各种证书和大人物照片（卡尔·荣格、汉娜·阿伦特和安娜·弗洛伊德）的上西区办公室里，我可以想象我说的事听起来有多么怪不可言。直至被她问到，我才有点惊讶自己当初怎么会被前妻说服，答应让她的大肚猪睡在床上。但婚姻就是这么一回事：随着时间的推移，它会让你对一切习以为常，不管那是偏颇饮食、性怪癖还是岳父母。你先是被说服答应让她养一头宠物猪，然后又在不知不觉中发现这只猪睡在了你旁边。

"它睡醒后要怎么下床？"

"她帮它搭了一个斜坡道。有阶梯和铺着地毯的。"

"你没有想过这是……不寻常的？有没有想过这对你的婚姻而言是……不健康的？你们要怎样维系你们的性关系？那只猪有多大？"

"你是说那时候？难说。大得让人抱不起来。我最后一次试着抱起它还闪到了腰。七十五或七十七公斤上下，和我差不多重。另外，它的形状有点不规则，不是你可以抱得稳的，而且不会乖乖被人抱住。"

她的表情一向高深莫测，但这一次我却看得出来，她是觉得自己正看着一个疯子。"它们其实相当干净，"我补充说，"而且比狗聪明。"说到这里，我马上意识到自己是在引用前妻的话。

我的心理医生慢慢点头，在心里消化我说的一切，表情看来混杂着惊讶和失望，就像我的最新披露害她有必要重新评估我们之间的关系，有必要让整个咨商过程重头来过。她的这种表情让我好奇，从来没有过心理医生开除病人的事例。作为辩护手段，我想向她指出，她的猫咪虽然在我大腿上咕噜叫，可她自己不也觉得这没有什么好奇怪的。

她最后说："我们下星期显然有很多事得要谈谈。"

因为一直以为自己会娶一个南方美女为妻，所以当我碰到一个埃莉·梅·克兰皮特[①]的时候，完全没想过她有可能会是真命天女。我是在好朋友杰克森·皮维的生日晚宴上认识她的，地点是曼哈顿最热门的一间高档餐厅。她姗姗来迟，加上是挽着一个电影明星手臂进场，所以格外瞩目。之前半小时，我旁边的位子一直空着，我打听之下得知座位是保留给杰克森的姑姑碧丽丝的。我想象，这位姑姑一定是个一头蓝发的南方富媪，所以，当一个长腿和艳光四射的金发美女在我旁边坐下来的时候，我不能不感到意外。她的姿态相当优雅，坐到椅子上去的样子就像一个马术高手骑上马背那样，不费吹灰之力。虽然她后来一直否认，但我发誓那个男明星走开时对她附耳说："晚点见。"这样的美女本来应该会让人害怕三分，但她却完全不是这个样子。

"你好，我是碧丽丝·皮维，"她自我介绍说，"很高兴认识你。如果我知道旁边坐的是什么人，绝对会早点到。你的衬衫好漂亮，是亚麻布的吗？我喜欢你一双眼睛的颜色。我有错过任何妙语或八卦吗？"

她把一堆恭维撒向我，而如果它们是出自一个吸引力比较小的女

[①] 电影中一个角色，主要特点是一头浓密金发。

人，我一定会觉得不是发自真诚，而且不觉得别人会注意听。她看来对我的事情知道得不少，让我受宠若惊（这特别因为当时的我并没有多少可称道的）。如果我有什么是她不知道的，她又表现出急切想知道的样子。最后我向她承认，我本来预期坐我旁边的是个年纪大得多的人。

"我哥哥约翰逊——也就是杰克森的爸爸——比我大几乎二十岁。"她解释说，"让人觉得好笑的是，杰克森虽然只比我小两岁，却老喊我'碧丽丝姑姑'。看他现在也来了纽约，我打算给他一大笔钱，让他快点走人。"

稍后，她告诉了我一件她的糗事。刚到纽约时，她有一天和利欧·卡斯特里[1]吃饭，在座的还有一位艺术家，名字叫约翰之类（她一开始没听清楚全名）。席间，她反复喊他的名字和碰他手臂（她承认自己可能是想放电，因为对方颇有魅力）。没想到那人对她越来越冷淡，最后说："亲爱的，以前固然也有人喊我蠢蛋[2]，但没有一个是女人。"卡斯特里稍后告诉她，那艺术家就是贾斯培·琼斯[3]。"你知道吗，因为怕会碰到他，以后我都不敢出席卡斯特里办的任何展览开幕酒会。"

在假借大人物名字自抬身价[4]蔚为流行的年头（我所向往进入的那个世界尤其爱搞这一套），她的趣事让人耳目一新。

她在午夜前后趁一个闹哄哄的时刻开溜，走前低声表示希望再看见我。所以我是唯一目送她离开的人。我后来知道了这是她的一贯策略，她从不信任"说再见"[5]。

那次之后，我一直注意她作为一个社交名媛的动态，等着在派对

---

[1] 知名艺术经纪商。
[2] 英文"约翰"的其中一个意思是蠢蛋。
[3] 琼斯的英文 Johns 和约翰的 John 只有一字母之差。
[4] 例如说"我上星期和巴菲特打过球"之类。
[5] "再见"的英语是 goodbye，直译是"好的离别"。这里似乎意指她不相信任何离别是好事。

或八卦专栏中得知她的消息。她是那些短短几年就能征服曼哈顿的女人之一，看来认识每一个重要人物。不过，就连她那些最头脑灵光和能言善道的仰慕者都觉得很难说明她是靠着什么特质大受欢迎的。这部分是因为她的最大天分在于能够反映和放大四周的人（特别是男人）的长处，而这种能力在纽约比在田纳西州罕见得多。她有能力辨识出你最引以自豪的特征，所以只要你和她在一起，就会觉得你是那个自己最想成为的人。例如，她会说："东尼是最头脑杰出的税务顾问。""罗杰是纽约最有品位的异性恋者。""柯林在搬来北方并因此伤透了一千个芳心之前，毫无疑问是萨凡纳最受欢迎的男人。"让她更添魅力的是（这一点是她离开纽约社交界之后才让人想到的），她说这一类话时并不带有现实动机。与我们其他人不同的是，她并没有什么野心。后来我才知道，她当时刚去了欧洲一趟，而她在那里的好些仰慕者曾设法把她留下来。就我所知，至少有三个人向她求婚（包括一位出版界巨子、一位剧作家和一位高尔夫球名将），还有两本书是题献给她的。

对于碧丽丝为什么会那么难以被套牢，其中一个理论出自她的侄子：只要她父亲活着一天，她就不会结婚。我没见过她的老头子，但知道他在自己的家乡城市留下了巨大印记。纳什维尔有一条街和两栋建筑物（包括全市最高一栋摩天大楼）以他的名字命名。在他当商会会长的那段日子，他和禁酒派分子对着干，促成了容许餐厅卖酒的立法。为此，他招来大肆诽谤和一堆死亡恐吓，以致有一整年时间，碧丽丝需要保镖的全天保护。杰克逊告诉我，碧丽丝没有一个追求者让她爸爸看得上眼，包括一个送他一对潘迪猎枪作礼物的英国爵爷。所以如果他还活着，当然也不会看得上我。根据她另一个搬来了纽约的亲戚猜测，碧丽丝是因为挚爱的哥哥在越战阵亡而害怕再有感情牵系。不管怎样，她都在有人有机会厌腻她或有更年轻女子可以取代她位置之前便离开了纽约。

碧丽丝回到田纳西州照顾老病的双亲，但保留纽约的公寓，每两个月就回来短住几天。我好几次在派对看见她，陪在她身边的不是某个诗人就是某个首席执行官，还有一次是和一个英俊得要命的男人在一起（我后来才知道他是来自田纳西州的木匠）。有一晚，在上西区一户顶楼豪宅参加鸡尾酒会时，我一度到阳台点一根烟，却碰到碧丽丝一个人站在那里，金发迎着河面吹过来的风飘动，头向右倾，像是靠在了克莱斯勒大楼上面。在下城区天际线的衬托下，她看来是我的所有大都会幻想的化身。

"据我所知，"她说，"自从你我上次见过一面之后，你混得不错。"

确实如此。我出的第一本书大卖，正在改编为电影剧本。大概是因为得到她这番话壮胆，让我敢开口约她——换作几年前，我绝不会有这个胆子。我完全不敢相信她会答应，更不敢相信才第三次约会，我就上了她的床。不久之后，我向她提出求婚。为什么她拒绝了那么多人却接受我的求婚，我说不上来。也许是因为她父亲已经在一年前过世，又也许只是因为她已经厌倦了逃避。有时我会认为，她接受求婚只是一时冲动，是想要试一试少数她没有试过的冒险的其中一种——我是说婚姻。但现在回顾起来，我却不能不感到奇怪：比我英俊、事业成功、有钱和风趣的男人多的是，但他们都无法把她拽到教堂。

一个线索来自碧丽丝一个从儿时便认识的朋友。她有一次提到，我会让她联想到碧丽丝死去的哥哥："我说不出来哪里像，也许是你的笑容，也许是你的神情。但如果我骗你说你不会让我想起吉米，我就应该下地狱。他们好亲。听到哥哥阵亡的消息后，碧丽丝伤心欲绝。"后来，我找了一个机会，用婉转的方式测试了这个理论。当时我们坐在床上，看着 HBO 台播放的电影《野战排》。

听到我的问题，她说："我从未想过。不过有可能。也许是你让我在潜意识里想起吉米。"

"你常常想他吗？"

"不常。"

"真的？"

"你知道，我最讨厌美国南方人的一点是他们老往回看，执着于活在过去。怀旧症是我们的地区性疾病。我们老是缅怀输掉的战争和失去的种植园，老是对死去的邦联歌功颂德。我会搬到北方，就是想要摆脱这一切。我努力不要往回看。永远不要。"

婚后，我们一半时间住在曼哈顿（我在哥伦比亚大学教一门春季学期的写作课），一半时间住在田纳西州（为此我们在纳什维尔郊外买了一栋带有倾斜谷仓和杂乱草场的农宅）。从一开始就明明白白的是，她喜欢住在农场多于帕克大道。我慢慢把她看成是个珀耳塞福涅①，之所以愿意默默忍受一年有六个月住在冥界只是为了另外六个月可以住在阳光普照的地表。既然她是冥后，我当然就是冥王啰。

有一段很长的时间，我都乐于生活在我们两个世界的反差中。因为在大城市住了十年，我已经准备好换换口味，更何况我正在热恋中。老实说，我会愿意跟随她到任何地方去，但我（因为是福克纳和韦尔蒂的私淑弟子）更乐于看见她生活在自己原生环境的样子。对我而言，南方是个神秘和充满异国风情的国度。南方人对一个失落伊甸园的恋恋不舍、根深蒂固的社会阶级观念和道貌岸然的公共论述全让我深感好奇。我本着人类学家的抽离态度研究当地人，又本着一个爱妻丈夫的激情设法破译自己太太的奇怪个性。

在那段早期岁月，碧丽丝的私人动物园只由六只猫构成。它们其中一只在我第一次从她床上醒来时把一只死小鸟叼到我胸前。"这是一件见面礼，"碧丽丝说，"你应该深感荣幸。"但一等我们搬入农场，动物园的人口数便暴增，最早加入的新成员是山羊（我们最终一共养了五只）。有一次家里请客，碧丽丝在饭吃到一半时离席，去察看被关在洗衣房里的一只怀孕母山羊，回来时白色的农妇衫上沾满鲜血。"我们

---

① 古希腊神话中宙斯和大地女神之女，被冥王强抢至冥界当冥后，后来在宙斯出面干预后得以返回人间，但每年仍有四个月必须住在冥界。

的大家庭多了一个新成员。"她宣布说，然后坐下来重新吃饭，就像刚刚只是去上了厕所，"托丝刚刚生下一个漂亮的小男孩。我离开的这段时间错过了什么精彩笑话吗？"

大家庭下一批新成员是鸡。这些鸡最后都被狼料理掉，只剩一只：它够聪明，懂得学山羊的样子搬入屋里来，所以没有丢掉小命。我们收养的第一匹马是本地马球俱乐部原定淘汰的跛脚马，第二匹是匹雄赳赳的田纳西州走马，是她用父亲留下的双管霰弹枪换来的。

我让自己扮演乡绅的角色，甚至买来一辆带有割草机的二手拖拉机，自行割草。那时候，我几乎能够设想自己终有一天会永远离开城市。春天，在天气还没有让人受不了的日子，我们会坐在后门廊观看日落——在草场的衬托下，落日有时会浓艳得惊人。我会先倒好一水瓶的马提尼酒，然后我们一面啜酒，一面观看泛着粉红色和橙色光焰的地平线。空气中依稀带有新割的青草味和马粪味，而随温度越来越凉你可以从逐渐减弱的光亮中看到荧火虫渐渐显身。即便说我们还缺些什么，我就是想不出来可能会是什么。但碧丽丝肚子里却另有计划。

后来，特别是在它吃掉整盘红酒炖鸡或为了取得口袋里一包腰果而咬烂我一件开司米外套大衣之后，我总是声称，我是因为中了奸计才会让那只猪蒙蔽。碧丽丝早前便提过想养一只猪，但我让她死了这条心——至少我是这样认为的。她的对策是佯称要买一只猪送给一位电影明星当生日礼物。我们因故不能参加他的四十岁生日派对，所以一只披着新娘面纱的猪崽便代替我们出席那个在比佛利威尔希尔饭店举行的盛会。猪在切过生日蛋糕之后呈上，引起一阵轰动，他的几个小孩尤其兴奋。但电影明星要出外景三个月，而他前妻又不想和猪（不管是大肚猪还是其他猪）有任何瓜葛，所以决定不能养它。几个小孩的失望心情可想而知。但我猜碧丽丝早算准会是这种结果，因为她在贺函中表示，如果对方不方便养猪，她可以代劳。一星期后，大肚猪被送回田纳西州。

如果我早知道大肚猪不是一种室内宠物，也许从一开始就会表示抗议，但它还小的时候只有足球大小，而且就像所有哺乳类动物幼兽一样，可爱得不得了。它很容易便学会在一个小盒子里大小便这一点更让人觉得它没有什么。另外，我不知怎的假定，等它长得更大和更胖后，就一定会被下放到屋外，改过上帝和大自然规定农场牲口要过的生活。不管怎样，我都总是被灌输去相信它始终会是个小不点。"大肚猪不会长太大。"她向我保证。等几个星期后它大得让碧丽丝抱不起来之后，她又说："它一定已经完全成长，不可能变得比现在更大。饲猪人给我看过它父母的照片。"

我不太知道是什么驱使碧丽丝乐于让自己被动物包围，面对最激烈的反对仍不为所动。她有过两次流产和一次失败的人工受精，自此我们都认了命，不再抱可为人父母的希望。这一点绝对和她的动物狂热有关，但我还是认为，那是一种早已有之的症状。她的一些朋友告诉我，她小时候便很爱养浣熊和松鼠。而她一个前男友（两人仍然是朋友）有一晚在我们喝过两杯之后透露，他认为碧丽丝关心动物多于关心人。不管怎样，在"甜心"到我们家之后，碧丽丝便再次怀孕。如果我们这个儿子早一点来报到，我也许便可以逃过一劫，不用与猪同住一个屋檐下。

"甜心"最初比小婴儿还可爱。碧丽丝显然就是这样认为的，因为在狄伦出院回到家里之后，她有三个月时间看来对他漠不关心，注意力都是放在小猪身上。幸而她的母性本能最终恢复了过来。不过我们的性生活从此没有真正恢复过。我们当然不是唯一经历产后禁欲的夫妻，但我忍不住怀疑，"甜心"（现在睡在一个放在我们床旁边的小盒子里）难辞其咎。狄伦逐渐长出头发和形成清晰分明的人类五官，与此同时，"甜心"（碧丽丝称它为狄伦的姐姐）却冒出又长又黑的刚毛和一个又大又松垮垮的腹部。在我的感觉里，它像是一只走出荒野寻找美好生活的野猪。我从不认为碧丽丝给它取名"甜心"是一种刻意反讽，但你又很难不这样想。

到长得更大之后，它把我们很多朋友都吓坏了，因为只要他们站在猪和什么食物之间的什么位置，就有可能会被横冲直撞的它撞倒。它也会咬烂他们的皮包或行李，为的是把里面的肥皂和化妆品拿来当点心吃。碧丽丝对这种事的态度更是帮了倒忙：她总是怪客人咎由自取。

"你怎么能这么指望一头贪吃的猪抗拒得了香喷喷巧克力棒的味道，而且它放在那么触手可及的地方，简直就是在求它吃。这不公道。真的，凯伦，你应该把你的皮包看紧。现在它要胃痛一整晚了。"

对另一个因为把行李箱放在地板而损失惨重的客人，她又这样说："用不着你来告诉我它吃了你的处方药——它呕吐了一整晚，连肠子都快呕出来了。你到底是把什么鬼药丸带进这屋里来了？你有可能会害死我们的小可爱'甜心'·麦猪的，你知不知道？"

面对这番义正词严的责难，我们的客人因为太震惊而不敢指出"甜心"一点都不小，也不敢指出自己有多可怜：被"甜心"吃掉的药是他花几百美元买来的，而且在能补充新的以前，他将会备受胃道逆流、失眠、高胆固醇和焦虑症折腾。代之以，他结结巴巴说了道歉的话。他毕竟来自海外，早听过美国南方人有多么怪里怪气。

碧丽丝喜欢说猪比狗聪明——若单就寻找能吃之物的本领来说，"甜心"确实十足聪明。它一岁生日前就学会了打开冰箱。它会装睡，让我们放下心防，趁我们不备时偷袭一包炸薯片或一碗爆米花。狄伦的零食和饮料老是被它抢走。如果我们没有在晚宴后马上清理餐桌，它就一定会把整张桌巾拉到地上，吃打翻在上面的剩饭剩菜。在这种事发生的第一次，我们损失了好些碧丽丝父母留下来的古董水晶器皿和瓷器。我们听见东西打破声，从床上飞奔下楼——这不是那只猪第一次或最后一次打断我们交配。

下楼之后，我们看见"甜心"正忙着吃完乳酪盘子剩下的东西。当碧丽丝设法把它和大餐分开时，它猛哼鼻子和发出咕噜声，两人发生了一场争夺最后一块曼彻格乳酪的拔河大战，然后它像一支箭似的冲向起居室，在猪蹄接触到没铺地毯的地板时滑了起来，差点翻了个大跟斗。碧丽丝扑过去，赤手抓住它两条后腿。"坏'甜心'！"她斥喝说，"坏女孩！"

我看着满目疮痍——瓦特福水晶的碎块、伍斯特瓷器的碎片和浸渍着红酒的亚麻布桌巾——感到难以置信。

"乳酪对它的身体很不好。"她说。

"这就是你最在意的事？"

"对，不过幸好桌子上没有巧克力。巧克力对它的身体更不好。"

和大肚猪同住在田纳西州的房子已经够我受的了，没想到碧丽丝还决定把它带到纽约。她觉得，让"甜心"待在田纳西州半年没有我们陪会太寂寞。在纽约，我们住的是上西区最势利眼的其中一栋合作社式住宅大楼①，拥有雄厚财力只是入住的基本条件之一。如果不是凭着碧丽丝家的显赫姓氏（这姓氏甚至可以在美国《独立宣言》上看见），光靠我的名字绝对通不过大楼董事会的审查。我至今仍然不敢相信他们会让我入住，但却十足肯定他们不会对一只猪格外开恩。"只要不让他们知道不就得了。"碧丽丝说。

我指出，不管是要把"甜心"弄到飞机上、偷渡进大楼或偷偷养在公寓里，统统没有实际可行性，但说了只是白说。

碧丽丝托一个设计手袋的朋友特制了一个用坚韧木板垫底的手提袋。她又坚持要让"甜心"坐在客舱："它必须和我们坐在一起。把它关在货舱里会让它心灵受创。"我说，我不相信飞机座位底下的空间容得下"甜心"，但就算容得下，把一只猪带进民航机的客舱十之八九是不合法的。"我们把它偷渡上机不就得了。"她说。

由于这头畜生已经重十六公斤，偷渡计划必须有我参与。出发那天早上，我背着一个沉重的加强型帆布背包，蹒跚走进纳什维尔机场。大约八公斤重的狄伦由碧丽丝负责抱。

---

① 这一类大楼的住户是靠购买大楼的股票取得居住权，但不拥有产权。

"手提袋里是什么？"负责检查的海关人员问我。

"老实说，是一只大肚猪。"碧丽丝说。

"大肚什么？"

当我拉开手提袋拉链时，其他海关人员凑了过来，样子更多是兴奋而不是震惊。碧丽丝在一旁说明这种家猪的习性。

"它们其实很干净。它喜爱喝汤，前几天早上才津津有味地把一支柠檬马鞭草口味的'瑰珀翠'①给吃了。自由放养的猪都会走到可活动范围最远的角落大小便，但'甜心'有一个小盒子……好吧，应该说是一个很大的小盒子。大肚猪什么都吃，但我们尽量只让'甜心'吃素，保持窈窕体态。"

最后，海关督察想不出来有任何法令条文禁止猪搭飞机。帆布背包通过 X 光检查器的同时，"甜心"由我用链子牵着，大步走过金属侦测器。我们设法把它塞回手提袋时，一小群人在旁围观，啧啧称奇。

碧丽丝对一对小兄妹说："它当然知道自己的名字。大肚猪非常聪明，比狗聪明得多。"

我使出吃奶之力把背包重新背上，走向登机闸门，一步一留神，像个自知喝醉的醉汉。听到宣布我们的座位组别可以登机之后，我把一件外套盖在鼓凸的背包上，跟在碧丽丝后面走向检查机票的空姐，盼着狄伦可以分散她的注意力。成功上机并找到我们的座位之后，我把手提袋甩到座位前面的空间。空间比手提袋略窄，"甜心"发出愤怒的咕噜声。当我重新站直时，感到下背部一根肌肉传来尖锐刺痛。我把手提袋向下按压，最终把它推到座位下面。我对站在我后面的太太怒目而视，然后示意她坐靠窗的位子，她坐好之后把双脚放在手提袋上面。我在靠走道的座位坐下，才一坐下就再次感受到背部的灼热疼痛，呻吟了两声。就在这时，一个提着小提琴盒的胖女人拍了拍我的肩膀。"对不起，我想这是我的座位。12 排 A。应该是靠窗的一个。"

"这是 13 排。"我说。

---

① 一种护肤品。

她指一指我头上的灯光数字。"看到没有，这是 12 排。你们的座位在后面一排。"

"狗屎。"我说，对着碧丽丝吹胡子瞪眼睛，但她看来只觉得好玩。从某个角度看，事情确实好玩，但若是从 12 排 B 的角度看，事情却让人十足有挫折感。这不完全是因为那只猪的关系（哪怕它必然也难辞其咎），更重要的是，才一年前甚至才一个月之前，我和碧丽丝还有着一样的思考架构，而且能够体贴彼此。在我们婚姻的早期阶段，我觉得她的怪脾气有魅力，也一律把她的缺点看成是优点。所以，她坚持要和一只猪生活在一起并把它当成家庭一分子的时候，我只是感觉有趣至极（这特别是因为我们当时还有固定的性生活）。但此时此刻，当我望向她的时候，却有史以来第一次觉得我们相距十万八千里。从那一刻起，我感觉我心中有什么东西变冷。

回到纽约之后，我如鱼得水。接下来六个月，我的生活惬意无比，因为除了环境是我熟悉的环境，我还有熟悉的朋友做伴，而且有一户漂亮的公寓可住——唯一不同的是这一次要跟一只大肚猪同住。到了年底，"甜心"体重已经超过四十五公斤，大得让人无法抱起来。碧丽丝买通了一个门房，但我们仍然必须设法瞒过其他股东，特别是瞒过总管理人。这个总管理人难相处而且跋扈，如果被她知道猪的事，一定会向董事会报告。为掩人耳目，碧丽丝找人在床底下弄了个暗格，只要一有风吹草动，马上就可以把"甜心"藏进去。

随着它越长越大，我们也必须用越来越大的小盒子供它大小便。我们把盒子藏在一张圆桌底下，再在桌面铺上一张垂到地板的桌巾。我们偶尔在家里举行的晚餐派对有时会被急速的蹄声打断，这时候，只见一团黑影箭似的掠过镶木地板，再消失在桌子底下，然后过了一下，桌子底下会传出淅淅沥沥的声音。要怎样处理小盒子里的便便变成了碧丽丝头疼的事。因为总管理人的一票奴仆会先在地下室把我们的垃圾分类，所以碧丽丝认为必须把便便拿到大楼外面丢弃。在她的号召下，她一票朋友给她送来了一堆购物袋，有"巴尼斯"的、有"香奈儿"的、有"阿曼尼"的——总之都是和一个时髦富有女人匹配的购物袋。然后，这个漂亮女人会每天一次，提着一袋猪屎，走到帕克大道丢弃。她每天都是挑不同的垃圾收集点丢弃便便，这是因为她相信，收垃圾工人如果天天在同一地点看见农村专属的废弃物，一定会疑心大起，继而挖空心思把那只非法入境的畜生给揪出来。

除了碧丽丝有她的"甜心"，我后来也找到了自己的甜心。

对这个甜心，我可以倾吐我在家里有多么不受重视和得不到满足。这些悲愤大多是我用来安抚自己良知的借口（但家里有只猪一节未必是这样）。另一方面，不管我的理由有多少程度是自我合理化，但如果不是因为碧丽丝越来越疏远交际应酬活动，我都不太可能有出轨的机会。在我看来，交际应酬只是一种生活的事实，只是一种社会成规（在小岛曼哈顿尤其如此），但她却经常要我自己一个人赴约，自己留在家里，与狄伦、"甜心"和毛线针为伴。

经过多年近乎苦行僧的生活之后，碧丽丝看来已经失去社交的兴趣。当我把一张请柬递给她，她有时候会说："我感觉自己参加过这个派对，而且是参加过三千次。"我不知道这要怎样解释，但也许每个人一辈子可以参加多少派对是一出生便有固定配额的，而她的配额早已用完。我一个朋友喜欢说，上帝容许所有人都拥有一个装满伏特加的游泳池和一个装满古柯碱的浴缸，但他后来却戒了古柯碱，原因是他意识到自己已身在第二个浴缸之中。在她活跃于纽约社交界的早年岁月，碧丽丝燃烧得非常灿烂，而且是不停燃烧，所以，她的燃料也许已经耗尽。她参加过的派对比大部分人一辈子在报章杂志上读到过的还多。

她喜欢坐在沙发里，面前的茶几放一碗爆米花，一边看书，一边用一只脚揉"甜心"的肚子。这些时候，我们的儿子都是在地上爬来爬去。"再说，总得有个人照顾狄伦。"我指出，狄伦可以交给保姆照顾，况且，在派对开始的时候，他一定已经上床睡觉。"那也总得有个人照顾'甜心'。"

大概，她那时已发展出更高层次的意识状态，不再需要靠谈是非、抛媚眼、刺探隐私和炫耀之类的肤浅活动来调剂身心。但我却需要，还不准备从社交界退休。就算我已经戒了浴缸，我的游泳池里仍然有好几公尺高伏特加等着我喝，而我也仍然被夜之乐音所吸引。我继续会被派对上的某张脸所吸引，继续会对朝我而来的嫣然一笑有反应。

我和卡特里娜的偷情持续近半年，即那一年我待在纽约的全部时间。说来不可思议，碧丽丝从不会问我为什么常常在大白天和深夜不见人影。每次平安无事的幽会都让我变得更大胆、更觉得理所当然和更不感到内疚。我会出轨并不是计划好的。卡特里娜风趣而性感，看来也乐于有个兼职情人。晚上幽会过之后，我常常会跑到研究室睡沙发床，以免吵醒碧丽丝和"甜心"。但也有很多时候，我是在搞了一整个晚上之后再回到家里的主卧室倒头大睡。这些时候，"甜心"都喜欢来陪我，把鼻子塞到我的腋窝并用猪蹄戳我。说来奇怪，在经历快两年的不合之后，我们在那段时间变得非常处得来。

我和卡特里娜本来就是认识多年的朋友，这一点让我们愈来愈多的身体接触看似无伤大雅，让我们直到落入无可挽回那一刻之前还相信自己心无邪念：那一次，我们坐在计程车后座，不知不觉开始接吻，然后我的手沿着她的肩膀滑到她的胸部，她的手则从我的膝盖向上滑。

"这八成是个可怕的主意。"她解开我的腰带时说。在她公寓的沙发发生过关系那天晚上之后，我们移师到她的床铺，并发展出一星期幽会两次的模式。

我八成会乐于让这种安排无限期继续下去，但最终卡特里娜却受到了自己良知的困扰。她希望从我这得到更多，但是又愧于要求，而且我这方面也没有准备好要离开碧丽丝。不过，当卡特里娜主动提出分手，我还是感到晴天霹雳。为了慰籍自己，我开始疯狂搞外遇，接连不断。这也许是因为我太管不住自己，又也许我只是偷吃偷上了瘾。

我想我身上一定是放送着什么秘密讯号，让频道相通的人知道我想偷吃，因为不管我望向哪个方向，都会有女人主动投怀送抱。结婚头几年我从没碰见过这样的女人，但现在却俯拾皆是：例如，帮我清洗牙龈的牙医女助理、帮我找《拜伦在意大利》一书的图书馆管理员，还有我在飞洛杉矶途中认识的电影公司女总裁。我的性欲具有强迫性且不可满足。这让我想起碧丽丝给我说过的一句南方箴言：一条狗只要偷吃过一次蛋，就会停不下来。在她所属于的那个世界，枪是标准配备，所以那句箴言的言下之意是：凡是偷吃过蛋的狗都必须毙掉，不能留情。不过到头来我却发现，她宽宏大量得让人吃惊。

临界点出现在田纳西州，当时有人看见我和碧丽丝一个堂哥的太太午夜从饭店走出来。至此，她的亲朋戚友都觉得有责任奉劝她，容忍总该有个限度。

但那一次的摊牌却出奇地没火药味。

当时我们躺在床上，"甜心"大字形躺在我们中间，举起一个尖蹄戳我，希望我帮它揉肚子。碧丽丝就在这时发难。

"他们说别人都在我背后称我为田纳西州的希拉里·克林顿。"

我又心惊又内疚，知道我们终于要承认房间里有只大象的事实。虽然明知一场爆发无可避免，我仍然企图拖延。"在这地方，我猜这种称呼不太好听。"

"现在不是让你耍扬基佬小聪明的时候。他们是说我是个蠢材，搞不懂我为什么对你的明目张胆和无休止的放荡行为睁一只眼、闭一只眼。"

"我了解。"我说，又意识到我们终于把这件事摊开来谈反而让我感到放下一个心头重担。

"不能继续那样下去。"

"我知道。"

"如果我父亲还在世，一定会把你毙了。我没有夸大其词。"

"我猜真是那样的话，我只能说我是咎由自取。"

"你是在夸大其词。你并不相信自己的话，所以别在我面前和你自己面前鬼话连篇。你一直对自己和我说谎。可别说你并不算说谎，要知道不说真话和说谎是同一回事。现在听着，我不打算因为这件事让你吃不完兜着走。我绝对应该把你的睾丸切下来，但我就是没那个心情大吼大叫。我不能说我没有受伤。你真的是把刀子插入我心脏之后又转动刀刃。但没有人能强迫别人继续爱你。"

"不是那样子，"我说，"我仍然——"

"闭上嘴听着，"她说，"我要求的只是你把搞过哪些女人一五一十说出来，一个都不许漏。我是认真的。这是我至少应该得到的补偿。如果我认为你有半点隐瞒，你的下场就会比被我父亲毙了还悲惨十倍。"

所以我就和盘托出，说了卡特里娜的事、牙医女助理的事、图书馆管理员的事，电影公司女总裁的事、她堂嫂的事，最后还有女邻居的事。这个女邻居住在我们农庄过去的第二个农庄，有一次在我们家做客时隔着桌子对我猛放电，两天后看见碧丽丝开车进城之后骑马过来找我。

"贱女人！天杀的！我看见过她在你的眼皮下摇乳沟，却万万没想到她敢骑马来这里搞我的老公。"

看见她怪罪那些女人多于怪罪我让我有点傻眼。从那天开始，她恨死那些女人的每一个。我不知道自己怎么会获得从轻发落。这情形有点类似"甜心"吃了客人的药丸之后，她反而去怪罪客人自取其咎。看来她认为是那些女人在我面前挥舞甜点，我才会经不起诱惑。接下来几年，她把她们每一个都修理得很惨。有仇必报是另一种南方特色，而碧丽丝精于此道。她不会原谅也不会忘记得罪她的人，唯一例外是卡特里娜，因为卡特里娜至少显示出悔意和主动与我斩断关系。多年之后，在纽约一场戏剧首映会，碧丽丝遇见卡特里娜的时候主动向她示好。最终，我因为想起我们谈到她哥哥时她所说的一番话，明白了她何以会对我从轻发落：她从不往回看。

就连碧丽丝自己亦承认，分居之后，她的约会生活因为"甜心"的存在而受到妨碍。"我已经熟悉了某种表情，"她告诉我，"当那些家伙走进来，看见'甜心'，心里想到的问题都是：一只猪会活多久？他们怕猪会比他们长命。他们有些人会直接问我，有些不会，但我一样可以看出他们的心思。我会说：'它可以活大约十五岁，而它今年八岁。'有些人听了马上夹着尾巴逃走了。"

我和我的新女朋友住在纽约，每个月回田纳西州住一星期，陪陪狄伦。我俩都认为这种安排完全合理，但我的女朋友和他的男朋友并不总是这样认为。不过，我相信是"甜心"而不是我吓走更多碧丽丝的追求者，所以当她告诉我打算多养一头猪时，我不禁惊讶万分。

"你疯了不成？"我说。当时狄伦在池塘边玩水，我们坐在后门廊，眺望老谷仓屋顶上方的暴风云。

"八成是疯了。"

"说说看你的理由。"

"我不确定说得出来。"

"那是一种乖僻的表现。"

"我知道那会对我的爱情生活构成灾难，但不知怎的我并不在乎。"

让人无法忍受的下午高温终于消退，蝉关掉了它们的小链锯，萤火虫刚从圆木头和屋檐下面醒来。这是白天活动和晚上活动之间的空隙时刻，万籁俱静。"甜心"侧躺着，睨视最后的落日余晖。就连狄伦看来也暂时安静下来，站在池塘边缘，怔怔看着太阳落入田野尽头的树木后面，草场由粉红色变成灰色。空气中弥漫着浓浓的即将下雨的气息。在这一刹那，我感到自己回到了四五年前的六月黄昏——当时的天光、温度和空气里的清香和当下一模一样，而当时我也是个规矩得多和快乐得多的男人

"我已经付钱给饲猪人了，"碧丽丝说，"它明天会抵达机场。这次是个男孩，另一个麦猪。"

"养就养，死不了人。"我说，"我开车载你去。"

我意识到，她的这种行径并没有比我生活的某些方面更加颠三倒四。况且，要为一只猪伤脑筋的人也不再是我。

第二天，我们先把狄伦送到幼儿园再前往机场的货运站。问了几次人之后，我们走到一个行李转盘前面。只见三个大个的硬纸箱从出行李口的塑胶垂带之间滑了出来，每个上面都打了些孔，戳印着"格拉斯米尔动物园"字样。

"里面装的是什么？"碧丽丝问搬纸箱的两个男生说。

"我猜是老鼠之类。"一个有土腔的男生说。

"是爬虫类馆需要的粮食。"另一个男生说。

"我还以为它们吃青蛙。"碧丽丝说。

"青蛙也吃。"有土腔的男生说，"上星期就是青蛙。"

当他们把三箱啮齿动物用推车推走后，一口有红白相间条纹的大箱子从塑胶垂带之间出现。

碧丽丝比我先看到箱子，只见她举起一只手掩嘴巴，表情痛苦。我再次往向我们接近的箱子看去，看出它的另一头有一块缀着星星的蓝色方块——原来这是一副覆盖美国国旗的棺材。

"天哪。"碧丽丝说。

我看看四周。"不是应该……应该有人在这里等着的吗？"

当时在行李转盘旁边的只有我们两个。

我看着她。"也许我们应该……"

"我不知道。"

"我也不知道。"

就在这时，一个没有穿制服的行李处理员提着一个小动物提篮走向我们。

"你们是猪爸妈是吗？"

碧丽丝点点头，接过提篮。当她低头从缝隙望向提篮里面时，眼泪流下她的脸颊。"看看他，他好害怕。"一面说一面用手背抹去眼泪，"可怜的宝宝。"

"也许我们应该通知谁……"我对行李处理员说，向棺材比了比手势。

他摇摇头，叹了一口气。"这星期第二副了。"

在车上，当小猪被碧丽丝从提篮里拿出来并放在大腿上的时候，它鬼叫得像女妖精。它大约啤酒瓶大小，有着黑白相间的野猪刚毛、粗短的腿和一条不断旋转的直尾巴。"好可爱。"碧丽丝说，抚摸小猪的背。然后，当我们开下通往出口的斜坡道时，眼泪又在从她的眼睛流下。"那个可怜的孩子，"她说，"为什么会没人来接他？"

我摇摇头，因为信不过自己的声音不敢说话。

"好可怜，"她说，继续抚摸小猪，"孤孤单单一个人，没有人接机。天哪，我可怜的吉米。"

我意识到，这仅仅是她第二次在我面前提她哥哥的名字。

我们默默无语，直到最终找到自己的声音为止。"我很抱歉，碧丽丝，"我说，声音沙哑低沉，"我真的真的很抱歉。"然后我喉头哽住，要再过了一下才说得出话。"请你原谅我。我甚至从来没有对你说一声对不起。"

"没关系，麦猪。"她说，转身帮我抹去脸上的眼泪，"你知道我的座右铭的：不往回看。"我抓住她的手，放在嘴上，然后吻她的虎口。我闻得到她手指的香甜奶味和谷仓味。我捏捏她的手，把她的手指放入嘴巴，心里相信，只要我能够永远记取这一刻的感觉，就仍然拥有时间和希望。

2007

满盘皆落索

　　萨宾娜决定暗中为凯尔三十五岁生日办一个派对，给他一个惊喜。她最怕的是这个计划让她太兴奋，害她藏不住秘密。她以自己会把一切想法和感觉分享给凯尔自豪。"我什么都告诉他。"这是她常说的话。凯尔也喜欢说一样的话。

　　凯尔走入卧室时，她正在和"金碗"的老板通电话，告诉对方她预期大约会有四十到五十人参加派对，又提到一些响当当的名字，希望对方会因此降低一点价钱。"金碗"是翠贝卡最棒的新餐厅。

　　"那是谁？"凯尔在她匆匆挂上电话之后问，一面抚摸她的膝盖。

　　"只是个事实查证员[①]。"

　　让她松一口气的是，他看来没有注意到她的脸红了起来。她觉得自己好透明，所以几乎不能相信他没看出什么异样。

　　她突然意识到，她的暗中筹备工作因为一件事情而难度增加：在他们这间货仓公寓[②]里，卧室墙壁没有高及天花板，而是短了十五公分。她通常不会注意到这一点，除非是凯尔在另一个房间特别大声讲电话又或是她哥哥借客厅的沙发过夜而她又想到自己的叫床声有多大的时候。第一次来看房子的时候，房产经纪表示他可以找人把卧室墙壁加高到天花板，但萨宾娜却相当嘴硬地说，他们对彼此没有隐私。

---

① 事实查证员是某些杂志社内复核一篇文章的事实部分是否有误的人员。

② 货仓公寓是用旧货仓楼层改装的公寓，隔间比较随便，而且常常是从电梯直接出入。

墙壁只是为那些不是真正心心相印的伴侣而设的。

"你刚才干吗提到托比·克伦奇?"凯尔问。

"托比·克伦奇?"她这样反问是为了争取时间,思考怎样回答。

"我听到你提到他的名字。"

"他在搜集布兰卡特的作品。"

"布兰卡特是谁?"

"我手头在写那篇文章谈的艺术家。"

"对啊,我差点忘了。老天,那小子现在居然有钱可以搜集艺术品,真是龟孙子。"他说,再一次没有注意到她的脸红了起来。他的手还在她的膝盖,但准备好往大腿的方向移动。如果她不是那么慌张,就早意识到他进入卧室是要找"肉丸"吃。在他的这种预期心理下,她就算在卧室里面放了三只大象,他一样不会察觉。那还不简单,她需要做的只是动动嘴巴。有时候,这要比做全套容易多了。他也从未为此抱怨。

她动手解他牛仔裤上的纽扣,双手伸进他的四角内裤。他呻吟起来,向后躺在了羽毛被褥上。随想随做的性爱是自由工作者的额外津贴之一。

萨宾娜都是用卧室的书台工作。凯尔在纽约大学教写作,有自己的办公室。每逢星期二和星期四是他的教书时间和办公室时间,但其余大多数日子他喜欢在家中厨房的餐桌上工作。萨宾娜两年前是他学生,现在一边靠着写文章贴补家用,一边断断续续创作自己第一部小说。他们分享着同样的神圣志业,凯尔爱说,文学是他们两人的宗教。

她写作时会听到他在木地板上踱步,有时还会听到他哼歌甚至唱歌——他非常聚精会神的时候就会这样。她喜欢想象,他正在构思的短篇小说也许会刊登在《巴黎评论》或是《纽约客》。虽然她讲电话的声音一定会传到他那里,但他看来并不介意。他们会不时看看对方在哪里或正在做什么,如果她久久听不见他的声音,就会走出房间,看看他正在做什么。他常常带着殷切甚至饥渴的表情走进卧室，这时候，如果她不是太忙，两人就会倒在床上，耳鬓厮磨。她一直觉得这种形影不离很美妙，直到发现自己需要一点隐私时才改变了看法。她不知道那是不是一种错觉，但她就是觉得他这星期待在家里的时间特别多。她一直等着他外出，以便可以趁他不在打几通电话。虽然明知不合理，但她开始对他老是赖在家里感到恼怒。

有一晚，她和朋友在"奥狄翁"喝酒时问了一个问题："住货仓公寓的人要怎样搞婚外情？"

黛西说："他们都会在办公室里搞。"

这让萨宾娜想起，她第一次和凯尔发生性关系，就是在他的办公室里。

第二天，她告诉凯尔她要外出采访，语气尽量装得若无其事，希望他会不虞有他。当时他八字形挨在沙发上，读一份稿件。"玩开心点。"他说。

在电梯里，她想到，他可曾关心过她要去哪里？她固然有时会因为工作需要外出，但这一次却是要去看看准备举行生日派对的场地。

餐厅老板布罗姆·肯道尔在电话中主动表示会亲自带她参观。她在《纽约》杂志一篇谈热门餐厅的文章看过他的照片。现在，他身穿白色 T 恤和黑色皮夹克，唯一让他没有太英俊的是他的双下巴和略有点鹰钩的鼻子。不知道为什么，她感到自己笨嘴拙舌。她本来预期对方会是个相当自负的人，但却不是如此。事实上，他在和她握手的时候甚至显得有点腼腆。

"喝一杯怎样？"他带她看过餐厅一圈之后问她。在大白天，在没有顾客的衬托下，这餐厅看起来和附近十几间餐厅没有两样：灰褐色墙壁、黑檀木贴面、灰色皮革座椅、衣着稀少的女人的陈年黑白照片。

为了不显得不友善或太拘谨，她说她想要一杯"坎特一号加汤利水"。他走到吧台后面调酒时，她在吧台另一边坐下。

他告诉她，自己当过四年演员，直到有一天突然意识到自己永远不会走红才改行。他从事餐饮还是因为他喜欢与人互动，而且喜欢美食……

这不是多么有原创性的故事（她庆幸自己不用去写它），但因为明显发自真诚，所以让她感兴趣。她本来以为他会是个油滑的人。"有时我也是一样，"她说，"会想到我是不是应该放弃写作，改为做些实际一点的事情。"

"我认为你发表在《黑皮书》的那篇文章非常有见地，就是谈女性文学那篇。"他说。听到这个，她受宠若惊。

"哇塞，你吓到我了。"她说，接着话开始多了起来。她要后来才想到，他八成是前一晚上网查过她的资料。尽管如此，知道除亲朋以外还有其他人读过那篇文章，还是让她很有满足感。

他问她是怎样会想要从事写作。因为这个话题，她谈到凯尔是她的写作老师。

"原来如此。你们在一起多久了？"

"一年多一点点。"

"你暗中为他搞派对的计划真的很酷。如果有人为我做同样的事，我一定会开心死的。"

"从来没有人帮你搞过惊喜派对？你不像那种完全没有女人缘的人。"

"但都没有碰到过真命天女。"他说，浓烈的眼神让他的话听起来饶有深意。

她再一次发现自己脸红了起来。"我想我应该回去了。"她说，把杯中剩下的酒一饮而尽，站了起来。

"有什么问题欢迎随时打电话给我，不用客气。"说着递给她一张名片。

凯尔星期一去了办公室，这让她有机会打几通电话。她在中午用电子邮件寄出邀请函。虽然她要求受邀者用电子邮件回复，但有些朋友因为知道她和凯尔各有各的电话，所以直接打电话给她，表示接受邀请。当时凯尔刚好从大学回来，所以她必须压低声音并说一些泛泛的话。

当她接到托比·克伦奇的来电时又惊又喜，因为她一直担心他不能来。托比几年前也是凯尔在纽约大学的学生，后来写出一本销售满堂红的小说，自此，老师对这个学生的感觉便摆荡于引以自豪和吃味之间。凯尔自己的小说在六年前出版，虽然也颇获好评，但却没有登上《纽约时报书评》，也没有被制片公司相中。托比的小说则是两者皆有。但他这部横空出世的处女作当然也提高了凯尔的知名度，因为他每次接受采访总不忘感谢恩师的调教。

"我当天下午才会从伦敦回来，"他对萨宾娜说，"但这种盛事我当然绝不会错过。"

"凯尔一定会很高兴，"萨宾娜说，"我会把你安排在一个性感和慧黠的女生旁边。"

"我希望这表示你会坐我旁边。"

这时，她听见凯尔向卧室走来的脚步声，便压低声音说："是或不是你到时便知道。"

凯尔就在她挂上电话的同时出现在门口。"怎么回事？"

"没事。"她说，声音尖而假，像是海鸟的咯咯叫。

他微笑着说："需要什么吗？我要到外头买包烟。"

"没有。"她说，纳闷他怎么没注意到她的慌张神色。

"待会儿见。"

她对于他没有察觉到什么松了一口气，但在电梯门关上之后，她又奇怪他怎么老是这样没有观察力。在课堂上，她常常听见他引用亨利·詹姆斯提出的作家守则："设法当一个不让任何事情从眼皮底下遗漏的人。"他还把这句话用打字机打在一张索引卡上，放在他书桌上方的公告板上。

不过，托比答应参加派对让萨宾娜高兴。那将会是一场政变。她当然一定会坐在他旁边：毕竟那是他自己要求的。另外，身为女主人，她觉得自己完全有资格坐在派对上最聪明和最风趣的一个男生旁边。她爱他那本小说。认为这部小说受到过誉的说法现在固然蔚为时髦（她就听凯尔这样说过），但她认为说这种话的人都是出于嫉妒心理。

电话答录机构成了一个问题。现在她每次离开卧室，都会关掉答录机的声音，以防凯尔会在隔壁听到和生日派对有关的事。她把客人名单放在书桌最下面一格抽屉。现在，她突然产生一个疑问：凯尔从前可曾私底下翻她的东西，可曾对她的私事感到好奇？她回想起他在他们同居之后写过的几篇短篇小说。故事中的女性都没有特别复杂。其中反复出现的一个是以凯尔的前任女朋友为蓝本的，个性一目了然：神经质、爱说谎和自恋。后来还有一个甜美可人的女孩（应该就是以她为蓝本）：男主角因为自感配不上她而深陷苦恼之中，千方百计要让自己变得更优秀。这个女孩角色在凯尔笔下固然尽善尽美，但却谈不上细致或引人好奇，能反映的更多是他的缺乏好奇心而不是她本人。她已经不记得，他上一次问她她有哪些渴望、梦想和恐惧是多久之前的事。她读过他最后两篇小说之后没说什么，但他确实不太擅长写女性角色。

凯尔还在外面买香烟时，乔治·布拉索打来电话，表示接受邀请。"但我宁愿和你单独共进烛光晚餐。"他说。

"我不确定凯尔会不会不高兴。"

"你是说你没有告诉过他我们的事？"

"老实说，你不提我都忘了我们的事。"

他们是耶鲁大学的同班同学，毕业后同一年来了纽约，其间有过亲密关系。

"你从来没有告诉他？"

"姑娘家需要保留一点点秘密。"

"同意。"

她听见电梯向上升的声音。"我得挂了。凯尔回来了。"

"有空打给我。"

萨宾娜到厨房泡茶时,凯尔正在厨房里翻阅邮件。当她站在工作台旁边等着水烧开时,他从后面用一只手把她抱住,用另一只手摸她乳房。

"你说我们来个小憩如何?"他说。

"我们本来在忙什么吗?"出于什么理由,她现在兴趣寡淡。但因为他还在摸她的乳房,她动了慈悲之心。"好吧。"说完关掉瓦斯炉,往卧室走去。

"好棒!"他在完事之后说。听到他的声音时,她几乎感到惊讶,因为她一直沉浸在自己的性高潮中。她有一点点内疚,因为她做爱时想着的是乔治。他们从来没有决定要在性关系之后更进一步,而这种关系也在几个月后随着乔治被《新闻周刊》调去巴黎而结束。她当时是怎么想的?是让自己的选择权保持开放吗?乔治回来之后成了她和凯尔的共同朋友,但不知是什么原因,萨宾娜没有向凯尔提起过这一段。此时她纳闷凯尔为什么从来没有追问。她总是害怕她和乔治的亲密举止太过明显,但是凯尔从来没说什么,真是够怪的。他是真的那么没有观察力吗,还是说他只是满不在乎?

两小时后,她越来越恼怒,因为她一直等他出门去参加每星期一次的系务会议,但他却一直不出门。她有一堆和筹备派对有关的电话要打。每过去一分钟,她的烦躁不安就增加一分。最后,她走去看他正在干什么。她尽可能装出若无其事的样子,问他怎么还没有去开会。

"延期了,"他愉快地说,"哈登和梅斯利都生了病。"

翌日,萨宾娜必须飞到华府一趟。她非常担心有人会打电话来家里,泄露了天机。所以,她想了个方法让他不会去接她那台电话或打开答录机的声音。

"听着，"她说，"我订了生日礼物，所以有人也许会打电话过来。这就是我关掉答录机声音的原因。"

"你没有必要送我东西。"

她只觉得这句话蠢得让人惊讶。

"我当然要送，这样才能保证你会送我更好的生日礼物。现在答应我，不要碰我的电话。"

第二天黄昏，也就是派对的前一天，他们待在家里，一起看戈达尔执导的改编自莫拉维亚小说的电影《轻蔑》。凯尔正处于一个迷莫拉维亚的阶段。

"你有曾经为我吃醋的时候吗？"她躺在沙发上，两条腿搁在凯尔大腿上。

他耸耸肩。"没有，我信得过你。"

"我也信得过你，"她说，"但我不会想看见你和碧姬·芭铎①一夜春风。"

"别担心，她现在必然已经年过七十。"

"如果我和一个色鬼一同流落到一个荒岛，你会不会担心？"

"十之八九会。"他说。

最后，凯尔果然又惊又喜。他原以为他们只是要吃一顿二人晚餐，又被餐厅的名字（出自亨利·詹姆斯一本小说）逗得呵呵笑。当每个人都从长条形软凳后面跳出来的时候，他目瞪口呆。

"你真的一点没有预感到？"萨宾娜问。

"一点也没有。"他回答说，说完快乐地和每个朋友拥抱。其中很多人原先只是萨宾娜的朋友。

餐厅老板布罗姆突然出现在她身边，手上拿着一杯酒。"坎特一号加汤利水。"他说。

---

① 《轻蔑》的女主角。

"你还记得。"

"这是我工作的一部分。"

"所以我只是你的另一杯'坎特一号加汤利水'。"

"我不会这样说。"

这不像平日的她：平常的她不会说这种卖弄风骚的蠢话。当大家都入座之后，布罗姆向前探身，低声在她耳边说他就在楼上的办公室，有什么需要可以随时找他。她点点头，然后向托比靠过去，问他："你认不认为，大作家就定义来说就是一个不会被吓一跳的人，一个一切都会注意到的人。"

"一个不让任何事情从眼皮底下遗漏的人。"

"正是。"

"你是想判断凯尔是不是大作家吗？"

"也许。"

"我认为你知道答案。"

"我知道？"但他当然是对的。

甜点盘子被收走之后，她觉得应该到楼上感谢布罗姆所做的一切。看见她出现在门口时，他从书桌后面站了起来。之后每次回想起这一刻，她都觉得他毫不犹豫的反应既神奇又美妙。站起来之后，他直接走到她面前，双手扶住她肩膀，二话不说就开始吻她，吻了又吻，激烈的程度让她的嘴唇在第二天早上肿了起来。站在镜子前端详自己肿起的嘴唇时，她好奇凯尔会不会注意到这个。

事实证明，这一次他终于注意到她有什么异样了，问了她为什么锁骨上会有吻痕。但为时已晚。

2008

273

团　圆

墓园凌晨时分的寂静被一辆开过的汽车打破。我马上蹲下来，躲在一块石碑后面，听着引擎声朝墓园大门而去，再消散在小城的街上。托莉继续坐在一块平滑的大理石墓碑上，切割纸胶带，贴在手背上。地上草色枯黄，像是被绵羊嚼过。凌晨的薄雾已大半消散，剩下的那些都是缭绕在以各种不同角度倾斜的石碑上。

我站起来，但继续缩着脖子，感到自己在低矮的墓碑之间非常显眼。但托莉看来如鱼得水，哪怕她事前告诉我，我们现在做的事是不合法的。这个墓园被小城包围，所以虽然是处于一片高地上并且有树木围绕，我仍然有暴露在外的感觉。一只海鸥在天空盘旋，发出的鸣叫声似乎是问我们正在搞什么鬼。我的眼睛因为起太早而又干又痒。

"铺开的时候两头拉紧，这样才能完全覆盖石碑表面。"她说，从我们昨晚在消闲用品店买的新闻纸画本中抽出一张，向我递过来。我跪下来，把新闻纸铺在墓碑上，按她的指示调整位置，拿起放下几次，直到她完全满意为止。她用胶带把新闻纸固定住，然后用蜡笔在上面刮。蜡笔、新闻纸画本、纸胶带——带着这些小孩子美术用具来造访墓园着实古怪。"拓印时不要太用力。"她说。白色的古体字母开始在纸张上浮现。就像鬼写字那样，字母逐渐构成单词，单词又逐渐构成句：长眠于此的人是……碑文内容完全关于事实，包括当事人的姓名、年纪和父母是谁。墓碑是三联式，一边雕刻着咧嘴而笑的骷髅，另一边雕刻着时间老人。一个头颅骨在托莉的蜡笔下出现，然后是一些肋骨。"葬在这个墓的家伙非常富有，"她说，"雕工非常精美。看看这里，好仔细——你甚至看得见时间老人的脚踝骨。"她向着那本新闻纸画本扬扬下巴，说道："你也来试试吧。"

我在凹凸不平的走道上寻找一块值得拓印的墓碑。在储蓄银行附近的角落，我找到一块一六九八年的墓碑，墓主名叫纳撒尼尔·马瑟。一个带翅膀的头颅骨俯视着以下的碑文：一个只在世界上逗留了十九个寒暑的老人。我坐在草地上，触摸这块石碑，心里琢磨碑文是什么意思。我曾经读到过，有一种疾病会让人急速老化，以致病人在十几岁死去时会俨然像个老人。还是说这碑文只是一个比喻，是指一个因为重重烦恼而变白头的年轻人？

"迈克，过来看看。"托莉喊说。

我站起来，环顾四周。"你在哪里？"我用响亮的低语声问道。

"这边。"她举起一只手，在一丛墓碑后面向我招手。我目送另一辆汽车开出墓园大门，然后才快步走向托莉。

"看看这个。"她指着一块覆盖苔藓的墓碑说。碑文的雕工粗糙，像是家属自己亲力亲为。查尔斯和莎拉的孩子……姓氏的字迹已经模糊①。艾米莉，两岁；查尔斯，七个月；伊桑。

"伊桑没记岁数。"我说。

托莉抬头看着我，起初没有说什么。她用拿香烟的手势把蜡笔放到两片嘴唇之间，继续看着我，最后说："他一出生就死掉了。"她说这话的样子就像我该负责。

"那些巫师在哪里？"我问。

"他们不会把巫师葬在这个墓园。这是块祝圣过的土地。巫师都是被葬在塞勒姆谷的绞架丘，而且墓碑不会有字。"

"我想要拓印巫师的墓碑。"

---

① 在英文原文，查尔斯和莎拉夫妻的姓氏是在整句句子最后，即中译文的"孩子"二字之后。

"没办法，但判他们死刑的人的墓碑可供你拓印。例如，哈桑法官就葬在前面不远处。拥有一个法界前辈又是法界栋梁的墓碑拓印本应该会让你引以为傲。"托莉把有三个小孩名字的墓碑拓印了三遍，头两遍用黑色蜡笔，第三遍用红色蜡笔。我挑了附近一块墓碑拓印，一只眼睛始终盯着墓园入口。

"有个叫贾尔斯·科利的人因为不肯招认自己是巫师，或因为不指证别人是巫师，所以他们在他胸膛上放一根横梁，在上面堆越来越多的石头，逼他招供。但他还是不肯招，最后石头太重，压断他的肋骨，让他一命呜呼。"

"有趣的故事。"

托莉最近有点阴晴不定。不过她说她从小就拓印墓碑。这是我们第一次到这小城。虽然我们在纽约同居超过一年，她却不热衷回家里来探望。她父母在我们搬入我们的小公寓不久前离婚。她妈妈仍然守着老宅，但母女两人的关系变得有点紧张。我怀疑这是因为吉妮无法符合托莉设定的高标准（托莉对自己所爱的人都要求很高）。我只是这样想，但不敢确定，因为我们很少谈她妈妈。她对父亲为别的女人抛弃家庭非常火大，但又觉这是妈妈没有把自己弄得美美的而咎由自取。

来到这里没多久，托莉就给妈妈上了一堂化妆课。吉妮耐着性子听女儿讲解眉笔和睫毛油的用法。但托莉恐怕是白费心机，因为吉妮有着网球员的皮肤和游泳选手的头发，化妆品只要一沾上去，片刻就会消失得无影无踪。稍后，托莉又帮吉妮处理报税的事。她经营一家古玩店多年，一向以赔钱为经营原则，为的是帮老公避税。不过，随着法庭判他们夫妻分产，加上欠缴了两年的房屋税，吉妮面临着必须想办法赚钱的莫大压力。

这家人（男家长除外）聚首一堂，表面理由是为了参加宾妮的毕业典礼。这个家一共有四姐妹，最大年龄差距是十岁，全都有着一头抢眼的金发。卡萝和新丈夫吉姆从加州远道而来，携带着她和前夫所生的女儿。卡萝目前又有喜了。吉姆是基督徒，在他的调教下，卡

276

萝获得了重生。① 她是大姐，而据托莉所说，卡萝是几个妹妹的坏榜样，干尽各种蠢事和非法勾当。与她相比，刚满二十岁的宾妮要算乖女孩。她本来念拉德克利夫学院，后来辍学嫁给了一个卖古柯碱的药头。婚姻吹了之后，她搬回家和父母同住，再两天就要从本地的州立大学毕业（在学校里，她和一个年纪比她大一倍的教授打得火热）。托莉排第三，最小的玛莉仍然住在家里，大部分时间是飙车和跟男生鬼混。我不确定她是因为那些男生有车而喜欢他们，还是因为那些车是那些男生所有而爱屋及乌。她开口闭口都是马力、引擎排气量、二头肌和胸肌。她不怎么把我放在眼里，因为我开的是一辆"丰田"，穿的是三十八号的普通西装。昨晚宵夜时间是她对我投以最长注视的一次：当时她问我，既然我已经从法学院毕业，从此是不是会赚得很多钱。

这也许是托莉一家人最后一次在老宅团圆。吉妮负担不起这房子的维持费用。我乐于住在这样的房子里，喜欢它的木骨架核心结构（过去两百年来环绕这核心多了许许多多加盖部分）、疤痕斑斑和有香味的古老木头家具、粗钝的铁制用具、青色的牛眼玻璃。我还喜欢它的附属建筑物，包括摇摇欲坠的马厩和几间温室。就连它的池塘——遍布裂痕和覆盖着一层绿色浮渣——都有着一股装饰性池塘的味道。

我自小住过的房子都和这一带的房子依稀相似。昨天到达这里开始，我就隐隐想过要用我的法律知识保护老宅，作为我对这个由漂亮女性组成的家庭的感激。

不过，过去好几个星期以来，托莉的身体问题都让我有一种无力感。她常常无缘无故出血。纽约的妇科医生对此有几个不同的猜测。两天后她就会住进麻省总医院接受检查，而我将会开车回纽约，加入克雷文兹律师事务所。

从坟场开车回家途中，我们在一间卖酒专卖店停了一下，托莉留在车上等我。停车场里停着一辆大喇喇的红色"科迈罗"，从车窗传出

---

① 基督教把皈依基督的人称为重生的人。

震耳欲聋的重金属音乐声。店里，一个穿"铁娘子乐团"T恤的毛头小子把三箱啤酒抬到柜台。他的丹宁夹克袖子撕破，一个口袋上方绣着"比利"字样，另一个口袋上方绣着"重装追逐"。他向店员要求再买三瓶龙舌兰酒。店员检查他的身份证，满脸怀疑之色。"你是法兰克·斯威尼？"

"对啊，不然是谁？"毛头小子说。店员叹了口气，把身份证还给他。我走出店门时，瞧见托莉的妹妹玛莉就在那辆"科迈罗"上。她向我招手。我刚才在店里碰见的毛头小子正在把买来的东西放入车尾行李箱。

"喜欢我的车子吗？"她说，"别告诉老妈你看见我了。据她所知，我现在应该是在萝拉家里。"那个毛头小子这时回到车边，瞪着我看。玛莉没有给我们介绍彼此。接着，"科迈罗"在一阵咆哮声和漫天废气中扬长而去。

回到车上，我向正在看杂志的托莉提到刚才一幕。"她还小，不懂事。"她说完便继续看杂志。玛莉是家里唯一能够逃过托莉审查的成员。托莉仍然把她看成小孩子。出于什么理由，托莉看来有需要去相信，家里在发生过那么多事之后仍然有个小孩子。

在厨房里，卡萝陪着女儿莉莉玩芭比娃娃。她还有四个月才生第二胎，但肚子已经非常大。她的宗教信仰和她的将为人母让她悠然自得。女家长吉妮系着围裙，正在做晚餐。

莉莉把手上的芭比娃娃举向我，挥来挥去，用尖声说："看看，芭比，这是肯恩。"

"他不是肯恩。"卡萝说，"回答我，他是谁？"

"他是迈克。"莉莉说，这次是用自己的声音说话，说完把脸埋在妈妈的臂弯里。

"你喜欢迈克，对不对？"卡萝装出芭比的声音说。

莉莉摇摇头，不肯抬头。

"别教她当一个哑巴美人，卡萝。"托莉说。

"那个人是谁？"卡萝说，让莉莉望向托莉。

托莉在莉莉的椅子旁边跪下，用手指着自己说："你记得我的名字吗？"

莉莉摇摇头，再次把脸埋在妈妈的肩膀上。她不记得托莉的名字，但清楚记得其他每个人的名字。

"她是托莉。"卡萝说，"很漂亮的名字，对不对？'托莉'和'光荣'押韵，对不对？"

"也和'血淋淋'押韵。"托莉说。

"你不要亲亲托莉阿姨？"

看见莉莉再次在妈妈肩膀里摇头时，托莉站起来，走出了厨房。

"三明治好了，"吉妮说，"夹了烤乳酪、番茄和培根的。"吉妮是那些相信很少有东西不能做成一顿饭的人之一。

"吉姆不吃培根的。"卡萝说。

"我还以为他是基督徒。不是只有犹太人才不吃培根的吗？"

"我们都吃低胆固醇食物。"

吉妮把热腾腾的托盘放在工作台上。她脱掉烤箱手套，点燃一根香烟。"你们吃低胆固醇食物。你们不抽烟。你们不喝酒。你们不说脏话，又对别人说脏话感到不高兴。还有什么是我作为你们的旅馆主人应该知道的吗？你们的马槽需要多一些干草吗？"

"耶稣爱你，老妈。"

卡萝的得重生丈夫这时走进了厨房，看来睡眼惺忪。"我是不是闻到了培根的气味。"他说。

"我本来想做些鱼肉三明治，但找不到好食谱。"吉妮说。

我在托莉的房间里面找到她。她躺在床上，抱着一只老虎玩偶。

"我帮你拿了三明治上来。"

她摇摇头。我在床边坐下。一幅镶框墓碑拓印挂在床头板上方的墙壁：长眠于此的人是……床头柜上放着一批手工的洋娃娃。我拿起

279

一个穿农家服装的陶瓷娃娃看了看，再放回原处。

"我从小到大都是睡这房间。"托莉说。

"也许哪一天我们也会买一栋这样的老宅子。"我说。我宁愿我没有说"也许"二字，但我对未来有一种不确定感。托莉和我谈过结婚的事，但一切看来正在发生改变。我并不真的知道我想要些什么。最近一切都变得好阴沉和难对付。

"我不想住在一栋大宅子里，"她说，"大宅子需要有小孩子在里面。"

"别太过悲观。医生说最坏的情形才会是那样。"

"医生千百年来都是把女人当成小孩对待。"

宾妮敲了一下门之后走了进来。

她一屁股躺在了托莉旁边的半张床上。"毕业生刚刚在大太阳底下彩排完毕，累得像狗，这样躺一躺舒服多了。她不回自己房间，是希望可以躲过毕业生老娘的盘问。"

"什么盘问？"

"她想知道比尔会不会参加毕业典礼。"

"那他会不会？"

"当然会。"

"你要介绍他给别人认识时，"托莉说，"大可说他是毕业生的父亲。他甚至比爹地还老。他会带老婆一起出席毕业典礼吗？"

"他没有比爹地老。他们一样年纪。"

"那你们真是太登对了。"

"他的体态健美极了。他每天都会举重和打网球。"

"爹地会来吗？"

"我没邀那个王八蛋。"

姐妹两人同时陷入沉默，然后同时在床上轻轻上下颠动，就像是回应某种我听不见的讯号。看见一对长得那么像的姐妹同时躺在床上既让人觉得诡异又令人兴奋。她们看似互相映照，让彼此更加漂亮，让人有了欣赏她们的美的脉络可循。她们在默默无语中分享了一辈子的默识心通。我听见窗外的路上有踏踏马蹄声。灰尘在从窗帘边缘照进来的阳光中浮动，其中一线黄色射在宾妮头发边缘，看似把它点燃。两个女生都合上眼睛。我看着她们。她们看似睡着了。

我下楼去到厨房，看见吉妮就着餐桌看杂志。电视在播放球赛。吉妮抬起头，向我微笑。"我的美食家来了，我好高兴。"她说，"我现在几乎不再开伙，但仍然爱读食谱。"我在大圆桌边找了张椅子坐下，这大圆桌是一家人辐辏点。这宅子有许多房间、一个以上的起居室和其他我不知道的空间，但每个人看来都是在厨房里找到别人。我不知道这是不是惯例。

吉妮合上杂志，抬头看着电视，然后又看着我。"据你看，在这样的时代，告别人'离间夫妻感情'是否还可能告得赢？"

"我相信非常困难，"我说，"但这不是我专长的领域。"我但愿可以对她说些有鼓舞性的话，可以挽救她的宅子，可以延缓判决执行。我想象自己平躺在地上，胸膛上压着根横梁，一个法官不断要人把石头堆在横梁上。我念法学院，一个隐约的动机是纠正不义。"我对离婚法律所知不多，企业联亲才是我的专业。但我可以帮你研究一下相关法令。"

"不，不用了。我有律师，不应该劳烦你给我出主意。"她伸手拍拍我的手背，"有你在这里真好。我好高兴托莉有像你这样的人照顾。你们很登对。"她点燃一根烟。"看见卡萝没有进监狱或者疯人院让我松一口气。即便这是要以信耶稣作为代价，仍然很值得。不过我必须说，有两个基督徒在我旁边走来走去让我更想要骂脏话、抽烟和喝酒。"她看看手表。

"想喝一杯吗，吉妮？我买了一瓶伏特加。"

"既然是周末，应该没有问题。"

"机会难得。我想你我都完全有权喝两杯。"我倒了两杯酒。昨晚我们两个人愉快地发现，我们都喜欢喝加冰块的伏特加。托莉却没有太高兴，认为她妈妈酒喝得太多。

"我很高兴你是个罪人，"吉妮说，"这样我轻松多了。卡萝和吉姆比你们早到两天，但感觉上却是早到两星期。干杯。"

电话响起。吉妮在响第二声时一跃而起，接起电话，说了三声"喂"之后挂断。"必然是三个人的其中之一。"她说。她举起一只手，竖起一根手指。"第一个可能是我老公，打电话来是要看我在不在家里，不在的话就跑来偷走银器。他有一天下午这样试过，但宾妮刚好回来，把他逮个正着。"她竖起另一根手指。"第二个可能是比尔，也就是宾妮的衰翁情人。如果是我接电话，他就会挂断，因为他知道我不会让他和宾妮讲电话。你可以说说看为什么一个年轻女孩会看上一个五十五岁而且还是有妇之夫的男人吗？他信誓旦旦要和老婆离婚，但显然什么都没有说。不过他老婆肯定已经知道一切。"吉妮竖起第三根手指。"比尔老婆是神秘电话客的第三个候选人。有时当她不知道丈夫在哪里，就会打电话来，看看宾妮是不是在家里。问起宾妮的时候，她会把声音装年轻。"

吉妮喝下一大口酒。"玛莉当然也不干好事，但至少是和自己同年龄的男生鬼混。想到这个有时会让我几乎有一种放下心头大石的感觉。"

当我把我们的杯子重新斟满时，吉妮开始做晚餐。玛莉打电话回家说，她要在同学萝拉家吃晚餐。我不知道吉妮知不知道"重装追逐"比利的事。我对自己答应为玛莉隐瞒微微感到不安。万一她今晚发生意外怎么办？这时，莉莉一个人走进厨房，样子诚惶诚恐。听到我和吉妮赞美她的新洋装好看时，她开心起来，告诉我们这件衣服是她妈妈亲手缝制的。"你妈妈做的？"吉妮问道。

莉莉点点头。

"基督真的会行神迹。"吉妮说。

托莉走了进来。"你为什么不叫醒我？"她说。

"为什么要叫醒你？"

"我不知道。这段时间你都在做什么？"

"说你坏话。"吉妮说,"要喝一杯吗?"

她细细打量吉妮,而我敢说她是在评估妈妈喝了多少酒。

"我喝啤酒就好。"

电话再次响起,吉妮一把把话筒抓起来。说了几声"喂",然后说:"我知道是你。"然后挂断。

"谁打来的?"托莉说。

"天晓得。"吉妮回答。

宵夜是基辅炸鸡、覆盆子松饼和芦笋。卡萝和吉姆轮流指责莉莉吃饭的样子失礼于人。他看来对四周的环境感到不自在,但他的不自在让我感到更自在。虽然他在这里比我多待了两天,但我感觉他被视为外人,被视为粗鲁的闯入者。我讨厌他的穿着和八字胡。我也痛恨他责骂莉莉的样子。她甚至不是他的小孩,他凭什么责备她。我隔着桌子对莉莉使了个眼色。宾妮宣布说她不准备吃任何东西,不过最后因为不想争论下去而把盘子装满。她不开心,只因为她妈妈为那些神秘电话对她大发雷霆。电视正在播新闻。一群示威者站在波士顿一间医院前面,抗议堕胎行为。

"我和吉姆在加州参加了一个主张胎儿有生命权的团体。"卡萝说。

"女人应该有权处置自己的身体。"宾妮说。

"没有人有权谋杀还没有出生的婴儿。"

我对于每个人在这件事情上都是围绕权利的观念做文章感到恼怒。

"但愿你们这些人能够对活生生的女人表现出对胎儿的同样关怀。"宾妮说。

"你赞成堕胎权等于是赞成谋杀。"卡萝说。

"这是吃晚饭时的适当话题吗?"吉妮说。

托莉站起来,找了个理由离开了厨房。

"真有你们的,两位女孩,"吉妮说,"你们知不知道托莉星期一要到医院检查?"

"失陪，"我说，"我去看看她有没有怎样。"

托莉在自己房间里，脸朝下躺在床上。我坐在她旁边，抚摸她的头发。"会没事的。"

托莉转过身望着我的脸。"你不想要小孩。你对这件事感到高兴。"

"这样说不公平。"

"如果不是你，我就不会有这些身体问题。如果不是你，我甚至已经当了母亲。"

"当时我们还没有准备好。把小孩生下来会是一个错误决定。"

"卡萝说得对，堕胎是谋杀。"

"你不是真的这样相信。"

卡萝从没有关的门直接走进来，站在床旁边。"我不是想多事，但我想我也许可以提供帮助。"她把自己的沉重体重转移到床垫上。"我们没有人强壮得足以单独承担自己的重担。"

托莉回答说："我们每个人都强壮得足以承担别人的不幸。"

"耶稣想要减轻你的重担。你唯一需要做的只是求问。"卡萝说，对托莉伸出一只手。但托莉对于这只手和它的主人都感觉不是滋味。"你爱耶稣吗，托莉？"

"我像你那样有恋尸癖①吗？"

我原以为卡萝会被这话吓傻，但她笑容坚不可摧。"你可以从耶稣那里跑开，但不可能躲一辈子。"

托莉对我说："你可以帮我申请一张禁止令吗？"

那个晚上是在厨房的电视机前面度过的。在场的女人都有本领把注意力平均分配给电视和彼此，所以虽然她们看来没有在看电视，却可以突然就荧幕的内容发表一句评论。谈话内容随兴，节奏亲密。我站在圈子外面聆听，是个享有特权的旁观者。我喜欢在托莉的原生环境观察她，热衷于知道一些她们家庭的趣闻逸事。在这个脉络看到她，

---

① 这里是把已死的耶稣比作尸体。

让我对她重新燃起兴趣。除了她的骨骼结构和说话习惯外，因为有了生成环境的衬托，我现在还能看出她性格中一些我本来不太能聚焦的方面。就像我本来只能靠单一幅油画欣赏某个画家，却突然被他邀请到他的画室里。

我作为一个有执照鉴赏家的角色受到吉姆在场的侵损。他和环境格格不入又笨嘴拙舌，老是在别人的谈话中间插嘴。他看来不太高兴，似乎怀疑有一个笑话是在暗中消遣他。幸而老天垂怜，他很快就打了一个哈欠，接着就表示要睡觉去。卡萝对丈夫说自己很快也会上楼。宾妮老是楼上楼下来回打转。在电视播出一出情景剧期间，她有大半时间都不见人影。我发现自己对偷走她青春的那个老王八蛋的怒意不亚于吉妮。

吉妮反复说一个团员让她感到好高兴，但在喝到第四杯酒时又开始因为想到这次团聚即将结束，陷入郁郁不乐。她向卡萝和托莉抱怨说："玛莉自从考上驾照，就天天晚上都不在家。她在家里没有伴。她没有时间坐下来陪她的老妈妈。她老是来来去去，神神秘秘。她什么事都不告诉我。然后还有宾妮。她因为我不想她糟蹋她的人生而恨我。"

"她没有恨你。"托莉不耐烦地说。

"她当然没有恨你，"卡萝说，"她爱你。我们每个人都爱你。"

吉妮用一双含泪的眼睛看着大女儿。"你就饶了我吧。你们的宗教的毛病就在喜欢杂交，人人都爱。当你人人都爱，就会成为廉价约会对象。"

"别说了，"托莉说，"这不是对女儿说话的适合态度。"

"不打紧，托莉。"卡萝说，"我可以理解老妈的愤怒。"

"不，你不理解，"吉妮说，猛一拍桌子，"你连我的愤怒的边都沾不上。"

我觉得自己应该回避，但选择这个时候告退反而会让我的在场更加显眼。

"在你的爱爱爱和托莉的冷若冰霜的论断之间，我渴盼的只是一点点女儿对母亲的温情。"

她点起一根烟。"玛莉死到哪里去了？她答应过十一点前回家的。"听到这个，我们同时望向炉灶上方的时钟。指针指着十点四十分。"好吧好吧，"吉妮说，"她还有二十分钟。"大家不约而同笑起来，就像是水中芭蕾舞队的全体队员突然同步做出一个优雅的回旋动作。气氛顿时轻松起来。

"你们认为她还是处女吗？"吉妮突然问。

"当然是。"托莉说。

"玛莉是理智的女孩，"卡萝说，"不会被甜言蜜语蛊惑。"

我记起托莉说过，卡萝是十五岁那年第一次堕胎。

"她才十六岁。"托莉说。

"她好可爱。"卡萝说。

"可不是。"吉妮说。

托莉转身问我："你说她是不是个小可爱。"

这话题本来可以让我谈兴大发，但我只是说："确实可爱。"

卡萝说："你们记不记得她有一次把钥匙插在电插座里？"

十一点钟的时候，托莉表示她累了。"你还不想睡的话无须陪我上楼。"她对我说。我本来乐于留下来，静静聆听另外三个女人聊天，但还是决定随她一道就寝。吉妮让我们睡同一间房。每个人都和我们亲吻，互道晚安。宾妮已经回到了楼下，吻我的时候靠得很近，让我可以触碰到她的乳房。卡萝呼出的口气带有化学药品的甜味。吉妮就像拥抱儿子一样拥抱我好一阵。她说她也要上楼睡去了。

脱下裙子之后，托莉指给我看她身体左侧的一个小节疤。它太小，颜色只比四周的皮肤略暗。"你知道吗，如果现在是十七世纪，它足以成为证明我是女巫的证据。"

我当然知道，因为她对我说过好几次。但我还是说："真的？"

"他们称之为'副乳头'，可以证明我曾经给魔鬼哺乳。"

"所幸的是，自十七世纪之后，对于何为证据的认定有了一点点进步。"我愉快地说。

"你想，有没有可能，在前几辈子，你在女巫审判中是检控官而我是受审的女巫？"

"我是站在你一边的，托莉。"我说，把她抱住。随着她的脸消失在我的胸膛，我看得见她不是看着我而是看着自己里面的什么部分。"一切都将会好端端的。"我说，仍然看得见她眼睛和嘴巴流露的忧愁，"我们将会有自己的小孩。"我会这样说，也许是因为我想和她妹妹上床，为此感到内疚，又也许是因为我害怕她想得没错，我是会离开她。

托莉熟睡之后，我在床上回忆起宾妮和托莉肩并肩睡在同一张床的样子，回想起我当时有多么想要爬到她们中间，把她们同时占有。事实上，我当时是把这两个长得非常像的女人想象为同一个人，其中融合着托莉的严肃兮兮和宾妮的大而化之。模模糊糊快要睡着时，我把玛莉的脸（她在卖酒专卖店停车场的样子无所畏惧并且因为想到自己即将要交配而脸红）放到宾妮和托莉的重叠影像上，再把卡萝的子宫放上去。然后我看见吉妮孤孤单单一个人躺在那张让她怀上四个女儿的床上。然后我想到我已过世的母亲和八个月未见面的父亲，又想象我自己是一粒生命微粒，飘浮在未有一切人间分离前的一片黑暗中。

1986

把黛西放下

人生真的很美好。这是一个四月天的早上，温暖的太阳看似把人冻结了一个冬天的皮肤完全解冻，让你几乎可以感到手臂上的毛转为金色。一丝残留的宿醉也让你更强烈意识到自己的手脚有多么利落，布赖斯目前的杆数是高于标准杆一杆，而刚刚，在第十三洞，他用六号铁杆把球打上了果岭。球道的草青翠碧，绿得不像真的，边缘处点缀着盛放的黄色连翘——汤姆·麦金蒂刚刚用五号木杆打出的球就落在它们其中一些之中。

布赖斯正在和几位老大哥——汤姆、布鲁斯·匹克威尔和杰夫·怀斯——球叙。今晚，这些男士和他们的太太将会在俱乐部共进晚餐，正式欢迎布赖斯成为俱乐部一分子。他花了两年工夫才走到这一步。

"怎么回事？"汤姆忽然说，用手遮住额头，望向一辆向他们疾驰而来的高尔夫球车。

布鲁斯从鼻孔拔出手指，双手抱胸，准备好迎接冲击。"好像是……"

"是我太太。"布赖斯在高尔夫球车开得更近之后说，他沐浴在温热阳光里的手臂突然掠过一阵寒意。虽然隔着一段距离，但他太太的身姿和车子的速度在透露出麻烦来了。

"卡莉，"汤姆说，"是什么风把你吹来？"

卡莉没理睬他的招呼，跳下车之后直接走到丈夫面前，伸出一只手递给他一个有薰衣草香味的信封，另一只手摸着微微隆起的肚子。她怒目看着布赖斯，手伸长，信封捏在拇指和食指里，等着布赖斯去拿。即使他认不出信封上的字迹（歪歪扭扭地写着他太太的名字和他们家的地址），卡莉的一张臭脸便足以让他知道东窗事发。

她在他接过信封后转过身，不发一语便把车开走。几个男人默默目送着车子消失在第十三洞发球点那个小丘的后面。恢复打球后，几个球友恰如其分地保持肃穆脸容，在对自己的哥们儿寄予同情之余又庆幸碰到这种事的不是自己。但他们的好意看来只让布赖斯的手感更加分崩离析。

当布赖斯在第十四洞离洞口一百公分推杆失败后，杰夫拍拍他的背说："真是个泼妇。"

他离开球场后直接开车到上西区找裘丽。不错，他是喜欢她，甚至一度相信自己爱她，但她刚刚犯了一个不可原谅的大错。在高速开过亨利·哈德逊大道时，他的愤怒升高为暴怒，并感到了一种他喜欢的道德方向感。让他更觉得自己理直气壮的是，他奇迹似的在九十六街离裘丽的大楼只有几步之遥找到了停车位。他不敢相信她竟会写一封信给他老婆。她失心疯不成？他按下四楼的电铃。

她从对讲机传出的声音犹犹豫豫。"哪一位？"

"是我。"他说，手紧握在球形门把上。

"上来吧。"她说，按下了大楼大门开关。他觉得她的声音有点假假的味道。

她一开门就知道她的冒险一搏起了反作用。布赖斯没理会在他脚边热情地转来转去的可可亚——裘丽的长毛腊肠犬。

"你哪来的胆子？"他说。

她声称她那样做不只是为了自己，也是为了他，因为她知道他对现状感到非常不快乐。

"我对现状感到非常快乐。"他说。到了现在的局面，他已无须再瞎掰婚姻让他有多么痛苦和他多么巴望可以和情妇长相厮守。他也不再需要假装，自己迟迟不敢离开老婆是因为她的行为难以预料和情绪极不稳定。这倒不是说卡莉并非难以预料或不具挥发性，只是他从来没有真正想要离开她。现在他可以清楚看见这一点，因为他们行将会有一个小孩。

"但你说过……"

"我说的都是鬼话。我都是说你想要听的。"

事情当然不完全是这样子，只不过，因为她违反了游戏规则，进犯了他的婚姻的神圣殿堂，所以他想要让她受伤。

她恳求他大发慈悲和原谅，但她的所有辩护陈词和眼泪都无法打动他。她的睫毛膏溶化了，渗透到眼睛四周的鱼尾纹——他以前从没有注意到这些鱼尾纹的存在。他把目光转开，但马上看到可证明他有多愚蠢的证据：一幅幅两人的镶框合照。一张是在罗丹博物馆前面拍摄，一张是在蒙托克的海滩拍摄，一张是在这公寓里拍摄（背景是一些铜佛像、陶瓷中国龙、六角形的水晶块和紫石英块）。茶几上一个青铜小香炉里烧着香。裘丽是打坐、金字塔和水晶球的信徒，但此刻的布赖斯却是非常天主教心绪。带着一个刚刚洗心革面的罪人的狂热，他拒绝赐予原谅。但奇怪的是，他对可可亚倒是非常同情——它不明白它的老朋友今天为什么忽然对它冷冷以待。腊肠犬的表情让他感到由衷不忍。

把车停在家里的车道之后，他的自信和头脑清晰感消退了。如果卡莉是那种会大吵大闹的女人，他也许可以想象目前的危机会随时间的过去而减弱。但因为她不是那样的女人，所以他不知道自己应该怎样预期。

黛西在门口迎接他，用头磨蹭他小腿。他蹲下来，摸摸它的头，搔搔它的耳背。黛西高兴地喵喵叫，尾随他穿过一楼。卡莉坐在日光室里眺望后院，既没有阅读也没有打毛线——这不是好兆头。

他在她前面跪下来，抓住她一只手，把头靠在她圆滚滚的肚子上。"我不知道该怎么说。但事情结束了。我很抱歉。"就在他等待回答时，他感觉黛西在他的小腿肚上摩擦身体。

"不能再这样下去了。"卡莉说。

"我已经处理好了。"

"非弄走不可。"

"我已经办好了。"

"我不要有那样的东西在家里。"

"我们从没有在这里……"

"在我目前的状态下不容许。"

因为一头雾水，他抬起头，首先看见的是她绷得又薄又紧的双唇（他不敢相信自己吻过它们）。然后他顺着她的目光看去，看见了地板上的死知更鸟。

原来只是这么一回事！当他站起来准备处理这个独立和具体的问题时，几乎难掩松一口气的心情。自从收养黛西以来，他处理过数以十计的死鸟。黛西是他七八年前还住第九街时在大楼的垃圾房发现的，当时它还是一只幼猫。要处理死知更鸟只需片刻工夫：拈着尾羽捡起来，推开落地窗，再甩到外面的院子。

转身回到太太身边之后，他发现她用一种厌恶和近乎惊恐的目光看着他。"你竟然直接用手捡鸟。"

"我可以洗手。"

"我不敢相信你竟然直接用手。我不敢相信那只手一分钟之前才摸过我。"

"我马上会……"

"我无法这样下去。我就是没办法。"

"它只不过是只猫。"

"这不卫生，对婴儿的健康是个威胁。"

"我洗完手之后会消毒地毯。"

"没用的，"她啜泣着说，双手掩脸，"不够的。"

"那你想要我怎样？"他问。

"猫是你的，该怎样做你自己想去。"她说完从沙发上站起来，样子有点微微吃力。他最近注意到，她每逢站起来都是采取慢得夸张的分解动作，而且总是抱着肚子，为它提供支撑，就像是为肚子变更大之后的情况预作练习。只不过，这一次她抱着肚子看来还是为了防御他对胎儿构成的威胁。

另外三个男人对于卡莉晚上没有出现在俱乐部看来并不意外，又卖力附和布赖斯的解释。

"甜心，你记得姬蒂第一次的样子吗？"

"她吐得像个在迎新会被整的大一新生。"

"事实上，"布鲁斯的太太说，"我觉得我算幸运的了。"

"可不是，"布鲁斯说，"总比要你去街上到处乱涂鸦轻松多了。"

"说到这个，"杰夫说，"让布赖斯给每个人再敬一杯吧。"

当他把车开回到车道之后，看见主卧室的窗户一片漆黑。他为此感到庆幸，蹑手蹑脚走进了客房。第二天早上醒来时，他发现自己西装笔挺睡在羽毛被褥上头。一只幼鸟躺在他的胸膛，黛西坐在他旁边的床上，一副自豪女猎人的神态。

"狗屎。"他说。虽然黛西得了关节炎，但仍然抓得到刚学飞的小鸟。以他目前的头昏脑涨状态，他无法说得清压迫着他的内疚感的不同构成部分各占多少比例（这些部分包括他的婚外情、黛西让人讨厌的习惯和昨晚的酗酒）。他在俱乐部里和谁搞上了吗？没有，肯定没有，在这一点上他是清白的。

他把死鸟丢入马桶冲走，然后设法回想自己昨晚是不是没有关房门，又或是卡莉今天早上才把门打开。他在客房浴室里淋浴，然后蹑手蹑脚走过走廊，回卧室吞了四颗"布洛芬"和两颗"善卫得"给自己提神醒胃，再换上便服，准备好面对无可避免的对峙。

她坐在厨房看报纸。

"早安。"他说，在餐桌的另一头坐下来。

她双手抱着肚子站起来，走到水槽前面。

"你每有宿醉都会装得神清气爽，就像我是那么易糊弄似的。"

他不感觉自己神清气爽得足以想出一个够巧妙的回答。另一方面，他乐于看见她把焦点放在酗酒这种较小的罪上面。"凯蒂和塞雷娜请我代她们向你问好。"

"真荒谬，"她说，"她们甚至不认识我。"

"你在'冬天狂欢'和她们见过面。"

"冬天狂欢？"

"不就是个名称嘛。"说起来够奇怪的是，乡村俱乐部里搞的一切都像高中。换作几年前（当时他还住在城市），他一定会对昨晚的种种嗤之以鼻。光是"冬天狂欢"这个名称即足以引起许多讪笑。

"我猜你们昨晚的聚会应该是叫'春天痛饮'吧？"

他想要否认，却又想到否认不了。

"那会相当适合你们。"

他走到冰箱找东西喝。

搬出城市不是他的主意，至少不完全是。他一直对他们在哥伦布圆环的一卧室公寓非常满意。但卡莉后来开始对都市生活的紧张抱怨。首先是干洗店把她的名牌上衣搞丢了，然后是葡萄酒店的店员老是勾引她（这完全是有可能的，因为她毕竟是个美女）。然后还有凌晨三点出现的垃圾车和在公园里跟踪她的游民。在世贸中心垮塌后，她做了几个月噩梦。就是这一连串事件最终导致他们搬到郊区的吗？她早在九一一之前便提过搬家的想法，每一次提总是拿他们决定要生小孩一事来当支持理由。她指出，有了小孩之后，他们必定会需要大一点的家居空间。所以，搬到郊区断然不是他的主意。不过，他确实想要减轻她的焦虑和不满足感。

不知怎的，在三年前，他俩同时相信，结婚是对一种他们无以名之或没有谈论的疾病的药方，可以治疗她的幽暗情绪和童年阴影（主要是她爸爸的抛弃家庭）。后来，让她念研究所又被当成药方。搬到郊区去是他设法让她快乐的最近一次尝试。要不是因为喜欢上打高尔夫球，他一定会痛恨住在郊区，因为这里离中央车站有快要一小时车程。对高尔夫球的爱好提高了他对某些郊区文化习俗的耐受度，不过，他的城市文青品位还是让他对褐白两色的平底鞋和粉红及绿色相间的百叶窗深恶痛绝。他八成也是俱乐部里唯一右肩刺有凯尔特十字架刺青的人。如果他们知道他身上有这玩意儿的话会作何感想？就连听到卡莉提议他刺这刺青时，他自己一样有一点点震惊。

那天早上，虽然他巴不得逃到高尔夫球场去避风头，但他知道必须取消约定好的球叙。接下来的问题变成是，要怎样才能风平浪静度过接下来的一整天。

卡莉从瓦斯炉带回来一盘食物，丢在他面前。"你的早餐。"她说。

盘子里是两颗生鸡蛋、两片生培根和两片白面包。

整个下午维持一种冷飕飕的停战状态。他修剪了树篱（这是他两个月前便答应要做的），稍后带卡莉到商场的巴诺书店逛。她买了一本《为自己的怀孕负责》。

晚上，他们一起看电视，看了《黑道家族》和《都铎王朝》两出影集。卡莉喜欢把电影或影集的角色的个性进行归纳。作为一个已婚男人，布赖斯不愿意太太把他和东尼·沙普蓝诺或亨利八世[①]相提并论。当东尼在三季前和一个俄国妞上床时，布赖斯就因其受过。"你们男人就是管不住自己的小弟弟。"当然，他当时也确实是感到了内疚。幸而，这星期东尼没有再搞任何女人。只不过，让人吓一跳的是，他这一次却干掉了侄儿克里斯托弗。

---

① 东尼·沙普蓝诺或亨利八世分别是《黑道家族》和《都铎王朝》里的角色，前者为意大利裔犯罪家族的老大。

"我不敢相信，"布赖斯说，"我是说，他怎么下得了手？"

"他是个无可救药的嗑药鬼。"卡莉说。

"话是没错，但仍然让人难以置信。"

"更不用说他一向是个冷血凶手。"

"大概吧。"

布赖斯对别人犯的重案或大罪舒坦自如。他设法回忆通奸是不是也是大罪。汝不可觊觎邻人的妻子。①把通奸与谋杀等量齐观看来不合情理。卡莉对于东尼的最新恶行并没有太多意见，但当黛西跳上布赖斯的大腿时，她惊声尖叫起来。"把它弄走！"换作是平时，他也许会维护黛西，但这一次没说什么，直接把猫抱到房间外。

在安妮·博林宣称亨利八世要让她当他唯一情妇是一种羞辱之后不久，卡莉表示她要到厨房找点零食。布赖斯说他先上楼去。

他火速跑到主卧室浴室洗澡，成功赶在她上楼前钻进被子和拿起一本书。她在主卧室门口迟疑了片刻，而他肯定她会质疑他有睡在这房间的权利，但当他最终鼓得起勇气把视线从书本上抬起来的时候，却看见她站在镜子前面揉肚子和端详镜中人，就像是要验证和掂估怀孕的无比神秘。

十分钟之后，她吃力地爬上床，躺在他身边。"以我目前的状态，我无法忍受黛西老是把老鼠和飞鸟叼进屋子里来。"

"它是一只猫，"他说，"做的只是猫会做的事。"

"不，"她说，"它非走不可。"

"走？"

"我怀了小孩。希望你注意到了这一点。"

"你想要我抛弃它？它已经跟了我十年。"

"它享过的福够多的了。你说过它已经老了。而且，兽医不是告诉你吗，它得了关节炎。"

---

① 这是基督教十诫的其中一诫。

"你想要我给黛西安乐死?[①]"他感到难以置信。但当他望向她的脸时,却是看见一种决绝的神情——一种他太熟悉的神情。

"我不认为在我怀了你的孩子的情况下,这是一个太过分的要求。"

"也许我可以为它找一个新家。"

"难道在你那样对待我之后,就不能为我做这一件事?"

看见她眼睛涨满眼泪,他知道她是认真的,光是为黛西找一个新家并不会让她满意。"别哭。"他挪过身体把她抱住。她想要推开他,但最终把头埋在他的肩膀上,不住啜泣,不受安慰。

他本来可以帮它找一个新家——这正是事后他最难以释怀的一点。但他对自己的出轨真的感到内疚,因此觉得有责任满足太太的愿望——哪怕这愿望残忍而没有必要。显然,这就是她要他为出轨付出的代价。

他拖了好几天,希望卡莉会改变心意,但每逢黛西走进房间,空气便会变得紧绷。每晚睡觉之前,他又要再经历一次冷战。终于,在他发现走廊上躺着一只花栗鼠幼鼠之后,他打电话到兽医诊所预约时间。

第二天,他向诊所接待员苏珊娜说了自己的名字。苏珊娜是个有雀斑的金发女郎,平常都是嘻嘻哈哈,但这一次却表现出恰如其分的严肃。就是她为他预约时间的,所以知道他此行的目的。

虽然先前诊断出黛西得了关节炎,但兽医不太情愿执行安乐死。"葡萄糖胺的疗效一向不错,我认为可以再看看。除非是你认为它真的饱受折磨。"

"我真的认为那样做对它最好。"

他选择留在手术室,陪它走完最后一程。兽医在注射前先在猫的前腿剃掉一块毛皮。布赖斯将永远忘不了黛西在兽医为它打针时看他的眼神。它喵喵叫表示抗议,又拼命在他手中挣扎,就像知道将会发生什么事。前后不过是几秒钟的事。黛西的身体瘫软下来,眼中的光

---

① 本篇的标题"把黛西放下"就原文来说就是"给黛西安乐死"的意思。

芒逐渐消失。他感觉得到它吐出的最后一口气，然后猫在他的怀抱中突然变重。

兽医让布赖斯一个人静静。

几分钟之后，苏珊娜走进来，开门和走动时都小心翼翼。"我知道这种事很难受，"她说，用手帮他抹去脸上的眼泪，"我去年经历过同样的痛。"

当晚，卡莉几星期以来第一次和他做爱。不管黛西的事让他有多难受，他都相信自己已经补赎了所犯的罪，和太太之间已经扯平。发生这么多事之后，他们对对方尽量温柔，而第二天醒来时，他感觉他们已经挺过了危机。他绝对确定，假以时日，他就会忘记有过的可怕交易。但事实上，随着卡莉的肚子越来越大，他的不平和内疚反而越发强烈，也越发觉得自己当初懦弱。有时当他们一起看电视，她会把他的手抓过来揉自己的肚子，这些时候，他都纳闷他为什么就不能给黛西找一个新家，纳闷卡莉为什么要那么残忍，排除这个选项？他娶的这个人到底是个什么人？妈的，他本来可以请裘丽帮忙养猫的。在近几个星期，他对裘丽的怒气已经消退，必须抵抗想要打电话给她的冲动。

这几年来，包括卡莉怀孕之前，布赖斯一直生活在太太的阴沉情绪之中，但现在，他却发现自己对她的种种抱怨和牢骚失去耐性。有一天，当她又因为脚踝肿胀而怨天怨地时，他打断她的话："老天爷，你以为世界就你一个人怀孕！"

他等到小孩出生后才打电话给苏珊娜。当日她在兽医诊所给了他电话号码。

2007

生　意

我迁入那里之前便听过各种对它的揶揄。尽管如此，我仍然认为别人是别人，我是我。我对自己说：好莱坞当然是一座丛林，但我是利文斯顿博士[①]。

从哥伦比亚大学英国文学系毕业之后，我进了与曼哈顿只有一河之隔的博根郡一家报社，但继续住在西一一一街的廉价出租公寓（同住人是我的女朋友）。我的论文是用后结构主义的方法分析美国著名小说改编的电影，因此不到一年，我便弄到写影评和娱乐新闻的差事。我一向酷爱电影，但会有当电影剧本作家的想法是在采访一个来曼哈顿宣传新片的导演兼剧本作家之时得到的。这并不是因为他看来并不特别出色又或是他看似不费吹灰之力就爬到现在的位置，而是某种抽象得多的东西。采访地点是一座商业大楼的四十楼，而从窗外射进来的阳光让我可以清清楚楚看见他皮肤上的每个毛孔和下巴的每根胡楂。他抽着烟，牙齿上黏着什么绿色的东西。我突然想到，坐在那里长着两天长胡楂和牙齿黏着绿色东西的人为什么不能是我？

我没有马上辞职，但开始创作剧本，又租了一些我喜欢的电影回来看，研究它们的结构，琢磨它们有什么共通处。我当剧作家的抱负受到我姑姑亚历克西丝的鼓励。她曾经是米高梅的合约演员，和约翰·韦恩合作过两部西部片，和一个导演有过一段短暂婚姻，离婚后

---

① 著名传教士和非洲探险家。

搬到纽约。她说，嫁人让她不得不休息，后来想要重作冯妇已经太迟。不过她说话的调调仍然像是所谓的电影圈大家庭的一分子。她自称是一些略有名气的明星的朋友，会忠实拜读每一期的《浮华杂志》和《好莱坞记者》。我从一些亲戚那里得知，她在好莱坞受到了一些委屈，但并不记恨。现在她教人演戏，偶然会参加社区的戏剧演出。我父母已经离婚，分别回到亚利桑纳州和佛罗里达州欣赏橘色的落日。

亚历克西丝住在萨顿区附近一栋辉煌不再的战前豪华大楼，在里面一户楼中楼一住多年（头两年是和第三任丈夫同住）。如果不是有租金管制措施，她根本无力负担。但即使只需要交严重偏低的租金，她仍然不得不把更豪华的下楼层分租出去（两楼层之间相隔着两扇楼梯门）。下楼层最抢眼的东西是一张特大号的华盖床，挂着玫瑰色印花棉布帐幔。亚历克西丝自己使用上楼层，睡坐卧两用沙发。租住下楼层的是个摇滚乐团经理人，为人乱七八糟，喜欢用香烟在每个皮革裹面烧出一些洞洞。亚历克西丝知道这个，是因为每逢那个经理人外出，她都会偷偷下楼，东瞧瞧西看看。

亚历克西丝鼓励我当剧作家，她读过我最早写出的一些东西。她还给过我我得到过的唯一一好建议。"道尔顿·庄柏有一次告诉我写剧本的秘诀。"她说，一面在充当厨房和吧台的储物室给自己调一杯"内格罗尼"。当时是傍晚六点，落日余晖从直棂窗以四十五度角斜射进来，让公寓里的浮尘活跃起来，像是电影里的细雾。"他是个很可爱的人，却受到很多误解。[1]麦卡锡那票人真是可怕。就像刚刚说的，他有一晚告诉了我写剧本的秘诀。我们当时好像是在赛兹尼克夫妻家里做客[2]，又好像不是。不管了，总之我问他：'道尔顿，你的秘诀是什么？'他在我耳边说了两句话，说什么恕我不在这里复述。我假装生气，在他手腕上轻轻拍了一拍，但不是真的介意。其实我受宠若惊，只可惜我

---

① 道尔顿·庄柏是剧作家及小说家，曾在美国参议员麦卡锡围剿"共党分子"的运动中受到迫害。

② 赛兹尼克为美国电影业巨擘，《乱世佳人》的制作人。

和那个相公仍然是夫妻——我当时当然仍不知道他是相公。然后我再问一次：'人家不是问你这个，是问你写剧本的秘诀。'他回答说：'简单，亲爱的，一共只需三幕。第一幕：把主角弄到树上；第二幕：用棒子抽他；第三幕：把他弄下来。'"

当她开始有醉意之后，亚历克西丝又会说她要介绍我给她的好朋友艾尔文·拉扎[1]或其他之类的人认识。这时，她训练有素的抑扬顿挫口条会松软下来，就像她杯子里正在融化的冰块。事实上，我知道她在电影圈已经没有人脉，也并不介意。我最终找到了自己的经纪人，并认定是时候将信念付诸实施了。何况当时我女朋友告诉我，她爱上了我最好的朋友，两人上床已经六个月。

我把自己的公寓租出去，在威尼斯[2]租了一间离海滩三条街远的工作室。当时是二月，我乐得摆脱冰封的纽约，住在一个可以闻到花香和海洋气息的地方。不过，威尼斯比南加州任何地方更会让我联想到纽约，主要是因为两者的市容都是一样破败。这里除了有大量乞丐，犯罪率亦相当惊人，所以让我不太容易会产生乡愁。不过加州给我的印象基本上就像查普曼翻译的《荷马史诗》之于济慈。[3]我戒了烟，吃大量蔬菜水果，开始规律作息。

不过我倒是没参加当时刚火起来的匿名戒酒会[4]。如果参加了，我八成会把到一些妞。但我当时仍然是"作家应该是酒中仙"观念的信仰者。试问谁能想象一个不是醉醺醺的雷蒙德·钱德勒[5]？我最喜欢的一件逸事和《公民凯恩》的另一个幕后天才孟威兹[6]有关。话说有一次，他去参加一个高级晚宴，事前已经喝了一堆酒（这种事在他是常有的）。席间他喝得更醉，最后把吃下肚子的所有东西全吐到桌

---

① 好莱坞知名经纪人。

② 这里指加州洛杉矶的威尼斯区。

③ 英国大诗人济慈在读过查普曼翻译的《荷马史诗》之后大为惊艳。

④ 互助性戒酒组织。

⑤ 著名推理小说作家。

⑥ 美国剧作家，电影《公民凯恩》剧本的共同创作者之一。

上。当其他客人一脸惊恐的时候，他转身对女主人说："别担心，白葡萄酒和鱼一起跑了出来。[①]"

我的二楼工作室有一个小小的后阳台。大部分早上，我起床后都会带着手提电脑到那里坐坐，俯观小院子里挤成一团的仙人掌、棕榈树和开花灌木丛。因为自小在非温带气候区长大，看到棕榈树仍然会让我有一点点兴奋。我的女房东相信应该让大自然自行其是，所以任由小院子里的植物自生自长。住在小院子对面的一对男女也信仰复归自然的道理：他们无时无刻不在打炮，而且不会拉上窗帘，让我无法不目不转睛。那个女的总是骑在男的上面，颠上颠下，面对着我。我猜她是在表演，也许以为我是个选角导演……不管怎样，我欣赏她的表演，因为她让我学到了不少深奥的性爱知识。

我第二个剧本就是从他们那里得到灵感：开场一幕是一对正在做爱的男女，女的骑在男的身上，然后镜头拉到窗外，再一百八十度转弯转到那个在阳台上目睹这一切的男人。然后，那女的和阳台上的家伙（当然是个剧作家）在什么地方遇上，两人陷入热恋。她决定离开男朋友，但这个男朋友原来是个古柯碱贩子，和一些哥伦比亚大毒枭过从甚密。那个女的因为知道太多，让他们起了杀意。但她还不知道自己处境危殆……

信不信由你，这剧本引起一个相当有分量的制作人的兴趣。我因此见着了丹尼·博德，因为该制作人和由博德担任副总裁的那家电影公司签有"优先合作协定"。这是我人生第一次和一个电影公司高层接触。当天早上，我花了三小时考虑要穿什么衣服和要不要刮胡子。最后，我刮了胡子，穿上白衬衫、运动外套、牛仔裤，又打了领带。博德让我等了一小时，而当我被带到他那白得让人眼花缭乱的办公室之后，他握了握我的手，说道："怎么，你今天是要参加丧礼还是婚礼？"看见我困惑不解，他说："兄弟，你那条领带。"所以，我知道我穿错了，也知道他知道我的领带是为他而打。

---

① 似乎是表示他因此可以从头喝起。

博德穿着牛仔裤和一件几乎被撑破的工作衬衫。身高大约一六七公分，体重大约一百四十公斤，他有着 D 罩杯的脸颊和一个肥厚得可以当别人小腹的下巴，不太像个有资格给别人仪容建议的人。不管怎样，他说有什么事把他当天所有的排程都耽误了，必须马上开车到圣费尔南多谷监督一出电影的后期，问我是不是愿意和他在他的车上谈。

我们走到停车场，上了一辆四门的"玛莎拉蒂"轿车。我以前还不知道"玛莎拉蒂"生产轿车，但我猜想，博德是因为块头太大，坐不进跑车的型号。前往圣费尔南多谷途中，他大部分时间都是在讲汽车电话，但在每讲两通电话之间会听我飞快讲述剧情。最后他说："把男主角从作家改写为艺术家怎样？地点从威尼斯搬到旧金山。我们给他一间放满油画的大画室，从画室窗户可以看到那对男女打炮。艺术家角色现在正火，而且他的画室可以带给观众更多视觉刺激。"我猜当时就算要我把男主角改写为变装皇后我照样会答应。我亟须这份合约，因为我的储蓄已经见底、车子刹车需要换新，而且还没碰到过愿意和未受雇剧作家约会的女生。我也刚刚收到前最好朋友的来信，表示他和我前女友准备结婚，希望我不要介意。所以，在博德面前假装认真考虑了一分钟之后，我点头表示："好主意。我想我有办法照你说的改写。"

他在摄影棚大门外放我下车，给了我一张汽车保养厂的名片，说了句："合约细节我会和你的经纪人敲定。"我在大太阳底下闲逛了一小时，然后他的车才再次出现，把我载回电影公司。当晚，我买了一瓶西班牙香槟，在后阳台一面享用一面看着那对男女轮流高潮。

我打电话到纽约给亚历克西丝告诉她这个好消息，而她恭喜我成为了大家庭的一分子。我们谈了一个小时，是为我喝酒杯数不输她的第一次。然后我考虑打电话给前女友，想象她知道自己错失什么后会有多么悔不当初，但最后因为醉倒没有打成电话。

"马丁宝贝，我准备帮你成为有钱人。"我的经纪人一个星期后告诉我。她在长岛长大，两年前才搬到西岸来，但她的说话调调总像是抄自《是什么让萨米跑起来？》。

根据合约，我要交出两个草稿和根据电影公司的建议进行修改。得到的酬劳虽然算不上一笔财富，还是比我在报社工作一年还多。我也因为能够踏入电影圈的门槛而兴奋不已。"丹尼·博德真的很大咖，"我的经纪人说，没有一丝讽刺意味①，"跟着他可以让你认识很多人。"

"我可没兴趣去减肥中心。"

"你最好从现在开始学会管着点自己的嘴巴。好莱坞是个小圈子，如果你想要成为一分子，就必须按照游戏规则玩。比尔·高德曼和鲍勃·唐尼负担得起耍嘴皮子的后果，你却负担不起。"

"你可以把一份游戏规则的清单寄我吗？"我太快乐了，无法不自鸣得意。第二个星期，她带我到史帕高餐厅吃午餐，介绍我给好些人认识，在他们面前称我为"重要剧作家马丁·布鲁克斯"。

然后我开始写那个将会把我的主角改为画家的剧本初稿。我坐飞机到旧金山找画廊老板和画家聊天，以了解艺术界的氛围。光是丢出电影公司的名字便足以敲开他们的大门，而我又向他们暗示，有一个大明星对担纲演出感兴趣。回到洛杉矶之后，我又找到一个洛城警署缉毒科的侦探愿意与我谈话，从他那里了解到毒品联合企业的运作方式。

签署合约的十周后，我交上第一个初稿。翌日，我收到博德用联邦快递送来的一个包裹：一瓶水晶香槟。包裹上附有名片，但名片只有他的名字，没有头衔或电影公司的名字，也没有地址和电话号码。在洛杉矶这里，他是个用不着打领带的人。不管怎样，喝那瓶香槟仍标志着我整个电影圈生涯的一个高点。

宿醉在两星期后发作，当时我的经纪人打电话来说："他们基本上对剧本满意得不得了，但想要找你过去，谈谈几处他们想要小改动的地方。"

"没问题，"我说，"合约里不是说好是两个初稿的吗？我应该会从

---

① "真的很大咖"在原文中也可解作"真的很胖"。

这个改写获得另外十个大洋吧？"

"别把你的天才大脑花在担心这件事情上。需要做的只是去看看他们想要什么。"

他们想要的是一个完全不同的故事。在爱上以艺术界作为故事背景的构想后，博德现在又想拍一部谈艺术家是怎样受商业污染的电影。哥伦比亚电影公司正在筹拍一部这样题材的电影，而博德决心要把它比下去。我们可以保留原剧本的毒品元素，即保留画廊老板涉入古柯碱买卖的部分。我坐在博德巨大的白色办公室里，想要搞清楚白色墙壁和白色皮革家具的分界线何在，设法思考要怎样才能让他的新构想和我的原剧本兜得拢。

我像个白痴一样不住点头，甚至称赞他是天才，表示自己怎么会那么蠢，一开始没有看出我的故事有这种发展潜力。不过，一回到家里，我就打电话给经纪人，对于电影公司高层的愚蠢和艺术受到商业污染的可怕现象大发雷霆。她耐心聆听。最后我说："也罢，至少我会像妓女那样拿到钱。"

她说："你尽力照他的想法改写就好。钱的方面我会来处理。"

"什么叫钱的方面你会来处理？合约里不是规定好的吗？"

"当然，当然。"她说。

我坐下来，设法用专业的态度面对整件事情，也就是说设法不把它看成一堆狗屎。三个月后，我寄出第二个草稿。我刚用收到的第一张支票买了一辆新车。当经纪人一天早上打电话来谈另一个项目时，我问她："他们什么时候才会把第二个草稿的钱付给我？"

"我们称那为一个抛光而不是一个草稿。"

"一个抛光？那是从头到尾的改写。你是不是在告诉我，我不会拿到钱？合约是怎么写的？"

"听着，马丁，你在这一行是新人。博德说那是一个抛光就是抛光，他还想要你在他把剧本交给上头过目前再做一次抛光。"

我开始明白是怎么一回事了。"你是说我可以从第二个初稿拿到钱，但得要博德承认那是草稿才算草稿。"

"就当是我们给博德一些甜头。你不会想要他在外面说你是难搞的剧作家吧。就给他再做一个抛光吧，我保证长远来说这对你是划算的。"

当我威胁说我要向作家协会告状时，她说她真的很不愿意终结我们的合作关系。

"你有没有听说这个故事？有一天，魔鬼找一个经纪人，对她说：'只要你用你的不朽灵魂作为交换，我会给你的客户任何他们想要的，不管他们是想要汤姆·克鲁斯、凯文·科斯特纳还是阿尔·帕西诺。'"她问："你的重点是什么？"

自此我不再信任她，但我听她劝，写了另一个草稿。整件事情折腾了半年，我一共写了三个草稿，但只有第一个收到钱。虽然后来我两年没有再看见博德，但某个意义下我的经纪人说得对，只要我卖出过一个剧本，就会有下一个客户找上门，然后又会有下一个客户找上门。不到两年，我就制作了人生的第一出电影，搬进班尼狄峡谷一栋房子。每逢我的剧本需要一个坏蛋（一个有财有势和喜欢找主角麻烦的家伙），我都有现成人选作为蓝本。

博德变得更加有财有势。他因为娶了一个好莱坞王朝的公主为妻，未几就掌管了老丈人控制的一家电影公司。透过婚姻巩固权力是这个独特大家庭①的标准程序。博德的岳父据说和一个犯罪家族过从甚密。电影圈私底下盛传，博德在一次婚前会议中被告知，要是他胆敢在婚后出轨，就会万劫不复。这种威胁听起来有点费解，因为在电影界和赌场界，有财有势的人一律搞三搞四，而且越是有财有势的人就越搞三搞四。不管怎样，博德的老丈人显然非常爱护自己的掌上明珠。

"这种情形有某种浮士德的味道。"我对第一次告诉我这故事的午餐同伴说。我听谁说过，故事只有七种基本类型，而就我所见，电影圈的故事从头到尾更是只有一种类型。好莱坞的故事总是浮士德的故事。

"你说什么味道？"他问。

---

① 指好莱坞。

"我只是想到一出德国老电影。"我微笑着回答。

博德也越来越胖。在一个人人都有私人健身教练和把蔬菜沙拉当成主菜的城市，他的痴肥表现出一种近乎千山我独行的英雄气概。我不时会在莫顿餐厅或其他地方看见他，而过了一段时间之后（在当CAA[①]成为我的经纪公司和我开始约会女明星之后），他也开始认得我。我也听说了一些有关他的故事（我第一个经纪人说得不错：好莱坞是个小圈子）。

第一个故事和一个我在哥大念书时便认识的小说家有关。自从靠着第一本小说一炮而红后，他就跑来洛杉矶享福。他的成功来得非常快，但他花钱的速度更快：他花百万美元在中央公园附近买下一户合作社式公寓，又在缅因州买下一栋海滩别墅，还把不少钱花在购买古柯碱上。他小说的版权被博德的电影公司买断，换言之不管小说会不会被拍成电影，他都会拿到一样多的钱。到电影公司要付第二期钱给他的时候，他已经需钱孔急：他的两笔房屋贷款已过了还款日，他的女朋友有一个永不餍足的衣柜，而他太太也从他身上敲去一大笔分居费。博德知道这种情况，所以到了该付款的那天，他把小说家叫到他在马里布的房子，对他说："听着，我欠你两百五十万美元，但我目前还没决定要不要把你的小说拍成电影。我手头紧，而你的小说也越来越不吃香。这么办吧，我付给你七十五万美元，然后就算是谁都不欠谁。不然你也可以告我，让自己接下来十年被官司绑死。"当小说家开始大声抗议，把合约、自己的经纪人和作家协会提出来作为武器时，博德说："去和你的经纪人谈谈，我想他会用我同样的方式看事情。"

哪怕是在好莱坞，博德这种行事方式都不是标准程序，但那个小说家手上没多少筹码：他的小说在热卖了一季之后迅速降温，而他的经纪人在几经考量以后，决定站在博德一边，建议小说家收下七十五万美元并不再啰唆。

听到这件事时，我一点都不意外。三年来我已经学到了许多。

———————————
① 好莱坞最大的经纪公司。

306

按这一行的标准衡量，我混得很好，所以，后来听说博德要找我再次合作，我并没有太意外。在博德向我的经纪公司提出合作之议时，有好几间制片公司都在考虑我的一个剧本构想。那是一个我从一开始就想写的故事，内容是有关背叛和复仇的，用我的经纪公司想出来的宣传口号来说就是"一出雅皮版本的《邮差总是按两次铃》"。基于各种不同理由（包括美学上的理由），我认为电影必须在纽约拍摄。但博德却想要在多伦多拍摄，只派一支拍摄队到纽约拍一天外景。这是因为多伦多的物价便宜得多，而且被认为景物和纽约差不多。因为事关两三百万美元，我知道我改变不了任何制片人的主意，便改为向导演下功夫。这个导演拍过几出大卖的电影，而我知道他巴望成为一个被认为是有独特个人风格的导演。他不能明白斯科塞斯和科波拉所受到的推崇为什么始终和他无缘，所以我不难让他相信，如果他的这一出电影更加到位（也就是说是在纽约拍摄），将会更受到纽约影评人的看重。我说这种事不能作假。我提醒他：你认为伍迪·艾伦会在多伦多拍电影吗？如果他会，他有可能会登上《纽约客》吗？再不妨想想西德尼·吕美特的例子。

　　这一招管用。虽然博德气得跳脚，那个导演坚不让步，而且舌灿莲花。何况他有卖座保证作为后盾，说服力远超过我。于是，在我交出第三个草稿之后，摄影队便带着一沓信用卡和几手提箱现金飞往纽约。

　　因为导演想要有我在身边，所以我参与了前期制作的工作：只要我不收顾问费，电影公司乐于支付我的食宿费用。博德把女助理凯伦·莱文安排在外景队，自己只不时飞来纽约一下，了解进度。凯伦一头金发，非常娇小又非常有效率，以致我一开始时几乎没有注意到她的存在。在洛杉矶，我们习惯了在美女和慵懒，在性感和慢动作之间画上等号，凯伦却完全不是这个样子。虽然南加州人出了名的随便（包括对谁都只称名而不称姓和把友谊概念的适用范围大大扩大），但凯伦却能在卑躬屈膝和屈尊俯就之间把分寸拿捏得恰到好处，我为此

307

喜欢她。后来我开始想到，她和博德也许不只是纯粹的上司下属关系，但在拐弯抹角打听下，我的印象是两人真的只有公事上的关系，而博德看来也严格遵守自己和岳父的约定。

后来，我听说凯伦想找一户公寓住三个月，直至拍摄工作结束为止。这让我想到亚历克西丝的楼中楼：她已经不惜损失几千美元，撵走了那个租住下楼层的摇滚乐团经理人。我估计电影公司会愿意付一笔开价灌过水的租金，弥补好莱坞昔日对亚历克西丝的亏待。她一定会对能够再次贴近电影圈大为兴奋，而我也想借这个机会向凯伦献殷勤。

我们都是住在荷兰雪梨饭店，有一天下午，我带她前往萨顿区。她在洛杉矶的帕萨迪纳长大，对曼哈顿有一点点怕，所以我想让她看看纽约最好的一面。那天是四月底的一个凉爽天，空气清新，因为起微风的关系而分外干净。过马路的时候，我们看见萨顿广场被阳光照得雪白一片。帕克大道的水仙花在中央分隔岛上盛放，每栋古老豪华大楼的大门都有门卫看守。凯伦穿着爱尔兰毛线衣和牛仔裤，显得极端无拘无束。我感觉自己像个在殖民地发迹后衣锦荣归的青年。

亚历克西丝穿着飘拂的土耳其长袍开门迎接我们，在凯伦两颊亲了亲，然后带我们进入上楼层享用她事先准备好的下午茶——茶点丰富得足以让"克拉里奇"①汗颜。然后她带我们参观了一下，指给我们看她各种引以为傲的东西：她和"公爵"还有"小妖精"的合照、一本有福克纳签名的初版小说、一组雷德·斯克尔顿送她的烛台，还有她和埃罗尔·弗林曾坐在上面说悄悄话的双人沙发（说这个时她使了一个眼色）。有些事情甚至是我以前没有听过的。亚历克西丝有一点点话太多，但凯伦看来又专注又放松。参观下楼层的时候，我注意到凯伦对大卧室里那张挂着玫瑰色帐幔的华盖大床相当着迷。到亚历克西丝为自己调第二杯"内格罗尼"时（"我平常下午不喝酒，"她说，"但看到你们让我太高兴。你们确定不要来一杯吗？"），凯伦已经决定要搬来住三个月。在房东面前，亚历克西丝会说凯伦是她的外甥女（先前

---

① 伦敦下午茶胜地。

308

的摇滚乐经理人的身份是"侄儿")。

我们待到六点才离开，我邀请凯伦共进晚餐。她说还有很多事情要忙，但乐于改天接受邀请。

电影开拍之后，我每两天便会去探班。博德大部分周末都会过来，对拍摄工作显得极端热衷，让我感到意外。但他每次出现都会让拍摄团队其中一个人不好过。拍摄进入第三个星期的时候，被他弄得不好过的人变成是我。他觉得原来的结局不好，要求完全改写。我气得跳脚，说改写的话会破坏故事的完整性。然后我想要再通过导演说动他，但博德这一次抢先对他下了功夫。虽然我警告他《纽约客》可能会对新的结局很不以为然，但他充耳不闻。显然，他这一次更关心的是自己从票房拿到多一点点的分红。

有一晚，博德在伊莱恩餐厅一面切着小牛排，一面对我说："马丁，要么你自己来写这个新结局，要么我另请高明。我会再给你二十五万美元，就算是顾问费用。"我看着他把一磅半小牛肉塞入胃里，等着他因为哽噎而死。我想到任何人都不可能帮他进行海姆立克急救法，所以我大可以告诉警察：抱歉，我试过用双手环抱他，却没办法。

我重写了结局，觉得这个新结局毁了整出电影，但美国大众却甘愿掏出六千万美元买票入场——这在当时算是大卖座。

我常常探望亚历克西丝，利用这种机会顺便敲凯伦的门。有一晚，她终于答应和我共进晚餐。我告诉了她我从未告诉任何人的事：我的前女友嫁给了我最好的朋友。她又惊呆又为我难过。这时候的她已适应了曼哈顿女性的晚间制服，在一袭紧身的黑色洋装里显得非常性感。我们在她房门口互吻脸颊，但当事情看似将有进一步发展之际，她却把身体抽开，表示第二天早上五点便要起床，必须早睡。

一星期左右之后，我去探望亚历克西丝。她一面调着两杯"内格罗尼"一面说："凯伦的男朋友究竟是谁？我猜应该是个大家伙。"

这个消息让我有点震撼。"我不认为她有男朋友。"

"我不明白这样漂亮的女生怎么会愿意让一个大胖子碰她。"

我感到释怀。"他不是凯伦的男朋友，是他老板。"

亚历克西丝哼了一声。"你要称之为什么都可以。我对女孩子和他们老板都是什么关系太了解了。"

"凯伦不是那样的人。"

"不用你来告诉我她是怎样的人。吱吱声大到我不能听不见，现在我得要买一张新床了。"

"你在说什么？"

她把一根手指竖在嘴巴前面，走到楼梯口把楼梯门打开，然后示意我跟他下楼。

华盖床整张垮掉了。本来离地六十公分的弹簧床垫现在陷到了地上，帐幔乱七八糟地缠在床柱上。

"我也有过几个胖老板，幸而都没有像他那样胖的。可怜的凯伦每次上床都是在冒生命危险，她要面对的是一条大鲸鱼。"

博德那个早上回到了西岸，所以我有一整个星期可以策划计谋。我一等他再到纽约便要求和他见面。他唯一有空见我的时间是早上：七点半在摄政饭店。

当我八点抵达的时候，他刚刚吃掉一盘火腿蛋。"我要走了，"他说，"找我什么事。"

"我有另一个电影剧本的构想，猜你可能会喜欢。"

"说重点，我只能给你三分钟。"

"那是一个黑帮故事。"

"黑帮题材已经被拍得差不多。"

"你会喜欢我这个的。"我说，"在我的故事里，一个帮派分子因为娶了教父的女儿而飞黄腾达。不过教父警告过他，如果他婚后再搞女人，就得背着一个没有氧气的水肺，到十五公尺深的水中潜水去。起初这个女婿看起来非常乖，不过，他组织里有个非常聪明的家伙刚好和一个非常漂亮的女生住同一栋大楼，而这个聪明的家伙从一张垮掉的床看出来，这张床要是被教父知道，将会引起可怕的后果。"

博德的脸越来越紫涨。在我讲完之后，他盯着我的眼睛看，想知道他是不是误解了我的动机，然后才说："你想要什么？"

"我想要和你合作另一出电影。我要成为共同制作人。"

"你知道我可以把你……"他没把话说完。

就这样，我成了一个制片人。虽然仅此一次，但已经让我非常心满意足。我不认为这是博德高兴的合作关系，所以知道必须防着他点。幸而那出电影最后帮我们两个都赚到钱了，所以我晚上可以比较安心地睡觉。

那次早餐会面的一年后，我飞回到纽约参加亚历克西丝的葬礼。当棺材被卸下到皇后区墓园的墓坑时，我是十个送葬者中唯一哭的人。我记得，我上一次哭，是在本来应该是我人生最快乐日子的其中一天。当时我刚接到一个洛杉矶经纪人的电话，她说她读了我的剧本，决定担任我的代表。我等了两小时等我女朋友萝拉下班回家。我买了鲜花和香槟，又打电话给每个我们认识的人告诉他们这个好消息。当最后萝拉回到家，我因为太兴奋，差点把她晃晕。我们曾经商量过，如果我的剧作家梦能圆，就搬到加州去住。我打开香槟，让泡沫喷洒在我们身上，又滔滔不绝谈到我们未来可以在应许之地怎样过生活。"我们可以住在海滩附近。"我说，尾随她走入浴室，看她用一条粉红色毛巾来回擦拭黑头发。"我们可以每周末都开车去大瑟尔玩。"我说。但接着，她就告诉我她已经移情别恋。我一面听着牧师说话，一面回想起这件事，感到自己的脸湿湿黏黏。我记起多年前在西——一街一户一卧室公寓的那一天是我上一次哭的时候。不知怎的，现在我不认为这种事有可能会再发生。

1988

池塘畔的潘妮洛碧

　　有时，想想历史上和我处于相同处境的女人会让我比较好受——例如想想苦苦守候亨利八世的安妮·博林①或等待奥德修斯从特洛伊战场回家的潘妮什么②（不错，来了这里之后，我读了不少书，因为小屋主人有很多发霉的平装本藏书）。有时候我会觉得来了这里已经一辈子，但有些早上，我醒来后又会有一种自己是超越时间的感觉，觉得他需要我等多久，我就可以等多久。我想，这就是他爱我的其中一点：他自己的时间都是切割成一小片一小片的（每一片都有固定用途），但却只是随着时间流淌。我一直努力让他明白，时间只是幻象，我们都必须活在当下，不要太执着结果。但他目前所做的事都是他非做不可的。我明白，那是他的业障。我能够等。这个早上，我醒来时发现自己身处于夜和昼中间的灰色寂静瞬间。太阳还没有从树梢之间出现，但池塘四周的空地已经显现，一只海狸在银色水面画出一个 V 字。我意识到，我存在的这一刻就像海狸尾流那样转瞬即逝。

　　快十一点了，我很想知道他人在哪里和正在做什么。我的意思是，我当然可以从他的行程表得知，他此刻正在爱荷华州某个农人协进会的礼堂，但我渴盼不断有视像进来，让我可以一整天都看到他和听见他说话，就像以前我和他一起工作时候那样。至于我晚上都在渴盼些

---

① 亨利八世的第二任王后，后被丈夫斩首。

② 指潘妮洛碧，希腊神话中一个和苦守寒窑十八年的王宝钏相似的人物。

什么，则用不着是天才也能猜出来。我迄今仍然不敢相信我们那回事是那么的美好。应该说是"曾经那么美好"才对，因为我没见着他已经快三个星期。

我应该打打毛线或做些别的什么。帮他打一条围巾、一顶帽子或者一个绣有淫荡字句的枕套之类的。老天，让我的手除了发短信和自慰之外有些别的事可做吧。昨晚我让自己来了三次。但我把发短信的次数尽量减到最低，因为那是有风险的（反观自慰却是健康的，多一些亦无妨）。电子邮件更是想都别想，否则我会每几小时便传他一张裸照。但他每天都打电话给我，有时一天还不止一通。有时我可以在电视上看见他。上星期，他上了《观点》节目，老天，他帅得要命，让我几乎窒息。我敢说每个女生都是一样感想。我说的每个女生当然包括共和党的那个吹气娃娃伊丽莎白·哈兹尔贝克：我知道她准备好把意识形态分歧和内裤放到一边。我不是嫉妒类型的女人，为此感到自豪。我喜欢其他女人也是认为他很辣。他真的是辣，只可惜别人不知道。

我都是用念经和打坐来静心。但被晾在这个地方有时难免还是会让我感到挫折，因为这样一来，我就无法分享他的荣耀和帮助他，包括告诉他谁满嘴鬼话或他自己什么时候满嘴鬼话。曾经有三个月时间，我们天天在一起，那真是美妙得无以复加。我在团队里的职称是"媒体顾问"。当然，我们必须非常谨慎。我们住不同的旅馆，绝不允许用个人数码助理通信，但仍然偷时间单独相处。我们尽可能在安全无虞的情况下才做爱。但每隔一阵子，我们就是忍不住要冒险，例如在狄蒙餐厅的包厢匆匆打一炮或是在华府一辆计程车的后座口交。我知道这听起来很疯，而且风险很高，但那种滋味真的是无与伦比。任何已婚人士都可以告诉你，毫无风险的性爱淡而无味。

我们的邂逅是一见钟情个案的好例子。我们在纽约一间餐厅四目相接。我觉得他帅毙了，而从那些找他攀谈的人诚惶诚恐的样子判断，他是个大人物。但老实说，我不认得他是谁。我想象他一丝不挂的样子想象了二十分钟，然后我的女伴才因为觉得我的神情奇怪，转过身一看。"老天，你不知道他是谁？"她惊呼说。我不是那种会整天守在公共事务频道前面的人，但一听见从她嘴巴说出的名字，我还是恍然大悟。我本来就觉得他眼熟。我们离开餐厅时，他还在吃东西，让我没有机会再次和他目光相接——他后来告诉我，他是故意不看过来，假装专心聆听别人说话，其实完全心不在焉。他一直等到我走出餐厅才找了个上厕所之类的借口离开座位。

他在离餐厅一条街的人行道上赶上我。他自我介绍，向我要了电话号码。我好开心，因为这表示，整件事情不是我自己想象出来的，而是我们真的起了化学反应。他一小时后打电话给我，邀我到他的饭店房间见面。我能不答应吗？我的意思是，第一次约会就直接到他房间固然有点粗枝大叶，不过我猜如果被别人看见我们坐在饭店楼下酒吧你侬我侬，只怕会引起窃窃私语。

事后回顾，我不能不觉得我们的交会真是侥幸到了极点。我和朋友原定是要到艾里欧餐厅吃饭，到达时却发现早已客满，吧台处还有一堆人在等位子。我朋友说："我们到'伊莱恩'碰碰运气吧，那里离这里不过几条街远。"我已经两辈子没去"伊莱恩"了，但就因为这个转折，我才会碰见汤姆。而后来他在第二大道上追赶我的时候，我差点就上了一辆停在路边的计程车，当时一个游民为了拿点小费甚至已经为我打开车门，等我上车。但我在最后一秒钟改变主意，决定走路，好呼吸点新鲜空气。这是汤姆能够追赶上我的唯一理由，否则我早已坐着计程车远去。我走着走着，因为听到一下像枪声的声音而转过身，就在这时候看见了汤姆。

我们的登对程度只能说是神奇。我想正因为我是他所属那个世界的局外人，所以特别能够提供给他一些他真正需要的看事情的角度。他当然聪明得不得了，但他的目光同样因为在政界待得太久而受到局限。在进入政界之前，他是个农家子弟。某种意义上他至今还是如此，

314

因为不管他有多聪明或事业多成功，他从不认为自己已经摆脱烟草农之子的身份，在进入一栋府邸时会觉得自己只配从后门进入。人们有时也会因为他的腔调而觉得他说话慢吞吞。虽然我比他年轻不少，仍然比他老于世故。我的意思是，我一直生活在纽约和伊比萨岛和巴黎，约会对象都是些演员、艺术家和摇滚歌星。想要了解汤姆，就必须了解他除了聪明和博学以外，他在自己心目中始终是那个为父亲收割烟草的少年。这让他和一些显贵名流在一起时会有不安全感。但他也充分利用这种不安全感，例如，在竞选演说中，他会让听众产生一种印象：他直到靠拿奖学金上了杜克大学之前基本上是个没鞋穿的孩子。

我读过所谓的"大人物理论"，其基本论点是个人可以改变历史。但我也有自己一套理论（我称之为"小人物理论"）：想了解任何不可一世的人物，你需要的只是了解他十岁时候是什么样子。汤姆看来由衷相信自己能有今天，是得到童年生活的造就。在他心目中，他仍然穿着父兄传下来的二手工作服。我爱他的这种心态，但有时会担心他需要不断有人提醒他，他本就具备他的各种神奇能力和可爱之处，又担心万一我不在他身边，要靠谁来提醒他这个。

我们见面后第一件事情是跳上床，而这也是此后我们每次见面所做的第一件事。我走入他的饭店套房之后，他说："你好辣。"我说："辣的是你。"继而，我们二话不说便剥下彼此的衣服，开始激烈缠绵。老天，那真是美妙绝伦。但第二次（发生在一小时之后）还要更棒，因为这一次我们不再那么猴急。

完事后，他看着我的眼睛说："你好神奇。"我说："神奇的是你。"我告诉他他已经得觉。他说："事实上我感觉自己身在梦中。"我说："我说的是佛教意义下的'觉'。你因为已经得觉，所以在人人身上都看见你自己。你看得见别人的美善，是因为你本身美善。这是我在餐厅里隔着一个距离看着你时得到的感觉。我看得出来你已经得觉，而餐厅里所有其他人都不到这境界。"

我教他的每件事情无一不是他本已知之的：我只是让他更自觉到

自己的力量。虽然我的职称是"媒体顾问"，但更像他的精神导师。他当然没有正式改教：他表面上继续信奉父母从小灌输他的信仰，每次回家之后仍然会到循道宗的教堂做礼拜。但在其他时候，我会引用佛经经文告诉他，一个不追求开悟的人就像一个被宠坏的小孩，会在家里发生大火时继续只顾玩玩具。就在那天晚上，我看见他在CNN频道讲话时指出，我们的总统就像个家里发生大火却继续只顾玩玩具的小孩。我参与竞选团队近三个月（大部分时间都是风尘仆仆），直到遇到他太太才被赶下车，当时离爱荷华州初选还有三个月。她看了我一眼，不悦之情溢于言表。她不是真正爱着汤姆这一点不表示她愿意被人当成笨蛋。所以，我可以体谅汤姆的决定，更何况，他得要为孩子考虑。我当然不喜欢他的这个决定，但知道他没有太多选择。其实，如果他不是爱我，大可借这个机会和我一刀两断。

他和老婆已经多年没有真正的婚姻生活，而且就连婚姻初期也一样不是能让床单着火的夫妻。他老婆是典型的南方女子，换言之，即便她勉为其难答应为丈夫打手枪，一样要先戴上外科手套。他们最后一次做爱是在克林顿政府的时代。

二十年前，一个人不可能在汤姆目前所处的情况下还能竞选总统，但我猜想自从克林顿用奶油弄脏莫妮卡的洋装之后[①]，事情已有了改变。但这当然不是说汤姆或其他类似的政治人物在闹出离婚或婚外情丑闻之后仍然有可能当选总统，因为这个国家毕竟不是法国。这就是我会流落到现在这间池塘畔小屋的原因。我会跑来这里，是因为谣言已经开始满天飞，有些记者开始在我的房子四周探头探脑。《星报》登出了汤姆和一个不知名竞选团队女干部过从甚密的报道，内容大多是捕风捉影，只有一件事情是真的：一个不愿具名的消息来源表示曾看见我们一起淋浴。所以，经过讨论，我被认为最好是消失一阵子。

我努力不执着于期待任何特定结果，但要按捺自己的欲望仍然是一场天人交战。汤姆一旦当选，我就可以从躲藏处走出来，他也会诉

---

① 指白宫实习生莫妮卡为美国总统克林顿口交的丑闻。

请离婚。即便他没有当选，我们仍然可以堂而皇之在一起，而且简单多了。但我们不容许自己考虑这种可能性。汤姆想要当总统多于想要世界上任何东西。这是他自己有一晚对我说的，而我并没有反驳。不过，想到我们还需要等几个月才能在一起，仍然让人非常难熬。有时我会备感挫折。现下的情况就是这样：我打电话给他，但他没有接电话，当我改为打给他的左右手罗勃，一样没人接听。这种情形可是相当奇怪。

　　小屋主人是汤姆一个死党和大金主。我不知道他们为什么把这里喊作"小屋"，因为不管它有多少乡村风味的伪装，仍然豪华得要命，是那种你会在亚斯本或特柳赖德半山区看到的豪宅，同时有着丹尼尔·布恩和法兰克·怀特的设计风格。室内装潢时髦，结合了皮革单人沙发、纳瓦霍人小地毯、鹿角油灯和刻画英国屯垦者生活或飞雁的油画。虽然阳刚味十足，但女生需要的一切应有尽有，包括专业的维京牌瓦斯炉、全套健身器材、泡温泉室和桑拿浴室，每个房间都配备等离子电视。窗外的景观顶呱呱，四公顷的池塘尽收眼底，再过去是一片延伸至山脚底树林的草场。我天天都会出外散步，但汤姆昨天在电话中叫我不要走入树林，因为猎鹿季已经开始，又说如果我要去倒垃圾或干什么的，务必穿上橘色衣服。我觉得他很贴心。当我说我穿橘色衣服不好看时，他摆出一副老爸嘴脸："这是为你着想，艾莉森。"用的是他有时会用来教训记者的语气，所以我准备好会听到他说：美国人民所希望的是艾莉森·普尔在猎鹿季穿上橘色衣服保护自己。"我只是开玩笑。"我说。可怜的汤姆现在每天都忙得只能睡两个小时，而从昨天开始，他更是多了一桩烦心事，因为一个被称为"腰围以下"的该死政治博客在贴文中提到我的名字：艾莉森·普尔到底是谁？又为什么菲普斯的竞选团队不想谈她？

　　进入猎鹿季两天后，就连做瑜伽都无法让我平静下来。我有一点点坐立不安，于是，在喝完家里最后一罐优酪乳之后，我决定到镇上补充一些物资。从小屋到铺了柏油的大路有一点五公里远。把车开到铁闸门之后，我必须下车打开挂锁，待车子穿过铁闸门之后又得下车一次，重新锁上挂锁。铁闸门前面有一个大大的告示牌：*私人产业，严禁擅闯*。一个真有决心的宵小只要爬过铁闸门就可以直接去到小屋，不过这就构成了擅闯，让我有理由打电话给本地的警长——小屋主人斯基特·杰克森关照过他，要特别照顾我。从铁闸门到镇上有八公里的路。虽然称之为"镇上"，但那里有的不过是一家杂货店、一间邮政局、一个消防站和一个"英国石油"加油站。

我向凯丝打招呼，她是"滚地小猪"的收银员，从上星期起便成了我的好朋友。"你男朋友今天早上来过找你。"她说，害我让购物车撞上堆叠着的一袋袋岩盐。我有一秒钟兴奋得什么似的，但转念一想：且慢！她怎会知道谁是我的男朋友？不可能！而且如果汤姆要找我，怎会不知道哪里找去？

"男朋友？"我说，尽量装得若无其事，"我没有男朋友。"

"你这样漂亮的女生会没有男朋友？那个家伙长得超帅。"

"他说了什么？"我问，"你凭什么认为他在找我？"

"他给我看你的照片。"

"你怎么说？"

"我什么都没说。我猜，如果你想让他知道你在哪里，自己会告诉他。你们之间是什么情况不关我的事。"

"他告诉你名字了吗？"

她摇摇头。"他说你们是朋友，又问我怎么去杰克森的地方。"

"你说了吗？"

"我说过了，我不介入别人的事。我说我不太确定那地方在哪里。不过我看见他走到加油站找皮特聊天。我不知道他们谈了什么。我说过了，我不管别人闲事的。不过他为人真的很亲切，所以不管他对你做了什么，我都认为他感到遗憾。"

"谢啦，小甜心。"我说，"谢谢你为我提供的掩护。"

"他有任何应该让人害怕的理由吗？"

"没有，我想没有。"我说，"我肯定他没有任何身体伤害性。"

"给你我的手机号码。"她说，把号码潦草地写在一张旧收据上，"什么时候打给我都可以。如果他找你麻烦，我丈夫会去把他搞定。杰克已经打够公鹿了，现在都是闲闲无事，等着猎火鸡季的到来。"

我给了她一个拥抱，然后挑了几件杂货，一边采买一边思索谁有本领找得到这里来。我背靠在一个冷冻柜打电话给汤姆，但没有人接电话。我改为打给罗勃，他说汤姆正在扶轮会演讲。我说了目前的情况。罗勃猜对方可能是其他竞选团队的人，因为如果是小报记者，便会直接把现金堆在我面前。

"我现在应该怎么办？"我问。

"回小屋去。看见任何人就打电话给警长，再打电话给我。"

把车开回到铁闸门前的时候，我没看见有人在那里等着，也没看见有车停在小屋外头。不过，就在我在厨房里收纳买来的东西的时候，从窗户看到有个穿骆驼毛外套的男人站在后阳台。随着一罐意大利面酱砸碎在厨房的瓷砖地板，他的头向我的方向急转。唯一让我没有发生全面性心肌梗塞的原因是我认得他。他继续站着，不确定该怎样做，八成也是因为不确定我会怎样反应。

当我可以恢复呼吸之后，我走到后阳台前面，推开玻璃滑门。"你在这里他妈的是干什么？这里是私人产业，如果你不马上滚蛋，我就打给警长。"

"抱歉，"他说，"让你受惊吓不是我的本意。"

"那你的本意是什么？"

"只是想找你谈一谈。"

"我们已经谈过。我没有其他可以告诉你的。"

"那好吧，我就说实话。"他说，"我是想看看你。"

"那好，我就在这里。好好看一看吧，然后我会打电话给警长。"

"拜托，"他说，一副可怜分分模样，"我可以进来吗？"

"想都别想。"

"那就你到外面来。给我五分钟就好。"

"外面冷死了，"我说，"进来吧。"

"感谢。"

我走到客厅，一屁股坐在一张单人大沙发上，双手抱胸。"你来这里是要干吗？"

"做好我的工作。"他耸耸肩说。

"骚扰我是你的工作？"

"其实我自己也不太确定为什么要来这里。"

"怎么讲？"

"我想要再看见你。你没有回我电话。"

"你怎样找到我的？"

"我不能说。"

"保护你的消息来源？"

"每个人都有自己的秘密。"

"不包括我，我的人生是一本摊开的书。"

"这就是你躲到这个鸟不生蛋的地方的原因？"

"我不是躲，只是想清静清静。"

"你在这里一定有一点孤单吧。"

"我享受孤独。孤独可以让人更加刚强，你应该找个时间试一试。"

"我不认为我喜欢孤独。我是个离不开人群的人。"

"你的话让我难以置信。"

"我只是想搞笑。"

"相信我，真的是很搞笑。"

"所以呢？"

"所以什么？"

"我想问你，斯基特·杰克逊是你的好朋友吗？"

"为什么问这个？"

"因为我查了县公所的档案，知道他是这产业的主人。"

"不错，"我说，"斯基特是我父母亲的老朋友。"

"所以他就把这房子租给你？帮帮忙，告诉我为什么他要把房子租给你？"

"我说过了，我需要清静清静，一个人思考事情和写些东西。斯基特知道了之后主动表示要把房子租给我。"

"他真是慷慨得要命。"

"他为人一向慷慨大方。"

"他对菲普斯参议员也一直非常慷慨。"

"废话少说，"我说，"你为什么不把你的目的直接说出来？"

"我想要再看见你。"

"那就看吧，我就是你要猎的那头鹿。"

这话一说出口，我就意识到自己有点丢弃伪装。他和我都对我为什么在这里心知肚明。我大约半年前在美国华府一个派对上认识的法兰克，当时我还在竞选团队工作。我起初不知道他是"腰围以下"的人，而且当他问我在哪里工作时我已喝了两杯鸡尾酒，所以就告诉他我是为参议员工作。当他最后透露他为一个政治博客写文章时，我开始担心刚才我对自己和汤姆的关系是否太过口没遮拦，说得太多。我会在法兰克面前大谈汤姆，一方面是为了让这个帅哥刮目相看，另一方面是想用这个方法和他保持距离，让他知道我名花有主。然后他劈头问我，我是不是和汤姆约会。听到我说"当然没有"，他说："那么明天晚上你愿意和我共进晚餐吗？"为了摆脱纠缠，我答应了他的邀请。不过和他约会也不是什么苦差事，因为他辣得像哈瓦那辣椒，而过去四天来汤姆又是在家里陪家人。

我知道自己如果不小心谨慎，就会陷入大麻烦，所以想出自以为很天才的一招：告诉他虽然我很喜欢他，但正在和别人交往。当他问对方是不是汤姆时，我回答说："不是，是竞选团队的另一个干部，但不能告诉你名字。"把我载回到我当时借住的公寓之后，他给了我一个半纯真的道别亲吻。第二天，他在博客发文恭维我，说我是所有竞选团队女干部中最漂亮的一个。之后我们没有再见面，但他每两星期会打电话找我聊天，然后在上个月又打了一次，问我《星报》所说的事情是不是真的——当时《星报》刚爆料，说汤姆和一个不知名的前女干部有一腿，而它对该女干部的形容和我的合身程度就像一条"真实信仰"牛仔裤①。我当然否认一切，而他当然不相信，又问我是不是可以出来喝一杯。我说我不认为那是个好主意，然后便再没接他的电话。

"你一路开车到这里来？"我问。

"只有最后一两公里是走路。"

"我没看见你的车。"

"停在离大路一点点距离之外，从大路看不见。"

"你没有挨枪着实走运。"

"这一带的人看来非常友善。"

"如果我是你，就会赶在入夜之前往回开。"

"在我离开之前我们喝一杯葡萄酒如何？"他说着从他的背包拿出一瓶酒，"这是我们上次吃晚餐你很喜欢的牌子。"

说得不错，那个晚上我们开了一瓶好看得要命的葡萄酒。他把瓶子递给我看，是一瓶 2001 年的教皇新堡。"我记得，"我说，"是教宗们爱喝的葡萄酒。"

"据说还有一点催情作用。"

"不过我猜它会对老头子起作用。就我听说，教宗就像我们时代的摇滚乐歌星。哈，老天，你脸红了。真的好可爱。"

"因为我是天主教徒。我是说以前。"

我有半个我知道应该尽快撵他走，但另外半个我却巴望他留下来陪我。于是我们打开葡萄酒，我又拿来一片硬得像石头的楔形布利乳

---

① 一种剪裁很贴身的牛仔裤品牌。

酪和一盒"卡尔牌"水面饼干（在鸟不生蛋地方的"滚地小猪"能买到这些玩意儿不能不说是神奇的）。他谈了各个竞选阵营的内幕，让我茅塞顿开。我的意思是，如果不是听他说，你又怎会知道比尔·李察逊[①]是个色鬼——事实上，如果不是听他说，你又怎会知道比尔·李察逊的任何鸟毛病？然后他又谈到他上一个女朋友，说这个女生把他吓得尿都跑出来了：她不只和他最好的朋友睡觉，还和对方的老婆睡觉。因为他问起我的生平，我就谈了自己有一年怎样在印度一间精舍追求开悟和要怎样努力忍耐，不去勾引我的上师。然后我突然想到：且慢，他这是在为他的爆料挖背景资料。我甚至看得见该篇文章的标题：前度的派对女郎一度在一个大有争议性的上师主持的精舍寻求开悟……"你会把这些写出来吗？"我问。

"我还没有决定。"他说，"你有没有意识到，你住在菲普斯一个好朋友和大金主拥有的大房子这事情很难不会启人疑窦。你是和菲普斯有一腿吗？"

"为什么你不问问我是不是和斯基特·杰克森有一腿？"

我听到远处传来一下枪声，然后我的短信铃声响起（是奈尔斯·巴克利唱的《疯癫》的头三句）。我打开手机，看到汤姆传来的一条短信：有什么状况没有，我的糖李子？

不知道为什么，我对于要不要告诉他正在发生的事感到犹豫不决。我不想他担心。我觉得不管我决定要不要告诉他都有理由支持。我瞪着手机屏幕，直到法兰克问我："你还好吗？"

"我很好。"

我回短信：博客找到我。人就在我面前。

打电话给警长。

那会引起注目。

什么都别说。

我不是三岁小孩。

---

① 二〇〇八年美国总统选战中争取总统候选人提名的民主党人。

看到他叫我什么都别说让我不舒服，因为就像我过去一年不是个步步为营的人。法兰克看着我，一脸困惑。他低头看了看手表。

撵他走。

别担心。

我决定关掉手机。他的语气确实让我很恼火。

"我八成该回去了。"他说，喝下最后一口酒。

"我猜也是，"我说，"我载你到铁闸门。"

"感谢。"

当我在大路把他放下车的时候，他说："别担心，我不打算写出你今天说过的话。"

"不胜感激。"我说。

"有空打电话给我。"他说完关上车门，爬过铁闸门，往大路走去。

开车回房子途中，我对法兰克感到很过意不去。他既得不到他想要的内幕，也没有床可上。他这个人看来相当正人君子。我纳闷汤姆还能对报界隐瞒我们的事多久。他会继续说他想要我多于想当总统吗？他会不会用和别人上床（比方说和太太上床）来掩饰我们的事情？

他半小时后打电话来的时候，我酒力已经消退，太阳正在下山，我沉浸在满腹疑惑中。

"发生了什么事？"他问，"你把他撵走了吗？"

"差不多。"

"什么叫差不多。"

"暂时走了。"

"他问了你什么？提到我的名字了吗？拜托告诉我你什么都没有说。"

"我告诉他，你在床上猛得像种马。"

"拜托，艾莉森。"

"我当然什么都没有说。"

"感谢上帝。"

他的语气真的把我惹火了。

"听着，"他说，"我过五分钟再打给你。"

不过，再打来的人是罗勃，他问我法兰克的事。"我已经处理了。"我说。他坚持要知道细节，但我只说我会把细节告诉汤姆，然后就挂断。

当汤姆最后再打来时，我已经沉思默想了快一小时。

"对不起，"他说，"我刚才接到福克斯电视台打来的电话，必须到楼下接受一个现场转播的专访。那个博客到底是想怎样？拜托你告诉我不会有麻烦。"

如果他只是用问问题的语气，或对我表现得关心，我们的谈话也许就会往一个完全不同的方向发展。"我不知道，"我说，"要视乎情形而定。"

"视乎什么情形而定？"

"他想要回来吃晚餐。"

"搞什么鬼？我希望你已经叫他见鬼去。"

"我是可以这样说，但那样的话他的博客明天十之八九会登出一篇罪证颇为确凿的文章。"

"他到底想要什么鬼？"

"我可能猜错，但我认为他想要的是你的女朋友。"

"你在说什么？"

"我是说，我认为他想要我多于想要一则独家新闻。"见他没有反应，我说，"汤姆？"

"他是那样说的？"

"不尽然。"

"那到底他的原话是什么？"

"我不可能一字一句复述。但他把态度表示得很清楚。他基本上暗示，如果我对他不感兴趣，就表示我和另一个人打得火热。"

"你说的'暗示'是什么意思？"

"我是把十分钟的谈话浓缩在这两个字里面。我是在诠释。"

"你告诉过他你和另一个人打得火热，对不对？那我们就拿罗勃来当挡箭牌，如何？"

"行不通的，汤姆。他知道罗勃不喜欢女人。"

"你怎么说？"

"你想要我怎么说？"

"我想要你把他撑走。"

"我是可以那样做。"

"他握有什么实质证据了吗？"

"他声称他掌握了那个在曼彻斯特看见我们一起淋浴的消息来源。"

"那他直接报道出来不就得了？"

"他也许会那样做。"

"你真的认为他够喜欢你，会愿意为了得到你而牺牲他的独家报道？"

"有可能。他想今晚过来为我煮晚餐。你想我怎样做？"

"我不知道。我得想想。我要和罗勃谈谈。"

"你竟然要罗勃给你出意见？"我说，觉得难以置信，"我不想知道罗勃怎样想，也不在乎他怎样想。我想知道的是你怎样想，你想要我怎么做。"

"可恶。罗勃就在门口等我，我在海外作战退伍军人协会的演讲已经耽误了。"

"你想要我怎样应付'腰围以下'先生？"

"我不知道，你必须自己处理，甜心。"

"我不懂你的意思。"

"我只是说你应该做你认为最正确的事。"

"任何我必须做的事？"

"我对你有百分百的信心，甜甜。我爱你，知道一切可以靠你。"

直到这一刻之前，我还怀抱希望，但他说他知道一切可以靠我这句话让我心碎。那是他公开演讲的惯用语。就连"甜甜"这两个字都是装出来的南方情调，与其说是一种爱语不如说是一种对爱语的模仿。

　　"甜心，我得出门了。晚点再打给你。"

　　他一面说一面走向门口。我忍不住想象他的套房是什么模样，哪怕这套房必然和他在竞选路线沿途住过的所有其他饭店套房十足相像。这些套房看起来都是没有个性和没有历史的，而且一律有个冰桶，冰桶左右各放着一个塑胶杯。以前，我从不会好奇，它们在我们入住之前有哪些人住过和发生过什么事。也许，它们全都上演过非比寻常的事情，值得用一面小铜匾加以铭记。我当然不会有机会看到他现在住的套房，却忍不住好奇他日后会不会记得，在他那一年住过的上百间饭店之中，他曾经在迪比克的汉普顿饭店用自己的知心人来交换某种他更想要的东西。

2008

游行示威

考琳答应了华盛顿和韦罗妮卡，在五十二街的小餐馆外头和他们会合。八十年代还住在这一区时，他们在星期六会来这里吃汉堡，或在星期日来这里吃早午餐。她没有再踏足这小餐馆已超过十年，现在，那些放在塑胶罩子下面的亮晶晶的苹果派和椰子蛋糕看来就像博物馆的展示品，展示着她年代久远的青春岁月。不过，这一次小餐馆里挤满条子——自从她在下城区的流动厨房工作，为冒烟废墟四周的警察、消防员、医护人员和钢铁工人提供饮食之后，就没有再看过这么多穿制服的人聚在一块。那时她也认识了很多条子，但现在这一批却冷漠得多，每个人都紧绷着脸，避免和老百姓发生目光接触，一副拒人千里之外的态度。这城市曾经有过的团结一心——陌生人在街上互相安慰、股票经纪人和消防员互相拥抱或对警察打招呼——早已成为历史。在那个炭疽热恐慌和到处都贴有寻人告示的时期，本市的市民一度发生过改变。他们大部分人都曾经发现自己身上最美好的部分，发誓不会倒退回到自扫门前雪的生活方式。不过，随着人人返回工作岗位、瓦砾被搬清走和股票市场重新开张，一切又恢复原状。他们早上起床时不再会想到那恐怖的一天，要直到前往吃午餐的路上看到一张破破烂烂的寻人海报才忆起发生过什么事。不用天天想着那段悲惨时光让人如释重负。

她走出店门外等候。虽然才十点三十分，人行道上已经人山人海，每个人都因为寒冷而把脖子缩在衣领里，许多人手上举着标语牌。一幅巨大的横幅赫然在目：我们只是呼吁给和平一个机会。一个小男孩和他穿红色防雪装的妹妹也一样举着标语牌，上面分别写着战争就是恐怖活动和把布什兄弟抓去当兵。罗素留在家里带小孩，他目前正在写一个剧本，用来为她庆生。虽然他就像考琳一样厌恶迫在眉睫的战争，但不打算加入群众。他在早上稍早才说过："我不游行的。"语气就像他有时会说"我不跳舞的"那样，让人感觉他因为自己的特立独行而自豪。

往人行道南面望去寻找华盛顿和韦罗妮卡的身影时，她的胸口突然一紧，因为她看见了另一个熟悉的身影：这个人走起路来有一搭没一搭，穿着骆驼毛风衣，黄棕色发绺在额前一晃一晃，反手把一个服装袋钩在肩膀后面，像多了一片发育不全的翅膀。她全身麻痹地看着他走过来，观察着他本来毫无防备的脸容如何发生变化：这张脸迅速从震惊变为哀怨再变为"这真是一个惊喜啊"的伪装表情。

"我本该预想得到会在这里碰到你。"他亲吻她的脸颊时说。

"事实上，我刚刚才想到你。"她说，觉得自己这句话假假的，因为真是那样的话未免太巧合。但事实上，在他们没见面超过一年的这段时间里，这句话几乎天天为真。两人最后一次见面是在一个雪夜，地点是纽约州立剧院外头的广场，当时两人各带着家人到剧院看《胡桃夹子》，凑巧遇到。现在，他在她的思绪里占据的时间要多于在她的肉体里。那个雪夜之后，他们有一段时间还继续互通电子邮件。他最后一次从田纳西州打电话给她是五个月前的九月十一日。她不在家，只从答录机听到留言。

"我是说，我刚刚想到了我们一起在下城区流动厨房工作那段日子。看到那么多人让我……"她说，用手比了比举着标语牌团团转的群众，"在我看来，一切就像是当日的颠倒，又是示威抗议，又是战争。"

"我也这样觉得。他们想要我们相信，当日发生的事可以合理化他

329

们的战争。"他说，叹了口气，"其实我不知道这里要举行游行。我是要去机场，刚好经过。我本来是借住在街另一头一个朋友家里。"说着向后头指了一指，就像要证实这话不假。"我已把公寓卖了。是为了履行离婚协议。"

听到最后一句话，考琳五味杂陈，但尽量不表现出来。

"你是要回田纳西州去？"

他点点头。"阿什丽已经先搬过去，看来很适应，准备入读纳什维尔一家女校。"

"太好了。"

"你的小孩呢？"

"他们很好，好极了。"他们看来有必要强调他们的小孩过得幸福，因为八成是小孩让他们的罗曼司无疾而终。

"你妈妈可好？"她感觉自己这句话是要说给旁人听的，但她不知道要怎样摆脱礼貌性谈话的公式。

"她又是另一回事了。她不怎么好。她生了病，是癌症。"

"天啊，路克，我好难过。"

"真的是让人难熬，不过预后的情况让人有理由乐观。"

"你能够回到她身边她一定很高兴。"

他耸耸肩，用手拨开垂落在前额的头发——这个她无比熟悉的动作让她感到晕眩。"对，可以弥补一些遗憾。"

"好事一桩。你还在工作吗？"一起在流动厨房工作的那段日子，他处于一个过渡阶段，设法要摸索出自己下半辈子想从事什么工作。

"我在管理一笔小小的基金。"

"你要写的那本书写得怎样了？"

"老天，我几乎忘记这事情了。也许改天吧。你呢？你的电影剧本要开拍了吗？"

她告诉他是哪个演员签订了接演意向书，但没提意向书已经在一个星期前过期。

"太好了。上映之后我会到冷泉影城欣赏。"

这番谈话的正式和拘谨让她筋疲力竭。她本来已经决定好为了他而抛弃一切，然后，过去一年来，她又苦苦试着说服自己，他们的最后决定真的正确。

不管是好是坏，华盛顿和韦罗妮卡的出现都让他们不致把内心深处的感情泄露出来。考琳给三人互相介绍，意识到这一幕和她在剧院外头把家人介绍给路克认识的情景何其相似。那个晚上有力地结束了他们的关系。看见她和丈夫孩子在一起让他问心有愧。他稍后告诉她，他承受不了是他破坏她家庭的良心责备。

"抱歉我们来晚了。"韦罗妮卡说，"哈金森河大道大塞车，然后我们找停车位又找了许久。"

"这就是郊区夫妻的苦恼。"华盛顿说，他至今还对自己成为了另一个通勤者感到难为情——九一一恐怖攻击的一个后果就是让很多人搬到了郊区。他们是在事件一星期后开始在康涅狄格州看房子的。

"你气色好极了。"韦罗妮卡对考琳说。

"你不也是。"

"我想我应该想办法叫辆计程车，离开这一区。"路克说。

考琳不想他离开。不管她现在的样子有多么笨手笨脚，她仍然希望他们可以多聊十几分钟。她突然害怕起来，唯恐他们会一别成永诀。

他们在人行道又站了一下子。她感到刺骨寒冷钻进了鞋底，不确定该采取什么道别形式。

他探身在她脸颊上一吻，凌乱的额发在她脸上擦过，让她有一种心如刀割的熟悉感。如果说她本来还不确定他的心绪状态，那么她现在已经清楚意识到，他悲苦得不亚于她自己。他在转身向西而去时勉强挤出一个笑容。她目送着他的背影慢慢消失在越聚越多的游行者之中。

"干吗脸臭臭的！"华盛顿说，向四个走出小餐馆的警察扬扬下巴。四个警察都是白人，圆胖身材，脸色阴沉，防暴装备齐全。走出小餐馆后，他们拉了拉裤子，低着头，眼神避免和市民发生接触，就像四个身处敌人地盘的同袍。

考琳摇摇头，觉得眼前所见无一是真实的。一想到即将发生在一万公里之外的战争，她就义愤填膺，对警察的好感荡然无存。

"我不喜欢他们的狗屎脸。也许你也应该弄一个自己的标语：我妹妹的丈夫是条子。"

考琳有片刻不明白他的意思，但随即想起他说得不错：她妹妹真的是嫁给过警察。这是那件匪夷所思事件①的另一个匪夷所思的后果。

加入群众让她精神为之一振，让她因为可以交出自己的意志而觉得轻松。他们汇入向东朝第二大道前进的人群中，旁边一个标语写着：我不惜为呼吁和平而屁股结冰。天气冷得让他们的呼吸清晰可见。罗斯福岛的缆车在远处往上爬。考琳被一个标语牌从后面撞了一下。她回头一看，看见标语牌是由一个小女孩举着，上面写着：儿童反对战争。她心想让家里两个孩子看看这个也许会对他们有好处。

路克在那个雪夜看到她的一对双胞胎之后愣住。她从他一双眼睛看得出来他受到多大震撼。在那一刻，她就知道这次不期而遇让他们注定不能在一起。他们事后几天固然曾为这件事情有过痛苦的讨论，仍然无济于事。路克的反应真的是一种不够理性的反应，因为他从一开始就知道她有小孩。事实上，按照原定计划，他们会在圣诞节过后向各自的配偶要求离婚。

当他们最终去到第二大道的时候，游行队伍折而向北，哪怕他们原定的目的地是在东南方十条街之外的联合国总部。

华盛顿跳起来，想看看前面发生了什么事。"搞什么鬼，我们干吗往上城区的方向前进？"

一个戴羊毛套帽的小孩对他说："警察封锁了第二大道，我们必须绕道。"

"这没道理。"考琳说。

---

① 指九——恐怖攻击。

"如果他们不想让我们接近联合国，"华盛顿说，"这种安排就完全有道理。"

有时，汽车喇叭声会让人震耳欲聋。示威者蔓延到人行道之外，像灰泥一样填满汽车与汽车之间的空隙，让反方向的车流为之打结。这种景象完全不像是真的。

一个发自扩音器的声音指挥他们往北走。

"警察想办法分散我们。"走在考琳身边的男人说，他的标语上面写着"空弹头"①几个字，画着小布什、切尼和拉姆斯菲尔德②三人的漫画头像。三个头的头盖骨都是打开的，以铰链和下面的部分相连。

"我喜欢你的标语牌。"她说。

"警察想办法不让我们去到联合国，真是王八蛋。"

"我们就这样任他们恶整吗？"华盛顿说。

"幸好我们没有把孩子带来。"韦罗妮卡说。

"才怪，那可以让他们上一课。"华盛顿说，"让他们知道我们受宪法保障的集会权利是怎样他妈的受到践踏。"

"警察为什么要这样做？"

"一个向我们总统巴结的共和党州长和市长解释了现在的情况。"

考琳和韦罗妮卡走在他后面，亦步亦趋。她们这两三个月来极少联络。

韦罗妮卡捏捏她的手套。"你最近好吗？"

"很好。小孩也很好。"

"你们两个呢？"

"罗素昨天晚上带我到布莱餐厅庆祝情人节。"她说，心里好奇昨晚路克是和谁在一起，又是在哪里度过的。这当然是假定他已经有了另一个女人。她不知道是不是这样，因为她不敢问他。如果他真的有了另一个女人，那对方八成是个和他青梅竹马的南方女孩，有着一头

---

① 又可解作"脑袋空空的好战头颅"。

② 切尼和拉姆斯菲尔德分别是小布什政府的副总统和国防部长，是最强硬的主战派。

蓬松头发和糖浆口音。

"华盛顿做了他拿手的四川鸡，我们开了一瓶气泡苹果酒。"

"听起来很棒。"

"听起来很无聊。但我猜无聊总比通宵狂欢和穿一些奇怪的情趣内衣好。我不知道，但我讨厌通车，怀念住在纽约的日子，不想当那种总是留在家里的妈妈。我不知道我是应该害怕孩子被同学排挤，还是害怕他们长大后和同学一个模样。"

但考琳正在想的却是路克是否过得快乐，以及自己是不是希望他过得快乐。她当然希望他快乐，但又希望他有时会想到她，并且会像她那样有时会纳闷，他们的决定是不是正确。

在六十三街，一字排开的警察和路障挡住他们的去路。一个脸上有着新月形伤疤的红脸警察举着警棍，指示游行群众改向北走。

"你们把我们往上城区方向驱赶是什么目的？"考琳问他。

"继续走就是了。"警察回答说。

到下一条街之后，他们又发现街道已经被封锁。

"喂，老兄，"华盛顿说，"我们住在这条街。"

"你需要出示身份证。"警察说。

"警察先生，我不明白。"考琳说，"我们不是要制造什么麻烦，只是要行使宪法赋予的集会权和言论自由权。"

"叫你们继续走你们就继续走。"

华盛顿抓住考琳手臂，把她拉离路障。

"他们为什么要这样做？"她追问说，"他们为什么要这样子？他们对圣帕特里克节的游行队伍不会这样。"

"可不是。"华盛顿说，仍然抓住她手臂。

"就算他们想要维持某种荒谬可笑的秩序，"韦罗妮卡说，"他们至少应该保持礼貌。"

一票警察的脸让考琳联想起塞尔马事件和伯明翰事件的老照片。

"目前的情形真是让人发指。"说话人是个中年金发女人。她戴着黑天鹅绒发带，穿貂皮大衣，在游行队伍中有点与众不同，让考琳联想起路克较年轻的前妻。她的照片有时会出现在杂志的派对版面。

参差不齐的呼口号声在游行队伍的前头响起，然后从前面不断往后面传，此起彼落。但口号声在他们抵达六十五街时戛然而止。这条街一样受到封锁。

"真是荒谬。"考琳说。

"这全是计划的一部分。"华盛顿说。

"什么计划？"

一个穿迷彩外套并留一头长白发的老男人在一片吵闹声中扯着嗓子告诉她："他们不想让我们靠近联合国，也不想让我们靠近摄影机。"

"谁是他们？老天，这里可是美国，这里可是纽约。是谁下的命令？警察局长？我们那个尖声尖气的市长？还是白宫里面那个浑蛋？"考琳愤愤不平。光是想到有人用恐怖攻击作为发动战争的借口就让她怒不可遏。

往前面望去，她看见群众举起一个巨大的圆球。圆球直径大约三公尺，材料看来是软布料。

"这些街道是谁的街道？我们的街道！"

考琳跟着大家一起高喊这两句话。她冷得要命，耳朵和脚趾都冰冷麻木。如果警察是想要刺激群众暴力相向，那么他们把工作做得漂亮。

"这些街道是谁的街道？我们的街道！"

她是爱好和平的人，是两个小孩的妈妈。但现在她想要掷出一些什么，想要砸烂一些什么，发狂似的宣泄怒气。

"这些街道是谁的街道？我们的街道！"

看着许许多多愤怒的脸，她脑海里突然出现一幅混乱在全城蔓延开来，烽烟四起的景象。

最后，在七十一街，他们被驱赶往东走。接近第一大道的时候，消息在游行者之间互相传递，说是大道已经被封锁，让他们的行动完全徒劳无功。

前方，一批警察骑在马上，监视游行队伍的动静。她仍然希望找到一个不骑马的警察，和对方展开对话，解释这个集体行动的目的。

但是她意识到焦虑感在人群中逐渐升高，愤怒和歇斯底里情绪越来越接近爆发的边缘。

"他们打算要展开逮捕！"

"退后！他们冲锋了！"

"王八蛋！"

"他们揍人了！"

随着马背上的警察向前移动，她前方的人群向后退，她也被挤到马路南面人行道上挤成一团的示威者之中。一个塑胶水瓶以弧形掠过一个骑警头顶上方。从十字路口传来高呼声、咒骂声和尖叫声。

三个骑警朝着他们的方向逼近，而考琳认得其中一个，又突然记起对方的名字：斯皮内蒂。

她在倒退的人潮中奋力往前走。

斯皮内蒂坐在一匹很大的栗色公马背上，右手像举火把那样高举着警棍，左手轻轻握住缰绳，眼神盯着群众上方某处。

"警察先生！"她高声喊道，"斯皮内蒂先生！"

那警察环顾四周，扫视一张张脸，警棍仍然高举着。

她前方的马路上突然空出一个空间。只见一个穿蓝色风雪大衣的少年脸朝下趴在马路上，浅黄色头发上有一道闪着光的深伤口。少年的年纪和她儿子的年纪虽然显然不同，但头发颜色却非常相似，让考琳忍不住想象倒在地上流着血的人是她儿子杰瑞米。

她在由骑警和少年构成的空间的边缘向斯皮内蒂挥手，但又马上觉得这个举动荒谬可笑，不确定自己用意何在。"我是考琳。"她说，"流动厨房的考琳。"

他看着她，没有流露出明显情感。

她不知道要说什么。她想要止住他的嗜血冲动，唤起他的人性。她想要问他究竟是怎么回事，想要提醒他，他们认识的那时候，他们的国家正在受到攻击，而市民都盼着他和他的同僚保护。她瑟瑟发抖，下巴像硬掉一样，要过了好一阵子才说得出话："我们喂饱过你，曾经以你为荣。"

斯皮内蒂无动于衷盯着她看，最后才垂下警棍、掉转马头，朝十字路口的方向而去。那里聚集着另外十几个警察。

两个女人跪在地上检查少年的伤势。他开始呻吟，但也许他本来就一直在呻吟，只是考琳没注意到。她背后有声音喊大家空出一条路让医生通过，然后来了一个穿橘色防寒衣和秃头两侧各有一丛银发的医生。

华盛顿突然出现在旁边，把在中午太阳下瑟瑟发抖的她搂住。

"他有一晚载我们两个回家——我是说我和路克。他喝咖啡都是加四颗糖，我都是给他做一锅新鲜的东西。我的意思是，我们当时做这种事意义何在？"

华盛顿把她带往西走，远离游行队伍。"也许只有一个这样寒冷的冬日可以防止全面性的暴动爆发。"

她仍然在发抖。"我想要回家，"她说，"你认为我这个时候想回家是对的吗？"

华盛顿和韦罗妮卡要开车送她回下城区，但她不认为自己这个时候受得了有人陪伴。最后，华盛顿好不容易在第五大道帮她叫到一辆计程车。韦罗妮卡在她上车前给了她一个拥抱。开在第五大道上时，计程车司机像是得了躁郁症似的，时而猛踩刹车，时而猛踩油门。她想到那个头破血流的少年，想到那些即将被派到遥远异国流血和死亡的少年，直想对这一切毫无意义的死伤放声尖叫。她想要掌掴斯皮内蒂，想要把小布什兄弟抓去当兵。但她最想的是再看见路克。她已经努力尽过她的公民义务，但她厌倦了总是努力做对的事，厌倦了总是努力当个好妈妈和好太太。她想要按照自己的七情六欲过生活，忘掉他人的需要和渴望。她想要她想要的。她想要路克，想要"不问意义的被夵"。她以前总觉得这种说法低级，但现在却突然明白了它的真义。在这一刻，"不问意义的被夵"看来是唯一有意义的事情。

"女士，你是说百老汇大道西？"

"对，百老汇大道西。里德连锁药品店那个十字路口。"

计程车接近她住的那栋大楼时，一束阳光射进挡风玻璃，让她有片刻什么都看不见。多年来，这一区到了下午这个时候都会是笼罩在阴影中。因此，她可说是遇上了"银绲边"。①

2004

---

① 英语谚语有"每朵乌云都镶着银绲边"之说，意指"黑暗中总有一线光明"。

最后的独身汉

从海浪中回来后，吉妮惊讶地看见 A.G. 盘着腿坐在她的大毛巾上，正在和她的侄女聊天。她的第一个反应是反观自照（想象自己穿着"速比涛"泳装和全身湿淋淋是什么模样），第一个冲动是走为上计。她最后一次看见他是多久以前了？有两年了吧？当时他们刚参加完阿尔茨海默症协会的舞会，他醉醺醺地要求她陪他去圣巴斯岛①。快速点算过身上有哪些不完美之处之后，她注意到 A.G. 多了个突出的小腹。他的身材是什么时候走样的？她断定他正在勾引她的侄女（这是根据他一手支颐的慵懒姿态所作的诠释），又由此断定他真正可笑的不是他的小腹，而是他的缺乏自觉意识。他八成不会在女人面前缩小腹，甚至不会认为那是他的缺陷之一。他的一头金发仍然浓密得像年轻人——她相当确定，上一次她对他说他长得像罗伯特·雷德福时，他非常受用。即使站在一个距离之外，她还是看得出来，他虽然正在对一个年纪比他小一半的女生施展魅功，仍是理直气壮的老样子，从容不迫而自信十足。正是这一点让他不致沦为漫画人物，让他不致落入典型的色老头类型。与其他热衷追求年轻妹妹的中年男人相比，他的自得自满心态看来要更强大和更不可打倒，因为别的中年男人一定会心虚，上健身房补强（没能这样做的也至少会在关键时刻不惜冒脱肠的危险，强缩小腹一段时间）。当然，她对他的解读有可能是一种过度诠释，但

① 加勒比海的法国属地。

A.G. 本来就是一个容易招引人这样诠释的人。她的这一切思绪都是发生在一刹那之间——介乎两波海浪在她脚踝破开之间。当第二波海浪从她脚下退去时，她对自己感到愤怒：她干吗为他操那么多心，干吗要设法为他开脱？更有可能的情况难道不是他就是个色老头类型，而她从他神态解读出的种种只是她自己在标准图案上刺出的刺绣？毕竟，当初她虽然没有对他寄予太高的期望，他不是还是让她失望了吗？

然后，就在她走上前的时候，她发现她有了另一个可以自责的理由：她才是那个缩小腹的人。幸而，当她在他旁边坐下和抖掉头上的盐水时，他被吓了一大跳的反应抵消掉她不少疙瘩。

"A.G.，真是惊喜啊，原来你认识我侄女。"

对一个一向以处变不惊能力而自豪的男人来说，他的慌张显得滑稽。不过，他以让人敬佩的速度恢复镇定。他亲吻她脸颊，竭尽所能装得本来就预期着会看见她的样子。然后，他又在被容许的最短时间内找了个理由告辞，用的是他能装出的最优雅的态度。看着他夹着尾巴逃走的样子让她有满足感，也对他吃力走过沙滩时留下的大脚鸭足迹感到熟悉。对，她记得他的足迹，因为以前有一次，他在亚斯本的雪地里追着他跑，觉得他的大脚鸭足迹让他更惹人喜爱。

"你们在搞些什么？"她问兰娜。

听到这样一问，她的侄女脸红起来，耸耸肩说："我不知道。他就像是……你知道的，他是那种……"

吉妮确实知道他是哪种人，但并没有因此感觉自己和侄女心意相通。她打量兰妮，想象 A.G. 会用什么眼光看她，并由此得出一个奇怪结论：一个年轻女生的肚子的凹度和她智慧的贫乏程度成正比。老天，兰妮好嫩。她当然看过 A.G. 勾引一些年纪没有她侄女大的女生，但直到这一刻之前，她从没有想到过她的侄女——她的小兰娜——和那些女生有什么共通之处。"他是哪种人？"

"这个嘛，你知道的。他是那种很友善的人。"

"你是说他想勾引你。"

"这个嘛，他只是坐下来。事实上，他是走过我面前几步之后才转回来，然后自我介绍。他问我这里是不是吉布森海滩，我说不知道，因为我不是本地人。然后我们就开始聊天。"

"他邀你出去了吗？"

"这个嘛，他说他这星期有点忙，但下星期一会打电话给我。"

吉妮点点头。她提醒自己，这事情不能怪兰娜。她在心里由一数到十，设法说服自己，她接着要说的话毫无恶意。"他这星期肯定会相当忙，"她说，从香烟包抖出一根烟，"因为如果我没摆太大乌龙，他将会在这个周末结婚。"

在接近琴酒街①那栋以农舍自居的大房子时，A.G. 看见一个白色大帐篷已经搭好在他未来岳父四周围着一圈正方形女贞树篱的产业上。大铁门打开着。开进去的时候，一派忙乱景象迎面而来。他把车停在车道中央，放眼观望。许多油漆工和窗户清洗工正在站在梯子上工作。三个女佣像三只白色鸭子那样摇摇摆摆地走在通往客舍的小径，人手一沓亚麻布织物。六个看起来像露营顾问的年轻人在大帐篷底下架设桌子。园丁分散在整片产业各处，栽种鲜花和摘掉枯花。曼哈顿一家花店的厢型车送来更多鲜花。一个不知道干什么的工匠对着泳池屋的旮旯小便。这一切全是由他在几个月前向潘朵拉·基尔斯特德的求婚所启动。他会求婚并不完全出于一时冲动。事实上，他在求婚前一个月便在"格拉夫"买好钻戒，后来两次约会都把钻戒带在身上，只不过两次都无法下定决心。最后，为了让自己别无选择，他把她邀到"一盏灯表示从陆上来"②，因为那里是出了名的求婚胜地。在他们的开胃菜还没上桌之前，便有两个男客人在自己的女伴面前下跪。看见第一个人下跪时，潘朵拉涨红了脸，到第二个人下跪时，她假装没看见。

---

① 位于纽约州长岛。

② 这餐厅的店名来自一个美国独立革命时的典故：革命者相约，如果在教堂尖顶挂上一盏灯，就表示英国是从陆上来，挂两盏便表示从海上来。

稍后，A.G.终于开口求婚。即便说她对他坐在椅子里求婚感到失望，仍然没有表现出来。

宣布喜讯、筹备婚礼和开列礼物清单①的事宜毫不留情地依次展开，但对当事人的 A.G. 而言全都没有实感，更像是一些由像素组合起来的画面。坐在车上的 A.G. 试图把自己和这一系列事件关联在一起。他知道自己的应有感觉是欢天喜地或害怕，又或是两者兼而有之。他竖起耳朵，设法听到滔滔海浪声，心里奇怪这种声音为什么都是晚上才听得见，白天总是听不见。

一只兔子箭也似的掠过车道，消失在女贞树树篱后面。紧追在后的沃夫特——基尔斯特德家的寻回犬——对着树篱吠了两声，然后转过身，小跑步回屋子去。

上完网球课离开绿茵球会的时候，吉妮·班克斯远远看见了她没有预期会看到的一幕：A.G. 的婚宴彩排。她站在球会门口，望向聚集在一起的一群人。除了男女双方的家人，还有一张桌子是坐着男傧相。这一次 A.G. 把五个死党全找来当男傧相，不遗漏任何一个：汤米·布里格斯、威克·苏厄德、奈古斯·门泽诺波勒斯、卡皮·法圭森和吉诺·安德罗沙。还年轻的时候，他们都以有女人缘著称。奈古斯和吉诺是阿涅利和鲁维罗萨之流老派花花公子的最后人物，酷爱开赛车和豪奢酒色生活。他们五个最后还是结了婚——大多数结过两次，只有吉诺和威克目前是介于一次和两次之间。他们追求和上过的女生很多都是重叠的，起初是专挑和他们一样年纪的女生，然后是专挑和他们最小一个妹妹一样年纪的女生。A.G. 是同辈死党中最后的独身汉。有二十年时间，他相当于纽约市的一个王子，穿梭于上东区的高级俱乐部和下城区的夜总会之间，出入于艺术家的圈子和亿万家财继承人的圈子。他是网球俱乐部、小溪俱乐部和世纪俱乐部的会员、苏活区一家知名艺廊的早期投资者和好几本文学杂志的赞助人。他同时是知名

---

① 美国人结婚时会希望收到的礼物列成清单，由亲友自行认领。

的花花公子，在曼哈顿和欧洲都有一票红粉知己，轮流约会模特和大家闺秀。有好些年，他都和一个已婚的荧幕偶像过从甚密，但期间继续经营国际连环约会事业。他的四十岁庆生会是在奈古斯的帆船"酒神号"举行的，而这个庆生会后来当然入选"十年来最猛派对"名单之列。卡皮在三天后进了戒毒中心，更后来，奈古斯也被卷入两宗认亲官司——两位原告都指称她们是在 A.G. 庆生会当天怀孕。A.G. 本人成功逃过这一类纠缠，不过，又过了一段时间之后，他的名字开始被人当成是发育迟缓的同义词。他当丈夫候选人的时间已经太久，让人不再觉得他是可信的候选人。自此，他让那些要在家里宴客的夫妻在安排座位时伤透脑筋，开始觉得他是他们轻狂年轻时代留下的古怪古董。"我们可以让谁坐在西莉亚旁边？""A.G. 总是现成的。""你真的想要这样对待西莉亚？我是说，即使她没有和他睡过，等了这些坏孩子一辈子也应该等够了。"

吉妮转过身，看见洛丽·哈达德和女儿凯丝一前一后站着，看着同一片景象。"你能够相信吗？"

"我亲眼看见了，"洛丽说，"但仍然不能相信。"

"为什么你不相信，妈咪？"

"因为他还有二十四小时可以离开这个国家。"

"也许我们都太过小人之心。"

"甜心，妈咪不相信童话故事。"

"你认为为什么刚好是她？我是说，情形会不会就像音乐停下来的时候，她刚好坐他旁边椅子？"

"还有是因为她年轻漂亮，又苗条又有钱。何况她和他还是同乡。南方人很看重这种事。"

"分析得好。那么她又是看上他哪一点？"

"这个嘛……他有魅力又聪明，大屌大得像佛罗里达州。"

"你是说他的鸡——"

洛丽伸手掩住女儿嘴巴，不让她说完。"知道就好，用不着说出来。"

A.G·杰克逊自小在查塔努加的卢考特山长大，但他爸爸的原籍是阿拉巴马州的伯明翰，是因为念范德比大学[1]的缘故才来到田纳西州。因为是本地一间银行的副总裁，老杰克逊在社区内备受尊崇，但论财力仍然远远不及一票土财主。A.G. 在学业和运动两方面都表现杰出，常常和同学（他们的信托基金都是由老杰克逊管理）一起远行，到伊斯拉摩拉钓梭鱼或到同学家位于佐治亚州的种植园打鹌鹑。在父亲的自小调教下，A.G. 深信"绅士"是一个男人能够追求的最高荣衔，而人们又一律是这样形容老杰克逊的。但那些暗地里信仰达尔文主义的人在这样形容他的时候，通常又会加上"老派"两个字，这让他儿子不能不觉得，这些人在尊敬老杰克逊的同时，有着一种几乎不着痕迹的屈尊俯就。老杰克逊的谦让处世原则部分是对自己父亲一种反动——他老头子在他成长期间赚了一堆钱，然后又赔光。A.G. 父亲竭尽所能打压儿子大胆无畏和精力过度旺盛的个性，因为 A.G. 在这两方面都太像祖父。但他太太却在私底下搞破坏，老是灌输儿子一种顾盼自雄的心理。她娘家是查尔斯顿最早的世家大族之一，所以她不认为儿子应该在当地的土财主面前低声下气。她常常会问儿子："这个世界上谁是最英俊、最聪明的小人儿？"每次听到她这样说，她丈夫总是会申斥她："拜托，姬特。你这样会惯坏孩子。"所以，A.G. 一方面吸收了父亲对传统、地位和继承而来的财富的尊敬，另一方面又被妈妈教育得相信自己无比优越。从他的旁观者角度看，他父母婚姻美满，只不过，他妈妈有时会相信自己是屈尊下嫁，认为丈夫缺乏火热的进取心，让她的野心无法实现。

在查塔努加，没有一个家族比基尔斯特德家族还要显赫。他们最早是以土地致富，后来又扩大触角，打造了一个以亚特兰大为基地的软性饮料王国。过去半世纪以来，基尔斯特德家族的事业从美国东南部扩展到整个国家和全球各地。A.G. 和伯顿·基尔斯特德三世（特里普）

[1] 美国南部顶尖大学，有"南方哈佛"之称，位于田纳西州纳什维尔。

是高中同学，而老基尔斯特德对他颇有好感，甚至为他给哈佛大学写了推荐信。两人在 A.G. 搬到纽约之后继续保持联络，特里普到纽约的话有时会找他吃晚饭，而老基尔斯特德也会关照他的生意。作为一名年轻的投资银行家，与特里普相熟绝非坏事，同时，他还娶了一位来自萨凡纳的女孩，在瞭望山建了一座房屋，又在下城区租了一个办公室，就挨着他父亲的办公室，在不去关注从新斯科舍到俄罗斯的三文鱼或从佐治亚到阿根廷的鸟类的时候，他会去办公室看一下。他们的朋友卡尔·巴斯特也继承了庞大的信托基金，但不出任何人所料的是，他花钱如流水，生活乱七八糟，出入于最热门的度假胜地和戒毒中心之间，几次结婚和离婚，生下一堆子女，老出车祸和对不恰当的对象开枪。他最后一次的开枪对象是自己。A.G. 搭飞机回南方参加丧礼——丧礼哀戚而豪华，持续了三天。

他们大部分高中同班同学在突击过北方之后都是定居在离父母家几公里的范围内，娶的都是认识多年的女生。每次有同学结婚，A.G. 一定会回来参加婚礼（三十岁那年一共参加了五次），身边带的总是一个不同的女伴。有时则是回来充当同学孩子的教父。他会在感恩节和圣诞节探望父母。他极少带女生回家过节，但只要带了，都会不自觉提到她们是出身于"好家庭"。不过他父母后来都学乖了，懂得不要对这些女孩投入太多感情。

虽然 A.G. 在纽约的事业越来越成功，但他始终心系家乡。查塔努加、田纳西州和南方——这些都是他的自我认同的一部分，让他有别于他在曼哈顿认识的无根扬基人。每逢酒酣耳热，他总是告诉自己在这两个城市的死党，他有朝一日一定返回家乡定居，但随着一年一年过去，他的朋友越来越难把他这话当真。

用不了多少年，他赚的钱就比父亲多了。但他只把这事情告诉母亲，没告诉父亲，并继续在各种大小事情上向父亲请益——但不包括感情生活一节。

吉妮正在小农舍的起居室阅读，半意识到海浪的倔强呢喃声。每年八月，她都会租住这栋位于萨加波纳克①的小农舍。一度从农舍的院子可以看到一望无际的马铃薯田，但多年下来，马铃薯田已经被越盖越多的房舍遮蔽：起初盖起来的是一些乐高积木似的房子，然后是一些模仿南安普敦老农庄的巨大鹅卵石府邸。不过，入夜之后，她仍然能够想象自己是个孤单的海滩访客。就在艾玛刚刚意识到自己有多么不了解她本人和奈特利先生的内心之时②，电话响起，吓了吉妮一跳。来电者的身份再次让她吓一大跳。

"A.G.？"

"抱歉这么晚骚扰你，但你知道我是夜猫子。"

"如果你是要找我侄女的话，那可不凑巧。她今晚在朋友家过夜。"

"不，我要找的是你。想喝一杯吗？"

"现在？今晚？"她手表上的指针指着一点十五分。

"年轻的时光无多了。"

"明天不是你的大日子吗？"

"这八成就是我想要到你那里坐坐的理由。"

她沉吟了一下。她知道自己一定会答应，但又恼恨自己那么巴望他过来。他自然是已经喝醉而且八成吸了粉。她以前接过很多他的这种深夜来电。在时隔多年后又接到一通这样的电话，她无法不能不感到一种不正常的满足感。他八成是因为喝多了酒才会缅怀起旧人。但不管他的动机为何，他俩之间还有未了之事，而这一次大概是她和他算清旧账的最后机会。

他红着脸，而他的话也比平常更含糊不清一点（他说起话来本来就比他的北方同侪慢和多一点省略）。不过，在和他共度的许多个通宵达旦的派对中，她从没看到过他失去自持。

---

① 位于长岛。
② 这是简·奥斯汀小说《艾玛》的情节。吉妮正在读这部小说。

他给了她一个持续时间和力度都略超过一般的拥抱。"嗨，小甜甜，我说不出看到你让我有多高兴。"在起居室的沙发安营扎寨之后，他把放在茶几上的古柯切成一行行。"你不介意的，对不对？我只是需要缓和一下我的神经。"

"那断然会有帮助，"她说，"你吸了古柯之后特别圆熟。"

"你知道的，老习惯难戒。"

虽然她已经戒了古柯碱好些年，但看着他切成一行行的样子还是让她觉得非常习惯，因为那就是一件他总是在干的事。时光倒流十年对一个女人来说并不是坏事。另外，她对于他在婚礼前夕这样肆无忌惮也产生出一种病态的好奇。她忍不住想，他还可能会干出一些什么别的事来。

"你的一种老习惯——你也是会这样形容我吗？"

"我会把你形容为一个老……贴心朋友。"他用他苏活馆会员卡把块状的古柯碱切成了粗细一样的四行粉末。他一向对自己的这种小小本领引以为傲。

她在他身边坐下，接过他递来的卷起的二十美元钞票。总是绅士的他让她先吸。她弯腰吸入粉末时，他帮她抓住发尾，这动作让她产生一种熟悉的快感。接着是另一种熟悉的兴奋感觉向着她头皮蔓延开去。

"有回到了从前的感觉吧？"他说。

"不尽然。"

"我不能相信……上一次之后距今多久了？"

"七年。"

"不可能。"

"是真的。"

"但这七年来我们不可能没碰见过。"

"是碰见过，但你八成宁愿我消失在空气中。"

"别傻了，甜甜，看见你总是让我高兴。"他弯下腰，吸入两行粉末。

"但今天你在海滩上看来不高兴看见我。"

"那不是最佳时刻。"

"所以你承认你当时在勾引我的侄女。"

"那是反射动作。我有什么办法？她是非常漂亮的女生。"

"我明白。我不明白的是明天。"

"可不是。我自己也不太明白。"

"你认不认为你应该再好好想想？"

"我不认为我还有时间想。"

"你爱她吗？"

"应该爱。我不确定。"

"你爱过谁吗？"

他点点头，望向老虎窗外看不见的大海，眼神变得呆滞。她吃了一惊，意识到他就要哭出来。当她把身体挪过去把他抱住的时候，他几乎整个人委顿在她的怀抱中。"有过一次。"他说。

在哈佛念书的时候，A.G. 爱上比他高一年班的伊娃·加里格。在他们认识之时，她已经有好几首诗被登在《巴黎评论》，小有名气。他甚至没有进大学前就听过她的传奇（头脑好、漂亮、酒量大），也对她的家族（一个新奥尔良家族）有所知——某种意义上，所有南方人都对彼此有所知。A.G. 是在十五岁那年失去处男身的，自此没有再回望。起初她觉得他的无边自信荒谬可笑，因为凭他一个大一新生，怎么可能追得到最受欢迎的一个大二女生。但他的自信最终征服了她的芳心。他在思想和性两方面都早熟，也是一个乐于学习的人。他给她写了一组十四行诗（一共十二首），风格严格追随莎士比亚和怀亚特的爱情诗。他的另一个优势是部落渊源：他们有着共同文化背景和共同敌人（这些敌人全都带有一个不着痕迹的偏见：南方口音是一种智力迟钝的表现）。

在伊娃的影响下，A.G. 开始用默温和斯特兰德的诗风创作一些神谕式诗歌。她自己的诗歌则是高音频和巴洛克式，和西尔维亚·普拉

348

斯的晚期诗风类似。不过，A.G. 最后意识到自己的文学批评才能高于诗人才能，而且诗才不及女朋友，所以放弃写诗。他为她的诗歌创作提供思想架构。事实上，他乐于为她做几乎任何事。他在智力与感情被双重征服，很乐意地接受了她的各种奇思怪想。他开始抽"高卢女子"①烟，一度抛弃少年时代的幼嫩服装，改为穿色彩鲜艳的高领衬衫喇叭裤。伊娃有一副让人屏息的傲人身材，但把这身材隐藏在宽松的老式连衣裙和围巾后面。A.G. 始终不能相信自己竟然能够在人生早期便在一个女人身上找到自己的欲望的所有答案，所以对伊娃竭尽忠诚。他认为他们有着共同天命。虽然身边总是围绕着一群朋友和仰慕者，但他们常常被人批评，说他们是活在一个二人世界里。

他们利用第二年暑假当背包客，到欧洲自助旅行。伊娃父母本来要出钱供女儿来一趟豪华旅游，但她拒绝接受。他们靠欧洲火车联票解决交通，住青年旅馆，吃乳酪配面包，喝地区餐酒，天天做爱。白天，他们会走访诗人故居和古老教堂。有一天下午，在圣保罗附近的一家罗马式教堂里，伊娃主动跪在石头地板上，为他口交。这是他有生以来最震撼的经验，但因为害怕她会觉得他太古板和停下来而没说什么。他也害怕被人发现或犯了亵渎罪，但程度没那么严重。

两人讨论过毕业后的动向（伊娃比他早一年毕业），也谈到了是不是要结婚的问题，但一致同意（更精确的说法是伊娃让他相信）婚姻制度不是为他们这种人而设的。最后她决定到哥伦比亚大学攻读硕士学位。每逢周末，她会坐四小时火车去找他，然后两人会到曼哈顿逛逛——他们约定过，将来要一起征服曼哈顿。第二年，伊娃应邀参加布瑞德·罗芙会议②，而 A.G. 进了查塔努加一家律师事务所实习。一段时间之后，他发现她的来电和来信越来越少，信中和电话中的热情也越来越少。他想要打电话找到她近乎不可能。狂乱之下，他在一个星期五晚上从查塔努加开车到佛蒙特州，十六小时后去到那个文学前

---

① 一种法国烟。

② 某种文学创作营之类的活动，但是是在正规的学期中举行。

哨站，到达时刚好看见一个头发乱糟糟的伊娃和一个中年诗人手挽着手，前去吃早餐（他在书衣上看过该诗人的照片，所以认得）。她的表情先是惊讶，但几乎马上变为桀骜不逊。A.G.一拳打在诗人脸上，把他打倒在地。伊娃跳到他背上，抓他的脸。一小群有志成为作家的人在旁边看着这一幕。

他不相信自己能原谅伊娃，但让他吃惊的是她并没有要求原谅。他回到查塔努加，一直等她来信或来电，不断在脑子里进行一场她拒绝参与的对话。不管他有多么聪慧和能言善道，他所感受到的情绪甚至思考时的用词都和其他被抛弃的爱人没有两样。他花了无数的小时激烈自我盘诘，但盘诘的归根究底都是同一个简单的问题："她怎么会突然不再爱我？"这是他第一次被拒绝。他以前从没有坠入爱河，而他的一些朋友认为他从此不会再坠入爱河。

在父亲的坚持下，本来已经修过六七门经济学课程的A.G.决定取得文学和经济学的双学位。他交了一批新的朋友，尽量避开他和伊娃共同认识的大部分朋友。他不知道自己有什么打算。毕业后，他去了中国教英语，视之为一种浪漫的自我放逐。第二年，他报读商学院。接着，在一家投资银行当了一年累得像狗的分析师之后，他找到了自己的志业：一个能够把客户伺候得舒舒服服和让他们照他意思签支票的投资撮合者。

"所以，是她让你心碎和驱使你走上银行业务的道路？"

"我不认为事情有那么简单。人在回顾往事时总是容易简化。"

"这一切又是怎样导致现在的情况？我是说你那场迫在眉睫的婚礼。"

他摇摇头，再切了几行粉末。"我不知道。我猜是因为觉得时间到了。"

"觉得时间到了——就是这样？"

他耸耸肩。"她是个甜美女孩，出身好家庭。我们有很多共通处。你又怎样？"

"什么我又怎样？"

"你曾爱过谁吗？"他揉一揉脸，就像要洗掉一个污点，这个动作也是她无比熟悉的。

"有过一次。"她说，从香烟包掏出一根香烟。

"我想听听。"

"你知道故事的大部分内容，"吉妮说，"你在故事里面。"

"我在里面？"他看来决定要变得迟钝。

"你就是当事人。"

"天哪，你是说……"

"对，我是说真的。这么多年来，这么多个晚上。我不能自已。我知道很可笑，但我爱上了你。"

"我不知道。"

"你不记得我们在一起的最后一晚吗？"

"不太记得。"

"你要求我嫁给你。"

"有吗？"他说，样子非常惶恐。

"有。你要我嫁给你，说想要我帮你生孩子。我们整晚没睡，计划未来。我们打算到普罗旺斯消磨夏天。第二天，你说你要到父母家过感恩节。但当天稍后，你说你星期三要参加一个会议，星期二早上会坐火车到贝德福。这是我最后一次听到你的声音。"

他整个人瘫在沙发耳背上。"好可怕，真的是再糟不过。我不知道该说什么。"他弯腰又吸了一行粉末。"我真的是要到贝德福去，只不过前一晚我跑去喝了一杯。我认识了一个女生，喝了一杯又一杯。我第二天醒来已经是中午，发现我们已经干掉了所有古柯碱。在那种状况下，我没有脸面对你的家人。我知道我让你失望了……知道应该打电话道歉，但不知怎地就是鼓不起勇气。"

她现在至少知道了发生了什么事。她弯腰吸了两行粉末。"我以前每逢在派对上看见你都像被刺了一刀。你若无其事，臂弯里挽着个妞，就像什么都没有发生过。我恨你恨了很长时间。"

"我想这不能怪你。"他说,"但愿我有方法可以弥……"

"跟我做爱。"吉妮说,她自己认为,这个要求与其说是感情作祟,不如说是讲实际。她觉得他至少欠她那么多。不管这件事是不是像她记忆中的美好,她都可以从中得到发泄。

在床上,他聪明有余或是体贴有余,懂得热吻了她好一阵才开始脱去她的衣服。但进行到一半的时候,不管他的床上功夫多么了得或她有多么渴望欲仙欲死,她都开始置身事外,觉得笨手笨脚和难过。时间看似过得极慢,她只想要他快点结束。她此时已经意识到,她真正想要的是证明这个:他仍然一片情深,会愿意为了她而背叛未来的妻子。

完事后,她用被单裹住身体,走出露天平台。东方天空泛出鱼肚白色,黑色大海的海面点点银光。古柯碱的效力已经消退,她觉得自己的眼球像是被许多细针扎刺。她恨自己。

最终,A.G.走到她身边,手上拿着一根烟。

"你准备怎样做?"她问。

"我不知道,"他抽了一口烟,"十之八九是做最显然的事。"

"何谓最显然的事?"

"就是我们不知道什么是该做的事时该做的事。"

他用一只手搂着她,把手上的烟送到她嘴里,她贪婪地抽了一大口,就像在琥珀色烟头黯淡成一截烟灰和被丢弃到下面的露湿草坪之前,这口烟可以让她得到拯救。

2008